W0243856

BASTEI LÜBBE

DAVID SHOBIN

DAS KLINIKUM

Aus dem Englischen von Eva Malsch

BASTEI LÜBBE

BASTEI-LÜBBE-TASCHENBUCH
Band 12 834

Deutsche Erstveröffentlichung
Titel der amerikanischen Originalausgabe:
The Center
Copyright © 1997 by David Shobin
Published in agreement with the author, c/o BAROR INTERNATIONAL, INC., Armonk, New York, USA.
Copyright © 1998 für die deutsche Übersetzung by
Bastei Verlag Gustav H. Lübbe GmbH & Co., Bergisch Gladbach
Printed in Germany Oktober 1998
Einbandgestaltung: Gisela Kullowatz
Titelfoto: Bavaria, München
Satz: KCS GmbH, Buchholz/Hamburg
Druck und Bindung: Elsnerdruck, Berlin
ISBN 3-404-12834-6

Der Preis dieses Bandes versteht sich einschließlich der gesetzlichen Mehrwertsteuer

PROLOG

Das Center war eine Welt für sich, Innovation die Parole. In diesem bemerkenswerten Krankenhaus wurde jeder technologische Fortschritt verwertet, jedes neue medizinische Konzept. Zum Beispiel kannte man im Center keine Krankenkarten. Die Computerzentrale leitete Informationen und Daten in die einzelnen Abteilungen. An diesem Tag wurde die Order eines Patiententransports ans Relais im fünften Stock gesendet, das die traditionelle Schwesternstation ersetzte.

Phlegmatisch schaute das vierjährige Mädchen dem Autobot entgegen, der sich dem Bett näherte. Das ominöse schwarze Rechteck hätte ein so kleines Kind normalerweise erschreckt. Aber bei der Einlieferung in die Klinik wurden alle Patienten unter fünfzehn Jahren mittels spezieller Medikamente ruhiggestellt. Trüb und glasig spiegelten die hellblauen Augen eine seltsame Apathie in einem ansonsten angstvollen Gesicht wider.

Bald nachdem das Kind auf das kühle grüne Laken des Operationstisches befördert worden war, kehrte der Autobot zu seiner Station zurück. Trotz der mechanischen Aktivitäten war es erstaunlich still im schimmernden OP. Nur die Roboterarme, die sich hoben und senkten, surrten leise. Wie menschliche Augen waren die optischen Sensoren vom Licht abhängig. Klickend flammte ein großer Scheinwerfer über dem Operationstisch auf und beleuchtete die kleine Patientin. Sie blinzelte ins grelle Licht. Vor ihren Augen tanzten Punkte, auf ihrer Netzhaut erschienen die flimmernden subliminalen Bilder echter Menschen und nahmen ihr die Angst, indem sie ihr monotone Worte suggerierten.

»Meine Mandeln werden herausgenommen«, lallte sie heiser. »Heute abend kann ich Eiscreme essen.« Sie streckte ihren Arm nach einer sanft flackernden Erscheinung aus. »Sind Sie – sind Sie …« Für ein paar Sekunden hing die Hand in der Luft, ehe sie langsam auf die Matratze hinabsank.

Neben ihrem Kopf verströmte die zwei Millimeter breite Öffnung einer unhörbaren Düse farbloses Gas. Das flüchtige Anästhetikum, das normalerweise wie ein Reinigungsmittel roch, war in fruchtigen Kirschenduft gehüllt. Nach fünfzehn Sekunden erloschen die flimmernden Bilder in den Kinderaugen, von dumpfem, beruhigendem Dunkel verdrängt. Ein endotrachealer Schlauch tauchte in die Kehle.

Vor jedem Eingriff mußte das Operationsfeld präpariert werden, um das Risiko einer bakteriellen Kontaminierung zu verringern. Bei einer Tonsillektomie konnte man das Operationsfeld – den Hals – nicht desinfizieren, da er normalerweise von Bakterien wimmelte. In jedem OP des Center hantierte ein technisch verfeinerter Präparationsroboter mit winzigen Schrubbern und Sprays. Während die kleine Patientin immer tiefer in ihrer Narkose versank, näherte sich der Autobot dem Operationstisch und zögerte kurz. Dann hob ein automatischer Arm das Nachthemd des Kindes und verteilte ein Antiseptikum auf dem Bauch. Nun nahm der schimmernde künstliche Chirurg seine Position ein.

Mit seinen zahlreichen mechanischen Armen glich er einer Hydra und konnte mehrere Funktionen gleichzeitig ausführen. Deshalb brauchte er keine Assistenten. Die chirurgischen Instrumente hatten schon vor der Ankunft der Patientin bereitgelegen. Plötzlich wurden die Tonsillektomie-Instrumente durch einen anderen Korb ersetzt. Jedes der rostfreien Stahlgeräte zeigte einen ungewöhnlichen Bar-Code, den der chirurgische Roboter abtastete. Aber auf dem Korb stand der bekannte Name des Herstellers: ENDOSCOPY, GYN, BASIC. Allem Anschein nach war der Austausch in letzter Minute zufällig erfolgt. Trotzdem drohte keine Gefahr.

Alle Aktivitäten im Center folgten einer ganz bestimmten Choreographie, und die endgültigen Resultate wurden immer noch von Geräten erbracht, die nach den grundlegenden Prinzipien der Physik und des Elektromagnetismus arbeiteten. Aber jetzt ließ sich nicht erkennen, was hinter dem Austausch steckte. Denn das Verständnis, ob es nun um Methoden oder Motive ging, war eine menschliche Eigenschaft, ein Charakteristikum, das den hochentwickelten Computern immer noch fehlte. Und jetzt hatte die machtvolle Computerzentrale, die der Software ihrer Silikonseele gehorchte, ein unbegreifliches Signal ausgesandt.

Über dem OP-Tisch erlosch der Scheinwerfer, pechschwarzes Dunkel erfüllte den Raum, dicht und rebellisch, düster wie der Tod. Reglos lag die kleine Patientin im Narkoseschlaf. Die endotracheale Röhre war entfernt worden, die mühsamen, keuchenden Atemzüge des Kindes vibrierten in der Finsternis. Auf dem Monitor erwachten blendende Blau-Nuancen zum Leben. Diese üppigen, organischen Farben verliehen dem OP die beschwichtigende Aura einer Meerestiefe. Im bläulichen Licht wirkte der teilweise bekleidete Körper des Mädchens bleich und geisterhaft, gefangen zwischen Leben und Tod. Nur drei kleine Pflaster auf dem Bauch zeugten von der Operation.

Plötzlich schillerten Buchstaben auf dem Bildschirm und dehnten sich zu gleißenden Wörtern, zu einer beängstigenden Information, VORLÄUFIGE ANATOMISCHE DIAGNOSE, MISSBILDUNG, MYOKARDITIS, ATRIOVENTRIKULÄRES ÜBERLEITUNGSSYSTEM – der eindeutige Obduktionsbefund eines angeborenen Herzfehlers, obwohl keine Autopsie erfolgt war. In diesem Raum erkannte niemand, daß die Diagnose in keinem Zusammenhang mit der jungen Patientin auf dem OP-Tisch stand. EINÄSCHERUNG, lautete die nächste Order.

Die Tür öffnete sich. Lautlos glitt ein Autobot herein und hielt parallel zum OP-Tisch. Hydraulische Transportarme streckten sich aus, in immer weiter ausholenden Auf- und Abbewegungen, glitten unter den starren Körper. Von einem inneren Signal dirigiert, drehte der Autobot das bewußtlose Kind herum und rollte es auf die Transporttrage, hielt inne und wartete auf weitere Anweisungen.

Jemand schaute zu.

An einem fernen Ort beobachteten verborgene Augen einen Monitor und registrierten die Ereignisse. Alles lief planmäßig. Die Arme der Gestalt steckten in einem weißen Laborkittel. Aus den gestärkten Ärmeln ragten sorgsam manikürte Hände und schwebten über einer Computertastatur. Nach einigen Sekunden tippten die Finger »Befehl ausführen« und drückten auf die ENTER-Taste. Geräuschlos entfernte sich der Autobot auf dem Monitor.

Im Center gab es kein Krematorium, aber einen kleinen Raum zwischen dem Labor und der Leichenhalle, wo ein mittelgroßer Ofen menschliche Körperteile verbrannte. Das quaderförmige Karlson Model 12, ein Meter zwanzig hoch, stand auf einer Platte. Wenn der mit Gas betriebene Ofen fest verschlossen war, erzeugte er eine Hitze von neunhundertfünfzig Grad.

Der Karlson, ein notwendiges Zugeständnis an die Vergangenheit, nutzte eine achtzig Jahre alte Technologie. In den pathologischen Abteilungen hochmoderner Kliniken, mußte man nur selten Leichen oder Leichenteile verbrennen. Wenn ein Pathologenteam eine Milz oder Lunge untersucht hatte, wanderten die Organe in eine Mikrowelle, die Überreste wurden in der Mülldeponie pulverisiert und in den Abfluß geleitet.

Aber wenn größere Körperteile entsorgt werden mußten, zum Beispiel ein ganzes Bein, benutzte man den Ofen. Innerhalb einer Stunde konnte er die größten Exemplare in Asche verwandeln. Für ein vierjähriges Kind eigneten sich die Karlson-Dimensionen geradezu ideal.

Bei der Installation im Center hatte man den Karlson mittels Computerkontrollen modifiziert und nachgerüstet. Er konnte von der Computerzentrale ferngesteuert oder von einem Service-Roboter vor Ort bedient werden.

Neben den traditionellen manuellen Kontrollen beherbergte ein Behälter ein RX-32 Kabel-Interface, das Befehle eingab.

Als der Autobot den Verbrennungsraum erreichte, erwachte das kleine Mädchen aus der Narkose. Mühsam hoben sich die schweren Lider, während der Körper das Anästhetikum umwandelte. Die Tür schloß sich hinter dem Autobot. Dann blieb er vor der Öffnung des Ofens stehen, steckte seinen Adapter in den Quader und leitete die digitalen Instruktionen weiter. Die schwere Ofentür schwang auf.

Im Karlson befand sich eine Metallwanne, die einem Kamingitter glich. Als der Autobot die kleine Patientin langsam in den Ofen schob, nahm sie ihre Umgebung nicht wahr. Aber sie spürte etwas Kaltes am Rücken. Schwach schimmerte ihr Blickfeld durch den Nebel ihrer benommenen Sinne. Sie bewegte die Lippen, versuchte erfolglos, einen Hilferuf hervorzuwürgen. An der Ofenwand neben ihrem Kopf flackerte eine gespenstische kleine Kontrollampe.

Der Autobot zog seinen Adapter zurück und löste die digitale Startuhr des Ofens aus. Erst zeigte sie neunundfünfzig Sekunden an, dann achtundfünfzig. Der Autobot stellte neunzig Grad auf der runden Skala ein, ehe er lautlos den Raum verließ.

Inzwischen fast vollends erwacht, bewegte sich das kleine Mädchen und starrte ins Dunkel. »Maks?« rief sie. »Maks?« Draußen erreichte der Zeiger zweiundvierzig Sekunden. Schwerfällig drehte sie sich zur Seite, ihr Kopf stieß gegen die Seitenwand, und sie begann zu weinen. Sie fror und fürchtete sich, ihr Bauch schmerzte. Wenn sie aufwachte, würde ihre Schwester da ein. Das hatte sie ihr versprochen. Aber sie war nicht bei ihr. Verzweifelt richtete sie sich auf. Ihr Kinn zitterte. Ringsum berührte sie unnachgiebige Wände. Es war kalt, und ihr Gesicht verzerrte sich zu einer kindlichen Grimasse. Allmählich bekam sie Platzangst. Graues Licht zeichnete die Umrisse der offenen Tür nach.

Noch neunzehn Sekunden.

In ihrer wachsenden Angst war das Lämpchen ein vertrauter Verbündeter. Ungeschickt tastete sie sich zu den wenigen Dingen, die sie sehen konnte, kroch auf Ellbogen und Knien zur Öffnung, kam nur langsam und qualvoll voran. Als sie die vordere Wand erreichte, hörte sie ein Klicken, gefolgt vom Summen eines elektrischen Motors. In zehn Sekunden würde sich die Tür ihres künftigen Grabes automatisch schließen.

Sie geriet in Panik. Würde man sie in dieser feindseligen schwarzen Kammer einsperren? Gellend begann sie zu schreien. Aber mit dem Entsetzen wuchs auch der Lebenswille. Einen Augenblick, bevor sich die Tür schloß, umfaßte sie die Gummikante. Abrupt erstarrte die Tür. Ein Laser-Sicherheitssensor, der hinderliche fremde Objekte aufspüren sollte, hatte die kleinen Finger in seinem Strahl eingefangen und den Motor ausgeschaltet. Rasch zog sie die Hand zurück. Durch den Türspalt, nur einen Zentimeter breit, drang schwaches Licht herein. Doch es genügte, um ihr die Freiheit zu zeigen, die ihr verwehrt wurde. Im eisigen Zwang ihrer Angst, in ohnmächtigem Zorn schrie die kleine Gefangene herzzerreißend und hämmerte hilflos gegen die Ofentür. Wer immer sie hören mochte, würde sie doch retten, oder? Aber niemand kam zu ihr.

Der kindliche Wutanfall dauerte zehn Minuten. Dann brach das kleine Mädchen erschöpft zusammen und rang schluchzend nach Atem.

Stunden später lag sie auf der Seite, im beklemmenden Dunkel, die Wangen tränenfeucht. Schwankend zwischen Kummer und Schlaf, weinte sie oder lutschte am Daumen. Sie war inzwischen zu geschwächt, um das ganze Grauen ihrer Situation zu erkennen. Manchmal wehte eine sanfte Brise durch den Türspalt herein und rüttelte sie auf. Sie mußte dringend auf die Toilette. Unter dem dünnen Hemd war sie nackt, und sie fror erbärmlich. Voller Sehnsucht dachte sie an ihre Schwester. Plötzlich erklang ein Summen, schale Luft rauschte an ihr vorbei. Im Halbdunkel reckte sie den Hals und sah schwaches Licht, das ihr Gefängnis erhellte. Neugierig drehte sie sich auf den Bauch.

Zweimal am Tag wurde der Ofen automatisch zehn Minuten lang gelüftet – egal, ob man ihn benutzt hatte oder nicht. Staub, Asche und winzige Partikel entwichen durch ein galvanisiertes, vierzig Zentimeter breites Rohr in der hinteren Wand, das zehn Meter tiefer unten ins Freie mündete. Obwohl es sich serpentinenförmig nach unten wand, drang durch die äußere Öffnung trübes Tageslicht in die Ofenkammer.

Interessiert betrachtete die kleine Gefangene das Loch, das sie zuvor nicht bemerkt hatte. Offenbar führte es in einen schmalen Tunnel. Sie spähte hinein und sah nichts. Aber das graue Licht lockte sie an wie ein kaum erkennbarer Leuchtturm in finsterer Nacht. Entschlossen kletterte sie in die Öffnung, für eine Vierjährige erstaunlich mutig.

Doch sie war kein gewöhnliches Kind und ihren Altersgenossen weit voraus, was Tapferkeit und Ausdauer betraf. Auch die Verzweiflung spornte sie an. Hinter ihr lagen nur Angst und Einsamkeit.

Bald gelangte sie zu einer Biegung. Als sie nach kurzem Zögern weiterkroch, wurde sie mit hellerem Licht belohnt und schöpfte Hoffnung. Von neuer Zuversicht erfüllt, beschleunigte sie ihr Tempo. Auf Ellbogen und Knien wand sie sich durch das klirrende Rohr, ohne zu ahnen, daß sie die dünnen Metallwände immer stärker belastete. Hätte sie sich gleichmäßig auf allen vieren voranbewegt, wären ihre vierzig Pfund besser verteilt worden. Dann hätte das Rohr den Druck verkraftet. Aber da sie sich nach unten schlängelte, stützte sie ihr ganzes Gewicht zumeist auf die Ellbogen. Die Stahlklammern an den Biegungen, die ansonsten nur Luft und Staub im Zaum halten mußten, lockerten sich. Schnell und ungeduldig kroch das kleine Mädchen um eine weitere Biegung, zum ersehnten, verlockenden Licht. Ihre Handkante stieß gegen eine Klammer, und das Rohr zerbarst. Schreiend stürzte sie durch die Öffnung und überschlug sich, bevor sie auf dem Rücken landete. Der harte Aufprall preßte ihr die Luft aus den Lungen. Ehe sie das Bewußtsein verlor, erwachten für einen kurzen Augenblick alle ihre Sinne. Sie lag in einem hellen Raum, und sie glaubte, Essen zu riechen. Da erkannte Christine Lassiter, daß sie gerettet war.

1

Dr. Dunston, hier ist der Telefondienst. Kann ich Sie mit der Porthaven-Notaufnahme verbinden?«

»Wie spät ist es?«

»Fünf nach zwei.«

»Morgens?«

»Ja.«

»Okay.«

»Dr. Dunston? Hier ist O'Reilly von der Porthaven-Notaufnahme. Wir haben da eine vierjährige Patientin, ein Unfallopfer, übel zugerichtet. Würden Sie sich die Kleine mal ansehen?«

»Wie übel?«

»Gräßlich. Zu etwa vierzig Prozent Verbrennungen dritten Grades, Fraktur im rechten Schienbein, abdominales oder thorakales Trauma. Ein Zwerchfellriß, meint Dr. Pardanani. Die Röntgen- und Laboruntersuchungen sind schon abgeschlossen. Sobald die Kleine stabilisiert ist, kommt sie in den OP.«

»Steht das Team bereit? Der Anästhesist?«

»Die sind unterwegs.«

»In fünfzehn Minuten bin ich da.«

Wenn man zu einem solchen Notfall gerufen wurde,

durfte man sich keine Zeit für eine Dusche nehmen. Dr. Dunston sprang aus dem Bett. Knapp fünf Minuten nachdem man ihn geweckt hatte, saß er im Auto und fuhr nach Westen. Um diese nächtliche Stunde herrschte kaum Verkehr, und er erreichte die Klinik in neun Minuten. Mit quietschenden Reifen hielt der Wagen auf dem Parkplatz der Notaufnahme, neben einer Ambulanz, deren rotweiße Lichter immer noch unheilvoll blinkten.

Er rannte der Bahre nach, als sie zum Lift gerollt wurde, ergriff eine Metallstange und schloß sich der Prozession an, die das Kind zum OP begleitete. Während sie den Korridor entlangeilten, musterte er die kleine Patientin. Nur halb bei Bewußtsein, starrte sie blicklos durch gesenkte Wimpern. Bis auf ein paar braune Büschel war ihr Haar verbrannt. Das Feuer hatte vor allem ihre Arme und Beine schwer verletzt. Hastig waren die Wunden mit Silvadene-Salbe bestrichen worden, an den Rändern mit schwarzem Schorf verkrustet. Die Brandblasen näßten. Durch den transparenten Vinyl-Gips, der das rechte Bein umgab, sah Dunston zersplitterte weiße Knochen. Eine Infusionskanüle steckte im rechten Arm, ein endotrachealer Schlauch war an ein fahrbares Beatmungsgerät angeschlossen.

Während das Team vor dem Lift wartete, begrüßte es Dunston mit gedämpften »Hallos«. Er zog das dünne Hemd der Patientin nach oben und inspizierte einen dunkelroten Streifen, der sich vom Brustbein bis zum Nabel zog. Jedesmal, wenn das Beatmungsgerät seine rhythmische Funktion wiederholte, dehnte sich der Brustkorb asynchron. Nur die rechte Seite hob sich, die Rippen an der linken blieben unbewegt. »Ein Sicherheitsgurt?« fragte er und zeigte auf die subkutane Blutung.

»Wahrscheinlich«, erwiderte O'Reilly. »Ich glaube, er war nicht richtig befestigt. Außerdem muß das Kind seitlich gegen die Armstütze geprallt sein.«

»Und die Verbrennungen? Benzin?«

»Das nehmen wir an. Vermutlich ist der Tank explodiert.«

»O Gott, was für ein Alptraum! Wo sind die Eltern?«

»Keine Ahnung.«

»Großartig. Sind das die Röntgenaufnahmen?«

»Ja. Schauen Sie sich alle an.«

Sobald sie den OP erreichten, eilte er zum Schaukasten. Inzwischen legte das Team die Patientin auf einen OP-Tisch. Die OP-Schwestern legten die sterilen Instrumente bereit. Im Hintergrund des Raums fragte der Anästhesist den Arzt aus der Notaufnahme nach Infusionen und Labordaten.

»Um Himmels willen!« seufzte Dunston, während er die Röntgenbilder studierte.

»Wie sieht's aus, Chad?« rief der Anästhesist. »Pneumonie?«

»Ja, links. Und in der Brust wimmelt's von Eingeweiden. Ein Zwerchfellvorfall, außerdem ein halbes Dutzend angeknackste Rippen. Würde mich nicht wundern, wenn auch die Milz was abgekriegt hätte. Jedenfalls brauchen wir Blut, viel Blut.«

»Vier Container sind schon unterwegs«, erwiderte eine Schwester.

»Wer ist der diensthabende Orthopäde?«

»Nichols. Sein Telefondienst ruft ihn grade an.«

»Wie sind die Reflexe, Rich?« fragte Dunston den Anästhesisten.

»Ganz gut. Keine Anzeichen für ein Schädeltrauma.«

»Ist das Gehirn mit dem Scanner untersucht worden?«

»Dafür hatten wir keine Zeit mehr. Womit fängst du an, Chad?«

Dunston stand jetzt neben dem OP-Tisch und half einer Schwester, der Patientin das schmutzige Nachthemd auszuziehen. Wie zerbrechlich das Mädchen wirkte ... Behutsam tasteten seine geübten Finger den verletzten Bauch und den Brustkorb ab, suchten Anhaltspunkte für genauere Diagnosen. Die teigige Wölbung des Oberbauchs mißfiel ihm. »Im Bauch könnte ein Liter Blut sein. Und die Eingeweide müssen aus der Brust verschwinden. Am besten mache ich eine Laparotomie und schiebe sie alle an ihren Platz zurück. Dann nähe ich das Zwerchfell zusammen, untersuche die Milz und schaue nach, ob sonstwas gerissen ist.«

»Wie wär's mit einer Brustsonde?«

»Erst muß ich die Blutung stoppen. Dann führe ich die Sonde ein und nehme Wundtoiletten an den Verbrennungen vor. Du mußt nichts weiter tun, als das Kind am Leben zu erhalten, Richie.«

Ein Knochentrauma-Team bestand aus vier Personen – dem Chirurgen, dem Anästhesisten und zwei Schwestern. Da die Zeit drängte, arbeiteten alle fieberhaft. Im Hintergrund wartete ein Teil des Notaufnahme-Personals und schaute in fasziniertem Entsetzen zu. Während der Anästhesist Spritzen füllte und die Saugelektroden des EKG-Geräts plazierte, verrieb eine Schwester ein bräunliches jodhaltiges Antiseptikum auf dem Bauch des Kindes. Ihre Kollegin checkte die Kompressen und Instrumente.

Inzwischen schrubbte Dunston, der bereits eine Maske und eine Kappe trug, seine Hände im Vorraum, fast drei Minuten lang. Dann ging er in den OP. Von seinen erhobenen Unterarmen tropfte Seifenschaum. Eine Schwester reichte ihm ein Handtuch, half ihm in den Kittel und die Gummihandschuhe. Gemeinsam legten sie sterile Tücher rings um das Operationsfeld. Nur ein kleiner Teil des Bauchs blieb frei.

»Von oben nach unten oder subkostal, Dr. Dunston?«

»Vertikal, durch die Mitte. Ich muß an einen möglichst großen Bereich herankommen. Wie geht's ihr, Richie?«

»Ein bißchen Hilfe könnte sie gebrauchen. Ihr Herz rast, und ich tue mein Bestes, um den Blutdruck über sechzig zu halten.«

»Injizierst du ihr genug?«

»Noch mehr, und sie ertrinkt. In der Notaufnahme bekam sie halb kristalloide, halb kolloidale Injektionen. Jetzt kriegt sie eine Ringer-Lösung, bis das Blut eintrifft.«

»Der zweite Blutdruckwert?«

»Um neunzig.« Der Anästhesist beobachtete einen beunruhigenden leuchtenden Punkt auf dem Herzmonitor. »Fang an, Chad, jede Sekunde ist kostbar.«

Mit sicherer Hand führte Dunston einen vertikalen Schnitt vom Brustbein bis zum Nabel durch, zerteilte die Haut, das subkutane Gewebe und die Muskeln, öffnete das Bauchfell, dessen Purpurfärbung auf innere Blutungen hinwies. »Hämoperitoneum. Jetzt brauche ich einen Poole-Sauger.«

Dunkelrote Massen quollen aus dem Bauch. Hastig saugte Dunston Blut und geronnene Klumpen ab. Als er den Einschnitt erweiterte, beschleunigte sich das Blinken auf dem Herzmonitor, ein Stakkato piepste. Er zögerte und starrte verwirrt auf die Wellen des Oszilloskops.

»Zuwenig Hämoglobin!« stieß der Anästhesist hervor. »Großer Gott, wir brauchen Blut!«

»Schlägt der Puls?«

»Kaum.«

»Gibst du ihr Lidocain?«

»Was glaubst du, womit ich grade diese Spritze fülle? Hoffentlich schafft sie's, bis die roten Blutzellen ankommen. Chad, bitte, mach deine Arbeit und hilf mir, Zeit zu gewinnen!«

Als Dunston zu operieren begann, schrillte eine Alarmglocke im Kardioskop, die neuen Wellen nahmen bedrohliche Formen an.

»Jesus«, murmelte der Anästhesist, »starkes Herzflattern! Holen Sie den Defibrillator!« schrie er eine der Schwestern an. »Und ich brauche endlich das Blut! *Sofort!*«

Das Herz des Kindes pochte immer schwächer, die schwerverletzten Organe wurden nicht mehr mit Blut versorgt. Nun steigerten sich die eben noch schnellen, aber kontrollierten Aktivitäten des Teams zu hektischer Verzweiflung. Eine zuvor bedenkliche Situation entwickelte sich zur Katastrophe, die der massive Blutverlust und seine Konsequenzen noch komplizierten, als sich rote Blutzellen im traumatisierten Bauch sammelten und Serum durch verbrannte Kapillaren sickerte. Nur ein Wunder konnte die Patientin noch retten, wenn sie nicht bald eine Bluttransfusion bekam.

Rasch preßte Dunston ein feuchtes Tuch auf den Einschnitt, schob die sterilen Tücher beiseite und legte die schmale Brust frei. Der Defibrillator mußte an die bloße Haut angeschlossen werden. Hastig schob die Schwester den Stecker in die Steckdose.

»Was glauben Sie, wieviel sie wiegt?« rief der Anästhesist.

»Vielleicht zwanzig Kilo«, antwortete die Schwester.

»Okay«, sagte er und justierte die Stromzufuhr. »Ich fange mit fünfzig Joule an. Verdammt, ich brauche das Blut!«

Der Stromstoß versteifte den kleinen Körper, hob ihn ein wenig hoch, und alle Augenpaare fixierten den Monitor, wo sich die beängstigenden Wellenlinien nicht veränderten. Ehe der Blutkreislauf wiederhergestellt war, würde die Transfusion nichts nützen. Der Anästhesist erhöhte die Stromzufuhr auf fünfundsiebzig Joule, doch die beiden nächsten Elektroschocks erzielten keine Wirkung. Angewidert schaltete er den Defibrillator aus und wühlte in seiner Medikamentenschublade, während Dunston hilflos zuschaute. »Was kann ich tun, Rich?«

»Sieh zu, daß ihr Herz weiterschlägt!« erwiderte der Anästhesist und füllte eine Spritze, deren Nadel er in einen Schlauch des Infusionsständers stach. »Und such eine Bretylliumkapsel auf meinem Fahrgestell!« In schneller Folge verabreichte er der Patientin Lidocain, Bretyllium und Prokainamid, zwischen weiteren Elektroschocks. Ohne Erfolg. Höhnisch bekundeten die schwachen Wellenformen auf dem Kardioskop die Ohnmacht beider Ärzte. Dunston war bitter enttäuscht, denn er hatte das Geschenk des Lebens in greifbarer Nähe gespürt. Aber es war ihm verwehrt worden. Die Blutkonserven wurden geliefert, und eine Schwester verband den ersten Container mit dem Plastikschlauch, dessen Kanüle in der Aorta steckte.

Drei Minuten lang fühlte sich Dunston wie gelähmt. Vor seinem geistigen Auge erschien ein Herz, das wirkungslos zuckte, wie eine Masse schlängelnder Würmer. Doch das Bild wurde verzerrt von der kalten Realität der Verletzungen, die das Kind erlitten hatte. Er stellte sich den geschwächten Herzmuskel vor, belagert von Eingeweiden, die in seine Domäne eingedrungen waren …

»Ein Messer!« schrie er, warf das sterile Tuch beiseite und nahm das Skalpell aus dem Instrumentenkorb. Rasch erweiterte er den Einschnitt und durchtrennte geschickt den Schwertfortsatz des Brustbeins.

»Chad, um Himmels willen, was tust du?«

»Alles, was ich kann. Vielleicht gibt's einen verdammt guten Grund, warum das Kind so schrecklich zugerichtet ist.« Sekunden später griff er in den Magen und in die Brust hinauf. Zu seinem Entsetzen war der traumatische Riß im Zwerchfell viel schlimmer als erwartet. Der ganze Magen, ein Teil des Querdarms und mehrere kleine Gedärme waren in den linken Brustkorb eingedrungen. So schnell wie möglich zog er die Gedärme nach unten und heraus – glänzende, feuchte Würste, die sich auf der bleichen Kinderhaut schlängelten.

Dunston wußte, daß man Massagen am offenen Herzen längst nicht mehr durchführte. Was er jetzt unternahm, war eine letzte Suche nach einer Antwort. Warum funktionierte das Herz nicht? Vielleicht eine durchtrennte Aorta? Eine Verletzung des Herzens, auf den Röntgenbildern unsichtbar? Als seine Hand den flatternden kleinen Muskel umschloß, spürte er eine gummiartige Hülle aus geronnenem Blut. Traurig schüttelte er den Kopf. »Herzverstopfung«, würgte er hervor. »Nur ein verdammter Autositz ...«

Obwohl er völlig demoralisiert war, gab er den Kampf nicht auf. Er schnitt in den Herzbeutel und befreite das Blut, das den Muskel erstickte. Viel zu schwach zuckte das Myokard. Aber er massierte es trotzdem. Rhythmisch drückten Daumen und Zeigefinger auf die Herzkammern und versuchten, den müden Muskel wiederzubeleben. Zehn Minuten lang massierte er das Herz, erkannte allmählich, wie sinnlos seine Mühe war, und arbeitete trotzdem weiter, weil er nur wenige Minuten zu spät mit der Herzmassage begonnen hatte – weil er hoffte, seine ärztliche Kunst und seine feste Entschlossenheit würden dem kleinen, verwundeten Muskel neues Leben einhauchen. Schließlich erlahmte seine Hand. Dr. Chad Dunston senkte den Kopf und schloß die Augen. In seinem eigenen Herzen brannte ein lautloser Schmerz, so beklemmend wie die Qual seiner Seele.

Es war zwei Uhr zweiundfünfzig.

2

Was ist das, zum Teufel?« donnerte der Beamte, stürmte durchs Büro und warf die Papiere auf den Schreibtisch seines Assistenten, als wären sie widerwärtiger Abfall.

Der Assistent überflog die Papiere und befaßte sich

wieder mit seiner eigenen Arbeit. »Irgendeine juristische Scheiße.«

»Sind Sie nicht brillant?!«

»Hören Sie, wir haben's schon durchgekaut.«

»So? Diesmal kriegen wir vielleicht Ärger.«

»Wer sagt das? Da gibt's nichts, was wir ihnen erzählen könnten.«

»Checken Sie's noch mal, okay?«

»Aber ...«

»Um Himmels willen, checken Sie's!«

»Also gut.« Der Assistent drehte seinen Stuhl zum Computer herum. »Reine Zeitverschwendung, wenn Sie mich fragen. Nicht einmal unsere Abteilung ...« Er drückte auf ein paar Tasten, um die Datei des Medical Information Network abzurufen, und gab den Code für die Brookhaven National Laboratories ein. Dann rief er mittels eines Spezialcodes das Center für Human Potential bei Brookhaven ab. Das CHP war die beste Klinik des Landes und das bedeutsamste medizinische Forschungsinstitut.

Aufmerksam beobachtete sein Vorgesetzter den Bildschirm. »Glauben Sie, es ist ein Bluff?«

»Wer sollte uns denn verklagen? Ein paar Schreiberlinge im Amt für Bevölkerungsstatistik? Wir sammeln doch nur Daten und schicken sie nach Albany. Basta. Mit Totenscheinen haben wir nichts zu tun.«

»Da bin ich mir nicht so sicher. Wenn die Sache registriert wurde ...«

»Das ist noch nie vorgekommen«, erwiderte der Assistent und betrachtete den flimmernden Bildschirm. »Wann soll's denn passiert sein?«

»Am 31. März.«

»Ah, hier haben wir's.«

Das Amt für Bevölkerungsstatistik von der New Yorker Gesundheitsbehörde registrierte alle Geburten und Todesfälle im Staat. Sobald die Daten im Computer gespeichert waren, fügte das Amt den Namen de County hinzu, Zeitangaben, ethnische Charakteristika, das jeweilige Krankenhaus oder Pflegeheim, medizinische Faktoren, das Alter der betreffenden Personen und andere demographische Informationen. Diese Daten entzückten den Statistiker und bereiteten manchen Beamten schlaflose Nächte. Wenn sie abgerufen wurden, spuckte der Computer automatisch die wichtigsten epidemiologischen Einzelheiten aus.

»Okay, der 31. März. County – Suffolk.« Der Assistent drückte auf eine andere Taste. »Krankenhaus – CHP. Todesfall ...« Er zeigte auf eine flackernde Null. »Keiner.«

»Und der 30. März? Der 1. April?«

»Wie Sie wünschen.« Der Assistent wiederholte die Prozedur, ohne Ergebnis.

»Versuchen Sie's mit der Stadt.«

»Brookhaven Township?«

»Ja.«

»Wie war doch gleich der Name?«

»Christine Lassiter.«

»Süße, kleine Christine.« Der Assistent wartete, bis sich der Bildschirm veränderte. »Nur eine alte Mrs. Larrabee, die zu Hause abgekratzt ist. Keine Lassiter.«

»Versuchen Sie's im Krankenhauscomputer?«

»Was kann er mir denn erzählen, was ich noch nicht weiß?«

»Versuchen Sie's einfach.«

Der Assistent zuckte die Achseln und begann zu tippen. »Okay, wir sind drin. Was soll ich fragen?«

»Das Kind wurde eingeliefert. Fangen Sie damit an.«

»Einlieferungen, in alphabetischer Reihenfolge ... CHP, Brookhaven, März ...« Nach ein paar Sekunden hielt er inne. »Nichts.«

»Was heißt das?« stieß sein Boß hervor.

»Keine Ahnung. Ich probier's andersrum ... Wieder nichts. Halten die uns zum Narren?«

»Lassen Sie den Unsinn!«

»So was hab' ich noch nie erlebt, das schwöre ich. Moment mal. Ich versuch's mit der Brookhaven-Geheimdatei.« Fieberhaft tippte der Assistent weiter. Schweiß perlte auf seiner Stirn, als er die Verbindung des Verteidigungsministeriums zum Brookhaven National Laboratory abrief. Dann gab er den CHP-Dateinamen ein. Flackernde horizontale Linien erschienen auf dem Bildschirm, dann die glasklaren Wörter: KEIN ZUGANG. »Heiliger Himmel!«

Eine Sekunde später erlosch der Bildschirm.

Hundertfünfzig Meilen südlich von Albany, auf einem zwanzig Morgen großen, mit Kiefern bewachsenen Gelände, das früher zu den Brookhaven National Laboratories gehört hatte, stand ein mehrstöckiges Gebäude, ein Denkmal für Architektur und medizinische Wissenschaften – das Center for Human Potential, das Zentrum für menschliches Potential. Jetzt war es still in der Computerzentrale, wo sich mehrere Geräte aneinanderreihten, eine mechanische Phalanx, parallel zu den beiden gigantischen Supercomputern in der Mitte des Raums. Im Terminal 74 blinkte ein Cursor, als der Bildschirm zum Leben erwachte. Schillernde Buchstaben erschienen.

CHRISTINE LASSITER, lautete die Information. UNTERSUCHUNG EINGESTELLT.

3

Cheryl mußte die Tür nicht beobachten, um zu wissen, wann Maks eintreffen würde. Eigentlich brauchte sie gar nicht hinzuschauen. Sie mußte nur auf die Konversation im Lokal achten, die an- und abschwoll und die Funktion eines Barometers ausübte. Ihre chinesischen Eßstäbchen waren fast unberührt, als das Stimmengewirr so abrupt verstummte, wie Moses das Rote Meer geteilt hatte. Über dem Rand ihrer Sonnenbrille spähte sie zum Nebentisch, wo einige Geschäftsleute zu Mittag aßen. Dressierte Frettchen, dachte sie. Alle starrten in dieselbe Richtung. Seufzend hob sie den Kopf und verfolgte die letzten Schritte von Maks' spektakulärem Auftritt. »Also, das ist ein Outfit mit seriösem Flair«, lobte sie das elegant geschnittene weiße Kleid. »Wie schaffst du's nur, so phantastisch auszusehen!«

»Danke, Cher. Wartest du schon lange?«

»Nein, ich bin grade erst gekommen. Sicher ist's auch für dich ein schlimmer Montag.«

»Allerdings. Hast du schon mal versucht, mit einer Schnur Billard zu spielen? Nie hätte ich geglaubt, daß sich in drei Tagen soviel Arbeit auf einem Schreibtisch stapeln kann. Als hätte ich noch immer nicht genug Sorgen!«

»Wie war die Besprechung am Freitag nachmittag?«

»Viel hab' ich nicht erreicht.« Maks schüttelte ihr langes blondes Haar. »Manchmal glaube ich, daß ich hoffnungslos auf der Stelle trete.«

»Das sagst ausgerechnet du, unsere supertüchtige Maks?« erwiderte Cheryl. Wenn ihre siebenundzwanzigjährige Freundin ein Ziel ansteuerte, pflegte sie energisch und zuversichtlich vorzugehen. Und sie zweifelte nie an ihrem Erfolg. Aber jetzt lag in ihren Augen ein müder Ausdruck, den Cheryl nur selten sah. »Kaum zu glauben. Was hat dir der Kerl erzählt?«

»Diesen typischen juristischen Quatsch. Nur Wortgeklingel und Hypothesen. Hast du schon was bestellt?«

»Ja. Für mich Aal, für dich eine kalifornische Frühlingsrolle. Und was ist dabei herausgekommen?«

Maks zuckte die Achseln. »Wenigstens war er ehrlich und hat zugegeben, daß ihm keine juristischen Tricks mehr einfallen. Deshalb hat er mich an einen Experten für Krankenhäuser verwiesen.«

»Ärztliche Kunstfehler?«

»Nein, Gesundheitswesen und die entsprechenden Gesetze, so genau weiß ich das nicht. Hattest du schon mal das Gefühl, mit deinem Kopf gegen eine Ziegelmauer zu rennen?«

Cheryl nippte an ihrem Tee. »Meine Lebensgeschichte.«

»Genauso komme ich mir vor, seit ich in dieser Sache mit Chrissie recherchiere. Dauernd laufe ich im Kreis herum. Was die Bürokratie angeht – meine Kontakte mit dem Center waren schon schlimm genug. Dort saß ich nach Chrissies Tod tagelang herum und versuchte Infos zu sammeln. Erinnerst du dich?«

»Vage.«

»Sie starb im März. Und jetzt, fünf Monate später, bin ich so schlau wie zuvor. Was muß man tun, um die Kopie vom Totenschein eines Kindes zu kriegen, das an Masern gestorben ist? Der Standesbeamte im Rathaus behauptet, er würde keine Unterlagen vom Krankenhaus bekommen – keine Dokumente, die er brauchen würde, um den amtlichen Papierkram zu erledigen.

Gut. Also gehe ich wieder in die Klinik. Um Himmels willen, hast du dich schon einmal durch einen Betrieb gekämpft, wo's keine Menschen gibt?«

»Klar. Mit so was muß ich mich jeden Tag herumschlagen.«

»Im Center wird man nur mit Robotern, Monitoren und Computermenüs konfrontiert. Du weißt ja, wie man sich ärgert, wenn man vor dem Geldautomaten steht, und das Display verkündet, das Konto sei überzogen. Im Center ist's noch viel gräßlicher. Nachdem ich eine Woche lang an ihrem Computer gearbeitet hatte, sah ich alles doppelt, aber ich war noch immer nicht klüger. Diese verdammten Maschinen geben nicht einmal zu, daß ich eine Schwester hatte, die in dieser Klinik behandelt wurde und starb. Glaub mir, mit diesen Leuten bin ich noch nicht fertig.«

»Ziemlich frustrierend.«

Maks schüttelte den Kopf. »Und das ist noch längst nicht alles. Nach meinem erfolglosen Kampf in der Klinik mußte ich mich mit der Versicherungsgesellschaft herumschlagen. Oder mit irgendeinem Angestellten. Du kennst das ja. Ohne Totenschein schauen die nicht einmal nach, ob ein Anspruch besteht, von einer Auszahlung ganz zu schweigen. Aber das Center gibt mir keinen Totenschein. Unglaublich!«

»Also, ich finde deinen unfähigen Anwalt noch viel unglaublicher. Wofür bezahlst du ihn eigentlich?«

»Das frage ich mich manchmal auch. Jedenfalls, nachdem ich bei der Versicherung nichts erreicht hatte, ging ich wieder ins Rathaus und brachte mein Anliegen vor. Da ließen sie mich fallen wie eine heiße Kartoffel und verwiesen mich an die Gesundheitsbehörde, an die Abteilung für Bevölkerungsstatistik.«

»Wenn du dich erst mal mit dem Staat einläßt, kommst du keinen Schritt weiter.«

»Wem sagst du das? Die starrten mich an, als hätte ich zwei Köpfe. Nachdem ich den Amtsschimmel einen Monat lang ertragen hatte, unternahm mein Anwalt endlich was …«

»Außer deine Schecks einzulösen?«

Maks lächelte gequält. »Immerhin schrieb er ans Amt für Bevölkerungsstatistik.

Er dachte, wenn er ihnen einen Prozeß androht, würden sie das Center zwingen, den Totenschein rauszurücken. Aber das hat nicht geklappt«, fügte sie hinzu und nahm einen Schluck Tee.

»Kein Wunder. Warum sollten sie ein paar Finger mehr krumm machen als all die anderen Beamten?«

»Manchmal bin ich so deprimiert, daß ich's am liebsten aufgeben würde. Und dann denke ich an Chrissie. Ihr zuliebe muß ich weitermachen.«

»Und wer ist dieser neue Typ, zu dem dich dein Anwalt geschickt hat?« Cheryl zündete sich eine Zigarette an.

»Ein Lester Sowieso. Morgen treffe ich ihn.«

»Natürlich will ich dich nicht entmutigen. Aber was wirst du tun, wenn dieser Experte auch nichts taugt?«

»Was schlägst du vor?«

»Da ich für die Regierung arbeite, gewinne ich irgendwie den Eindruck, du bellst den falschen Baum an.«

»Und was heißt das?«

»Wenn ich einer bürokratischen Welt Informationen entlocken will, vergeude ich meine Zeit nicht mit den ausführenden Organen. Nein, ich gehe zu den Typen, die sämtliche Entscheidungen treffen.«

»Wer ist das? Die stehen auf keiner Liste.«

»Mal sehen, was ich herausfinden kann. Vielleicht gibt's irgendwas in den Geheimdateien von Brookhaven.«

Ein Kellner servierte das Essen auf zwei Holztellern. Während Maks beobachtete, wie Cheryl ein Schüsselchen mit Sojasauce und Wasabi füllte, fragte sie sich, wie weit sie gehen würde, um ihr Ziel zu erreichen. Eins stand fest – sie war wild entschlossen.

Es war ein anstrengender Tag. Bis zum Einbruch der Dunkelheit blieb sie im Büro, um den Papierkram aufzuarbeiten. In ihrer Wohnung angekommen, begnügte sie sich mit Eistee und einem Salat aus einer Imbißstube. Dann ging sie in ihr Schlafzimmer, schaltete die Klimaanlage ein, schlüpfte in ein langes, weites T-Shirt und inspizierte ihre E-Mail. Eine Nachricht von Cheryl.

Zu müde, um die beiden Namen zu checken, die Cheryl ausgegraben hatte, gähnte sie und speicherte die Daten. Damit würde sie sich befassen, wenn der Spezialist nichts zustande brachte. Vage überlegte sie, ob eine der zwei Personen am Konzept des Center mitgearbeitet hatte.

Wenn es soweit war, würde sie eine Menge Fragen stellen.

Ohne ihr tägliches Ritual konnte sie nicht schlafen. Einen Monat nach dem Tod ihrer Schwester hatte sie begonnen, Erkundigungen bei verschiedenen Online-Computerdiensten einzuziehen. Indem sie Nachrichten ins Internet eingab, hoffte sie, jemand würde ihr helfen, das Rätsel um Christines Tod zu lösen. »Belohnung für vertrauliche Information über den Tod von Christine Lassiter am 31. März im Center for Human Potential.« Abgesehen von gelegentlichen obszönen Kommentaren zeigte niemand auch nur das geringste Interesse. Trotz ihrer Erschöpfung absolvierte sie auch an diesem Abend das Ritual, der Familienehre zuliebe.

America Online hatte nichts zu bieten. Als sie das Internet abrief, zögerte sie, von Kopfschmerzen überwältigt, die sie schon den ganzen Tag plagten. Sie unterbrach die Arbeit. Auf dem Weg zum Bad kam sie an Chrissies leerem Schlafzimmer vorbei. Sie öffnete den Arzneischrank, nahm zwei Tylenol aus einem Röhrchen und spülte sie mit einem Schluck Wasser hinunter. Spontan betrat sie das dunkle Zimmer ihrer Schwester, sank aufs Bett und massierte ihren Nasenrücken.

Nur für einen Augenblick, sagte sie sich und streckte sich auf der seidenen Steppdecke aus. Zur Seite gedreht, schloß sie die Augen, sah Bilder aus der Vergangenheit, gemeinsame Stunden und Träume. Gegen ihren Willen schlief sie ein.

Ein Klicken weckte sie, gefolgt von einem schwachen elektronischen Surren, den vertrauten Geräuschen ihres Computers, der das Laufwerk wechselte. Maks öffnete die

Augen. Auf dem Nachttisch stand ein Wecker mit Leuchtziffern. Drei Uhr nachts.

In träger Selbstkritik entsann sie sich, daß der Computer immer noch online war. Sie kehrte in ihr Zimmer zurück und blinzelte den hellen Bildschirm an.

Verblüfft riß sie die Augen auf und beobachtete, wie sich das Bild auf dem Monitor veränderte. Er zeigte nicht das Layout des Internet, das sie abgerufen hatte, sondern das DOS-Hauptmenü von ihrer Festplatte.

Hatte sie diese Datei selbst geöffnet? Nein, sie erinnerte sich genau. Sie hatte das Internet abgerufen, das nun seit sechs Stunden über den Bildschirm flimmerte, und das würde eine Menge Geld kosten. Die Stirn gerunzelt, fixierte sie den Bildschirm.

Vor einigen Monaten hatte ihr sicherheitsbewußter Arbeitgeber allen Mitarbeitern eine Software namens Filesecure gegeben, die sie zu Hause benutzen sollten. Damit legten sie Computerpiraten das Handwerk und ermöglichten den Zugang per Modem. Eines der Fenster, das »Wasserloch«, zeigte in der rechten oberen Ecke des Bildschirms die Zahlen des Megabyte-Speichers und die Uhrzeit des letzten Abrufs, den Zeitpunkt, wann der Benutzer zum letztenmal aus den Dateien »getrunken« hatte. 02:55 verkündetet die Digitaluhr des Wasserlochs, und jetzt war es nur sechs Minuten später.

Maks kniff verwirrt ihre Augen zusammen. Nur sie hätte die Datei abrufen können. Und damit basta. Das Filesecure-Programm erforderte komplizierte Paßwörter, und sie hatte kein einziges weitergegeben. Außerdem war sie daheim, und der Computer konnte sich nicht selbst bedienen.

Während sie den Bildschirm anstarrte, erschauerte sie. Wühlte irgendein pubertärer Hacker in ihren Dateien? Hatte er übers Internet Zugang dazu gefunden?

Im Internet gab es zahllose Programme, zum Beispiel das World Wide Web und das File Transfer Protocol, die es den Benutzern erleichterten, die Informationen auszutauschen. Aber solche digitalen Werkzeuge waren für die Kommunikation bestimmt, nicht für Raubzüge. Selbst wenn es möglich wäre, hätte das Filesecure-Programm den Zugang verhindern müssen.

Nein, entschied Maks, es ist einfach unmöglich. Aber die Zweifel ließen sich nicht verscheuchen. Entnervt drückte sie auf mehrere Tasten, um aus dem Menü auszusteigen und herauszufinden, welche Datei abgerufen worden war. Nach ein paar Sekunden erhellte sich der Bildschirm und zeigte zu ihrer Verblüffung die Wörter CHRISTINE DOC, ihren Dateinamen für alle Informationen, die sie in Zusammenhang mit Christines Tod gesammelt hatte.

Wie vom Donner gerührt, saß sie vor der Tastatur. Sie spürte, wie alles Blut aus ihren Wangen wich, als ihr müdes Gehirn mit dem unsichtbaren Eindringling kämpfte. Und warum sollte sich jemand für ihre privaten Ermittlungen interessieren? Und wenn jemand interessiert war – warum wandte er sich nicht an sie?

In ihrer Angst und Verwirrung begann sie zu zittern. Irgend etwas geschah mit ihr, das sie nicht verstand, und es jagte ihr kaltes Entsetzen ein.

4

Die langgestreckte Halbinsel des nordöstlichen Long Island wird großteils von einer ländlichen Gemeinde bevölkert, die von einer florierenden Landwirtschaft lebt. Wie Patchworks reihen sich die Farmen auf der Insel aneinander. An den Nord- und Südküsten kann man im Atlantik und im Long Island Sound fischen. Aber abgesehen von den schönen Stränden der Hamptons findet man auf der flachen Insel keine besonderen landschaftlichen Merkmale.

Wie ein schnurgerades Band zieht sich die Hauptstraße, der Long Island Expressway, über die Insel. Da man weder Berge noch Flüsse überqueren muß, fühlt sich der Reisende wie in den Great Plains. Dieser Mangel an natürlichen Barrieren führte zu lebhaften Handelsbeziehungen zwischen den einheimischen Indianerstämmen, den Shinnecocks, einem Seefahrervolk, den Mattitucks und den landwirtschaftlich orientierten Massapequas. Die Stammesgrenzen basierten auf wechselseitiger Übereinkunft, nicht auf geographischen Gegebenheiten. Bevor zunächst die holländischen Siedler und dann die zahlreichen Generationen der Kartoffelfarmer das Gebiet zu ihrer Heimat erkoren hatten, waren Rehe und Waschbären ungehindert durch dichte dunkle Kiefernwälder gestreift.

Wenn Dr. Chad Dunston den Expressway entlangfuhr, staunte er oft über das ungebrochene Flachland. Aber an diesem Morgen, nach der nächtlichen Tragödie, war er zu aufgewühlt, um an irgend etwas zu denken. Schon vor langer Zeit hatte er gelernt, nicht über Dinge nachzugrübeln, die er nicht kontrollieren konnte. Als Ann ihn verlassen hatte, war er an seinem emotionslosen Rückzug in die eigene Psyche fast zugrunde gegangen. Deshalb zwang er sich zu mentaler Ablenkung, zu Aktivitäten, die ihn vom Schmerz obsessiver Gedanken befreiten. Denn wenn er im Geist mit sich selbst allein blieb, geriet er hinter feindliche Linien.

Er schaltete das Mikrophon an seinem Revers ein, das mit seinem Taschenrecorder verbunden war. Um seinem schlechten Gedächtnis abzuhelfen, hatte er sich angewöhnt, während der Fahrt Ideen und Erinnerungen zu diktieren. Da seine Sekretärin die Aufzeichnungen abtippen würde, beschränkte er sich auf medizinische Themen. Aber der endlose Highway veranlaßte seine Gedanken manchmal abzuschweifen, und dann entstanden persönliche Monologe, die ihn in Verlegenheit brachten und seine Sekretärin entzückten.

»Mittwoch, der 14., zehn Uhr dreißig. Ein schöner Morgen nach einer katastrophalen Nacht. Ausfahrt 66. O Mann, ich könnte ein bißchen Erholung gebrauchen. Meinen linken Arm würde ich dafür geben, wenn ich jetzt in meinem Boot säße. Nun ja, nicht unbedingt. Aber Arbeit ist Arbeit, und die Pflichten müssen erfüllt werden ... Ceil, rufen Sie mal den CPT-Code für die morgige Augenoperation ab. Ein Robert Sowieso. Keine Ahnung, was ich verlangen soll. Am besten telefonieren sie mit Singhs Büro. Die kennen Honorare für Prozeduren, von denen ich noch nie gehört habe. Manchmal frage ich mich, ob sie das alles erfinden. Glauben Sie's nicht? Schon gut.«

Er unterbrach sich und schaute nach links, wo man einen Wald für ein erstaunliches medizinisches Institut gerodet hatte, das Center for Human Potential. Als man

1996 mit dem Bau begonnen hatte, war das CHP die logische Folge der bemerkenswertesten Errungenschaft in der medizinischen Technologie gewesen, der Entwicklung einer völlig computergesteuerten Medizin. Im Lauf der Jahrzehnte hatte diese Computerisierung zunehmend an Bedeutung gewonnen. Immer öfter wurden einzelne Aspekte der ärztlichen Behandlung und medizinischen Dienstleistung vom Menschen auf die Maschine übertragen. Es ergab keinen Sinn, daß ein Labortechniker Blutwerte berechnete, wenn ein Computer dieselbe Arbeit schneller, präziser und kostengünstiger erledigen konnte. Und die wachsende Effizienz der Computer wirkte sich auch auf ihren Einsatz in der Allgemeinmedizin aus.

»O Gott, hoffentlich dauert die Besprechung nicht lange. Arthur macht keinen Ärger. Aber wenn Merlin kommt, muß ich die Sprechstunde verschieben. Der Typ ist ein Genie. Leider redet er ohne Punkt und Komma. Besonders, wenn er eins seiner unheimlichen neuen Geräte mitgebracht hat ...«

Unaufhaltsam und erwartungsgemäß drang der Computerfortschritt in zuvor menschliche Domänen ein. Gegen Ende der achtziger Jahre hatte ein in Harvard entwickeltes Softwareprogramm zu akkuraten, differenzierten Diagnosen bei verschiedenen Krankheiten geführt. Man brauchte nur Symptome und Laborresultate einzugeben. Zu Beginn der neunziger Jahre ersetzte die computerisierte Röntgendiagnose in mehreren führenden amerikanischen Kliniken die menschliche Interpretation. Bald glaubten viele Leute, die Beteiligung eines Arztes an solchen Diagnosen wäre nicht nur überflüssig, sondern sogar gefährlich, weil man stets mit menschlichen Irrtümern rechnen müßte.

1994 war die Zeit reif für einen weiteren Vormarsch der medizinischen Computerisierung. Der signifikanteste Durchbruch ereignete sich auf den Gebieten der Ophthalmologie, der Augenheilkunde, und der Neurologie. Mittels der Laseroptik und der Holographie konnte man praktisch alle Schäden lokalisieren. Katarakte, Tumoren oder Zysten wurden von einem chirurgischen Roboter stereoskopisch entfernt, dessen erstaunliche Präzision die Fähigkeiten der besten Ärzte übertraf. Mit diesem phänomenalen Erfolg setzte die Entwicklung einer neuen künstlichen Medizinergeneration ein.

»Ceil, erinnern Sie mich dran, daß ich Sudo im Hitacho anrufen muß, wegen des Leitungskabels für den fiberoptischen Arterien-Einfädler. Haben Sie Lust auf Sushi? Heute kommt der Pfizer-Typ, und der ist immer ganz verrückt nach neuen Aufträgen.«

Die Leute rissen sich drum, in die neue Technologie zu investieren, was zu einem erbitterten Konkurrenzkampf führte. Natürlich hatten minderwertige Produkte keine Chance. Und so entstanden verschiedene erstklassige Geräte mit mehreren gemeinsamen Eigenschaften: optische Präzision für exakte Sezierung und Exzision; Laserstrahlen, die bei Operationen die Blutgerinnung beschleunigten; und eine schrittweise mathematische Leistungssteigerung, eine Art künstlicher Intelligenz, die ein chirurgisches Urteilsvermögen beinhaltete. Der spektakuläre Erfolg dieser Technologie war beispiellos.

Unweigerlich wurde die Fehlbarkeit menschlicher Chirurgen angeprangert, und schließlich wurde um die Mitte der neunziger Jahre die historisch bedeutsamste Bastion der Medizin erobert. Der Siegeszug des künstlichen Chirurgen entging den Politikern nicht. Er galt als Sprungbrett zur totalen medizinischen Computerisierung. Für den gigantischen Triumph der Roboterchirurgen sorgten vor allem zwei Faktoren: die Verfeinerung der Endoskope, die in der Gynäkologie und der allgemeinen Chirurgie benutzt wurden, und die Erfordernisse der Realität. Bald fand man es selbstverständlich, daß ein Computer-Laparoskop eine Gallenblase oder einen entzündeten Blinddarm entfernte. Mechanische Venenpunktionen und Roboter-Untersuchungen waren ein Kinderspiel.

Nicht jeder teilte den weitverbreiteten Enthusiasmus. Vielen Kritikern erschien es fragwürdig, die Kontrolle des menschlichen Körpers den Maschinen zu überlassen. Dunston nannte sie »Flammenwerfer«. Als er sich seinem Ziel näherte, überlegte er, ob er vor dem Center solche Leute antreffen würde. Er schaute zum wolkenlosen Himmel hinauf. »O Gott, viel lieber würde ich angeln.«

In Washington gab es keine solche Opposition. Die Debatten im Gesundheitsministerium und später im Kongreß hatten nicht lange gedauert. Obwohl sich die Regierung sträubte, Geld für soziale Zwecke auszugeben, beschloß man innerhalb weniger Monate, die Computerisierung der Krankenhäuser zu fördern. Dieser unvergleichliche Erfolg führte zur Finanzierung des Center for Human Potential. Ironischerweise hatte man über den Namen des Projekts am heftigsten gestritten.

Mehrere Namen wurden verworfen, weil sie zu mechanisch klangen (Institute for Medical Robotics), zu politisch (Republican National Disease Center) oder lächerlich

(Computerized Research and Prognostication, wobei die Abkürzung CRAP soviel wie »Mist« bedeutet hätte). Schließlich entschied man sich für einen unpolitischen Namen, der die künftigen Patienten zuversichtlich stimmen würde. Und so war das Zentrum für menschliches Potential entstanden – das Center for Human Potential, dessen einziger Nachteil darin bestand, daß es dieselben Initialen hatte wie die California Highway Patrol, die kalifornische Verkehrspolizei.

Dunston bog in die Ausfahrt 68A, die man eigens für das Center gebaut hatte. An diesem warmen Sommertag war das Verdeck seines Mustang Cabrios heruntergeklappt. Der Fahrtwind zerzauste sein lockiges Haar. Vor seiner gebräunten Stirn tanzten dunkle Strähnen wie Spinnenbeine. Er fand seine äußere Erscheinung eher markant als attraktiv. Aber den meisten Frauen gefiel die gesunde Ausstrahlung des fünfunddreißigjährigen Arztes. Wenig später erreichte er den Parkplatz des Centers.

Angesichts des Achthundert-Betten-Baus wirkte der Parkplatz für nur fünfzig Autos armselig. Aber man mußte bedenken, daß hier keine Angestellten arbeiteten. Alles funktionierte mechanisch, von den automatisierten Parkplatzeinrichtungen bis zur digitalen Essensausgabe und den zwölf schimmernden Roboter-OPs. Normalerweise kamen nur vier Personenkreise ins Center: Patienten, Besucher, Lieferanten, oder – wie in Dunstons Fall – die Leute, die sich mit dem Interface befaßten, der Interaktion von Mensch und Maschine.

»NUR MIT PARKAUSWEIS«, verkündete ein Schild. Dunston trat auf die Bremse, zog eine Plastikkarte aus der Tasche und schob sie in den Schlitz neben dem Autofenster. Ein paar Sekunden lang surrte und klickte es, während das Gerät die Informationen auf dem Magnetstreifen checkte. Gleichzeitig rotierte eine Überwachungskamera vor dem Gesicht des Fahrers. Er blickte auf und sagte: »Cheese.« Kurz danach bekam er die Karte zurück.

»Guten Morgen, Dr. Dunston«, grüßte die männliche Computerstimme.

»Guten Morgen.«

»Bitte, fahren Sie zur Nummer drei. Einen angenehmen Tag.«

»Darauf können Sie wetten.«

Das Tor öffnete sich, und Dunston fuhr weiter. Dabei nahm er das Mikrophon vom Revers und verstaute es mitsamt dem Recorder im Handschuhfach. Er lachte vor sich hin und holte tief Atem. Mit diesen bewußten Maßnahmen versuchte er, die seltsame Nervosität zu überwinden, die ihn manchmal befiel, wenn er das Center betrat. Obwohl er am Konzept des Instituts mitgearbeitet hatte, erschien es ihm fremd, wie eine kalte, distanzierte Persönlichkeit, die ihn beunruhigte.

»Aber heute nicht, Kumpel«, redete er sich in erzwungenem Selbstvertrauen ein. Er parkte das Auto und schlenderte über den kunstvoll gemeißelten blauen Steinweg zum Eingang.

Den Kopf wie in einem Tagtraum gesenkt, betrachtete er die Steine. Nach zehn Metern hörte er einen sonderbaren Singsang. Er blieb stehen und schaute in die Richtung, aus der das Geräusch kam. Etwa fünfzig Schritte von der Tür entfernt, schienen etwa zwei Dutzend Leute zu demonstrieren. Zwischen der kleinen Schar und dem Eingang standen drei Streifenwagen, und dahinter warnte ein Schild: POLIZEISPERRE – ZUTRITT VERBOTEN.

»Nicht schon wieder«, stöhnte Dunston. Die Flammenwerfer.

Hastig machte er einen weiten Bogen um die Versammlung und versuchte, möglichst wenig Aufmerksamkeit zu erregen. Aus den Augenwinkeln sah er zwei Plakate. ECHTE ÄRZTE FÜR ECHTE MENSCHEN. Und: EXPERIMENTE MIT HUNDEN, NICHT MIT MENSCHEN. Was würden die Tierschützer dazu sagen? Nur noch ein paar Schritte, und er würde in Sicherheit sein.

»Dr. Dunston!« rief ein Mann, der gerade interviewt wurde.

»O Gott«, murmelte er, im Konflikt zwischen seiner Höflichkeit und dem Wunsch, eine gewisse Geste mit einem Finger zu machen. Mittlerweile war er über die Tücken der journalistischen Inquisition informiert.

Ein elegant frisierter weißhaariger Mann im Nadelstreifenanzug eilte zu ihm, grinste breit und streckte die Hand aus, von mehreren Reportern gefolgt. »Howard Sapperstein«, verkündete er, laut genug für die Bandaufnahme. Die Presse bildete einen lockeren Kreis, Kamera-Recorder rollten heran.

Ohne Begeisterung schüttelte Dunston einige Hände. »Was wollen Sie, Howard?« Seine Lippen bewegten sich kaum. Seit fünf Jahren kannte er Sapperstein, einen Allgemeinmediziner, den Regionaldelegierten der American Medical Associaton's Hospital Medical Staff Section. Die AMA steckte in der Klemme. Obwohl sie das Center und seine Technologie unterstützte, klagten einige Mitglieder über wirtschaftliche Nachteile, die es ihnen brachte. »Welches Banner schwingen Sie denn diesmal?«

Sapperstein drückte ihm die Hand und lachte warmherzig. Dann erklärte er der Presse: »Dr. Dunston fragt, welches Banner ich schwinge. Für die Ladies und Gentlemen, die es vielleicht nicht wissen – Dr. Dunston war an der Gründung des Centers maßgeblich beteiligt.« Hinter ihm gellten Buhrufe. Als sie verstummten, wandte er sich wieder zu Dunston. »Ich trage das gleiche Banner wie fünfundneunzig Prozent aller Ärzte in diesem Land. Ganz zu schweigen von den zahlreichen Schwestern und Pflegern. Auch die Joint Commission for Accreditation of Hospitals nimmt diese Haltung ein, wie ich vielleicht hinzufügen darf.«

»Ah, der geballte Zorn der JCAH …«

»Zorn? Keineswegs. Eher gesunder Menschenverstand. Für uns von der AMA ergibt es keinen Sinn, das Kind mit dem Bad auszuschütten. Jahrhundertelang hat eine ethische, professionelle Beziehung zwischen Ärzten und Krankenhäusern für das Wohl der Patienten gesorgt – eine erprobte und zweifellos sehr erfolgreiche Verbindung.« Anklagend hob er einen Finger. »Diese neue Klinik ist ein riskantes Unternehmen, Dr. Dunston. Und ich erschauere bei dem Gedanken, das Experiment könnte landesweit Schule machen. Womöglich weltweit! Das wäre ein Schlag ins Gesicht der Menschheit. Ein Verzicht auf unsere ärztlichen Fähigkeiten würde eine Katastrophe heraufbeschwören.«

»Solange das Bein nicht gebrochen ist, soll man's nicht richten?«

»Genau.«

»Ihre Argumente hängen nicht zufällig mit wirtschaftlichen Aspekten zusammen?«

Von sichtlicher Wut erfüllt, schwenkte Sapperstein seinen Finger vor Dunstons Nase. »Wenn ich auch nur eine Sekunde lang glaubte, Ihre Roboter könnten eine bessere medizinische Versorgung gewährleisten als ausgebildete erfahrene Ärzte, wäre ich der erste, der diese Monstrosität …« Er zeigte auf das Gebäude. »…unterstützen würde. Aber die Fakten beweisen das Gegenteil.«

»Was sagen Sie dazu, Doktor?« fragte der *Newsday*-Reporter.

Dunston lächelte gezwungen und versuchte, den Kamera-Recorder zu ignorieren. Aber das Klicken der automatisch rotierenden Spule irritierte ihn. »Welche Fakten mein Kollege meint, weiß ich nicht. Ich kenne nur die Qualitätsgarantien, die wir monatlich ans Gesundheitsministerium schicken. Übrigens sind diese Berichte der Öffentlichkeit zugänglich. Bilden Sie sich selbst ein Urteil.«

»Karen Kessler von New 12 Long Island.« Eine junge Frau hielt ihm ihr Mikrophon vors Gesicht. »Würden Sie unseren Zuschauern erklären, was unter Qualitätsgarantie zu verstehen ist?«

»In diesen sogenannten QUG-Berichten sind Krankheits- und Todesstatistiken enthalten, Komplikationsquoten und medizinische Fehlleistungen. Um es kurz und bündig auszudrücken, Miss …«

»Kessler.«

»… Miss Kessler, im Center ist noch nie was schiefgegangen, und das wird auch nie passieren. Fragen Sie Dr. Sapperstein, ob den Ärzten in den konventionellen Kliniken gelegentlich Kunstfehler unterlaufen, sogenannte

›Zwischenfälle, die der Meldepflicht unterliegen‹. Vermutlich wird er Ihnen keine ehrliche Antwort geben. Aber ich versichere Ihnen, so was kommt vor. Irren ist menschlich, wie es so schön heißt. Und da im Center keine Menschen arbeiten, sind Irrtümer ausgeschlossen. Erkundigen Sie sich beim Gesundheitsministerium. Dann werden Sie erfahren, daß die wenigen Komplikationen nicht der Rede wert sind. Wenn Sie mich jetzt entschuldigen …«

»Aber – Doktor! Verstehen Sie denn nicht die Angst der Leute vor einer Klinik ohne menschliche Kontakte?«

»Allem Anschein nach sind Sie falsch informiert. Die Patienten des Center bleiben in Verbindung mit Angehörigen und Freunden. Außerdem hat jeder ein Telefon mit TV-Monitor zur Verfügung und kann anrufen, wen er will.«

»Also halten Sie das Center nicht für ein Experiment mit Menschen?«

Dunston wählte seine Worte sehr sorgfältig. »Wenn Sie mit Experiment den wissenschaftlichen Fortschritt meinen – jeder Fortschritt ist schließlich ein Experiment. Wer neue Wege geht, muß ja irgendwo anfangen. In der Medizin heißt dieses Irgendwo – hier und jetzt. Keiner der Patienten im Center wird als Versuchskaninchen mißbraucht. Was in dieser Klinik geschieht, wurde sehr gründlich getestet und für einwandfrei befunden. Sie ist nicht nur gut, sondern – verdammt noch mal, die allerbeste.«

»Wie würden Sie sich fühlen, wenn Sie selber ein Patient im Center wären?«

Nun verlor er die Geduld. »Ich würde mir keine Gedanken machen.«

Als er den Haupteingang erreichte, glitten die Türen auseinander. Der Presse entronnen, eilte er erleichtert in die Halle, die zwölf Meter im Quadrat maß. An den sterilen naturweißen Wänden hingen gerahmte Drucke, die farblich zur rosaroten und braunen Einrichtung paßten. Darunter standen Sofas aus Chrom und Kunstleder. In den Ecken lockerten Töpfe mit pflegeleichten Grünpflanzen die strenge Atmosphäre etwas auf. Um diese Stunde waren drei »Besucher« anwesend.

Eigentlich konnte man sie nicht »Besucher« nennen, da die Verwandten und Freunde nur mittels interner Fernsehanlagen mit den Patienten verkehrten. Dazu wurden mehrere Zellen benutzt, die ungestörte Gespräche ermöglichten. Niemand durfte sich den Krankenbetten nähern oder durch die Korridore wandern, was auch für Dunston galt.

Zwei Besucher saßen in der Kunstlederpolsterung, ein dritter stand vor einer Chromwand mit der Aufschrift »Kasse«. Daneben befanden sich ein Mikrophon, ein Lautsprecher, ein Display und ein Schlitz für Kreditkarten. Aus den Augenwinkeln beobachtete Dunston, wie das Display die geforderte Summe anzeigte. Wie Kursnotierungen auf Börsenmonitoren glitten die Zahlen von links nach rechts.

Von der Halle zweigten mehrere geschmackvoll verborgene Türen ab. Über einer stand: NUR FÜR PATIENTEN. Durch diese Tür wurden die stationär behandelten Kranken in mechanischen Rollstühlen zu ihren Zimmern gebracht. Die Tür, zu der Dunston ging, war nicht gekennzeichnet. Lautlos schwang sie auf, als er seinen Plastikausweis in einen Bronzeschlitz schob, schloß sich hinter ihm, und er spürte einen schwachen Luftzug. Nun betrat er einen weiteren quadratischen Raum, in dessen Mitte ein Konferenztisch stand.

»Guten Morgen, Chad!« Ein etwa fünfzigjähriger Mann erhob sich und reichte ihm die Hand. »Wie war dein langes Wochenende?«

»Hallo, Arthur, einfach super.« Dunston musterte den Bauch des Mannes. »Bist du in letzter Zeit mal auf die Waage gestiegen?«

Verlegen tätschelte Arthur Weiman seine Leibesmitte. »Ist's so schlimm? Die Italiener sind da. Jedesmal, wenn meine Schwiegereltern zu Besuch kommen, gibt's zwei Wochen lang nur Pasta und Pesto.« Er grinste und betrachtete Dunstons müdes Gesicht. »Hat dich der Mob da draußen erwischt?«

»Ja. Und letzte Woche hatte ich einen schwierigen Fall. Wie bist du der Presse entronnen?«

»Ich war schon da, bevor sie alle ankamen. Sicher warst du so diplomatisch wie eh und je.«

Chad lächelte. »Was steht heute auf der Tagesordnung?«

»Das Übliche. Neuzugänge und Krankenberichte, pharmazeutische und therapeutische Aufstellungen, die vierteljährliche Krankheitsstatistik, dann das Interface. Und ein Memo ersucht uns, am Ende der Routinearbeit noch etwas Zeit zu erübrigen.«

»Warum?«

»Keine Ahnung. Vielleicht will man uns überraschen.«

»Phantastisch.« Dunston schüttelte den Kopf. »Kommt Randy?«

»Nein, er schafft's nicht. Merlin hat auch keine Zeit.«

»Okay, dann machen wir's uns eben zu zweit gemütlich. Fangen wir an.«

Die »Runde« fand alle zwei Monate statt, ein Treffen der Interface-Gruppe, deren Mitglieder über den Hauptcomputer mit dem Center kommunizierten. Außer Dunston und dem Internisten Weiman gehörten Marlon Adams, genannt Merlin, und Randall McKenna zur Gruppe. Merlin, der ein Diplom in Elektrotechnik besaß und in den Brookhaven National Labs arbeitete, war ein Computergenie, Randy ein Psychiater und Neurologe. Einmal pro Quartal gesellten sich noch andere Experten hinzu, beispielsweise Psychologen, Laborleiter und Pharmazeuten. Alle verfügten über hervorragende Kenntnisse in der Computertechnologie, der sie ein lebhaftes Interesse entgegenbrachten.

Rasch und methodisch sahen die beiden Ärzte den Papierstapel auf dem Konferenztisch durch, hakten die einzelnen Punkte ab und machten sich Notizen.

Bald legte Dunston die Liste chirurgischer Eingriffe beiseite und schüttelte langsam den Kopf. »Unglaublich. Tausend Fälle in einem Monat, und die Resultate ändern sich nie. Einige Wundinfektionen, ein paar Lungenentzündungen, geringfügige urologische Probleme. In anderen Kliniken liegt die Komplikationsrate bei fünfzehn Prozent. Wie zum Teufel schafft das dieser Laden?«

»Indem er uns den Zutritt verwehrt. Du hast's doch selber gesagt. Keine Ansteckungsgefahr durch menschliche Mitarbeiter, strenge Antisepsis.«

»Das hab' ich gesagt?«

»Jeden Monat.«

»Eins zu null für mich.« Nachdenklich starrte Chad ins Leere. »Aber hast du nie das Gefühl, daß das alles *zu* perfekt ist?«

Weimans Antwort war ein ein entnervender, durchdringender Blick.

»Vergiß es«, seufzte Chad nach einer langen, unangenehmen Pause, wandte sich zur rechten Seite und nahm einen Helm vom Nachbarstuhl. Das Gerät glich einem normalen Schutzhelm für Motorradfahrer, wies aber ausgeprägte Kanten auf und statt des Visiers eine undurchsichtige Platte. An der Rückseite hing ein Kabel.

Weimar schob den Stecker in eine Steckdose. »Hast du was fürs Interface?«

»Ein bißchen was. Da gibt's einen verrückten neuen Klebstoff für Herzprothesen, ein synthetisches Polymer. Das spart Zeit und macht Nähte am offenen Herzen überflüssig.«

»Also muß man einfach nur mehr schneiden und kleben?«

»So ungefähr.« Dunston setzte den Helm auf und verband ihn mit dem Adapter. Dann zog er elektronische Handschuhe an – größer als die Handschuhe von Hockeyspielern oder Eisenbahnarbeitern. Dünne Kabel leiteten seine Fingerbewegungen an den Computer weiter. Im Helm befand sich ein Detektor, der Sichtfelder von niedriger Frequenz benutzte, um die Position der Handschuhe und die Blickrichtung des Trägers zu überwachen. Schließlich klappte Chad die undurchsichtige Platte herunter. Zunächst war alles schwarz, dann sah er blendendes Weiß, und auf der Innenseite der Platte erschienen digitale Buchstaben.

OPTISCHES INTERFACE, VERSION 4.0, lautete die Information, gefolgt vom Datum, Dunstons Zu- und Vornamen. MÖCHTEN SIE KONTAKT AUFNEHMEN?

Statt einer Computertastatur benutzte er die neu entwickelte Technik der Psychotranskription und stellte sich die einzelnen Buchstaben in der richtigen Reihenfolge vor. Die Sensoren in seinem Helm nahmen die elektrischen Impulse seines Gehirns auf und transportierten: Ja.

SPEZIFIZIEREN SIE DIE KATEGORIE.

Aktuelle Datenbank, dachte er. Nach mehreren Fragen und Antworten wurde er mit dem Interface verbunden. Nun war die Kommunikation zwischen Mensch und Computer relativ einfach.

Er mußte sich nur ganz entspannt vorstellen, was er wissen wollte, wie in einem Tagtraum. Im Helm eingebaut, sammelten optisch orientierte Elektroden die Bilder auf Chads Hirnrinde und leiteten sie zu den Pixels in der Visierplatte. Auf ihrer Fläche erschien ein schwach erhelltes, aber deutliches Bild, das seine Gedanken exakt wiedergab. Wenn er die Hände bewegte, flimmerte die Umwandlung seiner Gesten auf der Platte.

Bald waren die Instruktionen für die Psychotranskription vollendet. Der Computer verstand, daß Dunston ihm die Mechanismen und neuen Entwicklungen in der Herzchirurgie beibringen wollte, von denen er Weiman zuvor erzählt hatte.

SENKEN SIE DEN OKULAR-ADAPTER UND FAHREN SIE FORT.

Als Dunston auf eine Taste drückte, begann der Helm leise zu surren. Eine rechteckige Platte, so dünn wie eine Diskette, senkte sich vor seinem Gesicht herab, nur wenige Millimeter von seinen Augen entfernt. Darin befanden sich zwei winzige Bildschirme, einer für jedes Auge. Die Spezialoptik der Platte ermöglichte eine stereoskopische Ansicht der simulierten Realität – in diesem Fall eines Operationsfelds am offenen Herzen.

Innerhalb weniger Sekunden beobachtete Dunston, wie sich der Brustkorb eines Patienten öffnete, um Herz und Lunge zu entblößen. Er hob die rechte Hand, die Finger ausgestreckt, und sie zeigte sich sofort auf dem Bildschirm. Dann dachte er das Wort »Messer«, und die Hand umfaßte ein glänzendes Skalpell. Die Operation begann.

Der Vorteil der Psychotranskription bestand darin, daß Dunston jene Teile der Operation auslassen konnte, die der Computer bereits kannte. Zum Beispiel wußte er, wie man den Brustkorb aufschnitt, den Herzbeutel öffnete und den Patienten an die Herz-Lungen-Maschine anschloß. Bald konnte Dunston ihm die Neuerungen erklären. Nachdem er dem Computer die wichtigsten Einzelheiten übermittelt hatte, überließ er die restlichen Informationen einem imaginären Assistenten. Mittels der Simulation hatte er in wenigen Minuten zustande gebracht, was in der Realität Stunden dauerte.

Aber die Prozedur war anstrengend. Nachdem er das Interface beendet und den Helm abgenommen hatte, glänzte Schweiß auf seiner Oberlippe. Er holte tief Atem und versuchte, sich zu entspannen.

Erschrocken starrte Weiman ihn an. »Du siehst aus, als hätte dich ein Laster überfahren.«

»So ähnlich fühle ich mich auch.« Dunston schaute auf seine Uhr. »O Gott, es ist fast elf. Sind wir fertig?«

»Noch nicht ganz. Eine Zeitlang müssen wir noch rumhängen. Erinnerst du dich an das Memo?«

Das war ungewöhnlich. Noch nie hatte der Computer

eine solche Forderung gestellt. »Um zwölf muß ich in der Praxis sein.«

»Klar, ich auch. Und ...«

Ein surrendes Geräusch fiel Weiman ins Wort. Auf der Tischplatte wich eine fast unsichtbare Tafel zur Seite. Langsam erhob sich ein kleiner Monitor und hielt klickend inne, sobald er die Augenhöhe erreichte. Auf dem Bildschirm blinkte ein Cursor, und nach einigen Sekunden erschienen Wörter.

SELBSTTEST BEENDET. GENEHMIGUNG ERBETEN, UM SEKTION ALPHA EINZUFÜHREN.

»Ich geb's auf«, stöhnte Dunston. »Verstehst du das?«

»Alpha ...« Weiman biß sich in die Lippen und dachte nach. Dann riß er die Augen auf. »Natürlich! Er hat seine eigene Weiterentwicklung abgeschlossen. Und wir dachten, das würde fünf Jahre dauern, keine zehn Monate. O Gott, dieses Ding hat wirklich was drauf.«

Jetzt erinnerte sich Dunston. Als er zusammen mit anderen Wissenschaftlern das Center konzipiert hatte, war eine Phase eingeplant worden, in der sich der Hauptcomputer weiterbilden sollte. Er lernte aus seinen eigenen Fehlern, die aber Prozeduren in seinem Inneren betrafen, nicht die Betreuung der Patienten. Damals hatte man vermutet, die Beseitigung solcher Irrtümer würde eine fünf Jahre lange mühsame Selbstanalyse erfordern. Danach wäre der Computer autonom und kaum noch auf menschliche Intervention angewiesen. Vielleicht würde man das Interface nicht mehr brauchen.

Dunston erschauerte. Seit seines Medizinstudiums faszinierte ihn die Computerisierung der Medizin. In all den Jahren hatte er sich auf den Tag gefreut, wo die Computertechnologie das menschliche Element nicht mehr brauchen würde. Jetzt war es soweit. Aber er fühlte sich nicht bereit für diesen enormen Fortschritt. Nicht, daß das Konzept falsch gewesen wäre. Doch die ungeheure Macht des Centers erschien ihm unheimlich, sogar beängstigend. Er lächelte gezwungen. Mach dich nicht lächerlich, ermahnte er sich.

GEHEN SIE ZUR STUFE DREI, lautete die nächste Aufforderung.

»Stufe drei?« fragte er.

»Ganz unten, die dritte Ebene«, erläuterte Weiman. »Das Herz der Computerzentrale. Erinnerst du dich an unsere kleine Besichtigungstour, bevor der Schuppen online geschaltet wurde?«

»So ungefähr. Wir sollten nicht zurückkehren, bis ... Nun, ich nehme an, der große Augenblick ist gekommen. Und wer zeigt uns den Weg dorthin?«

Wie auf ein Stichwort erklang ein leises, hydraulisches Zischen. Ein Luftzug rauschte. In der Wand hinter den beiden Ärzten öffnete sich eine verborgene Tür, die zu einem Treppenabsatz führte.

»Ich glaube, damit ist meine Frage beantwortet«, sagte Dunston.

Seite an Seite wagten sie sich ins Dunkel. Infrarote Sensoren spürten sie auf, tauchten die Betonstufen und ein graues Eisengeländer ins orangegelbe Licht starker Halogenlampen. Dunston streckte einen Arm aus. »Nach dir.«

»Danke, Chad.«

Während sie die ersten Stufen hinabstiegen, hörten sie ein surrendes Geräusch. Die Tür fiel hinter ihnen ins Schloß. Bevor sie ihren Weg fortsetzten, blieben sie kurz stehen und schauten sich an. Die Betonmauern sahen aus wie Honigwaben. Ansonsten wiesen sie keinerlei Merkmale auf.

»Wie kann man sich an ein Gebäude ohne Schilder oder Türnummern gewöhnen?« fragte Weiman.

»Wer soll denn so was lesen?«

»Das stimmt. Aber wie erkennen wir das richtige Stockwerk?«

Wieder öffnete sich eine Tür, wie auf ein Stichwort. Dunston grinste. »Nun, was hältst du von diesem Service?«

Sie betraten einen finsteren Korridor. Eine Zeitlang starrten sie in schwarzes Nichts, bis über ihren Köpfen schwache rote Lampen zu glühen begannen. Dunston fühlte sich wie in einer Dunkelkammer. Zögernd blieb Weiman stehen. »Das ist wirklich gespenstisch.«

»Komm schon, Arthur! Ich muß mich um meine Patienten kümmern.«

»Einmal war ich in einem U-Boot. Das war auch so beleuchtet. In Alarmbereitschaft.«

»Wenn ich eine Wasserbombe höre, sage ich's dir.«

Langsam folgten sie dem Korridor. Dunston ging voraus. Als sie um eine Ecke bogen, sahen sie mehrere unbeschilderte Türen. »Sind wir schon da?« fragte Weiman.

»Nein, ich glaube, die Computerzentrale liegt weiter vorn. Wenn ich mich nicht irre, sind wir hier im Labor. Demnächst muß ich mir die Baupläne noch einmal ansehen.«

»Wenn wir schon mal hier sind, warum schauen wir uns nicht um?«

»Du weißt genauso gut wie ich, daß wir ohne Erlaubnis nirgendwohin gehen dürfen.«

»Moment mal, wir haben diesen Laden *konzipiert*!«

Seufzend nickte Dunston. An den Türen gab es keine Klinken. Neben jeder befand sich ein großer Knopf, auf den man offenbar in Notfällen drücken mußte, oder bei irgendwelchen Dienstleistungen.

Dunston drückte auf den Knopf der mittleren Tür, und sie öffnete sich. Zuerst trat Weiman ein. Das Labor maß etwa dreißig Meter im Quadrat. Im Gegensatz zum Korridor war es hier fast völlig dunkel. Aber die Lichtschalter und Digitalziffern spendeten genug Licht, so daß man sich zurechtfinden konnte, sobald sich die Augen an die Finsternis gewöhnt hatten.

Mit kleinen Schritten ging Weiman weiter. Ein paar Dutzend Maschinen standen in Reih und Glied auf Schieferplatten. Diese Autoanalysatoren untersuchten die Beschaffenheit aller Proben, die ins Labor gebracht wurden, und jeder übte mit seinen diversen Hebern, Röhren, Saugpumpen und Skalen eine andere Funktion aus. Gemeinsam erzeugten sie sonderbare, hauptsächlich plätschernde Geräusche – eine Versammlung von Installateuren, die plötzlich den Verstand verloren hatten. Dunston folgte Weiman und lauschte dem schwachen Blubbern und Rauschen.

»Unglaublich«, flüsterte Weiman. »Das hätte ich mir niemals träumen lassen.«

»Wie kommen die Proben hierher?«

»Die Autobots bringen sie rein, diese kleinen Service-Roboter, die von General Dynamics entwickelt wurden. Erinnerst du dich?«

»Vage. Gehen wir ...« Abrupt verstummte er, als er im Hintergrund des Labors ein unregelmäßiges Flackern bemerkte.

»Siehst du das?«

»Was?«

»Dort.« Dunston ging auf das sonderbare Signal zu. »Kleine Blitze – ein Funkeln.« Seine Schritte beschleunigten sich, sein Herz schlug schneller. Dann hörte er ein undeutliches Summen. Irgend etwas schien sich zu schließen. Aber als er die Stelle erreichte, wo das Licht eben noch geblinkt hatte, fand er nur eine kühle, dunkle Mauer. Unsicher tastete er darüber. »Ich schwöre, daß ich was gesehen habe.«

»Was denn?« Weiman stand hinter ihm.

»Keine Ahnung. Irgendwas.«

»Aber das ist nur eine leere Wand.«

»Und was liegt dahinter?«

»Verdammt will ich sein, wenn ich mich daran erinnere. Mit dem Labor hängt's sicher nicht zusammen. Deine Augen haben dir einen Streich gespielt.«

Langsam atmete Dunston auf. »Ja, wahrscheinlich. Verschwinden wir.« Sie kehrten in den Korridor zurück. Zielstrebig gingen sie weiter. »Arthur, fragst du dich manchmal, ob wir uns mit diesem Projekt zuviel zugemutet haben?«

»Jetzt ist's zu spät für philosophische Bedenken.«

»Das alles ist so – *phantastisch.*«

»Mit Phantasie hat's nichts zu tun, Chad. Dieses Krankenhaus ist das Resultat fortgeschrittener Mathematik, aber immer noch eine simple Gleichung. $a^2 + b^2$ ist c^2. Basta. Such nicht irgendwelche Dinge, die nicht existieren.«

Nach hundert Schritten bogen sie um eine weitere Ecke und erreichten den nächsten Raum. Unverkennbar die

Computerzentrale – obwohl kein Schild darauf hinwies. Eine spürbare vibrierende Aura erweckte den Eindruck lebhafter Aktivitäten. Zuerst trat Dunston ein, dicht gefolgt von Weiman.

Drinnen schien die Luft zu pulsieren. Dunston hielt den Atem an und schaute sich um. So groß wie ein Flugzeughangar, enthielt der Raum zahlreiche Geräte, die wie Personal Computer aussahen, ordentlich aneinandergereiht. Jeder stand auf seinem eigenen Tisch. Vermutlich ein paar Hundert, schätzte Dunston. Und alle waren miteinander verbunden, durch isolierte Kabel, die Nabelschnüren glichen. Eine Armada, dachte er. Bereit zum Gefecht.

Verwundert riß Weiman die Augen auf. »Ist das ein Werbespot von IBM?«

Ehrfürchtig ließ Dunston seinen Blick über die Computer wandern. »Die meisten stammen aus Japan.« Dann erregte das Zentrum des Raums seine Aufmerksamkeit. »O Gott, sieh dir das an!«

In der Mitte des Saals ragten zwei Quader empor, viereinhalb Meter hoch und fast halb so breit. Das mußten die Supercomputer sein. Von einer seltsamen Macht angelockt, ging er langsam darauf zu. »Unglaublich«, murmelte er und überlegte nicht, ob Weiman ihn hören konnte. »So was stellt man sich nicht vor, wenn man den Entwurf studiert. In der Realität wirken sie fast beängstigend.«

Ein leises, heiseres Summe erfüllte den Raum, und die Atmosphäre wirkte elektrisch geladen, wie vor einem Gewittersturm. Ein schwacher Ozongeruch lag in der Luft. Verwirrt hob Dunston die Hände und bewegte sie, als wollte er Nebelschwaden verscheuchen. »Diese Kraft ... Spürst du's?«

Unter ihren Füßen bebte der Boden. »Was für eigenartige Vibrationen«, meinte Weiman. »Was ist das?«

»Magnetfelder. Superleiter, entsinnst du dich? Die ersten und einzigen Superleiter-Computer der Welt.«

»Irgendwie hybrid, nicht wahr?«

»Allerdings. Josephsons Logik-Schaltsysteme und Halbleiter-Speicher, alle laufen mit siebenundsiebzig Grad K. Parallelverarbeitung, Hochgeschwindigkeits-Interface und so weiter.«

»Dich hat das immer schon alles viel mehr fasziniert als mich.«

»Warum auch nicht? Diese Maschinen leisten, was kein Computer je zuvor geschafft hat. Allein schon ihr Tempo übertrifft die Fähigkeit des menschlichen Gehirns bei weitem. So was gibt's sonst nirgendwo. Und deshalb ist das Center einzigartig.«

Als sie sich der Mitte des Raums näherten, spürten sie, wie die Temperatur abrupt sank. Ihr Atem bildete weiße Wolken.

»Funktioniert der Thermostat nicht?« fragte Weiman und rieb sich die Hände. »Hier ist's so kalt wie in einem Eisschrank.«

»Das Kühlmittel. Flüssiges Nitrogen oder Helium. Die Superleiter arbeiten nur bei niedrigen Temperaturen. Trotz der guten Isolation tritt ein Teil des Kühlmittels aus.«

Plötzlich dröhnte die Stimme des Computers in ihren Ohren, und sie zuckten erschrocken zusammen. »Guten Morgen, Gentlemen.« Die gleiche synthetische Männerstimme hatte Dunston auf dem Parkplatz gehört. Jetzt klang sie tiefer und eindringlicher, aber immer noch seltsam mechanisch – unmenschlich. Wie erstarrt standen die beiden Männer da und wechselten einen Blick, eingehüllt in die geisterhaften Schleier ihrer Atemwolken. Sie warteten, doch der Computer schwieg.

»Wenn das Oz ist, und dieses Ding mich Dorothy nennt, laufe ich davon«, flüsterte Weiman beklommen.

»Reg dich ab, Arthur. Hier ist keine übernatürliche Macht am Werk, und wir haben immer noch alles unter Kontrolle. Wir sind hier herunter gekommen, um dem Computer eine Erlaubnis zu erteilen – das ist alles. Jetzt müssen wir abwarten, bis er irgendwas unternimmt.« Dunston musterte die großen Maschinen, die vor ihm aufragten, nur einen Schritt entfernt. Im Halbdunkel schienen sie zu pulsieren. Schließlich entdeckte er auf einem Quader eine der allgegenwärtigen Videokameras. Die Linse des mechanischen Auges zog sich zusammen und fixierte die beiden Männer. »Okay, Jungs, wie lautet das magische Wort?« fragte er.

Zwei Bodensegmente glitten beiseite, Gräben klafften zwischen Menschen und Maschinen. Eine Sekunde später tauchten zwei Stühle empor und rasteten mit maschinellem Klicken ein. Sie sahen wie formschöne Zahnarztstühle aus. Gleichzeitig öffneten sich zwei Schiebetüren an den Vorderwänden der Computer. Automatische Arme glitten heraus, an deren Enden wuchtige Hände befestigt waren. Rasch verbanden sich ihre Kabel mit den Mainframes der Stühle.

»Noch ein optisches Interface?« fragte Weiman verblüfft.

Dunston runzelte die Stirn. Dann erhellte sich seine Miene. »Nein, ich glaube, das sind die neuen tragbaren magnetischen Resonanzhelme, die das Gehirn scannen.«

»Können wir unsere Erlaubnis erteilen, indem wir uns checken lassen?«

»Das würde einen gewissen Sinn ergeben. Immerhin wurden die Superleiter zum erstenmal für magnetische Resonanzbilder in der Medizin eingesetzt.« Dunston zeigte auf einen Stuhl. »Bist du bereit, *amigo*?«

Als würde der Computer das Zögern der Ärzte spüren, begann er wieder zu sprechen. »Setzen Sie bitte die Helme auf und kontaktieren Sie Sektion Alpha.«

»Offenbar bleibt uns nichts anderes übrig«, seufzte Weiman.

Sie nahmen Platz, lehnten sich zurück und stülpten die Helme über ihre Köpfe. Um magnetische Resonanzbilder zu erzeugen, benutzten die Computer einen Superleiter-Magneten, der auf den Wasserstoff im menschlichen Körper eingestellt war. Radioimpulse leiteten schwache, aber spürbare Signale weiter, die in Bilder umgewandelt werden konnten. Das alles wußte Dunston. Aber nach seinen bisherigen Erfahrungen setzte man die Magnetresonanz nur ein, um Abnormitäten im Körper zu orten. Offenbar hatte diese Technologie noch andere Verwendungsmöglichkeiten entwickelt. Er war kerngesund und nur ein einziges Mal in ärztlicher Behandlung gewesen, wegen eines Muskelfaserrisses in einem Knie, den er sich während des Studiums zugezogen hatte. Deshalb fühlte er sich so unbehaglich wie die meisten Patienten, die auf eine Diagnose warteten. Er versuchte sich zu entspannen, atmete tief durch, aber er spürte, daß sein Herz viel zu schnell schlug. Trotzdem vertraute er der Technologie.

Kannst du meine Gedanken lesen, fragte er den Computer.

Dann schloß er die Augen und starrte die dunklen Bilder an, die hinter seinen Lidern flackerten. Plötzlich explodierte in seinem Gehirn ein blendendes Weiß, heller als grelles Sonnenlicht. Unwillkürlich zuckte er zusammen, der behelmte Kopf stieß gegen die Polsterung des Stuhls. Dann erlosch das Licht ebenso wie sein Bewußtsein, färbte sich grau und versank in schwarzem Nichts.

5

Sind Sie okay, Dr. Dunston?«

»Was?«

»Haben Sie mir nicht zugehört?« fragte die Sprechstundenhilfe.

»Vergessen Sie's, Ceil. Ich war in Gedanken ganz woanders.«

»Soll ich die Patienten hereinholen?«

Er nickte. »Fangen wir an.«

Aber die Sprechstundenhilfe, eine Frau in mittleren Jahren, zögerte und musterte ihn besorgt. Sie wollte etwas sagen. Dann besann sie sich eines Besseren, verschwand durch die Tür des Wartezimmers und führte die ersten beiden Patienten in die Untersuchungsräume. Die vertraute Routine begann – Wiegen, Blutdruckmessen, Eintragungen in die Krankenblätter. Falls irgend etwas anderes von der Norm abwich, wurden die Funktionen nicht gestört. Und es gab keinen Grund, den Doktor zu bedrängen, wenn er schweigen wollte.

Er hätte ihr auch nicht viel erzählen können, weil er

sich nur vage an die Ereignisse im Center erinnerte – so wie an einen verschwommenen Traum. Um halb zwölf hatte er in der Eingangshalle gestanden und auf seine Uhr geschaut. Die Demonstranten und Reporter waren verschwunden. Was geschehen war, nachdem er in der Computerzentrale jenen Helm aufgesetzt hatte, wußte er nicht.

Darüber ärgerte er sich. Es beschämte und beunruhigte ihn. Nie zuvor hatte er einen Blackout erlebt. Ein Schlaganfall? Er hatte noch nie an einem Gehirntrauma gelitten, und seit der Studienzeit nahm er keine Drogen mehr. Eine tiefe Ohnmacht? Als er zu sich gekommen war, hatte er beschlossen, Weiman zu befragen. Aber Weiman war verschwunden. Vermutlich hatte der Kontakt mit Alpha reibungslos stattgefunden. Nun fehlte ihm der Mut, seinen Freund anzurufen und herauszufinden, was passiert war. Sollte sich so ein Blackout wiederholen, mußte er einen Neurologen konsultieren.

Fast den ganzen Nachmittag dauerte der nebulöse Zustand an. Er arbeitete mechanisch, wechselte Verbände und untersuchte Operationsnarben, sprach nur, wenn er angeredet wurde, und ignorierte das Gemurmel ringsum. Weder die Patienten noch die Mitarbeiter hatten ihn jemals so wortkarg erlebt. Weil sie spürten, daß er seinen eigenen Gedanken nachhing, ließen sie ihn in Ruhe. Kurz vor dem Ende der Sprechstunde wurde er aus seiner Erstarrung gerissen. Er saß am Schreibtisch und sah einige Papiere durch, als Ceil hereinkam, um ihm eine Visitenkarte zu übergeben. »Können Sie ein paar Minuten für einen Besuch erübrigen.«

»Wer ist's denn? Der Vertreter eines Pharmakonzerns? Der Typ von Pfizer?«

»Nein, sie sagt, es würde sich um eine Privatsache handeln.«

»Was meistens Ärger bedeutet. Wie ein Einschreiben.« Er betrachtete die Visitenkarte und las den Namen Maxine Lassiter, die Adresse, die Telefonnummer. Kein Firmenname. Entweder tollkühn oder idiotisch. »Ich wette, sie will mir eine Versicherung andrehen.«

»Das bezweifle ich. Und sie sieht so aus, als könnte sie Ihre Laune ein wenig bessern.«

Er legte die Visitenkarte auf den Schreibtisch und strich mit einem Finger darüber. »Nachdem Sie meine Neugier erregt haben – wie kann ich nein sagen?«

Lächelnd verließ sie sein Büro und kehrte wenig später mit einer jungen Frau zurück. Dunston stand auf und schüttelte die Hand der Besucherin. Ihr fester Händedruck gefiel ihm ebenso wie ihre Körpersprache, die Sachlichkeit und ein offenherziges Wesen verriet.

»Maks Lassiter, Doktor. Danke, daß Sie mir Ihre Zeit opfern.«

»Nicht Maxine?«

»So nannten mich nur meine Eltern. Für alle anderen bin ich Maks.«

»Also haben Sie was gegen Maxine.«

Sie sah aus wie ein Model aus der *Sports Illustrated.* Wie eins der Mädchen, die diese fabelhaften Badeanzüge trugen. Und die selbstsichere Haltung war ihrer Schönheit durchaus angemessen. Dunston schätzte ihre Größe auf eins siebzig. Fünfzehn Zentimeter kleiner als er. Ihre blauen Augen strahlten, blonde Locken fielen auf ihre Schultern, verführerisch zerzaust. Einladend wies er auf einen Sessel, und sie nahm in lässiger Anmut Platz. Dann beugte sie sich vor und strich ihre Haare aus dem Gesicht. Ehe er nach ihrem Anliegen fragen konnte, kam sie zur Sache. »Hoffentlich werden Sie mir helfen, Dr. Dunston. Es geht um meine Schwester.«

Was bezaubert mich an ihrem Haar, fragte er sich. Die Art, wie sie's berührt, wie sie eine widerspenstige Strähne aus der Stirn wischt? Obwohl sie ruhig dasaß, schien sich die blonde Lockenpracht aus eigener Kraft zu bewegen wie ein rastloses Meer.

»Ist sie bei mir in Behandlung?«

»Nein, sie war Patientin im Center for Human Potential. Vor fast sechs Monaten.«

Schweigend nickte er.

»Christine ist gestorben, Doktor. Mit vier Jahren.«

Nach kurzem Zögern legte er seine Finger aneinander und erwiderte: »Das tut mir leid, Miss Lassiter. Oder Mrs.?«

»Miss.«

»Was ist geschehen?«

»Das – das weiß ich nicht genau. Ihre Mandeln sollten entfernt werden. Dann ging irgendwas schief. Zumindest hat man's behauptet.«

»Wann ist sie gestorben?«

»Am 31. März.«

Die Stirn gerunzelt, machte er sich Notizen. Er besaß ein gutes Gedächtnis, und er erinnerte sich nicht an den Tod eines Kindes zu diesem Zeitpunkt. »Sind Sie sicher?«

»Wie meinen Sie das?« fragte sie ärgerlich.

»Mißverstehen Sie mich nicht, Miss. Aber ich bin ziemlich genau über die Vorgänge im Center informiert, und so etwas hätte ich wohl kaum vergessen.«

Sie griff in ihre Handtasche. »Vielleicht wird Ihnen das weiterhelfen.«

Verblüfft las er das Telegramm und das Datum – 1. April. Christine Lassiter war während einer Operation infolge unerwarteter Komplikationen gestorben. Wie in solchen Fällen üblich, hatte man eine Autopsie vorgenommen, deren Resultat man vorlegen würde, sobald es verfügbar wäre.

Unbehaglich legte er das Telegramm beiseite. »Verzeihen Sie mir, Miss Lassiter.

»Nennen Sie mich Maks.«

»Natürlich.« Dunston erwiderte ihr Lächeln. »Wie kann ich Ihnen helfen?«

»Ob Sie's können, weiß ich nicht. Es ist ziemlich mühsam, dieser Klinik Informationen zu entlocken.«

»Im Center ist alles computerisiert.«

»Das habe ich gehört. Aber warum werden meine Fragen nicht beantwortet? Ich hatte gehofft, mit jemandem zu reden, der dort arbeitet, mit einer Person aus Fleisch und Blut. Solche Leute scheinen nicht zu existieren. Schließlich stieß ich auf Ihren Namen. Und im Lauf meiner weiteren Recherchen tauchte er immer wieder auf. Deshalb bin ich hier.«

Sie schenkte ihm wieder ein gewinnendes Lächeln, und er fand, daß ihre Zielstrebigkeit zu ihrer Schönheit paßte. »Manchmal habe ich im Center zu tun«, erklärte er und musterte ihre Augen, ihren makellosen Teint. »Was ist bei der Autopsie herausgekommen?«

»Das habe ich nie erfahren.«

Verwirrt hob er die Brauen. »Aber ...«

»Kein Brief, kein Telegramm. Nichts.«

Dunston rieb nachdenklich sein Kinn. »Und das ist alles, was Sie mir erzählen können, Miss Lassiter – pardon, Maks?«

»Alles.«

»Okay. Und wenn ich das Ergebnis der Obduktion ermittle? Was dann?«

Sie holte tief Atem. »Leider gibt's noch andere Probleme. Abgesehen von diesem Telegramm habe ich keinen Beweis für Christines Tod. Und die Versicherungsgesellschaft verlangt einen Totenschein.«

»Die Krankenversicherung?«

»Nein, eine Lebensversicherung. Christine war auf hunderttausend Dollar versichert. Und bevor Sie mir Geldgier vorwerfen …«

»Ich werfe Ihnen gar nichts vor.«

»… lassen Sie mich erklären, daß diese Summe für einen Stipendienfonds bestimmt ist, den ich im Namen meiner Schwester gründen will.«

»Okay. Und was hindert Sie daran, der Versicherung den Totenschein zu zeigen?«

»Das ist ja mein Problem«, seufzte sie. »Offensichtlich muß die Klinik irgendein Formular ausfüllen und die Todesursache angeben, bevor die Stadtverwaltung oder das Gesundheitsamt oder sonstwer den Totenschein ausstellt. Ich weiß nicht, wie oft ich schon im Rathaus war. Und die erzählen mir immer nur, sie würden keine Unterlagen vom Center kriegen.«

»Allem Anschein nach brauchen Sie einen Anwalt – nicht mich.«

»Oh, ich habe einen engagiert, angeblich einen Experten. Der schrie und tobte, drohte allen möglichen Leuten, er würde sie vor Gericht bringen, und kündigte sogar einen Schauprozeß gegen das Gesundheitsministerium an. Leider nützte das ganze Theater nichts.« Sie beugte sich wieder vor und schaute Dunston eindringlich an. »Helfen Sie mir, Doktor?«

Irgend etwas an ihr faszinierte ihn. »Versprechen kann ich nichts. Aber ich werde mein Bestes tun.«

»Mehr verlange ich auch gar nicht.«

Sie standen auf und schüttelten sich die Hände. Dann griff er nach der Visitenkarte. »Ist das die Nummer Ihres Büros?«

»Nein, meine Privatnummer. Wenn ich nicht da bin, hinterlassen Sie bitte eine Nachricht auf dem Anrufbeantworter.« Sie hob die Brauen. »Oder haben Sie was gegen solche Geräte?«

»Keineswegs, ich verstehe mich großartig mit Maschinen. Sobald ich was weiß, gebe ich Ihnen Bescheid.«

Sie wandte sich ab und verließ den Raum. Eine Zeitlang starrte er die Tür an, die sich hinter ihr geschlossen hatte. Wenn ich auch kein Mädchen für alles bin, dachte er grinsend, diesen Wunsch konnte ich ihr nicht abschlagen. Und nachdem ich die nötigen Informationen beschafft habe, werde ich sie wiedersehen. Was für ein angenehmer Gedanke … Er setzte sich vor seinen PC, ein sieben Jahre altes IBM-Gerät. Aber der Computer erfüllte immer noch seinen Zweck, gewährte ihm Zugang zu verschiedenen Datenbanken und öffnete Netzwerke.

Untätig blinkte der Prompt auf dem Bildschirm. Es müßte ein Kinderspiel sein, herauszufinden, was Maks Lassiter wissen wollte. Wenn er Glück hatte, konnte er in zehn Minuten eine Kopie ausdrucken. Er begann zu tippen.

Vierzig Minuten später saß er immer noch da, die Stirn entschlossen gefurcht. Irgendeine Funktionsstörung, überlegte er. Eigentlich sollte er mühelos an das Resultat der Autopsie herankommen, da er zu den wenigen Privilegierten zählte, die das HEALTHNET abrufen durften, das Netzwerk für vertrauliche Informationen im Gesundheitswesen. Dieses Netz wurde auch für die interne Kommunikation im Center benutzt. Aber jedesmal, wenn er den Namen Christine Lassiter tippte, färbte sich der Bildschirm schwarz, als wäre der Vorgang von einer mächtigen elektronischen Welle unterbrochen worden. Frustriert versuchte er sein Ziel auf Umwegen anzusteuern, durch die Hintertüren von CLEAR, RETRIEVE, EMSCOPES und MEDLINE – ohne Erfolg.

Was für ein grandioser Tag, dachte er. Erst fällst du beim Interface in Ohnmacht, dann spielt dein Computer verrückt.

Seine Gedanken kehrten zu Maks Lassiter zurück, und seine Stimmung besserte sich. Irgendwann würde er finden, was sie suchte, allein schon deshalb, weil er einen Vorwand brauchte, um sie wiederzusehen. Wenn die Elektronik versagte, würde er die Informationen bei seinem nächsten Besuch im Center ausgraben. Allzu viele Todesfälle hatte es in der Klinik nicht gegeben, und es dürfte ihm nicht schwerfallen, die Obduktionsergebnisse zu eruieren.

Zur gleichen Zeit erstarb das Rattern im Labor des Centers. Unisono schalteten sich die Analysatoren aus. Tiefe, erwartungsvolle Stille erfüllte den Raum Dann öffnete sich eine Wand und enthüllte eine dunkle, verborgene Kammer, in der die Luft vor Vitalität vibrierte. Lautlos strömten kühle Wolken ins Labor, schwebten geisterhaft über den Boden, dicht und grau wie Friedhofsnebel. Weißer Frost schien die Glasflächen zu überziehen. Aber trotz der Kälte pochte ein kraftvoller, unbezwingbarer Puls.

6

Unabhängig vom Bau des Centers für Human Potential, aber ungefähr zur gleichen Zeit, war das Human Genome Project entstanden, ein Forschungszentrum für die menschliche Erbmasse. Seit den Tagen Gregor Mendels, eines österreichischen Mönchs, der im neunzehnten Jahrhundert gelebt hatte und als Vater der Genetik gilt, versuchten faszinierte Wissenschaftler, die vollständige genetische Botschaft im Desoxyribonukleinsäuremolekül zu entziffern.

»Die Botschaft im Genom …«

»Die gesamten Voraussetzungen, die einen Menschen ausmachen?«

Seufzend blieb Merlin stehen und musterte den jungen Mann an seiner Seite. Seth Bertone, Doktorand in Biotechnik, zählte zu den wenigen Studenten, die er unter seine Fittiche genommen hatte. Als Praktiker, Tüftler und Erfinder komplizierter Geräte interessierte er sich nicht für die Theorie. Aber da Bertone einen scharfen Verstand besaß, glaubte Merlin an die Leistungskraft des Studenten. Es würde sich lohnen, den Jungen in den Brookhaven National Laboratories unterzubringen. Dann hätte er einen weiteren nützlichen Kontakt im weitverzweigten Netz seiner Verbindungen. »Jeder mag niedliche Ärsche«, erwiderte er, »und niemand kann Klugscheißer leiden. Überlassen Sie den Vortrag *mir*, okay?«

»Ja, Sir.«

»Hören Sie auf mit dem Blödsinn! Nennen Sie mich nicht ›Sir‹! Also, 1985 kam man zum erstenmal auf die Idee, das Genom zu enträtseln, obwohl man die individuellen Gene, die Bruchteile des Genoms, schon jahrelang untersucht hatte.«

»Wie viele Gene gibt es?«

Merlin ging weiter. Natürlich wußte er, daß Bertone die Antwort kannte. »Das Genom wird von etwa hunderttausend Genen bevölkert. Bis 1996 hatte man nur siebentausend identifiziert, sieben Prozent der gesamten Anzahl. Manche Leute meinen, die Technologie, die den Job innerhalb eines annehmbaren Zeitraums erledigen könnte, würde noch nicht existieren. Und andere jammern über die hohen Kosten des Projekts, die man in den achtziger Jahren auf drei Millionen Dollar schätzte.«

»Eine Menge Geld.«

»Allerdings. Aber trotz der Gegner und Budgetkürzungen interessierten sich einige Regierungsbehörden ernsthaft für die Genforschung, zum Beispiel das Energieministerium, das wir jetzt aufsuchen.«

»Warum?«

»Weil es verantwortlich für die Untersuchung der Strahlenschäden im Nukleinsäuremolekül ist. 1987 starteten sie ihr eigenes unabhängiges Genom-Programm. Dann begannen auch andere dran zu arbeiten. Was letzten Endes Bewegung in die Sache brachte, war der Bericht des National Research Councils im Jahr 1988, der eine koordinierte Genomforschung initiierte. Der Kongreß schnappte nach dem Köder, konferierte mit diversen Komitees und sabberte vor Begeisterung. 1989 stellte der Kongreß dem Energieministerium, der National Library of Medicine und den National Institutes of Health fünfzig Millionen zur Verfügung, trotz der miesen Finanzlage.«

»Allen dreien?«

»Ja. Der medizinische Fortschritt faszinierte die Jungs in Washington. Im selben Jahr, wo sie die Zuschüsse fürs CHP bewilligten, beschlossen sie, auch die Genforschung zu fördern.«

»Eine zweifache Prozedur … Zunächst muß man die Botschaft im Nukleinsäuremolekül erkennen, nicht wahr?«

»Genau. Dieses Molekül gleicht einer verschlungenen Leiter mit verbundenen Sprossen, die man Basenpaare nennt. Zuerst muß man alle Basenpaare identifizieren und dann – was die Genetiker vor eine noch schwierigere Aufgabe stellt – die präzise Anordnung der Basenpaare eruieren, in der sozusagen die Buchstaben der genetischen Botschaft enthalten sind.«

»Nennt man das die Ermittlung der Sequenzen?«

Merlin blieb wieder stehen und strich über seinen Schnurrbart. Wahrscheinlich wußte Bertone das alles schon. Und das veranlaßte ihn, den Jungen zum Brainstorming des Energieministeriums mitzunehmen. »Genau. Aber es war mühsam und zeitraubend, die Sequenz der Basenpaare festzustellen. Die National Institutes of Health bildeten einen Beraterausschuß. Bei seiner ersten Sitzung im Jahr 1989 schlug er vor, die Genomforschung zu automatisieren, denn die Feststellung der Sequenzen sei vor allem ein technisches Projekt. Also fällt sie in unser Fachgebiet. Wenn man die Forschung computerisiert, kann man pro Tag eine Million Basenpaare ermitteln.«

»Sogar bei diesem Tempo würde es Jahre dauern.«

»Soll ich's Ihnen erklären – oder was?«

»Tut mir leid.«

»Der Beraterausschuß sammelte und koordinierte die Daten verschiedener Forschungsgruppen und Projekte im ganzen Land. Theoretisch war jede Gruppe nur der Regierung ihres Staates verantwortlich. Aber da sie alle ein gemeinsames Ziel anstrebten, arbeiteten sie zusammen. Trotzdem kamen sie nur im Schneckentempo voran, so viele Daten sich auch ansammelten.«

»Also müssen Sie eine bessere Mausefalle bauen.«

»Deshalb habe ich Sie zu dieser Sitzung eingeladen, mein Freund.«

Sie hatten ihr Ziel erreicht, das Brookhaven-Büro des Energieministeriums in Upton, Long Island. Während der Arbeit am Genom-Projekt hatte sich Upton zu einem der drei regionalen Forschungszentren des Energieministeriums entwickelt, vor allem, weil es nahe dem ausgedehnten wissenschaftlichen Campus der Brookhaven National Laboratories lag. Jeden Montag hielten die Upton-Genforscher eine Besprechung ab. Merlin betrat den Konferenzraum und stellte der Versammlung seinen Protegé vor. Nach dem Austausch einiger Höflichkeitsfloskeln nahmen alle Platz und wandten sich zu ihrem Gruppenleiter, dem Genetiker Victor Sawyer.

Da sich der Sommer dem Ende näherte, überlegte man, wie das veränderte Wetter die Studien im Freien beeinflussen würde. »Hat jemand Vorschläge zu machen?« fragte Sawyer.

»Einen Augenblick«, warf Cheryl McKitrick ein. »Bevor wir uns damit befassen, möchte ich ein etwas heikles Thema anschneiden.«

»Nämlich?«

»Ich habe es bereits vor zehn Monaten erwähnt – die verschwundenen Daten. Erinnern Sie sich?«

»Vage.« Sawyer runzelte die Stirn. »Sprechen Sie weiter.«

Cheryl, für ihre erfrischende, fast dreiste Offenherzigkeit bekannt, holte tief Atem. Vor einem Jahr hatte die achtundzwanzigjährige Computerwissenschaftlerin und Biotechnikerin Hinweise auf kopierte Daten gefunden und ihre Studien intensiviert. Bei einem vorläufigen Bericht während einer Gruppenbesprechung hatte sie das Problem heruntergespielt und dann monatelang Nachforschungen angestellt. Nun war sie überzeugt, daß man die Daten nicht nur kopiert, sondern umgeleitet hatte. »Die meisten von uns arbeiten an Sequenz- und Computerhardware-Projekten. Dabei haben wir uns auf schnelleres Tempo und Kostensenkung konzentriert. Eines meiner Lieblingsziele war die Entwicklung von Datenbanken und Computerprogrammen fürs Daten-Scanning.«

»Worauf wollen Sie hinaus, Cheryl?«

»Beim Scanning merkte ich, daß einige Daten verschwunden sind.«

»Verschwunden? Wie meinen Sie das?«

»Nun, sie sind einfach weg.«

»Wie ist das möglich? Welche Daten? Wie viele?«

»Eine gute Frage. Um welche es sich handelt – das zeigte sich letztes Jahr bei der Erforschung der Molekülvergrößerung. Einige Dateien über experimentelle Mikroskopie, die ich selbst erstellt hatte, existieren einfach nicht mehr. Zunächst dachte ich an eine Funktionsstörung, weil's nur um ein paar Dateien ging. Aber das war's nicht. Danach glaubte ich, ein Computervirus hätte sich eingeschlichen – jemand würde in unsere Programme eindringen. Also wandte ich mich an Jim.« Sie nickte einem Kollegen zu. »Und er überzeugte mich.«

Gedankenverloren entzündete Sawyer seine Pfeife, begann hektisch zu paffen und schaute alle der Reihe nach an. Als sein Blick auf Seth Bertone fiel, überlegte er, ob der Doktorand, den Merlin für ein Genie hielt, nützliche Beiträge leisten könnte. Daran zweifelte der Gruppenleiter. Das Problem war zu kompliziert. Dann musterte er Merlin, der seinem Namensvetter, dem berühmten Zauberer, kein bißchen glich. Bei der ersten Begegnung vor mehreren Jahren hatte Sawyer erwartet, der Träger eines solchen Spitznamens müßte wild funkelnde Augen und wirr vom Kopf abstehendes Haar haben. Statt dessen ähnelte der bebrillte, fast kahlköpfige Merlin mit dem bleistiftdünnen Schnurrbart und dem runden Bauch eher der Kreuzung zwischen einem Affen und einem Buchhalter. Doch die äußere Erscheinung täuschte. Nun fixierte Sawyer den Mann an Cheryls Seite. »James?«

»Zweifellos kein Virus. Normalerweise gerät ein Virus mittels eines Kommunikationsnetzwerks in einen Computer. Aber Cheryls Dateien waren alle intern angeschlossen, an kein einziges Netzwerk. Wenn sich ein Virus einschleicht, werden die meisten Dateien gelöscht, manchmal ganze Software-Programme. Das geschah in diesem Fall nicht. Ich brauchte Monate, um alles zweifach zu checken. Offenbar fehlen nur bestimmte, ausgewählte Dateien. Mit anderen Worten, sie wurden nicht nur gestohlen, sondern auch kopiert.«

»Welche Dateien?«

»Hauptsächlich jene, die mit der Frage zusammenhängen, wie uns die Mikroskopie helfen würde, den genetischen Code zu knacken.«

»Kann man sie ersetzen, Cheryl?«

»Klar. Die meisten habe ich schon ersetzt. Aber das spielt keine Rolle. Das Problem liegt woanders. Wer hat's getan? Und warum?«

»Nun?«

Cheryl zuckte die Achseln. »Keine Ahnung, Boss. Ich kann nur vage Vermutungen anstellen. Kommen wir zum zweiten Teil Ihrer Frage – wie viele Daten? Da meine Dateien kopiert wurden oder verschwanden, oder was auch immer, wäre es möglich, daß das auch mit anderen passiert ist. Ich hörte mich um. Und tatsächlich, mehrere Leute erzählten mir, sie würden Dateien vermissen. Alle dachten, sie hätten irgendwelche Fehler begangen.«

Rings um den Tisch erklang Gemurmel, und einige Köpfe nickten.

»Aber sie hatten keine Fehler gemacht«, fuhr sie fort. »Also ging ich wieder zu Jim. Gemeinsam entwickelten wir ein Programm, das alle unsere internen Speicher checkte und feststellte, welche Dateien fehlen.« Sie hielt ein paar Computerausdrucke hoch. »Mit den Einzelheiten will ich Sie nicht langweilen. Aber was wir herausfanden, ist ziemlich eindrucksvoll. Irgend jemand hat uns erwischt.«

»O Gott«, seufzte Sawyer und las tiefe Sorge in allen Augenpaaren. Aber seine Mitarbeiter schwiegen. »Ich tippe auf die Japaner.«

»Möglich«, stimmte Jim zu. »Soviel wir wissen, machen uns einige japanische High-tech-Firmen in der Genforschung Konkurrenz. Andererseits – so was ist nicht ihr Stil.«

»Irgendwie bezweifle ich, daß MITI dahintersteckt«, sagte Cheryl. »Seit ihnen der Staat nach dem Sowjet-Fiasko in den achtziger Jahren auf die Finger klopfte, verzichten sie auf Industriespionage.«

»Was keineswegs heißt, sie würden's nie wieder versuchen.«

»Das ist wahr. Und da Sie's erwähnen – ich habe Kontakt zu jemandem, der vielleicht weiß, was sie im Schilde führen.«

»Kümmern Sie sich drum.«

7

Mal sehen ...« Während Maks telefonierte, beobachtete sie den Bildschirm ihres Computers. »Ja, ich hab's. Kein Problem. Ich verbinde Sie mit meiner Sekretärin. Erklären Sie ihr, was Sie brauchen, und sie wird Ihnen faxen.« Sie drückte auf eine Taste. »Dottie, da ist jemand auf drei-vier. Fax ihm, was er haben will.«

»Klar.« Dottie drückte auf den blinkenden Knopf. »Hi, hier ist Dottie, die Faxerin vom Dienst.«

Lächelnd hörte Maks zu. Dottie war eine nette, kluge,

wertvolle Assistentin – nicht nur ihre rechte Hand, sondern eine Freundin und Vertraute, der sie alles erzählen konnte. Nun ja, fast alles. Was mit Dunston passierte, war noch zu vage, um erörtert zu werden. »Sag meinen Drei-Uhr-Termin ab, Dottie«, bat sie über die Sprechanlage. »Vielleicht klappt's nächste Woche.«

»Gehst du Cocktails trinken oder was?«

»Danke, das wäre alles, Dottie«, erwiderte Maks belustigt. Cocktails? Sie hätte nichts dagegen. Aber davon war nicht die Rede gewesen, als Dunston angerufen und für diesen Nachmittag ein Treffen vor dem Vanderbilt Museum vorgeschlagen hatte. Er sagte nur, es betreffe Christine. Warum er's nicht am Telefon besprechen konnte oder warum er sie nicht in seine Praxis bestellte, erwähnte er nicht. Seit jener Begegnung vor einer Woche hatte sie ständig an ihn gedacht. Wäre er nicht auf die Idee gekommen, sie anzurufen, hätte sie sich bei ihm gemeldet. Das Museum? Vielleicht schwärmte er für Kunst.

Sie brachte ihren Schreibtisch in Ordnung und schlüpfte aus dem beigen Arbeitskittel mit dem aufgedruckten Firmennamen Kashiwahara Electronics. Obwohl sie als Verkaufsdirektorin für die Ostküste in der Firmenhierarchie ziemlich hoch oben stand, war die Uniform unabdingbar. In ihrer Position übte sie eine gewisse Macht aus – für eine Frau in einem japanischen Konzern ungewöhnlich. Aber sie verdankte den Job nicht ihrem Glück, sondern ihren Fähigkeiten. Ihre brillante Dissertation über optische Computer hatte ihr schon vor dem Studienabschluß die Tür von AT&T geöffnet. Beinahe hätte sie den Vertrag unterzeichnet. Aber Kashiwaharas Angebot war lukrativer gewesen. Außerdem hatte man ihr in ihrer Abteilung freie Hand zugesichert.

2:45, verriet die Digitaluhr an der Wand. Also würde Maks genug Zeit finden, um ihr Hauppauge-Büro zu verlassen und sich daheim frisch zu machen, bevor sie zum Museum fuhr. An diesem schönen Spätsommertag wölbte sich ein wolkenloser Himmel über der Stadt. Nicht nur das Wetter heiterte Maks auf, sondern auch die berechtigte Hoffnung, ihr Problem endlich zu lösen. Sie stieg in ihr Acura Coupé und folgte der gewundenen Route 25A, bis sie die schmalen Nebenstraßen erreichte, die zu ihrem Haus führten. Als sie auf der Zufahrt hielt, wirbelten die Reifen Kies und Sand hoch. Sie eilte nach oben, verstreute ihre Kleidung aufs Geratewohl, aber trotzdem in einer gewissen Ordnung, schlang ein Handtuch um ihr Haar und stellte sich unter die Dusche. Zwei Minuten später zog sie ihren Bademantel an und setzte sich vor den Toilettentisch.

Außer Rouge, Eyeliner und Lippenstift brauchte sie nicht viel. Sie benutzte kein Parfum. Für ihr schönes Haar genügten ein paar Bürstenstriche. Was trug man in einem Museum? Bei diesem prachtvollen Wetter würden sie nicht allzulange drinbleiben. Sie entschied sich für ein Ensemble, das zu einem Van Gogh ebenso paßte wie zum Strand. Schwarz und weiß, ein getupftes T-Shirt und eine weit geschnittene Hose, dazu ein gestreiftes Stirnband, sehr arabisch. Dann steckte sie alles, was sie benötigte, in ihre Handtasche und kehrte zum Auto zurück.

Da sie in der Nähe des Museums wohnte und die Rushhour noch nicht begonnen hatte, erreichte sie ihr Ziel schon nach zehn Minuten. In ihrer gehobenen Stimmung sah sie ebenso gut aus, wie sie sich fühlte. Sobald sie auf den leeren Parkplatz des Museums bog, entdeckte sie Dunston. Er lehnte an der Tür seines Mustangs, die Arme vor der Brust verschränkt, die Füße gekreuzt. Bei seinem Anblick fürchtete Maks, sie wäre overdressed, denn er trug ein Tennishemd mit V-Ausschnitt, Shorts und Nikes. Aber ein zweiter Blick verdrängte den Gedanken, sie wäre fehl am Platz. Er sah großartig aus, eher maskulin als hübsch, kräftig gebaut, mit zerzaustem welligem Haar, wie nach einem Volleyballmatch. Seine gebräunte Haut verriet, daß er sich oft im Freien aufhielt. Und was ihr am allerbesten gefiel – er lächelte sie an.

»Pünktlich auf die Minute«, bemerkte er, ohne seine Uhr zu konsultieren.

»Hab' ich was falsch verstanden? Falls wir Tennis spielen – meine Reeboks sind Lichtjahre entfernt.«

»Ich spiele schon seit Jahren nicht mehr«, erwiderte er lachend. »Nein, wir unternehmen eine kleine Kreuzfahrt.«

»Worin?«

»In meinem Boot. Schnappen wir ein bißchen frische Luft. Und dabei reden wir über Ihre Schwester. Steigen Sie ein.«

Sie ging zur anderen Seite des Autos. »Also wollen wir nicht die Vorzüge der Impressionisten im neunzehnten Jahrhundert ergründen?«

»Um Himmels willen, nein! Das war nur ein praktischer Treffpunkt.«

»Wieso?«

»Weil der Centerport Harbour in der Nähe ist. Dort liegt mein Boot. Die Fahrt dauert nicht lang. Aber es wäre zu umständlich gewesen, den Weg zu beschreiben. Macht's Ihnen was aus?«

Statt zu antworten, lächelte sie nur. Ob's ihr was ausmachte? Sie freute sich unbändig. Und da sie keine Party auf der Trump-Yacht planten, war sie richtig angezogen. Sie öffnete die Beifahrertür und stieg ein. Im offenen Cabrio verhinderte der Fahrtwind jede Konversation. Und so lehnte sie sich an die Kopfstütze, um die Strahlen der sinkenden Nachmittagssonne zu genießen. Bald erreichten sie den Hafen. Dunston parkte den Wagen und half ihr, auszusteigen.

»Sie haben gar nicht gefragt, ob ich leicht seekrank werde.«

»Hätte ich Tabletten mitbringen sollen?«

»Nein. Als Kind bin ich oft gesegelt. Mein Dad besaß sehr viele Boote, natürlich nacheinander. Zum Beispiel Sunfish.«

»Tatsächlich? Segelt er immer noch?«

»Bald nach Christines Geburt sind meine Eltern gestorben.«

Stöhnend schlug er sich an die Stirn. »Großer Gott, tut mir leid! Ich hatte keine Ahnung.«

»Deshalb müssen Sie sich nicht entschuldigen.« Sie folgte ihm zum Kai. »Wie sollten Sie's denn wissen?«

»Das hätte ich dem Computer entnehmen können. Im Aufnahmeformular des Krankenhauses werden Sie als Christines nächste Verwandte angegeben. Bei einem Kind ihres Alters ist das ungewöhnlich. Wie dumm von mir!«

»Was haben Sie sonst noch herausgefunden?«

»Nicht viel. Hoffentlich wird die Kreuzfahrt wettmachen, was ich *nicht* eruiert habe.«

»Konnten Sie die Autopsie aufspüren?«

»Ja. Zumindest auf einem Monitor der Klinik. Aus irgendwelchen Gründen fällt's mir verdammt schwer, eine Kopie zu kriegen. Aber das ist nur eine Frage der Zeit.«

Inzwischen hatten sie das Boot erreicht. Aber sie war zu aufgewühlt, um es zu beachten. »Und?«

»Ihre Schwester litt an einem angeborenen Herzfehler.«

»Was? Ihr Kinderarzt erklärte, sie sei völlig gesund, abgesehen von den Mandeln.«

»Sie war auch gesund, bis auf diesen kleinen Herzmuskel. Das erkläre ich Ihnen gleich. Würden Sie das Boot da hinten losmachen?«

Während Maks das Hecktau löste, knotete Dunston die Buline auf. Dann richtete sie sich auf und musterte das schnittige weiße Motorboot, das tief im Wasser lag. Sicher war er sehr stolz drauf. »Wie schön! Wie lang ist es? Zehn Meter?«

»Acht.«

»Und seit wann haben Sie's?«

»Morgen werden's zwei Wochen.«

»Oh, dann verstehe ich, warum Sie unbedingt hinausfahren wollen.«

Er nickte. »Langsam werde ich süchtig.«

»Noch kein einziger Kratzer«, bemerkte sie und zeigte aufs makellose Vorderdeck.

»So soll's auch bleiben, mit Allahs Hilfe.« Er bot ihr seinen Arm. »Könnte ich Mylady für eine neue Dimension der Seefahrt interessieren?«

Kokett klimperte sie mit den Wimpern, und es gefiel ihr, seinen sehnigen Unterarm zu spüren. »Kommt drauf an, was Sie vorhaben.«

»Etwa siebzig Stundenmeilen.«

»Wie gefährlich! Ich hoffe, Sie haben Schwimmwesten an Bord.«

»Was ist das?« Lachend half er ihr, über den Dollbord zu steigen, und zeigte auf einen Schnorchel, der neben einer Taucherausrüstung lag. »Tauchen Sie?«

»Soll ich jetzt sagen, ich würde alles mal versuchen? Nein, ich tauche nicht.« Sie sank auf eine weichgepolsterte Bank. »Volle Kraft voraus!« Vom hellen Sonnenlicht geblendet, setzte sie eine Sonnenbrille auf, während er sich im Achterdeck zu schaffen machte. Bald setzte er sich ans Ruder und steuerte das Boot aus dem Liegeplatz. »Um auf unser Thema zurückzukommen – dieser kleine Muskel ist ein natürlicher Herzschrittmacher. Bei Ihrer Schwester war er nicht normal entwickelt.«

»Hätte sie nicht an Atemnot oder Brustschmerzen leiden müssen?«

»Nicht in ihrem Fall. Wahrscheinlich hatte sie überhaupt keine Symptome, es sei denn, sie war gestreßt.«

»Meinen Sie, wenn sie unter einer nervlichen Anspannung stand?«

»Nein.« Er brachte die Motoren auf Hochtouren, und Maks gewann den Eindruck, ein mühsam gezähmtes wildes Tier zu reiten.

Obwohl das Tempo kaum fünf Knoten betrug, klangen die motorischen Stimmen irgendwie brutal. Bei diesem Boot wäre der Ausdruck »beschleunigen« eine euphemistische Untertreibung.

Um den Lärm zu übertönen, mußte Dunston schreien. »Hören Sie mich?«

»Solange mein Trommelfell nicht platzt …«

»Okay. Ich meine physischen Streß, verstärktes Adrenalin, erhöhter Blutdruck. Bei einer Operation ist das größte Streßproblem die Anästhesie. Der Körper will nicht eingeschläfert werden. Dagegen wehren sich alle möglichen Reflexe. Für ein paar Minuten wird das kardiovaskuläre System erheblich belastet. Die meisten Menschen verkraften das ganz gut.«

»Aber meine Schwester nicht.«

»Nein, bedauerlicherweise nicht. Ihr Herzmuskel war zu schwach, und es kam zu einer Rhythmusstörung.«

Mühsam kämpfte sie mit den Tränen. »Ich verstehe.«

Eine Zeitlang schwiegen sie, und Dunston drosselte das Tempo. Langsam fuhren sie an Eaton's Neck vorbei. Das Land blieb hinter ihnen zurück. Draußen im Sound waren keine anderen Boote zu sehen. Dunston wandte sich zu ihr. »Soll ich wieder Gas geben?«

»Wie Sie wünschen, Captain.«

Die Innenbordmotoren dröhnten, der Bug richtete sich auf, und die Propeller verwandelten das Wasser in Schaum. Krampfhaft hielt sich Maks am Sitz fest. Dieses Boot schien ein hohes Tempo zu lieben. Während sie zum Horizont rasten, küßte es jeden Wellenkamm mit der Anmut und Kraft einer Rakete. Maks starrte geradeaus. Obwohl ihre Zehen schmerzhaft am Deck klebten, fand sie die Ehe zwischen Tempo und gewaltiger Energie phantastisch. Wie ein Pfeil schien das Boot über die Wasserfläche zu fliegen. Sie vermochte Dunston nicht zu erklären, wie sehr sie die Fahrt genoß. Der Wind und das Meer verhinderten die Verständigung. Außerdem konnte sie den Kopf kaum bewegen. Doch es gelang ihr immerhin, einen Blick auf den Tachometer zu werfen. Mehr als siebzig Stundenmeilen. In einem Tunnel aus Wind und Wasser verschwand die restliche Welt, und Maks glaubte, in einem irrealen Wirbel zu schweben. Aus ihren Augenwinkeln strömten Tränen, die Ränder der Sonnenbrille preßten sich an ihre Wangen. Bald kam es ihr so vor, als würde sie vom rauschenden Fahrtwind zwangsernährt. Bald würde man sie wiederbeleben müssen. Aber dann war's vorbei, und der Motorenlärm sank zu einem leisen Surren herab. »Mein Gott«, stöhnte sie. »Machen Sie das oft?«

»Nur vor einer Gehirnoperation.«

»Wie lange sind wir schon draußen?«

Er schaute auf seine Uhr. »Dreiundvierzig Minuten.«

Verblüfft hob sie die Brauen. »Machen Sie Witze?«

»So ist das nun mal«, erwiderte er lächelnd. »Wenn die Motoren auf Hochtouren laufen, wenn man blitzschnell dahinrast, verliert man jedes Zeitgefühl. Fünf Minuten? Zehn? Irgendwann wirft man einen Blick auf die Uhr, und der Tag ist fast vorbei.« Auf der Rückfahrt zum Hafen fragte er: »Vielleicht ein Drink, um die Nerven zu beruhigen?«

»Eine gute Idee. Offenbar müssen Sie in Ihrem Job eine Menge Streß abbauen. Was für ein Arzt sind Sie?«

»Ein Trauma-Chirurg.«

»Und was machen Sie?«

»Ich behandle Unfallopfer, Patienten mit Stichwunden, und so weiter. Ein kinderleichter Job.«

»Draußen im Center?«

»Nein. Dort gibt's keine menschlichen Chirurgen. Nur Computer und Roboter. Ich arbeite in einigen Krankenhäusern im Port-Jeff-Gebiet.«

»Wenn die Motoren Ihres Bootes auf Hochtouren dröhnen, müssen Sie einen erstklassiger Beeper haben.«

»Bis morgen früh habe ich frei.«

»Und wer macht inzwischen Ihre Arbeit?«

»Ich teile mir den Job mit zwei anderen Jungs. In meiner Branche schafft man's nicht allein.«

Sie erreichten den Kai und vertäuten das Boot. Nachdem sie ein paar Sachen unter Deck gebracht hatten, kehrten sie zum Parkplatz zurück. Beim Auto angekommen, streckte Maks ihre Hand aus. »Danke, daß Sie einiges über Christine herausgefunden haben.«

»Keine Ursache. Sobald ich die Kopien habe, schicke ich Ihnen eine.«

Sie blieben stehen, drückten sich immer noch die Hand, suchten nach Worten.

»Wenn Sie dienstfrei haben – vielleicht kann ich mich revanchieren. Ich kenne ein kleines mexikanisches Lokal, ganz in der Nähe. Da gibt's fabelhafte Margaritas. Oder müssen die Ärzte ähnliche Regeln befolgen wie die Piloten? Kein Drink vor dem Dienst?«

»Nein«, entgegnete er lachend und schaute auf seine Uhr. »Aber es ist fast fünf, und meine Schwiegereltern kommen bald zum Essen. Trotzdem vielen Dank.«

Schwiegereltern? Das Blut stieg ihr in die Wangen. Irgendwie hatte sie geglaubt ... Ihr Blick glitt zu seinem Ringfinger. Nichts. Nicht einmal ein weißer Streifen. Trotzdem war sie eine Idiotin gewesen. Sollte sie davonlaufen? Aber sie fühlte sich wie gelähmt.

Beschwichtigend hob er eine Hand. »Bevor Sie falsche Schlüsse ziehen, seit der Scheidung verstehe ich mich großartig mit meinen Schwiegereltern. Am Samstag habe ich wieder frei. Ist dieses Lokal auch an Wochenenden geöffnet?«

Lächelnd nickte sie.

»Was für eine phantastische Guacamole«, meinte er und häufte das Gemüse auf eine Tortilla. »Und ich habe Avocados immer gehaßt. In der Chirurgie verabscheut man alles, was grün und wäßrig ist.«

Maks schnitt eine Grimasse. »Muß ich mir so was bis zum Ende der Mahlzeit anhören?«

»Oh, eigentlich wollte ich gar nicht fachsimpeln.«

»Wie war das Dinner mit Ihren Schwiegereltern?«

»Wunderbar. So wie immer. Die beiden sind fabelhaft. Sid hat meine Praxis umsonst eingerichtet, und Lorraine ist einfach umwerfend. Wie viele künftige Schwiegermütter erklären einem Mann, er wäre ein Idiot, wenn er ihre Tochter heiraten würde?«

»Aber Sie haben's trotzdem getan.«

Er seufzte. »Leider habe ich die Warnung mißachtet. Und dann mußte ich auf jeder Herrentoilette befürchten, Anns Namen an der Wand zu lesen.«

»Soll das ein Witz sein?«

»Keineswegs. Sie war ein freiheitsliebendes Blumenkind, aus den sechziger Jahren, das zufällig in den Neunzigern aufwuchs.«

»Wie lange waren Sie verheiratet?«

»Nur achtzehn Monate. Vor zweieinhalb Jahren wurde ich geschieden.«

»Zweieinhalb Jahre? Das kann eine Ewigkeit sein.«

Seine Miene verdüsterte sich. »Allerdings.«

Während sie beobachtete, wie er mit dem Besteck

spielte, staunte sie über seine plötzliche Zurückhaltung. Das paßte nicht zu ihm. Beruflich und privat wirkte er selbstbewußt und offenherzig. Aber eine harmlose Frage nach den Ruinen seiner romantischen Vergangenheit genügte, und schon verkroch er sich in seinem Schneckenhaus. Jetzt erinnerte er sie an einen schmollenden kleinen Jungen. Diese Reaktion erschien ihr albern, aber auch liebenswert. »Nahm sie Drogen?«

Er zuckte die Achseln. »Nun, sie war ein sogenanntes Partygirl. Und was sie wollte, konnte ich ihr nicht geben.«

Plötzlich verspürte sie den übermächtigen Wunsch, ihn zu trösten. »So etwas tut weh, das weiß ich. Auch ich habe meine Narben zurückbehalten. Manchmal ist das Leben ein harter Kampf.«

»Irgendwie ist dieser Kampf ein Geschenk. Er kann zur Veränderung führen, und wenn man Glück hat zum Wachstum der Persönlichkeit. Nach der Scheidung gelangen mir Dinge, die ich vorher nicht zustande gebracht hätte.«

»Sehr philosophisch. Und sehr praktisch. Würden Sie das alles noch einmal durchmachen, nur damit Ihre Persönlichkeit wächst?«

»Schwer zu sagen. Am meisten störte mich, daß Ann kein bißchen wählerisch war. Vielleicht ist sie einfach nur ein Freigeist, wer weiß?«

Maks versuchte besänftigend zu lächeln. »Haben Sie schon mal das Wort ›Hure‹ gehört?«

Offenbar hatte sie was Falsches gesagt. Er wich ihrem Blick aus und runzelte gekränkt die Stirn.

»Tut mir leid«, entschuldigte sie sich verlegen und ergriff seine Hand. »Wie schrecklich, so was zu sagen ... Sie haben Ihre Frau geliebt, nicht wahr?«

»Ja. Aber sie liebte mich nicht. Und das war der springende Punkt.«

»Keine Kinder?«

Er nippte an seiner Margarita. »Nein … Jetzt haben wir lange genug über mich geredet. Ich weiß, Sie bezahlen die Drinks. Aber das Dinner geht auf meine Rechnung. Falls Sie amerikanische Hausmannskost mögen.«

Ausdruckslos schaute sie ihn an. »Ich weiß nicht recht … Heute kommen meine Schwiegereltern zu Besuch.«

Als er lachte, bildeten sich winzige Krähenfüße in seinen Augenwinkeln. »*Touché.* Gehen wir in ein Lokal, wo noch niemand war. In meine Wohnung.«

»Und warum sollte ich Sie begleiten, Captain Kirk?«

»Weil ich den großartigsten Spinatsalat außerhalb von Rom mache.«

Sie berührte immer noch seine Finger, und er umfaßte ihr Handgelenk. Obwohl ihr die sanfte Liebkosung gefiel, war sie noch nicht dazu bereit. »Eigentlich möchte ich lieber *Sie* einladen. Nachdem Sie was über Chrissie herausgefunden haben, bin ich Ihnen wenigstens eine Mahlzeit schuldig. Daheim warten saftige Steaks auf dem Holzkohlengrill. Und dazu eine Sauce béarnaise. Was meinen Sie?«

»Also, ich weiß nicht recht … Normalerweise lasse ich mich nicht so leicht herumkriegen. Aber – was soll's, zum Teufel? Sie haben gewonnen.«

Maks legte einen Zwanziger auf den Tisch, nahm Chads Arm und führte ihn hinaus. Da jeder in seinem eigenen Auto gekommen war, fuhr er ihr nach. Zehn Minuten später folgte er ihr auf eine lange gekieste Zufahrt, über der stattliche Eschen ein grünes Gewölbe bildeten. Im Dämmerlicht sah er zwischen den Bäumen schöne Villen und große Gärten. Maks' einstöckiges Haus stand vor dem Hintergrund von Cold Spring Harbor. Als er hinter ihrem Auto parkte, sah er einen Mondstrahl auf dem Wasser schimmern. Er stieg aus und schaute sich um. »Wunderbar! Wie haben Sie ein Haus zwischen den Spielplätzen reicher, berühmter Leute gefunden?«

»Das ist eine lange Geschichte«, erwiderte sie und führte ihn zur Tür. »Seit etwa hundert Jahren befindet sich das Anwesen im Besitz meiner Familie. Zur Zeit des Ersten Weltkriegs baute die Gatsby-Clique hier draußen ihre Sommerhäuser. Aber mein Urgroßvater ließ sich sein kleines Grundstück nicht wegnehmen. Und so wurde es weitervererbt.«

Neugierig folgte er ihr in die Küche, die im französischen Provence-Stil eingerichtet war, mit einem großen Holztisch und Wandhaken für Töpfe und Pfannen. »Hier könnten Sie eine ganze Armee verköstigen. Oder sogar eine Schar hungriger Krankenschwestern.«

»Meine Eltern gaben sehr oft Dinnerparties.«

»Wie sind sie ums Leben gekommen?«

»Bei einem Flugzeugabsturz, auf einem Wochenendtrip …« Sie seufzte. »Damals war Christine noch nicht einmal zwei Jahre alt.« Sie öffnete den Kühlschrank. »Noch ein Drink?«

»Wenn Sie auch einen nehmen …« Offensichtlich wollte sie nicht über den Tod ihrer Eltern reden. Bis jetzt hatte er die Konversation bestritten, mit dem Bericht über Christines Operation, seine Arbeit, seine Vergangenheit mit Ann. Er wußte nicht viel über Maks, nur, daß sie eine eiserne Entschlußkraft besaß, die er bewunderte.

Wenn sie sprach, zwirbelte sie manchmal eine Haarsträhne zwischen Daumen und Zeigefinger. Und führte die Haarspitzen an die Lippen, als wollte sie den Pinsel für ein Aquarell befeuchten. Fasziniert beobachtete er das Zusammenspiel von Zunge, Haar und Fingern, das seine Konzentration störte. »Und was machen Sie, wenn Sie niemanden zum Essen einladen?«

»Ich arbeite bei Kashiwahara Electronics.«

»Oh … In welcher Abteilung?«

»Im Verkauf. Optische Computer.«

»Interessant. Während meines Studiums befand sich diese Branche noch im Entwicklungsstadium.«

Maks nahm eine Tequila-Flasche aus dem Kühlschrank. »1960 gab's die ersten optischen Computer. Aber damals war die Technologie noch ziemlich primitiv und verbrauchte zuviel Energie.«

»Genug für fünftausend Kilowattbirnen pro Stunde.«

»So ungefähr.«

»Jetzt werden Laser benutzt, nicht wahr?«

»Ja, statt der Kabel. Die Number Crunchers konnten die Chips nicht kompakt genug hinkriegen. Und je mehr sie die Chips komprimierten, desto stärker war die elektronische Störung, die ihre Daten durcheinanderbrachte. Das wirkte sich aufs Tempo aus. Aber die digitalen optischen Prozessoren schaffen über eine Milliarde Perioden pro Sekunde.«

Nach einer kurzen Kalkulation meinte Dunston: »Dann sind sie tausendmal effektiver als ein Supercomputer.«

»Und sie können mit einem einzigen Satz hohe Gebäude überspringen. Als die Jungs von Cray das erfuhren, wollten sie sterben.«

»Wann ist das passiert?«

»Vor etwa zehn Jahren lösten sie das Energieproblem mit diesen Anlagen, die nur wenige Volts verbrauchen. Und dann, in den späten achtziger Jahren, entwickelten sie leichte Hardware-Linsen namens Symmetric Self Electrooptic Effect Devices.«

»S-SEEDS.«

Während sie die Margarita schüttelte, schaute sie ihn an. »Für Sie ist das ein alter Hut.«

Er zuckte die Achseln. »Irgendwann habe ich was drüber gelesen. Ist es nicht so ähnlich wie paralleles Processing?«

»Das gleiche Prinzip, eine andere Modalität. Digitale Computer denken seriell. Ein Datenblock nach dem anderen. Aber sogar in den Supercomputern dauert die Verarbeitung zu lange. Mit der Optik kann man zahlreiche Informationen gleichzeitig verarbeiten, und das eröffnet zahllose Möglichkeiten.«

»Was verkaufen Sie für Kashiwahara?«

»Hauptsächlich Linsen. Aber ich werde auch an der Forschung beteiligt. Deshalb habe ich den Job angenommen. Im Augenblick ist's ziemlich aufregend. Sogar das Militär interessiert sich für uns ...« Sie schnalzte mit der Zunge, dann lächelte sie. »Tut mir leid, darüber darf ich nicht reden.«

»Das muß ein grandioser Job sein.« Natürlich wollte er sie nicht drängen, mehr zu erzählen. Während sie den Margarita einschenkte, schaute er sich um. »Gemütlich haben Sie's hier. Haben Sie allein mit Ihrer Schwester in diesem Haus gewohnt?«

»Ja. Mom und Dad behaupteten, sie hätten sich immer

nur ein Kind gewünscht. Als mir meine Mutter von ihrer Schwangerschaft erzählte, war ich ganz verwirrt.«

»Wie alt war sie?«

»Fünfundvierzig.«

»Ein Versehen?«

»Nein, das glaube ich nicht. Wahrscheinlich wollte sie die letzte Chance ihres Lebens nutzen. Das sagte sie nicht, aber ich hab's ihr angemerkt. Damals hatte ich gerade mein Studium abgeschlossen, ging meine eigenen Wege, und vielleicht hatte sie Angst vor einem leeren Nest. Wie schmeckt's?«

Dunston kostete seinen Drink. »Hmmm, phantastisch. Kann ich Ihnen helfen?«

»Da drüben finden Sie einen Beutel Holzkohlen.« Sie zeigte auf einen Schrank. »Machen Sie bitte Feuer, inzwischen schneide ich die Steaks zurecht.«

Im Zentrum der Küche stand ein großes Holzkohlenbecken mit einem Dunstabzug. Als Dunston die Kohlen hineinlegte, entdeckte er einen raffinierten eingebauten Zünder.

Er schaltete ihn ein, Flammen züngelten, und auch der Abzug begann sofort zu surren.

Eine Stunde später saßen sie auf der Veranda und genossen eine atemberaubende Aussicht. Am Horizont glitten beleuchtete Boote über das Wasser. Sie aßen im Kerzenlicht, eine einfache, aber herzhafte Mahlzeit – knuspriges Brot, Erbsen und Wasserkastanien, Pommes frites und die saftigen Steaks. Dazu tranken sie einen Cabernet aus einem Weingut auf Long Island. Dunston betupfte seine Lippen mit einer Serviette. »Köstlich! Zur Hölle mit den Kalorien, nachdem ich festgestellt habe, daß

Sie eine Gourmet-Köchin sind. Fürs Dessert bin ich zuständig.«

Verwundert hob sie die Brauen. »Also kann der Doktor kochen?«

»Nein, ich beherrsche nur die grundlegenden Kenntnisse, die ein Junggeselle zum Überleben braucht. Haben Sie eine Pfanne, in der ich Crêpes backen kann?«

Während er am Herd stand, räumte sie den Tisch ab und stellte das Geschirr in die Spülmaschine. Leise summte er vor sich hin, eine unkenntliche, aber hübsche Melodie. Das schmerzliche Thema seiner geschiedenen Frau wurde nicht mehr angeschnitten. Offenbar hatte er das Rezept für die Crêpes genau im Kopf. Dazu servierte er frische Pfirsiche in Grand Marnier und Schlagsahne.

Später tranken sie Courvoisier zum Kaffee, aus schönen, überdimensionalen Schwenkern. Sie saßen wieder auf der Veranda, in einer alten, aber stabilen Hollywoodschaukel. Mit wachsendem Interesse hörten sie einander zu, als sie von ihrem Leben und ihrer beruflichen Laufbahn erzählten. Um Mitternacht hatten sie die Courvoisier-Flasche fast geleert.

Die Veranda lag an der Westseite des Hauses, über einem gepflegten Garten, der sich bis zur Oyster Bay erstreckte. »Wie spät ist es?« fragte Maks, den Blick aufs Wasser gerichtet.

»Zehn vor zwölf.«

Mit unsicherer Hand stellte sie ihr Glas ab und stand auf, schlüpfte aus den Schuhen und wanderte durchs kühle, taufeuchte Gras. Die Arme vor der Brust verschränkt, starrte sie zum Horizont hinüber.

Kommentarlos schaute er ihr nach. Ihr unerwartetes

Schweigen verwirrte ihn. Bisher hatten sie sich lebhaft unterhalten. Abgesehen von jenen Momenten, wo ihn ihr seltsames Spiel mit den Haarsträhnen abgelenkt hatte. Jetzt schien sie sich auf irgendwas zu konzentrieren, das sie bedrückte. Hatte er sie irgendwie gekränkt? Er stand auf. »Maks?«

Sie gab keine Antwort. Besorgt beobachtete er, wie sie über das feuchte Gras schlenderte. Ein sonderbares *déjà-vu*-Gefühl erfaßte ihn, und er glaubte hilflos dazustehen, während Ann davonwirbelte, ein glühender Komet, dem Untergang geweiht. Aber Maks ließ sich nicht mit seiner labilen Exfrau vergleichen. Sein ärztliches Gewissen meldete sich, langsam folgte er ihr.

So unerwartet, wie sie davongegangen war, blieb sie stehen. Ihr Kinn sank auf die Brust, die Schultern hingen herab. Dann begann sie zu zittern. Als er näher kam, hörte er sie schluchzen. »Was ist denn los, Maks?«

Aber sie schwieg immer noch, in ihrem Kummer versunken. Der Arzt mußte distanziert bleiben, das Übel mit gezielten Fragen aufspüren. Aber der Mann ertrug es nicht, sie leiden zu sehen. Er legte die Hände auf ihre kühlen nackten Schultern und drehte sie zu sich herum. Bei dieser sanften Berührung schien sie sich zu entspannen. Aber sie weinte immer noch und legte die Stirn auf seine Schulter. »Es ist so verdammt unfair!« würgte sie hervor.

»Was?«

»Das Leben. Alles. Morgen hätte Christine ihren Geburtstag gefeiert.«

Das ist es also, dachte er, streichelte ihr Haar, drückte sie an sich, versuchte sie zu trösten wie ein verletztes

Kind. »Daran sind Sie nicht schuld. Quälen Sie sich nicht.«

Während sie an seiner Brust lehnte, spürte er, wie sie sich allmählich beruhigte. »Sie war doch noch so klein ... Im Leben geht's nicht so zu wie im Film, was?«

»Nein. Niemals.«

Sie klammerte sich an ihn, und nach einer Weile versiegten die Tränen. In seinen Armen, im Sternenlicht, fühlte sie sich sicher und geborgen, das Gesicht in seine Halsbeuge geschmiegt. Nun entstand eine wunderbare Zufriedenheit in ihrem Herzen. Worte waren überflüssig. Noch wagte sie nicht zu hoffen, die Beziehung könnte sich vertiefen. Aber trotz ihrer Trauer um Christine empfand sie ein wachsendes Glücksgefühl.

8

»Heute ist Montag, Dr. Dunston, und deshalb kann ich Ihnen Handschuhe geben, die tatsächlich passen.« Die Schwester zog die Latex-Manschette auseinander und streifte sie über seine Finger.

»Gibt's noch andere nette Überraschungen?« fragte er lächelnd.

Ehe sie antworten konnte, rief der Arzt von der Notaufnahme: »Beeilen Sie sich, sonst schafft er's nicht!«

Dunston wandte sie sich zu dem bewußtlosen, etwa dreißigjährigen Patienten, der aus drei Schußwunden blutete. Eine Kugel hatte ihn oberhalb der rechten Brustwarze getroffen, die zweite unterhalb des Brustkorbs, an der rechten Seite, und vermutlich die Leber zerfetzt, die dritte den Nabel. Offensichtlich war diese letzte Wunde weniger gefährlich, falls das Geschoß kein größeres Blutgefäß oder die Wirbelsäule beschädigt hatte. Jedenfalls mußte die Blutung gestoppt werden. Dunston checkte die Monitoren. Zum Glück war der Puls okay, obwohl der Blutdruck rapide sank. Der Kollege hatte bereits eine endotracheale Röhre eingeführt, aber das CO_2 reichte nicht aus, und der photoelektrische Blutsauerstoffmesser zeigte zu geringe Werte an. Während sie warteten, bis im OP alle Vorbereitungen getroffen waren, konnte arteriöses Blutgas helfen. Dunston bewegte seine Finger in den Gummihandschuhen und beobachtete die fünf Leute, die sich um den Patienten bemühten. »Ein Soldat?«

»Das war kein Unfall auf dem Schießplatz. Der Bulle, der ihn hergebracht hat, erzählte uns, der Mann sei ein Dealer.«

»Hat ihn die Polizei angeschossen?«

»Nein, ein böse Junge, drüben auf der Einkaufsstraße.«

»Würden Sie sein Handgelenk herumdrehen? Gut. Besprühen Sie's, okay?«

Eine der Schwestern besprühte das Handgelenk mit einem bräunlichen Antiseptikum, und Dunston entfernte sterile Tücher von der Katheterstelle. Dann drapierte er sie so, daß ein dreieckiges Stück Haut frei blieb. »Allmählich geht's auch mit den Vorstädten bergab. Genausogut könnte man in der südlichen Bronx leben.«

»Wem sagen Sie das?«

Er tastete nach einer Ader, fand den Puls und schob die Nadel unter die Haut. Bei diese Prozedur mußte man seinem Tastsinn vertrauen. Als er genau den richtigen Wider-

gingen, blieb Dunston seltsam reglos neben dem Patienten stehen. In bösartigem Bogen schwang die H-K herum, der schwere Schalldämpfer prallte gegen seine Wange, und er sah Sterne tanzen, als er aus dem Weg taumelte.

Der Mann zielte auf die Bahre und feuerte. Trotz des Schalldämpfers knallte die Maschinenpistole. In knapp drei Sekunden schoß der Gangster das 30er-Magazin leer. Haut- und Muskelfetzen und Knochensplitter flogen aus der Brust des Sterbenden, vermischt mit glitzernden Patronenhülsen, und färbten die Wand karmesinrot.

In der Annahme, der Bulle wäre tot, beobachtete der erste Schütze seinen Partner. Was er allerdings nicht wußte – beim Sturz des Polizisten hatten die drei anderen CZ-Schüsse ihr Ziel verfehlt. Außerdem trug der Officer, im Gegensatz zu dem Patienten, eine kugelsichere Weste. Vom Geschoß, das gegen seine Brust geprallt war, nur leicht benommen, fühlte er sich keineswegs kampfunfähig. Er richtete sich auf und hob gerade die Glock, als der erste Mann zu ihm hinüberschaute.

Beide feuerten gleichzeitig. Wieder wurde der Streifenpolizist getroffen, diesmal neben dem Riemen seiner kugelsicheren Weste. Das Geschoß zerschmetterte seine rechte Schulter und schleuderte ihm die Pistole aus der Hand – aber nicht, bevor sie Blei gespuckt hatte. Die Kugel bohrte sich in den Nasenrücken des Mannes. Aus der riesigen Austrittswunde am Hinterkopf spritzten Blut, Gehirn und Knochen und verteilten sich im Umkreis von fünf Metern. Der zweite Mann wirkte bei seiner nächsten Aktion kühl und entschlossen. Sobald er sah, daß der Bulle verletzt und unbewaffnet und sein Komplize tot war, zog er ein Magazin aus der Tasche, nahm das leere aus der H-K, ließ es zu Boden fallen und lud die Waffe nach. Trotz seiner Schmerzen nahm der Polizist alles wahr, was in seiner Umgebung geschah. Verzweifelt kroch er zu seiner Glock.

Mittlerweile konnte Dunston wieder klar denken. Im Gegensatz zu den verängstigten Leuten ringsum empfand er helle Wut über den unfairen Angriff. Die kalkulierte Methodik des Killers erzürnte ihn noch mehr. Während der Schurke die erste Neun-Millimeter-Patrone in den Lauf hebelte, grinste er den Officer sadistisch an. Langsam richtete er den immer noch rauchenden Schalldämpfer auf den Verwundeten.

Dunston sprang vor, senkte seine Schulter wie ein Rugbyhinterspieler und rammte sie ins Rückgrat des Mörders. Beide Männer stürzten. Auch die Maschinenpistole landete am Boden. Dadurch gewann der Polizist genug Zeit. Er packte die Glock, erhob sich auf ein Knie und hielt mit der unverletzten Linken den Killer in Schach, der den Zorn in den Augen des Bullen sah und erstarrte. In diesem Moment erschien ein Sicherheitsbeamter des Krankenhauses, wie die meisten seiner Kollegen ein Polizist außer Dienst. Mit einem Blick erfaßte er die Situation, zog eine Seecamp .32er Automatic aus einer verborgenen Halfter und benutzte ein Nottelefon, um Verstärkung anzufordern. Das restliche OP-Team erholte sich allmählich von seinem Schrecken, holte tief Luft und inspizierte das Resultat des Gemetzels.

Für den Patienten, dessen Kopf und Brust eine undefinierbare blutige Masse bildeten, konnte man nichts mehr tun. Nachdem der Sicherheitsbeamte die Kontrolle übernommen hatte, wurde der verletzte Polizist in den nächstbesten Behandlungsraum gebracht, zufällig ein Zimmer, in dem man Brüche einzugipsen pflegte. Das war günstig, denn hier fand man genug Verbandmaterial, und die Röntgenabteilung lag nicht weit entfernt. Sobald man die Blutung gestoppt und dem Officer einen Druckverband angelegt hatte, wurde die Schulter geröntgt. Wie die Bilder zeigten, war der Oberarmknochen zersplittert. Nun gehörte das Tennisservice des Mannes der Vergangenheit an, aber wenigstens waren weder Hauptgefäße noch Nerven ernsthaft beschädigt. Nach einem chirurgischen Eingriff, der innerhalb der nächsten Stunde erfolgen sollte, würde er den Arm wieder bewegen können.

So glimpflich war der Eindringling mit dem Kopfdurchschuß nicht davongekommen. Trotzdem lebte er noch. Der Schuß des Polizisten hatte die Großhirnrinde und das Kleinhirn verflüssigt. Aber der Hirnstamm und das autonome Nervensystem waren intakt geblieben. Dadurch wurden die lebenswichtigen Körperfunktionen aufrechterhalten, das Herz pumpte Blut in die Adern, die Lunge atmete, die Nieren schütteten Urin aus. Obwohl der Mann nur mehr dahinvegetierte, arbeiteten die Organe ganz normal – ein unerwarteter Bonus. Das Team bemühte sich, den Patienten zu stabilisieren. Auf seinem gefälschten New-York-State-Führerschein fand man ein bemerkenswert authentisches Foto. Erstaunlicherweise steckte in der kleinen Klarsichthülle ein Organspenderausweis. »Wenn im Falle meines Todes Organe verwendet werden können …« Immerhin ein anständiger Wesenszug.

Eine halbe Stunde später lag er auf der Intensivstation, an Monitoren, Infusionsflaschen und andere lebenserhaltende Geräte angeschlossen. Das Blut wurde auf Hepatitis und HIV untersucht, der Computer der nationalen Organbank informiert. Wenn die Ärzte Glück hatten, würden sie dem Mann das Herz, die Lunge, die Bauchspeicheldrüse, die Leber und die Nieren entnehmen können. Zumindest in diesem Fall profitierte die Gesellschaft vom Drogenhandel.

Während der hektischen Aktivitäten raste die Zeit dahin, und danach begann das unvermeidliche Polizeiverhör. Als sich die Wogen glätteten, war es zwei Uhr nachmittags. Eine Putzkolonne entfernte die grausigen Spuren des blutigen Kampfs von den Wänden, der Decke und dem Boden der Notaufnahme. Inzwischen hatte man Dunstons Wange geröntgt. Keine Fraktur. Aber obwohl er ständig einen Eisbeutel auf die verletzte Stelle preßte, färbte sie sich allmählich violett, und bald glich er einem Waschbären.

Nun konzentrierte er sich auf seine Leistengegend. Beim Zusammenprall mit dem Killer hatte irgendwas geknackt. Vor einigen Jahren, auf dem College, hatte ein Teamarzt einen Leistenbruch prophezeit und ihn vor einer übermäßigen Beanspruchung dieser Körperzone gewarnt. Eher ein Bücherwurm als ein Athlet, hatte Dunston den Rat mühelos befolgt. Im Lauf der Jahre war nichts geschehen, was sein latentes Problem intensiviert hätte. Das hatte er mehr oder weniger bewußt vermieden, hauptsächlich durch reines Glück. Bis jetzt. Die wachsenden Schmerzen im Unterleib hätten einen Medizinstudenten im ersten Halbjahr veranlaßt, die richtige Diagnose zu stellen.

Trotzdem befolgte er die Regel, daß sich ein Arzt nicht selbst behandeln durfte. Und er wollte keine vorschnellen Schlüsse ziehen. Andererseits würde er Maks an diesem

Abend treffen, und er freute sich darauf. Widerstrebend ging er mit einem Kollegen in einen leeren Untersuchungsraum und ließ die Hosen runter. Als sein Freund ihn aufforderte, den Kopf seitwärts zu drehen und zu husten, erschien eine golfballgroße Beule in Dunstons Leiste.

»Wirklich wunderschön«, meinte der Kollege. »Und das Ding hat all die Jahre gewartet, bis es endlich aufgetaucht ist.«

»Großartig.«

»Da der OP grade frei ist, könnten wir dich sofort drannehmen. Lokalanästhesie, ein paar Nähte, und in einer halben Stunde ist alles überstanden. Dann bist du rechtzeitig für deine Cocktails zu Hause.«

»Ein fabelhaftes Angebot, aber um vier beginnt meine Sprechstunde, von meiner Verabredung heute abend ganz zu schweigen.

Seufzend schüttelte der Kollege den Kopf. »Ärzte und Krankenschwestern sind die allerschlimmsten Patienten. Hast du heute abend zufällig was vor, das dein Problem erschweren könnte?«

»Ich?«

Als Maks von der Arbeit nach Hause fuhr, hörte sie die Neuigkeit im Autoradio. Sie machte sich Sorgen, obwohl man erwähnte, Dunston habe keinen ernsthaften Schaden erlitten. Sobald sie daheim war, rief sie in seiner Praxis an und hörte, er sei bereits gegangen. In der nächsten Stunde regte sie sich auf, statt Vorbereitungen für seine Ankunft zu treffen.

Da er am Vorabend von Christines Geburtstag so viel

zärtliche Fürsorge bewiesen hatte, mußte sie ihn unbedingt wiedersehen. Ihre Beweggründe verwirrten sie. Interessierte sie sich nur für weitere Informationen über ihre Schwester? Für Dunstons Gesellschaft? Oder strebte sie eine tiefere Beziehung an? Vielleicht spielte alles eine gewisse Rolle. Er war offensichtlich ein einfühlsamer, gütiger Mann. Und nachdem sie ihre eigene Person monatelang vernachlässigt hatte, glaubte sie ein bißchen Glück zu verdienen. Sie hatte ihn unter dem Vorwand eingeladen, sie müßte mit ihm über Christine reden, und er war sofort einverstanden gewesen. Als er endlich ankam, erschrak sie über sein veilchenblaues Auge. Vorsichtig berührte sie seine Wange, mit sanften Fingerspitzen, so wie man zögernd nach einem verängstigten kleinen Tier greift. Dann mixte sie ihm einen Drink und versuchte, ihm Einzelheiten über den Zwischenfall in der Klinik zu entlocken. Aber er war noch zu gestreßt, um davon zu erzählen, und erklärte nur, die gräßliche Szene habe ihm vermutlich einen Leistenbruch eingetragen.

Um sich abzulenken, ging er mit ihr ins Kino. Danach schlug er ein Dinner in einem Café bei der Universität vor. Als sie ihn hinken sah, meinte sie, er solle sich lieber ausruhen. Wenn er nicht für sich selber sorge, würde er anderen Leuten nicht helfen können. Dunston fragte sich, womit er an ihre mütterlichen Instinkte appellierte.

»Wann mußt du morgen arbeiten, Chad?«

»Spät. Ich habe keine besonderen Fälle. Gegen neun oder halb zehn.«

»Um acht bin ich zum Frühstück verabredet, in der Nähe deiner Wohnung.«

»So? Mit wem?«

Sein Interesse schmeichelte ihr. »Rein geschäftlich. Soll ich dich heimfahren und dir morgen früh dein Auto bringen?«

»Was immer du sagst, Doktor.«

Die Ruhe war tatsächlich eine Wohltat. Bisher war er nicht bereit gewesen, sich einzugestehen, wie sehr ihn der Tag mitgenommen hatte. Zum erstenmal seit Monaten schlief er acht Stunden durch. Als er am nächsten Morgen duschte, bemerkte er, daß die Schwellung unter dem Auge zurückgegangen war. Um sieben Uhr fünfundvierzig läutete die Türglocke. Hastig schlüpfte er in einen Bademantel. Maks kam herein, Papiertüten mit Croissants und Käse in den Händen. In ihrem schwarzen Leder-Mini sah sie phantastisch aus. Nicht zu kurz, trotzdem viel Bein, modisch, aber nicht trendy. Sie gab ihm den Autoschlüssel zurück.

»Bist du nicht zum Frühstück verabredet?« fragte er.

»O Gott, dein Auge sieht furchtbar aus. Tut's weh?«

»Nur wenn ich zwinkere.« Er nahm ihr die Tüten ab. »Alles für mich?«

»Das hängt davon ab, wie hungrig du bist. Mein Treffen wurde abgesagt – eine Nachricht auf meinem Anrufbeantworter. Und da dachte ich, während deiner Genesung könntest du ein paar Kalorien gebrauchen. Tut mir leid, daß ich so früh komme. Aber auf den Straßen war überhaupt kein Verkehr ...« Plötzlich fehlten ihr die Worte. In seinem Bademantel, über der Brust geöffnet, das zerzauste Haar noch feucht von der Dusche, sah er unglaublich attraktiv aus. Eine Zeitlang stand sie verlegen und schweigend neben dem Küchentisch, auf den er die Tüten gelegt hatte.

Für ihn war die Stille genauso unangenehm, und er fürchtete, irgend etwas Dummes zu sagen. In ihren Augen las er Interesse, von Unsicherheit gedämpft – Gefühle, die seinen eigenen glichen. Erleichtert atmete er auf, als sie die Tüten öffnete. »Seit Ann weggelaufen ist, hat mir noch keine Frau das Frühstück gemacht.«

»Ab und zu muß jeder verwöhnt werden. Besonders, wenn er angeschlagen ist.«

»Ja, das stimmt. Und so gern ich auch koche, wenn ich allein esse, schmeckt's mir nie so gut wie früher, im Familienkreis.«

»So bist du also aufgewachsen? Mit familiären Mahlzeiten?«

»Mehr oder weniger. Und das habe ich auch in der Ehe erwartet. Aber Ann war nur selten da. Und wenn sie mir Gesellschaft leistete, schien sie mit ihren Gedanken woanders zu sein.«

Maks goß sich eine Tasse Kaffee ein. »Kein ideales Familienleben ...«

»Nein. Jetzt weiß ich, daß Ann sehr einsam war. Und sie besaß die Fähigkeit, allen anderen Leuten in ihrer Nähe das Gefühl zu geben, sie wären auch einsam.«

»Einsamkeit in der Menge?«

Er schüttelte den Kopf. »Eher eine totale Isolation. Ich fand das richtig unheimlich – sie konnte da und doch abwesend sein.«

»Vielleicht war sie scheu.«

»Ann? Ungefähr so scheu wie Madonna. Eine typische Exhibitionistin.«

Als sie sein Unbehagen spürte, versuchte sie das Gespräch in andere Bahnen zu lenken. »Du bist noch jung,

Chad. Und du kannst alles nachholen, was du versäumt hast.«

»Ich wünsche mir immer noch eine Familie, falls du das meinst.«

Seltsam, wie intensiv Chads Exfrau seine Gedanken und Emotionen beherrschte, nach so langer Zeit ... Maks wußte, daß sie ihn nicht lange genug kannte, um sich mit seinen Problemen zu befassen. Aber er interessierte sie, vielleicht zu sehr, zu früh, und ihr Engagement schien ihre eigene Verletzlichkeit widerzuspiegeln.

Besänftigend lächelte sie und hielt ihm ein Croissant hin, wie ein Friedensangebot. Er nickte ihr dankbar zu, nahm es entgegen und verstand ihr Bestreben, seinen Seelenkummer zu heilen. Zumindest vorübergehend mußte er Ann vergessen. Der Käse schmeckte köstlich. Einträchtig saßen sie am Tisch, frühstückten und unterhielten sich über die Unterschiede zwischen Brötchen und Croissants.

Als er aufstand, um den Tisch abzuräumen, bemerkte sie, daß er immer noch hinkte. »Ist's sehr schlimm?«

»Was?«

»Der Leistenbruch.«

»Eher ärgerlich. So wie dumpfe Zahnschmerzen.«

»Wie sieht's aus?«

»Möchtest du's wirklich wissen?«

Maks wurde rot. Obwohl sie's nicht beabsichtigte, hatte ihre Frage provozierend geklungen. Eigentlich hatte sie nur ein allgemeines Gesprächsthema gesucht, so ähnlich wie: Warum leuchten die Sterne? Und jetzt erweckte sie den Eindruck, sie wollte den Ursprung des Universums ergründen. Aber ein diplomatischer Rückzieher war nun unmöglich. Und so nahm sie ihren ganzen Mut zusammen. »Nur wenn's dir nichts ausmacht.«

Nun war der Tennisball in sein Feld zurückgefallen. Das hatte er nicht erwartet. Ein Glück, daß er Calvin-Klein-Shorts trug ... Ohne Zögern hielt er den blauen Bademantel auseinander und zeigte ihr die Beule. Würde Maks sie berühren, so wie am vergangenen Abend seine Wange?

»Das ist also ein Leistenbruch?«

»Ja.«

»Nicht besonders imposant.«

»Wie, bitte?« fragte er mit unbewegter Miene und schloß den Bademantel.

»Ich meine den Leistenbruch.«

»Oh. Manchmal entsteht eine Inkarzeration.«

»Was bedeutet das?«

»Wenn sich Gedärme in der Beule verfangen und ihre eigene Blutzufuhr abschneiden, muß man sofort operiert werden.«

»Großer Gott! Und so was kann im ungünstigsten Augenblick passieren!«

»Allerdings.«

»Dann mußt du dich bald operieren lassen?«

»Leider.«

»Wird kein Schaden zurückbleiben – irgendwo in dieser Zone?«

In gespieltem Entsetzen starrte er sie an. »Hoffentlich nicht!«

»Du wünschst dir doch eine Familie. Kannst du danach immer noch Kinder zeugen?«

»Jede Menge.«

»Und wann wirst du operiert?«

»Wann ich will. Es dauert nur eine halbe Stunde.«

»Wer ist dein Arzt.«

»Frag lieber – *was.* Ich gehe ins Center.«

»Meinst du das ernst?«

»Warum bist du so überrascht?«

Sie stützte sich auf einen Ellbogen. »Ach, ich weiß nicht … Irgendwie hätte ich nicht gedacht …«

»Nachdem im Center was geschehen ist, das für dich ein Alptraum war, verstehst du nicht, wie sich ein vernünftiger Mensch dort operieren lassen kann?« fragte er und goß ihr noch etwas Kaffee ein. »Wolltest du das sagen?«

»Nein.«

Er setzte sich zu ihr. »Hör mal, Maks. Was Christine zugestoßen ist, war zweifellos eine Tragödie, und ich will's wirklich nicht herunterspielen. Natürlich leidest du immer noch darunter. Aber es lag nicht am Center. Niemand hätte es voraussehen können. In einem anderen Krankenhaus wär's auch passiert.«

»Wenn du's sagst …« erwiderte sie tonlos.

»Ja, genau das sagte ich.«

Skeptisch schaute sie ihn an. »Bist du sicher?«

»Völlig sicher. Gewiß, ich treffe eine selbstsüchtige Entscheidung. Ich kenne viele tüchtige Kollegen, auch Freunde, die's gern machen und nur ein paar neue Golfschläger dafür verlangen würden. Aber ich will noch ein paar Jahre leben und verhindern, daß irgendwas schiefgeht. Deshalb suche ich mir die Klinik mit der niedrigsten Komplikationsrate und der besten Technik aus.«

Immer noch nicht überzeugt, seufzte sie. »Wahrscheinlich hast du recht. Ich wünschte nur, ich könnte deine Begeisterung teilen.«

»Vertraue mir. Das Center ist unfehlbar, und deshalb wird alles großartig klappen.«

9

Die Verwandlung vom Heilkundigen in einen Patienten macht den meisten Ärzten zu schaffen. Da sie keine Befehle mehr erteilen können, verlieren sie ein höchst angenehmes Machtgefühl. Als Patient wird man kontrolliert, statt alles selbst zu kontrollieren. Und plötzlich entwickelt der Arzt, der auf dem Operationstisch liegt, etwas mehr Verständnis für die Leute, die sich einem Skalpell ausliefern.

So vorteilhaft diese neuen Erkenntnisse auch sein mögen, sie haben gewisse Nachteile. Den Doktor-Patienten können Depressionen befallen, vor allem, wenn es sich um einen erfolgreichen, selbstbewußten Chirurgen handelt. Und so begann Dr. Chad Dunstons Ego am Morgen seiner Aufnahme ins Center langsam zu schrumpfen. Nachdem ihn die Roboter untersucht und ihm Blut abgenommen hatten, fühlte er sich elend – ein Zustand, der sich bei den Voruntersuchungen noch verschlimmerte.

Gegen Ende der sechziger Jahre hatten Medizinprofessoren die lebensgroße Puppe Annie benutzt, um an ihrem Herzen und ihrer Lunge Wiederbelebungsversuche zu demonstrieren. Jetzt, über drei Jahrzehnte später, drehte der experimentelle Prototyp Annie IV den Spieß um und fungierte als Hausarzt-Roboter. Obwohl er nicht einmal annähernd einem Menschen glich, erregte seine weibliche Stimme Dunstons Unbehagen.

»Bleiben Sie bitte stehen«, sagte die wohlklingende synthetische Stimme, »und ziehen Sie Ihre Unterwäsche aus.«

»Ist das wirklich nötig?«

»Ich bin nicht dazu programmiert, diese Frage zu beantworten. Bitte erinnern Sie sich an das Formular, auf dem Sie der präoperativen Untersuchung zugestimmt haben. Ohne diese Untersuchung wird die Operation abgesagt.«

»Moment mal, wissen Sie, was der Blechwarenhändler gemacht hat?«

»Ziehen Sie bitte Ihre Unterwäsche aus.«

»Das war ein Scherz. Haben Sie kein bißchen Humor?«

»Ziehen Sie bitte Ihre Unterwäsche aus.«

»Heiliger Himmel«, stöhnte er, »und ich hab' auch noch mitgeholfen, diesen Laden aufzubauen!« Die Hände in die Hüften gestemmt, stand er da, nur in Shorts, und starrte die Maschine an. Dann schüttelte er den Kopf, schlüpfte aus der Unterhose und war froh, daß er schlichte Calvin Kleins bevorzugte, statt Stringtangas mit Tigerstreifen.

»Danke«, sagte der Roboter, der keineswegs so aussah, wie sich der Mann von der Straße einen Androiden vorstellte. Vielmehr glich er einem Metallquader auf Rädern. Seine »Augen«, optische Linsen, fütterten hochauflösende Farb-Videokameras. Und seine »Arme« – drei an der Zahl – waren mechanische Manipulatoren, die man entwickelt hatte, um radioaktive Substanzen oder die Fracht in Raumschiffen zu handhaben. Die Sensoren dieser Arme – wärmeempfindlich, mit Tastsinn und Gehör ausgestattet – ersetzten das Stethoskop, das Thermometer und die digitale Palpation. Nur der Geruchssinn befand sich noch im Entwicklungsstadium.

Mühsam schluckte Dunston seinen Stolz hinunter und fügte sich in sein Schicksal, als die Maschine näher rückte. Die optischen Sensoren schwenkten zu seinen Hüften, die Linsen verengten sich, die Kameras fixierten seine Leistengegend. Hoffentlich würde er keine Reflex-Erektion bekommen, während er nackt und fröstelnd dastand. Zum Glück passierte das nicht. Aber er hatte den Bulbocavernosus-Reflex vergessen. Und sobald die Spitze des mechanischen Arms über seinen Innenschenkel glitt, zog sich sein Hodensack zusammen. »O Gott …«

Die Maschine reagierte nicht auf das Flüstern. Statt dessen strichen die drei fingerähnlichen taktilen Sensoren über die Leistengegend. Die schwammigen Pölsterchen an jedem Finger waren hochentwickelte Mikroprozessoren, die subtile Veränderungen in den Konturen und im Gewebe einzelner Körperteile erkannten. Wenn sie diese Veränderungen mit den »Normen« verglichen, die in ihrer Datenbank gespeichert waren, stellten sie die Diagnose. Direkt über der Beule des Leistenbruchs hielten die Pölsterchen inne. Dann begannen sie sich zu bewegen. Zweifellos war es die sanfteste Untersuchung, der er sich jemals unterzogen hatte. Trotzdem empfand er keine Erleichterung, sondern Ärger. Es kam ihm so vor, als würde ihn eine unheimliche Tarantel abtasten.

»Bitte drehen Sie den Kopf zur Seite und husten Sie«, sagte der Roboter.

»Also wirklich, ist es denn nicht offensichtlich?«

»Bitte seien Sie so freundlich, drehen Sie den Kopf zur Seite und husten Sie.«

Weil ihm nichts anderes übrigblieb, gehorchte er. Gewohnheitsmäßig hielt er eine Hand vor den Mund. Während er hustete, spürte er, wie sich die Beule vergrößerte, und die Pölsterchen, die jetzt einen subtilen Druck ausübten, erzeugten schwache Schmerzen. Aber dann zogen sich die mechanischen Finger rasch zurück, und die Arme der Maschine sanken hinab, um ihre Ausgangsposition einzunehmen. Inständig hoffte Dunston, er würde sich nicht bücken und eine rektale Untersuchung ertragen müssen.

»Danke«, sagte der Roboter und rollte davon. »Die Untersuchung ist beendet. Bitte ziehen Sie Ihr Hemd an und legen Sie sich auf das Bett.«

»Wozu?«

»Man wird Ihnen weitere Anweisungen erteilen. Zur Zeit beträgt Ihre Körpertemperatur 36,5 Grad Celsius. Dieser Wert liegt unter der Norm. Wenn Sie frieren, decken Sie sich bitte mit dem Laken zu. Haben Sie sonst noch Wünsche?«

»Ja, einen doppelten Whiskey. Und ich will's möglichst schnell hinter mich bringen.«

»Ihre Operation, die für zehn Uhr angesetzt ist, wird pünktlich beginnen. Guten Tag«, verabschiedete sich die Frauenstimme. Ein Teil der Wand öffnete sich, und die Maschine verschwand in einem Korridor.

Eine halbe Minute lang stand Dunston reglos da und versuchte, seinen Zorn zu bezähmen. Was für eine entwürdigende Untersuchung! Empfanden das alle Patienten im Center? Oder störte es ihn nur, weil er ein Arzt war? Ein

Kind müßte zu Tode erschrecken. Aber dann erinnerte er sich, daß die Roboter alle Patienten unter sechzehn Jahren sofort nach der Ankunft ruhigstellten, um das emotionale Trauma der Trennung von den Eltern zu mildern. Und wenn er sich recht entsann, hatte jemand aus der Interface-Gruppe – Randy McKenna? – ausdrücklich verlangt, allen Patienten müßten starke neuroleptische Sedativa verabreicht werden, die partielle Amnesien erzeugten. Dadurch blieben die positiven Aspekte des Klinikaufenthalts im Gedächtnis der Patienten haften, während sie die unangenehmen Dinge vergaßen. So ein Medikament hatte er offensichtlich nicht erhalten. Er beschloß, mit McKenna darüber zu reden, sobald er entlassen wurde. Vorausgesetzt, er konnte sich an irgendwas erinnern.

Er schaute sich im Zimmer um, das etwa dreieinhalb Meter im Quadrat maß. Auf dem Nachttisch neben dem Bett stand ein Telefon. Zu jedem Privatzimmer gehörte ein Bad, in dem auch abgezapftes Blut und andere Proben verwahrt wurden. Es gab keine Fenster. Am auffälligsten war ein großer, in die Wand eingebauter Bildschirm, der programmierte Unterhaltung und die Kommunikation mit den »Besuchern« bot.

Da Dunston die Instruktion auf dem Einlieferungsformular vergessen hatte, alle Wertsachen daheim zu lassen, schaute er auf sein Handgelenk. Natürlich, er trug keine Armbanduhr. Jetzt mußte es neun Uhr fünfzehn sein. Seufzend ließ er die Arme aufs Bett fallen. »Verdammt schlau von mir, hierherzukommen.« Offenbar blieb ihm nichts anderes übrig, als zu warten. Er verschränkte die Arme hinter dem Kopf.

»Machen Sie sich Sorgen, Dr. Dunston?«

Verwirrt fuhr er hoch und sah sich um. Da war niemand.

Die Stimme schien aus dem Nichts heranzudringen, wie ein quadrophonisches Geräusch – eine synthetische Männerstimme, tief und sonor und autoritär, aber mit einem onkelhaften, vertraulichen Unterton, der irgendwie tröstlich wirkte. Sein Blick wanderte von der Zimmerdecke bis zum Boden. »Warum sollte ich mich sorgen?«

»Vorhin schienen Sie sich unbehaglich zu fühlen.«

»Wer sagt das?« Ärgerlich suchte er den Raum nach verborgenen Lautsprechern ab. »Wer immer Sie sind, Sie waren gar nicht da.«

Jetzt erklang entwaffnend sanftes, beschwichtigendes Gelächter. »Doch. Sie kennen mich als Sygmund.«

»Sigmund ... Ach ja, Sygmund«, wiederholte er langsam und erinnerte sich an die Abkürzung von Symptom Gathering Mechanized Universal Diagnostician. Syggy, wie die Interface-Gruppe das Gerät nannte, war der Psychoanalytiker des Centers, ein hochentwickeltes interaktives Software-Programm. Aber im Gegensatz zu anderen Typen computerbetriebener psychiatrischer Mechanismen kombinierte Sygmund die Informationen aus allen psychologischen Datenbanken der Nation in einem superanalytischen Programm, das den einzigartigen Vorteil besaß, auch die Labordaten des Patienten, die Diagnosen und die Resultate sämtlicher Untersuchungen zu kennen. Dadurch konnte es nicht nur organische Krankheitsbilder ausschließen, zum Beispiel einen Gehirntumor, der psychologische Symptome hervorrief, sondern es verfügte auch über intuitive Fähigkeiten. Während frühere Software-Programme einfach nur auf Schlüsselwörter wie

»verrückt« oder »Mutter« reagiert hatten, vermochte Sygmund logische Schlüsse zu ziehen.

»Warum fühlen Sie sich unwohl?«

»Ich habe keineswegs behauptet, ich würde mich so fühlen.«

»Sicher ist es ganz natürlich, in einer solchen Umgebung ein gewisses Unbehagen zu empfinden.«

Das verdammte Ding versucht, in meine Seele einzudringen, dachte Dunston. »Hören Sie, Syggy, wir haben Sie dazu programmiert, die Psyche der Patienten zu erforschen. Aber in meinem Fall ist das nicht nötig, verstanden?«

»Warum ärgern Sie sich, Dr. Dunston?«

»Verdammt, ich ärgere mich nicht! Es geht mir gut, und ich freue mich auf die Operation. Wann wird man mich holen?«

»In etwa fünfzehn Minuten. Wollen wir uns unterhalten, während Sie warten?«

»Nein, vielen Dank, ich möchte mich lieber ausruhen.«

»Wie Sie wünschen. Aber wenn Sie über irgendwas reden möchten, sagen Sie einfach ›Sygmund‹.«

»Klar, das weiß ich zu schätzen.« Dieses unheimliche Ding funktionierte planmäßig, ein kathartisches Instrument für stationäre Patienten. In gewissen Streß-Situationen mußten sich die Leute alles von der Seele reden. Warum sträubte er sich gegen ein Gespräch? Das wußte er nicht genau. Nachdem er an der Entwicklung des Geräts mitgearbeitet hatte, gewann er vielleicht den Eindruck, er würde mit seinem Kind sprechen. Außerdem fand er das alles – was er Weiman bereits anvertraut hatte – *zu* perfekt. Was die Computer vermochten, grenzte an menschliche Fähigkeiten. Und das war absurd.

Während der nächsten Viertelstunde lag er reglos da und dachte an Maks – ihr langes blondes Haar, ihre Großzügigkeit, ihre Verwundbarkeit. Er hatte ihr Angebot abgelehnt, ihn herzufahren, weil er seine Unabhängigkeit demonstrieren wollte. Aber es war wohl eher perverser Chauvinismus gewesen. Jetzt wünschte er, sie wäre bei ihm. Er konnte es kaum erwarten, sie wiederzusehen, und er schwelgte in reizvollen, lüsternen Phantasien. Hatte er sich für die Operation im Center entschieden, weil er hoffte, die überragende Technologie würde seine Genesung beschleunigen und die Sinnenlust nicht allzulange behindern?

Zischend öffnete sich eine Schiebetür, und eine gepolsterte Bahre rollte herein. In manchen Fällen dienten solche Bahren als OP-Tische, so daß die Patienten im OP nicht bewegt werden mußten. Der Tisch war mit Vorrichtungen fürs Absaugen und für Spülungen versehen, außerdem mit Schläuchen für die Zufuhr von Sauerstoff und Lachgas.

»Guten Morgen, Doktor«, grüßte eine Stimme, nicht ganz so melodiös wie Sygmund. »Es ist an der Zeit. Nun fahren Sie in den OP.«

»Kann ich nicht hingehen?«

Die Frage wurde ignoriert. »Bitte, liegen Sie still.« Ein periskopartiger Pfahl erhob sich aus einer Ecke des Betts und rastete ein, als er die vorgeschriebene Höhe erreichte. Aus einer Öffnung an der Spitze glitten drei Wolfram-Karbid-Arme zu den anderen Ecken des Betts herab und verbanden sich mit Häkchen am Laken. Wie Dunston wußte, bestand das Laken aus Wegwerf-Polymer. Mit Hilfe dieses Systems konnten die Patienten – vor allem die Leute, die an Schmerzen litten – komfortabel bewegt werden. Man mußte sie nicht herumdrehen und seitwärts rollen. Statt dessen hob der Apparat die Laken mitsamt den Kranken hoch.

Dunston schwebte empor und zur Bahre hinüber, wie auf einem fliegenden Zauberteppich, und landete in der weichen Polsterung. Summend rollte die Bahre dahin, mit fünf Stundenmeilen. Im Gegensatz zum Untersuchungsroboter besaß sie keine optischen Geräte und wurde mittels eines Lasersystems von der Computerzentrale gesteuert, die ein paar Etagen entfernt lag. Sie registrierte, an welchen Orten sich die beweglichen Objekte jeweils befanden, kannte deren Ziele und regulierte die Geschwindigkeiten, um Zusammenstöße zu vermeiden.

Als Dunston ein gedämpftes Pffft hörte, begleitet von einem leichten Druck an seiner rechten Hinterbacke, wußte er, was das bedeutete. Trotzdem fragte er danach.

»Ihre präoperative Medikation, Doktor.«

»Und welchen Frühstückscocktail bekomme ich heute?«

»Das weiß ich nicht, Sir. Die pharmazeutische Abteilung wählt die Medikamente aus.«

Wahrscheinlich Atropin und ein Beruhigungsmittel, dachte er, eins mit amnestischer Wirkung. Oder wurde das separat verabreicht? Daran erinnerte er sich nicht. Aber die schmerzlose intradermale Injektion war der traditionellen Nadel eindeutig vorzuziehen. Wenig später erreichte er den OP. Darin befanden sich zwölf Abteilungen, getrennt durch zwei breite Korridore, die zu den Transportfluren führten. Jeweils vier Sektoren, die neun Meter im Quadrat maßen, lagen nebeneinander. Die Korridore dazwischen waren fünfzig Meter breit. Während in konventionellen

Kliniken für jede Prozedur ein eigener Raum zur Verfügung stand, dienten die Center-OPs allen Funktionen, von der Herztransplantation bis zur Behandlung entzündeter Fußballen.

Hier gab es keinen Erholungsraum. Nach dem Eingriff erholten sich die Patienten auf den OP-Tischen, dann wurden sie zu ihren Betten zurückgebracht. Gedrängte Termine, Störungen im Ablauf einzelner Vorgänge und Verspätungen waren ausgeschlossen. Durchschnittlich wurden in jedem Saal pro Tag und Sektor vier Patienten behandelt. Manchmal absolvierte man sieben Prozeduren täglich oder nur eine einzige, die dementsprechend lange dauerte. Das einzige Zugeständnis an die menschlichen Planer des Centers war der arbeitsfreie Sonntag.

Da man keine neugierigen Blicke befürchten mußte, hingen keine Türen in den breiten Portalen des OP. Dunston lag auf dem Rücken und spürte, wie seine Bahre in einen Korridor bog. Die Decke des Saals bestand aus feuerfesten schalldichten Kacheln. Fünfzehn Meter weiter vorn rollte er in seinen Sektor. Zwei Wochen vor der Eröffnung des Centers hatte er, tief beeindruckt, den fast fertigen OP besichtigt. Jetzt war er sprachlos. Die Einrichtung aus weißer Keramik und rostfreiem Stahl erstrahlte in grellem Licht. Statt der traditionellen Spiegellampen über den OP-Tischen brannten hier zahllose verborgene Scheinwerfer, blendende Argon- oder Xenonlichtquellen. Dunston kniff die Augen zusammen. Sobald die Operation begann, würden in vielen Instrumenten zusätzliche faseroptische Lämpchen aufflammen.

Die Bahre hielt neben dem OP-Tisch. Zwischen den Eingriffen glitt er durch eine Bodenöffnung in die untere

Etage hinab und wurde gereinigt. Nun war er aufgetaucht und hatte seine Empfangsposition eingenommen. Behutsam wurde Dunston daraufgelegt, und die Bahre rollte davon. Er holte tief Atem. Was immer man ihm verabreicht hatte – es begann zu wirken. Er fühlte sich ruhig und unbeschwert. Über ihm hing ein kugelförmiger optischer Sensor mit mehreren Linsen, der alle Aspekte der Prozedur steuern würde. Dunston starrte fasziniert hinauf. Wie sich sein leicht benommenes Gehirn entsann, waren die Spots vor drei Monaten durch diese Sensoren ersetzt worden. Sie sahen aus wie Kreuzungen zwischen vergrößerten Fliegenaugen und rotierenden Disco-Spiegelkugeln. In der Decke waren zu beiden Seiten des Sensors, bei manchen Einheiten auch im Boden, Instrumentengehäuse aus Neopren eingebaut. Andere Geräte wurden durch Gummikabel mit den Patienten verbunden.

»Entspannen Sie sich, Dr. Dunston«, bat eine synthetische Stimme. »Bald beginnt die Operation.« Diese Worte kannte er auswendig. »Bitte legen Sie ihren Arm auf die Armstütze zu ihrer Rechten«, fuhr die Stimme fort, und er gehorchte.

In den meisten Kliniken benutzte man zwei Armstützen, wodurch der Patient einem Gekreuzigten glich. Aber im Center wurde nur eine gebraucht – dicker als die konventionellen, mit Überwachungs- und Meßgeräten für alle lebenswichtigen Funktionen und Werte versehen. Mit verschleierten Augen betrachtete Dunston seinen ausgestreckten Arm. Ein Türchen in der Stütze öffnete sich, und die Manschette eines Blutdruckmessers glitt heraus, mit biegsamen Leitungen verbunden, die ihr gestatteten, sich in alle Richtungen zu bewegen. Von den optischen Sensoren gesteuert, umwand die Manschette den Bizeps des Patienten, und er spürte, wie sie aufgeblasen wurde und sich verengte. Aus einem anderen Abteil surrte ein Blutsauerstoffmesser, der einer Plastik-Wäscheklammer ähnelte, und befestigte sich an Dunstons Zeigefinger. Gleichzeitig erhellte sich ein Monitor an der Wand neben dem Tisch. Dieser Bildschirm war in einem OP ohne menschliches Personal überflüssig. Aber man hatte ihn trotzdem installiert, um Videos für spätere Kontrollen aufzuzeichnen, oder zu Studienzwecken. Durch immer dichtere Nebelschwaden las Dunston die weißen Buchstaben und Zahlen auf blauem Grund.

Zuerst erschien sein Name, gefolgt von seiner Ausweisnummer und dem Datum. Dann flimmerten die Werte – Blutdruck: 132 zu 76, Puls: 84, Temperatur (wo ist der Temperatursensor, überlegte er): 37 Grad Celsius, Sauerstoffgehalt des Bluts: 98 %. Darunter reflektierte eine Linie aus Leuchtpunkten das EKG, einen normalen Herzrhythmus. Okay, dachte er und grinste albern, *diese* Pumpe macht's noch eine Weile.

Seine beeinträchtigte Aufmerksamkeit wurde von einem kaum hörbaren Surren abgelenkt, das an der Decke des Raums erklang. Langsam sank ein Roboterarm herab, mit einem Infusionskatheter, an eine transparente, mit einer Flüssigkeit gefüllte Flasche angeschlossen. Im gleichen Moment blähte sich die Manschette des Blutdruckmessers wieder auf und diente nun als Armpresse, um die Adern zu verdicken. Fasziniert beobachtete Dunston den mechanischen Arm, der über einer hervorstehenden Ader stoppte, leise zischte und die Haut mit einem rosa Antiseptikum besprühte. Dann wurde die Infusionsnadel eingeführt. Als Blut in den Schlauch floß, verringerte sich der Druck der Armpresse. Das Blut kehrte in die Ader zurück, vom Inhalt der Flasche begleitet.

Gleich bin ich weg, dachte er. Wie Schlangen wanden sich Klettbänder um seinen linken Arm und beide Schenkel und hielten ihn am OP-Tisch fest. Diese Maßnahme kannte er von seiner chirurgischen Arbeit her. Manche Patienten schlugen in der Narkose um sich. In seinem Fall waren die Fesseln überflüssig, weil man nur eine Lokalanästhesie vornehmen würde. Aber was soll's, zum Teufel, sagte er sich, Routine ist Routine. Deshalb brauchte er nicht auszuflippen.

Wieder surrte es, und der chirurgische Manipulatorarm schwebte herab. Dunston lächelte. Bei der Entwicklung dieses Geräts hatte er eine große Rolle gespielt. Dem Laien mochte es grotesk erscheinen. Aber der Experte fand es wunderschön. Aus schwarzem anodisiertem Aluminium, zehn Zentimeter dick und überaus flexibel, besaß es zahlreiche Scharniere, Hebel und Gelenke. Deshalb konnte es während einer Operation ständig die Position wechseln und aus allen erdenklichen Blickwinkeln manövrieren.

Der bemerkenswerteste Apparat des sogenannten »Telesurgeon« war der rotierende optische Kopf an der Spitze des Roboterarms, so groß wie ein Softball. Im inneren Hohlraum befanden sich Miniaturinstrumente für alle chirurgischen Prozeduren – Skalpelle, Retraktoren, Seziergeräte, von Kneifzangen bewegt; Laser für blutlose Einschnitte und beschleunigte Gerinnung; hochauflösende Optik für die Mikrochirurgie; spaghettidünne Schläuche fürs Absaugen und für Spülungen; und mehrere Spulen mit Nähgarn. Außerdem enthielt der Kopf ultradünne

Nadeln für die Lokalanästhesie. Bei komplizierten Operationen im Brustkorb oder Gehirn arbeiteten zwei Telesurgeons zusammen, für einen schlichten Leistenbruch genügte einer.

Interessiert schaute Dunston zu und fühlte sich immer benebelter. Ein unkontrollierbares idiotisches Grinsen verzog seine Lippen.

Nun schwebte der Kopf des Telesurgeons direkt über dem Hodensack, und Dunstons Puls beschleunigte sich. »Vorsicht, alter Junge«, lallte er, »komm nicht zu nah an die Kronjuwelen ran.« Er hörte ein Klicken, und in einer mechanischen Zange erschien ein winziges Skalpell. Was bedeutet das, fragte er sich. Der Einschnitt in der Leistengegend sollte mit einem dünnen roten Laser durchgeführt werden. Verwirrt begann er zu blinzeln, und als er genauer hinsah, erlosch sein Lächeln. Was ging hier vor? Und wo zum Teufel blieb die Injektionsnadel, die ihn örtlich betäuben mußte.

Sein Herz schlug wie rasend. Erschrocken hob er den Kopf, und es fiel ihm immer schwerer, irgend etwas wahrzunehmen. Auf dem Monitor erschienen weitere Buchstaben. Dunston spürte Schweißperlen auf der Stirn, als er sich zwang, den Text zu entziffern. TOTALANÄSTHESIE. »Nein!« schrie er aus Leibeskräften, ohne zu merken, daß sich seine Stimme um eine Oktave erhöht hatte. »Keine Vollnarkose! Nur eine örtliche Betäubung!«

Keine Antwort. Angespannt beobachtete er den Monitor, wo sich neue digitale Wörter zeigten. PROZEDUR: 1. TESTIKULARE BIOPSIE. 2. KARDIOVERSION.

In kaltem Entsetzen riß er die Augen auf. Eine Gewebeentnahme? Aus *seinen* Hoden? »Wartet, verdammt noch mal!« brüllte er und versuchte, sich aufzurichten. Aber die Klettbänder hielten ihn eisern fest. »Das ist ein Irrtum! Um Himmels willen, rührt meine Eier nicht an! Es ist ein Leistenbruch! Hört auf!«

Vergeblich stemmte er sich gegen die Fesseln. Oh, mein Gott, dachte er. Über seinem Kopf gurgelte eine Infusionsflasche, langsam rann eine weiße Flüssigkeit in den Schlauch, ein Vollnarkosemittel, wie er in alptraumhafter Klarheit erkannte. Sein Kinn zitterte. Verzweifelt sah er die helle Lösung zu seiner Ader strömen.

10

Anders als Maks vermied Cheryl jede überflüssige Etikette und wich den Hürden des Taktgefühls oder der Diskretion aus, indem sie stets sofort zur Sache kam. »Nun, klappt's mit euch beiden?«

Maks spießte eine Spargelspitze auf ihre Gabel, ignorierte die Frage ebenso wie ihren restlichen Lunch und konsultierte ihre Uhr. »Um drei soll ich ihn aus der Klinik abholen.«

»Vermutlich holst du auch seine Hemden aus der Wäscherei. So was würde keine Frau tun, wenn's nicht gefunkt hätte.«

»Cheryl, wir leben in den neunziger Jahren. Erstens geht's dich nichts an. Zweitens – was spielt's denn für eine Rolle, ob's gefunkt hat? Und drittens wird er sicher meine Sachen aus der Reinigung holen, wenn ich ihn drum bitte.«

»Oh, was für ein Märchenprinz! Noch dazu ein unverheirateter Doktor!«

»Geschieden.«

»Nun, das kommt aufs selbe raus. Er wäre doch eine gute Partie, oder? Hat einen tollen Job und ein Boot, verdient einen Haufen Geld ... Was kann sich ein Mädchen sonst noch wünschen?«

»Ich brauche sein Geld nicht.«

Und das stimmte, wie Cheryl zugeben mußte. Die Eltern hatten ihrer Freundin zwar nicht viel hinterlassen, aber Maks bezog ein Spitzengehalt. Seit sie vor acht Jahren demselben Studentinnenverein angehört hatten, beeindruckte sie Cheryl als Frau von heute – unabhängig, sorgenfrei, selbstbewußt, fest entschlossen, sich in einer Welt zu behaupten, die immer noch von Männern dominiert wurde.

Cheryl verstand nicht, warum Maks den Job bei der relativ unbekannten Firma Kashiwahara angenommen hatte, obwohl sie auf dem College von AT & T und General Motors umworben worden war. Doch sie akzeptierte die Erklärung ihrer Freundin, die Japaner würden ihr freie Hand lassen.

»Hast du ein Foto von ihm?«

»Cher, du hast mich nicht zum Lunch getroffen, um mein Liebesleben zu erörtern.«

»Schon gut ...« Cheryl spielte mit ihrem Omelett, aß ein bißchen was von der Fleisch- und Käsefüllung und schob den Rest beiseite. »Aber du mußt mir versprechen, mich irgendwann mit ihm bekannt zu machen. Nächster Programmpunkt. Was treibt Kashiwahara in letzter Zeit?«

»Das gleiche wie immer, hauptsächlich HDTV.« Damit

meinte Maks das High-definition-TV, Fernsehen mit hoher Auflösung. Diesen Markt beherrschten die Japaner.

»Ist das alles?«

»Warum interessiert's dich so?«

»Okay, ich sag's dir. Sie stellen Linsen her, nicht wahr?«

»Ein paar. Das ist nur ein kleiner Teil ihrer Produktion.«

»Irgendwas Experimentelles? Ultra-hochauflösendes Zeug? Was übers elektronische Mikroskop hinausgeht?«

»Nein, nur für TV-Bildschirme.« Natürlich wußte Maks, daß ihre Freundin die Lüge durchschaute. Maks' Interesse an der Forschung, die optischen Computern galt, war allgemein bekannt. Aber gewisse Themen waren tabu, aus ethischen Gründen. Cheryls Fragen verwirrten sie. Mit dem Job beim Energieministerium ließen sie sich nicht erklären. »Worauf willst du hinaus?«

Cheryl neigte nicht dazu, um den heißen Brei herumzureden. »Neulich hab' ich dir doch vom Human Genome Project erzählt.«

»Sogar sehr ausführlich. Wie läuft's denn?«

»Gut. Nur ein bißchen zu langsam. Aber das war zu erwarten. Es wird Jahre dauern. Leider hat jemand in unseren Dateien herumgewühlt.«

Maks' Verblüffung war echt. »Und ihr verdächtigt Kashiwahara?«

»Schätzchen, die US-Regierung verdächtigt *alle* Leute. Hinter jeder Tür lauert eine Verschwörung. Worauf's ankommt – die meisten dieser Dateien hängen mit experimenteller Mikroskopie zusammen. Hast du schon mal vom Scanning Tunneling-Mikroskop gehört? Dabei geht's um die Gesichtsfeldeinengung in der Medizin.«

Maks dachte kurz nach. »Nein.«

»Wenn du meinst …« Cheryl akzeptierte die Ausflucht. »Also, in diesem Land gibt's zwei Prototypen. Einen bei MIT, den anderen bei Lawrence Livermore. Streng geheim. Immer noch in der Entwicklung.«

»Und was hat das mit mir zu tun?«

»Dieses sogenannte STM kann ein Bild millionenfach vergrößern. Vor kurzem habe ich dir von den Sequenzen der Basenpaare im Nukleinsäuremolekül erzählt, die wir erforschen. Erinnerst du dich?«

»Vage.«

»Lawrence Livermore – oder vielleicht MIT, da bin ich mir sicher – entwickelt das STM für die Satellitenüberwachung. Das weißt du doch – die wollen sehen, wie da oben Fliegenmist runterfällt.«

Was Cheryl meinte, wußte Maks sehr gut. Um das menschliche Genom zu ergründen, mußten die Wissenschaftler die genetischen Informationen in drei Milliarden Basenpaaren entziffern. Wenn ein Biologe ein Chromosom erforschte, erstellte er zunächst einen Plan, der alle bekannten genetischen Sequenzen oder Wegweiser enthielt. Und sobald er genug Wegweiser gefunden hatte, konnte er neue Segmente des Nukleinsäuremoleküls aufspüren.

Mit Genetik hatte Maks' Job nichts zu tun, wenn sich die Technologien auch in gewisser Hinsicht glichen. Bei ihrer geheimen Forschungsarbeit für Kashiwahara checkte sie Computer, die komplizierte Systeme erkannten. Zum Beispiel konnte die Optik solcher Computer einer Rakete helfen, ein Ziel zu identifizieren, ihren Kurs visuell zu korrigieren und zuzuschlagen. Obwohl Maks im großen und ganzen wußte, wovon Cheryl sprach, schwieg sie. Über STM-Details war sie nicht informiert. Und so ließ sie ihre Freundin weiterreden.

»In der Genomforschung soll das STM einen anderen Zweck erfüllen – nämlich ein direktes, scharfes Bild von den Sequenzen im Nukleinsäuremolekül liefern. Dann würde man die Basenpaare sogar *sehen* und wie eine Landkarte studieren. Die alte Methode der Sequenzensuche wäre überflüssig. Innerhalb eines Jahres könnte man den genetischen Code knacken, nicht erst in zehn Jahren. Verstehst du, worum's geht? Um Milliarden Dollar für die Leute, die's hinkriegen.«

»Kashiwahara produziert keine Mikroskope.«

»Sofern du Bescheid weißt.«

Maks hielt Cheryls Blick stand. »Genau.«

»In der STM-Entwicklung sind wir den Japanern immer noch um Jahre voraus. Zumindest nehmen wir das an. Aber wir könnten uns irren. Diese Jungs halten alle zusammen. Vielleicht haben ihre Wissenschaftler gemeinsam einen Durchbruch geschafft. Wenn ja, sitzen wir in der Tinte.«

»Nur damit ich's richtig verstehe – du glaubst, eine japanische Firma hätte eure Dateien geklaut, um ihr eigenes STM zu produzieren?«

»Ich sage nur, daß du für diese Leute arbeitest. Tu mir einen Gefallen, und ich bin dir was schuldig. Ich will dir keine Firmengeheimnisse entlocken. Aber wenn du irgendwelche Gerüchte übers STM hörst, denk an deine alte Freundin Cheryl, okay?«

»Klar. Obwohl da nach meiner Meinung gar nichts passiert.«

»Großartig. Und was deinen neuen Verehrer betrifft … Chuck?«

»Chad.«

»Chad, Angelo, wie auch immer. Hat er unverheiratete Freunde?«

Der Mann saß vor dem Computer. Wie Raubvogelkrallen schwebten seine sorgsam manikürten Hände über der Tastatur. Er wußte nicht, was er von dem Blackout während des Alpha-Interface halten sollte. Und er wollte unbedingt herausfinden, was während der Ohnmacht geschehen war.

Bis jetzt hatte er trotz wochenlanger harter Arbeit erstaunlich wenige Informationen gesammelt. Zumindest, was die Sektion Alpha anging. Aber andere scheinbar unzusammenhängende Fakten, die allmählich aufgetaucht waren, verblüfften ihn. Er hatte außenstehende, großteils nutzlose Computer-Netzwerke wie HEALTHNET umgangen und sich auf die Hauptquelle CHP konzentriert. Unter dem Vorwand, gewisse Interface-Fehler zu eruieren, verschaffte er sich Zugang zum Privatraum neben der Halle. Nachdem er sich in den Mainframe eingeschaltet hatte, verweigerte der Computer die Kooperation. Eigentlich müßte die Prozedur ganz einfach sein – man brauchte nur die Datenbank zu befragen und würde Antworten bekommen. Aber sooft der Mann die Frage nach Sektion Alpha auch umformulierte, der Computer erwiderte immer nur: »Falsche Eingabe.« Oder: »Ungültiges Format.« Eindeutig ein Hinhaltemanöver, und das überraschte ihn. Ein lebloser Haufen Hardware führte ihn an der Nase herum. Was zum Teufel war da los?

So leicht gab er nicht auf. Die manikürten Finger unter den weißen Ärmeln tippten Fragen nach CHP-Gepflogenheiten und -Prozeduren. Die Antworten, die zumeist schnell und glasklar erfolgten, kannte er schon.

Und doch – gelegentlich erschienen Informationen, die er nicht angefordert hatte, wie unerwartete Meteore in einer bekannten Sternenlandschaft. Da waren Hinweise auf die Datei »C.L.4-1«, der wiederholte Befehl »Orten« und – am seltsamsten, – ein Name: Christine Lassiter.

Er hatte stets einen Laptop mitgenommen. Als er ihn einschaltete, speicherte der Mainframe die scheinbar unlogischen Daten auf eine Diskette, die er mit C. LASSITER beschriftete. Wenn er Zeit fand, würde er sich gründlicher damit befassen.

11

Dunston wußte, daß ihm die Zeit davonlief. Bei einem Durchschnittsmenschen überwindet ein intravenös injiziertes Medikament die Barriere im Gehirn nach zwanzig Sekunden. Zehn Sekunden später beginnt es auf die zerebralen Rezeptoren einzuwirken. Aber er wollte sich nicht noch mehr benebeln lassen. Sein geschwächter Verstand befahl den trägen Muskeln, sich zu bewegen. Als er sich mühsam aufrichtete, schnitt er eine Grimasse, doch er konnte sich nur in einem Winkel von dreißig Grad erheben. Die Sehnen des gefesselten Unterarms traten wie blutleere Kabel hervor und drohten aus der Haut zu springen. *Denk nach, verdammt …*

Verzweifelt schaute er zum Infusionsständer hinüber. Ungehindert floß die restliche weiße Flüssigkeit in Dunstons Ader. Fünfundzwanzig Sekunden – o Gott! Mit aller Kraft spannte er seine Bauchmuskeln an und versuchte, seine Knie an die Brust zu ziehen. Doch die Klettbänder, die seine Schenkel umspannten, gaben nicht nach. Ein seltsamer Gedanke irrte durch seine schwindenden Sinne. Spielte ihm irgend jemand einen gewaltigen üblen Streich? *Konzentrier dich …*

Durch graue Schleier betrachtete er seinen linken, immer noch gefesselten Arm. Fünfzehn Sekunden! In seiner Erregung schwitzte er am ganzen Körper. Ohne bewußt daran zu denken, registrierte er irgendwie, daß der Schweiß als Gleitmittel fungieren könnte. Statt sich gegen das Klettband zu stemmen, begann er den Unterarm hektisch zu bewegen, vor und zurück, immer wieder, wie eine Säge. Warum ließ sich der Arm nicht befreien? Was hielt ihn fest? *Deine Faust, du Idiot! Öffne die Finger!*

Schmerzhaft scheuerte das Klettband auf der Haut, als er seinen Arm aus dem Riemen riß. Zehn Sekunden. Als seine Sehkraft nachließ, konnte er die einzelnen Gegenstände nicht mehr unterscheiden, und sie verschmolzen zu einer trüben Wolke. Er warf sich nach vorn, tastete mit der freien linken Hand nach einem der Klettbänder, die seine Schenkel umspannten. Mit tauben Fingern fand er den Verschluß und zog daran, bis ihn ein ratschendes Geräusch belohnte. Mit letzter Kraft löste er auch den zweiten Riemen und schwang die Beine über den Rand des OP-Tisches. Ringsum verdunkelte sich alles. Fünf Sekunden. Die letzten klaren Gedanken ermahnten ihn, schleunigst von hier zu verschwinden. Aber der rechte

Arm, mit der Infusionsflasche verbunden, steckte immer noch in der Manschette des Blutdruckmessers.

»Aaaah!« Ein Urschrei drang aus seiner Kehle, als er an der Manschette riß.

Noch nicht zu spät. Seine Finger umklammerten das Röhrchen, das die Manschette aufblies, zerrten daran, bis es sich löste, zischend emporflog und zu Boden fiel. Sofort entwich die Luft aus der Manschette, die von Chads rechtem Arm rutschte. Er war nicht mehr gefesselt.

Plötzlich spürte er einen seltsamen Geschmack im Mund – Propofal, das anästhetische Mittel. Das war's, dachte er, die Show ist vorbei. Während schwarzes Nichts herabsank, drängte ihn ein Instinkt, aufzustehen, zu fliehen. Aber seine Beine fühlten sich wie Gelee an. Er kippte nach vorn, und die Schwerkraft erledigte den Rest. Dann wurde der Infusionskatheter aus der Ader gerissen. Seine Arme schlugen umher, Blut spritzte in die Luft wie aus einer Wasserpistole. Dunston stürzte, die rechte Schulter und die Wange prallten gleichzeitig gegen den Boden.

Davon spürte er nichts. Ein sonderbares Wärmegefühl breitete sich in seinem Körper aus, keineswegs unangenehm. Ein bißchen wie – Sterben. Dieser letzte erschreckende Gedanke am Rand der Ohnmacht rüttelte ihn auf. Aus seiner Verzweiflung schöpfte er neue Kraft, bäumte sich auf und rollte unter den OP-Tisch. Er fiel in den Raum hinab, wo die Tische zwischen den Eingriffen gereinigt wurden. Inzwischen bewußtlos, landete er mit dumpfem Krach auf einer harten Kante.

Tiefe Stille erfüllte den OP, der Piepston des EKG-Geräts war verstummt. Und alle lebenserhaltenden Systeme, nicht mehr mit Dunston verbunden, transponierten schnurgerade Linien auf den Monitor. Eine Zeitlang blieben sie sichtbar, wie Teile einer Mondlandschaft in künstlichem Licht. Dann begann der kugelförmige optische Sensor mit den zahlreichen Linsen surrend zu rotieren, suchte die Umgebung ab, hielt inne, drehte sich wieder, fahndete in allen Nischen und Ecken nach dem verschwundenen Patienten.

Als Maschine zog der Sensor keine Schlüsse und gab die Daten nur an die Computerzentrale weiter. Dort erwachten die Supercomputer zum Leben. Grelles Licht erhellte den Raum, während sie das Durcheinander der neuen Daten verarbeiteten. Irgendwas stimmte da nicht, und der gesamte, vor Monaten begonnene Prozeß wurde gefährdet. Wie die Analyse aller Daten ergab, die von den thermalen Sensoren, der Sonographie und den Infrarotdetektoren stammten, hatte der Patient den OP nicht verlassen. Und da die Optik nichts enthüllte, mußte er sich in der Kammer unter dem OP-Tisch befinden. Im Fall Dr. Chad Dunston, CHP 9649037, ließ die Skala der Möglichkeiten nur eine einzige Schlußfolgerung zu – er konnte dem Projekt nicht mehr nützen. Seine fortgesetzte Existenz wäre sogar eine Belastung.

Die Computerzentrale erteilte glasklare Instruktionen. Im OP-Sektor 4 erloschen alle Monitoren, die Lampen wurden gedämpft. Der OP-Tisch, noch warm von Dunstons Körper, sank in die Reinigungskammer hinab, stieg wieder empor, wiederholte den Prozeß mehrmals, erst langsam, dann in rasantem Tempo, um sicherzugehen, daß – was immer darunterlag – methodisch zerquetscht wurde.

12

Unbehaglich schlug Maks auf der schmuck- und geschmacklosen Couch die Beine übereinander, während sie in der Center-Halle auf Dunston wartete. Zweiunddreißig Minuten nach drei Uhr nachmittags. Seit einer Stunde saß sie da. Um ihn nur ja nicht zu verpassen, war sie früher gekommen. Nach dem Lunch mit Cheryl war sie ins Büro zurückgekehrt und hatte gehofft, noch einen Teil ihrer Arbeit zu erledigen, bevor sie Chad abholen würde. Aber sie konnte sich nicht konzentrieren. Halbherzig las sie interne Memos, schaute dauernd auf ihre Uhr, und schließlich gab sie sich geschlagen. Ehe sie aus dem Büro eilte, speiste sie ihre verwirrte Sekretärin mit einer unverständlichen gemurmelten Erklärung ab.

Der Himmel war bewölkt. Genau richtig für Chads Rekonvaleszenz, dachte Maks. Sie wußte, warum sie sich erboten hatte, ihn abzuholen. Natürlich stand sie in seiner Schuld. Doch das war nicht ihr einziges Motiv. Sie tat es auch sich selbst zuliebe. Nach der Schießerei in der Klinik hatte er eine gewisse Verletzlichkeit gezeigt, die an ihr Herz appellierte. So etwas hatte sie seit Christines Tod nicht mehr empfunden, und es gefiel ihr, gebraucht zu werden.

Auf der Fahrt zum Center schüttelte sie belustigt den Kopf. Jemanden hinten und vorn zu bedienen – das wäre ungewöhnlich. Trotzdem wollte sie ihn verwöhnen. Und obwohl sie in solchen Dingen keine Erfahrung besaß, glaubte sie, es würde ihr gelingen. War's denn eine Kunst, Drinks zu mixen, das Bett zu machen, Kissen auszuschütteln und was Einfaches zu kochen – kurz gesagt, sich ein bißchen versklaven zu lassen? Welch eine Ironie, eine Karrierefrau spielte die konventionelle weibliche Rolle! Aber deshalb würde sie ihre Ideale nicht verraten.

Während der langen Wartezeit hatte sie die Entlassung mehrerer anderer Patienten beobachtet. Die Routine änderte sich kaum. Zuerst wurde die Rechnung des Patienten von einem Angehörigen bezahlt, und der Kassencomputer registrierte die Transaktion. Wenig später fuhr der Patient in einem motorisierten Rollstuhl aus einer Tür mit der Aufschrift ZUTRITT VERBOTEN. In der Halle angekommen, ignorierte der Rollstuhl die Umarmungen und Küsse, übergab dem Patienten Medikamente aus der pharmazeutischen Abteilung und half den Leuten mit Gipsverbänden, sich auf ihre Krücken zu stützen. Schließlich wurden der Patient und sein Gefolge zum Ausgang dirigiert, wo auf einem großen, interaktiven Monitor der Text erschien: NOCH IRGENDWELCHE FRAGEN? Alles lief wie am Schnürchen, und Maks gewann den Eindruck, hier würde man die beleuchteten Straßentafeln in der Pariser Metro mit Disneyland kombinieren.

Aber wo zum Teufel blieb Chad?

Um vier Uhr machte sie sich ernsthafte Sorgen. Nach den Umständen, die Christines Tod begleitet hatten, war es ihr schwer genug gefallen, hierherzukommen. Aber sie hatte die Erinnerungen entschlossen verdrängt und sich mit Chads Zuversicht getröstet. Jetzt kehrte die Angst zurück, und ihr Mund wurde trocken. Sie ging zu dem Monitor mit der Aufschrift PATIENTENINFORMATION.

Am oberen Bildschirmrand lautete eine Instruktion: BITTE GEBEN SIE DEN NAMEN DES PATIENTEN EIN, DEN NACHNAMEN ZUERST. Maks drückte auf die Tasten, und nach einer kurzen, beklemmenden Pause erschien die digitale Antwort. DUNSTON, CHAD. Dann folgte das Datum. CHP 9649037. ERFOLGREICHE OPERATION UM 10:22. OPERATIONSDAUER: 17 MINUTEN. POSTOPERATIVER ZUSTAND: STABIL. KOMPLIKATIONEN: KEINE.

»Und?« fragte Maks. »Wo bleibt er so lange?« Sie schnalzte mit der Zunge, dann erinnerte sie sich, daß sie die Frage tippen mußte. WO IST DER PATIENT JETZT?

Wieder eine kurze Pause, ehe die Antwort über den Bildschirm flimmerte: AUS DEM CENTER UM 14:17 ENTLASSEN.

Siebzehn Minuten nach zwei, dachte sie. O Gott, kurz bevor ich hier ankam! »Großartig!« flüsterte sie sarkastisch, obwohl sie sich erleichtert fühlte. »Da sitze ich fast zwei Stunden lang auf meinem Hintern, während du wahrscheinlich eine Seifenoper im TV siehst und an deinem Drink nippst.« Sie eilte zum Ausgang, dann blieb sie stehen. Die Patienten durften nicht selber nach Hause fahren, und sie hatte Chads Mustang auf dem Parkplatz gesehen. Also kehrte sie zur Tastatur zurück und tippte: WOHIN ENTLASSEN?

NACH HAUSE, erwiderte der Computer.

Maks runzelte die Stirn. Vielleicht hatte er ein Taxi genommen. Aber er wußte, daß sie ihn abholen würde. Hätte er nicht angerufen? Sie schaute sich um, entdeckte die Fernsprecher und ging hinüber, von widersprüchlichen Gefühlen erfüllt – Ärger, Erleichterung, vor allem Sorge. Hastig nahm sie den Hörer ab, steckte ihre Telefonkarte in den Schlitz und wählte Chads Nummer. Während sie auf die Verbindung wartete, trommelte sie mit den Fingerspitzen gegen den Apparat. Es läutete dreimal –

viermal. Beim siebten Klingeln hängte sie ein und wählte die Nummer noch einmal. Dabei konzentrierte sie sich, um nicht auf die falschen Tasten zu drücken.

Nach dem zehnten Läuten hängte sie wieder ein, der Verzweiflung nahe. War er okay? Sie rannte aus der Klinik, sprang in ihr Auto und startete den Motor. Mit quietschenden Reifen verließ sie den Parkplatz und fuhr zu Chads Wohnung.

Im OP herrschte tiefe Stille. Der Operationstisch stand wieder an seinem Platz. Surrend näherte sich eine Transporttrage und hielt an seiner Seite. Die mechanischen Arme ausgestreckt, schwenkte sie herum und legte die OP-Matratze mühelos in den Rahmen. Diese synchronisierte Routinearbeit hatte sie tausendmal geleistet. Aber jetzt war die Bahre leer gewesen. Lautlos rollte sie aus dem Raum, und die Lampen erloschen.

Eine halbe Stunde verstrich. Zunächst hörte Dunston nur ein leises Summen, das in seinen Ohren vibrierte. Stöhnend versuchte er, die Augen zu öffnen. Seine Lider waren bleischwer. Während sein Bewußtsein langsam zurückkehrte, lag er im Dunkel. In jeder Minute nahm er neue Sinneseindrücke wahr. Sein Mund war trocken, sein Kopf pochte, und die rechte Schulter schmerzte unerträglich. Immerhin halfen ihm diese Qualen, die Wirkung des Narkosemittels zu bekämpfen, das sein Gehirn immer noch benebelte.

Daß die verletzte Schulter sein Leben gerettet hatte, wußte er nicht. Der Operationstisch wurde mittels eines hydraulischen Lifts zwischen dem OP und dem darunterliegenden Reinigungsraum auf- und abbewegt. Einen

Meter zwanzig unterhalb der Öffnung wurde er von einem fünfundsechzig Zentimeter breiten Rahmen aufgenommen, zu schmal für Dunstons Brustkorb. Bei seinem Sturz war die Schulter gegen den Metallrahmen geprallt, der bewußtlose Körper noch anderthalb Meter tiefer hinabgefallen, auf dem Betonboden davongerollt und liegengeblieben.

Das Narkosemittel Propofal wird einem schnellen Stoffwechsel unterzogen. Nach einer knappen Viertelstunde verebbt der hypnotische Effekt. Aber es wird nur selten allein verabreicht, sondern meistens in Verbindung mit anderen Sedativa. Und so dauerte es weitere fünfzehn Minuten, bis ihn die Schmerzen in der Schulter weckten.

Wo mochte er sein? Er spürte, daß er auf dem Rücken lag, und er sah nichts – fast nichts. Über seinem Kopf schimmerte schwaches Licht. Nebelschwaden verschleierten seine Augen, und er blinzelte mehrmals. Aber der graue Film verschwand nicht. Er versuchte sich aufzurichten. Ächzend sank er wieder zu Boden und blieb eine Zeitlang reglos liegen, immer noch leicht benommen. Er erinnerte sich an nichts. Nur an seinen Namen. Wo er war, und warum er sich hier befand, wußte er nicht. Vorsichtig massierte er mit der linken Hand seine verletzte rechte Schulter. Wenigstens konnte er den Arm bewegen. Aufgrund seiner medizinischen Ausbildung gewann er eine beruhigende Erkenntnis – nichts war gebrochen. Dann betastete er seine Brust und spürte das Krankenhaushemd. Was …? Die rechte Hand glitt am linken Arm entlang. Alles okay. Als er den anderen Arm untersuchte, berührte er etwas Klebriges. Angestrengt dachte er nach.

Blut? Ja. *Sein* Blut. Endlich kehrte die Erinnerung zurück, beängstigend klar.

Er rang nach Atem, und sein Herz begann wie rasend zu schlagen. Mit weitgeöffneten Augen starrte er in alle Richtungen und suchte einen unsichtbaren Feind. Aber er entdeckte nichts, nur das schwache Licht, das von oben herabschien. Um seine Selbstkontrolle zu wahren, mußte er seine ganze Willenskraft aufbieten. Mittels der Biofeedback-Methode verlangsamte er seine Atmung und die wilden Herzschläge. Dabei versuchte er, doppelt so langsam aus- wie einzuatmen. Nach einigen Minuten ließ das Grauen nach, und er konnte einigermaßen klar denken.

Jetzt kehrte die Erinnerung in allen Einzelheiten zurück. Die Fesseln, die Monitore, das Propofal ... Was um Himmels willen war schiefgegangen? Mit dieser Frage kämpfte er eine Weile, aber der mentale Prozeß strengte ihn zu sehr an, denn es gab keine logischen Antworten, und sein Gehirn war immer noch benebelt. Statt dessen versuchte er herauszufinden, wo er war. Er wälzte sich auf die linke Seite und stöhnte. Bei seinem Sturz hatte er einige Schürfwunden erlitten. Er bewegte die Beine, die Arme, ballte die Hände. Kein ernsthafter Schaden. An der Stirn ertastete er eine mandelgroße Beule, die aber nicht blutete. Er verspürte eine leichte Übelkeit. Eine Gehirnerschütterung? Oder es lag an diesen gottverdammten Medikamenten.

Langsam setzte er sich auf, Zentimeter um Zentimeter. An den Sturz erinnerte er sich nicht, und das Licht über seinem Kopf verwirrte ihn. Wie magnetisch zog es ihn an. Sobald er saß, versuchte er aufzustehen. Doch da wurde er von heftigen Gleichgewichtsstörungen befallen. Er wollte sich irgendwo festhalten, fand aber nichts. Erschöpft sank er zu Boden und atmete wieder viel zu schnell. Diesmal kämpfte er nicht dagegen an und wartete, bis sich der Puls auf natürliche Weise verlangsamte. Die Finsternis verstärkte das Schwindelgefühl, und seine chaotischen, fragmentarischen Gedanken erschreckten ihn.

Wenn ich einfach hier liegenbleibe, dachte er, wird alles gut.

Aber in der Tiefe seines Herzens wußte er, daß das nicht stimmte. Er konnte nicht bis in alle Ewigkeit hier liegen. Zweifellos war irgend etwas Grauenhaftes geschehen. Und es gab nur eine einzige Hoffnung – er mußte das Rätsel lösen.

Konzentrier dich, ermahnte er sich. Okay. Ich bin hier. Irgendwo. Und ich lebe. Gut. Eins nach dem anderen. Ich heiße Chad Dunston, und ich bin Chirurg. Ein *richtiger* Chirurg, nicht eins von diesen Dingern … Ja, ich bin im Center, ein Patient. Und ich sollte operiert werden. Und dann …

Ganz ruhig, alter Junge. Denk nach. Da ist was vermasselt worden, und zwar ganz gewaltig. Aber sie haben meine Eier nicht angerührt, oder? Den Leistenbruch auch nicht. Wunderbar, jetzt wissen wir, wo wir stehen. Oder liegen. Solche Fehler passieren nun mal. Sobald ich wieder sehen und klar denken kann, verschwinde ich von hier.

Falsch.

Soviel er sich entsinnen konnte, und das war im Augenblick nicht viel, war dem Center noch nie ein so gravierender Irrtum unterlaufen. Sicher, gelegentlich versagten einige Instrumente. So wie bei allen Maschinen war ihre Lebensdauer begrenzt. Manchmal kam es zu Verzögerungen. Aber ein Fehler bei der Anästhesie? Noch nie. In anderen Kliniken wurde oft genug Mist gebaut. Zum Beispiel amputierte man die falschen Beine. Aber nicht im Center. Falls er seiner Phantasie freien Lauf ließ, könnte er sich das schlimmste Szenario ausdenken, das im Bereich des Möglichen lag. Der Computer hatte eine Leistenoperation programmiert – auf der verkehrten Seite … Nein! Vielleicht doch. Aber ein falsch geplanter Eingriff? Eine Blinddarmoperation statt einer Hysterektomie? Eine Hodenbiopsie statt einer Leistenoperation? Ausgeschlossen!

Nein, das war kein simpler Irrtum. Kein kleiner Fauxpas, kein albernes technisches Problem. All die Checks, Selbsttests und überflüssigen Sicherheitsvorkehrungen, im System eingebaut, würden sämtliche vorstellbaren Katastrophen verhindern. Gemeinsam mit den anderen Planern hatte er das Center-System mehrfach herausgefordert und keinen einzigen Mangel entdeckt. Also konnte ein so gut konzipiertes und erfolgreich getestetes System nicht plötzlich Amok laufen. Deshalb gab es für den Schlamassel dieses Tages nur eine einzige Erklärung – es war kein Fehler gewesen.

Plötzlich fröstelte Dunston. Wenn es kein Fehler gewesen war, steckte Absicht dahinter. Irgendein kranker Bastard mußte im System herumgepfuscht haben. Jemand wollte meinen Hoden Gewebe entnehmen lassen, dachte er. Nicht irgendwelchen Hoden. *Meinen.* Aber wer, um Gottes willen? Und warum?

Schlimmer noch, überlegte er in wachsendem Entsetzen, jetzt ist die ganze Prozedur im Computer registriert. Das falsche Narkosemittel war schon schrecklich genug. Dazu kam noch die verrückte Position des Telesurgeons. Und da war noch etwas, entsann er sich. Das letzte beklemmende Wort auf dem Bildschirm. Kardioversion. Dunston spürte, wie alles Blut aus seinen Wangen wich.

Kardioversion – im medizinischen Sinn die Wiederherstellung eines normalen Herzrhythmus mittels Elektroschock ... Zuvor mußte der Rhythmus abnorm gewesen sein. Aber wenn er normal war, fragte er sich, so wie meiner? Für den Sprachwissenschaftler bedeutet Kardioversion auch die Umwandlung des normalen in einen abnormen Herzrhythmus, was zu einer hohen Pulsfrequenz führen kann, zum Herzflimmern, sogar zu einer tödlichen Kontraktionsstörung.

Er erschauerte, und es widerstrebte ihm, diese Gedankengänge weiterzuverfolgen. Aber eins stand fest. Wenn irgend jemand das System so einschneidend verändert hatte, konnte er nicht einfach hinausspazieren, wo immer er auch war.

Paranoid, dachte er. Nein, keineswegs. Beweismittel A, Euer Ehren – ich *sah* das Propofal durch den Schlauch fließen, ich *las* den Text auf dem Monitor, ich *sah* die Position des mechanischen Chirurgenarms. Und ich habe nicht geträumt. Ich bin ein erfahrener Beobachter. Deshalb bilde ich mir nichts ein. *Ich weiß, was ich gesehen habe.*

Nun vermochte er klarer zu denken. Die Funktionen seines Verstandes verdrängten Angst und Intuition. Aber die Schlüsse, die er zog, erschreckten ihn. Und sie ergaben keinen Sinn. Er schüttelte den Kopf, wie ein Boxer, der Nebelschwaden aus seinem angeschlagenen Hirn vertreibt.

Was auch immer hinter alldem steckte – wenn er's feststellen wollte, mußte er hier raus. Diesmal stand er etwas vorsichtiger auf. Er fühlte sich immer noch schwindlig, seine Sehkraft war nach wie vor beeinträchtigt. Zuerst richtete er den Oberkörper auf, dann lag er auf allen vieren. Wie ein Blinder tastete er die Umgebung ab und suchte eine Orientierungshilfe. Das schwache Licht, das von oben herabfiel, erreichte den Boden nicht. Nachdem seine Finger etwa einen halben Meter nach vorn geglitten waren, berührten sie einen Pfosten. Dick, etwa dreißig Zentimeter im Durchmesser. Seine Hände registrierten den Umfang. Kühles, glattes Metall, mit einem Gleitmittel bestrichen. Es fühlte sich vage vertraut an, aber er konnte es nicht definieren. Immerhin ein Anfang.

Er rückte näher heran und umschlang den Pfosten. Sogar diese geringfügige Anstrengung ermüdete ihn, und er hielt sich fest, bis er wieder zu Atem kam. Dann stand er langsam auf.

Seine Wange lehnte am Metall, spürte ein seltsames, ekelhaftes Fett. Vielleicht ein Öl? Er holte tief Luft und schaute nach oben. Durch eine rechteckige Öffnung drang ein grauer Schimmer herab. Der Raum über seinem Kopf war dunkel. Also mußte das Licht aus einer anderen Quelle stammen. Er entdeckte ein zweites Rechteck, direkt oberhalb des ersten, und der Pfosten ragte hinauf, stützte den rechteckigen Rahmen etwa einen Meter über dem oberen Boden. Irgendwie kam ihm das bekannt vor. Er kniff die Augen zusammen und versuchte, eine Wand des Raumes zu erkennen, der über ihm lag. Ein undeutliches gitterartiges Muster. Fugenkitt zwischen hellen Keramikkacheln?

Großer Gott, der OP … Chad zuckte zusammen. Beinahe verlor er das Gleichgewicht, klammerte sich am glitschigen Pfosten fest, und sein Kopf stieß gegen Metall. Er stöhnte, eher angstvoll als schmerzlich. Langsam drehte er sich und berührte, womit er zusammengeprallt war. Eine glatte, kalte Kante.

Obwohl seine Nase fast gegen das Metall stieß, konnte er's kaum sehen. Seine Hände strichen darüber. Aus dem Boden schien ein rechteckiger Rahmen zu ragen. Dunston kannte die Reinigungsvorrichtung nicht. Für diese Aspekte des Centers hatte er sich nie interessiert. Verwundert hielt er seine Finger an die Nase und schnüffelte. Das feuchte Metall roch nach einem Desinfektionsmittel. Als er wieder nach oben schaute, fiel ihm die Finsternis im OP auf. Offenbar waren die Lampen ausgeschaltet worden, nach seiner …

Nach seiner – was? Sicher hatten die Computer die abgebrochene Operation registriert. Oder nicht? Wenn ja, was hatten sie unternommen? Offensichtlich befand er sich nicht dort, wo sie ihn vermuteten. Oder doch. O Gott, wußten sie, daß er hier war? Hastig kauerte er sich auf den Boden, Furcht und Verzweiflung kehrten zurück.

Er wartete, bis sich seine Nerven beruhigten. Natürlich war es unmöglich, auf demselben Weg hinauszugelangen, der ihn hierhergeführt hatte. Wenn da oben auch keine Lichter brannten, die Sensoren blieben stets aktiviert. Und falls es ihm trotz seiner Schwäche gelingen sollte, am Pfosten hochzuklettern, würde er den OP nicht unbemerkt verlassen können.

Plötzlich flammten die Lampen in der oberen Etage auf. Da sich Dunstons Augen inzwischen ans Dunkel gewöhnt hatten, blendete ihn das grelle Licht. Rasch kroch er von der Öffnung weg. Er wußte nicht, ob er entdeckt worden, ob er hier unten überhaupt zu sehen war. Sein Rücken stieß gegen etwas Hartes – eine Betonwand. Geduckt schaute er sich um.

Die Mauer fühlte sich so rauh an wie eine Garagenwand. Nirgends gab es eine sichtbare Tür. Der Boden war feucht. Offenbar war der Raum vor kurzem gereinigt worden. Das wies ebenso wie die Lampen im OP auf eine bevorstehende Operation hin. Also würden alle Sensoren und Monitoren voll aktiviert sein. Er *mußte* hier raus. Aber wie?

Sein Blick suchte den feuchten Boden ab. Dicht darüber ragten Düsen aus den Wänden, die wahrscheinlich während der Reinigung Desinfektionsmittel versprühten – ein weiterer Vorteil des Centers, das keine Putzkolonnen benötigte. Er sah keinen Abfluß. Aber irgendwohin mußte das Wasser rinnen. Die Augen zusammenkniffen, studierte er seine Umgebung.

Und dann entdeckte er die leichte Neigung. Der Boden fiel nur um vier oder fünf Grad ab. Genug für einen Abfluß. Die Schräge erstreckte sich bis zu einer Ecke, etwa drei Meter entfernt. Immer noch geduckt, den Rücken an der Wand, schlich er hinüber.

Er erwartete ein Kanalgitter zu sehen. Statt dessen klaffte hinter der Ecke nur ein Loch, etwa sechzig Zentimeter im Quadrat, mit abgeschrägten Rändern, die einen Trichter bildeten. Dreißig Zentimeter tiefer unten schien er in ein konkaves Schleusenrohr überzugehen.

Wohin mochte es führen? Zweifellos wurden alle Operationssäle mittels eines gemeinsamen Abflußsystems entwässert, das irgendwo in die Hauptkanalisation mündete. Das Rohr endete in einem riesigen Klärbehälter außerhalb des Center-Geländes. Dazwischen mußte es einen Ausgang, zumindest einen Abzug für die Dämpfe und das Methan geben, aber wahrscheinlich keine Öffnung, die groß genug wäre, so daß Dunston entkommen könnte. Andererseits wurde diese gigantische Anlage regelmäßig gewartet. Also hatte man sicher Zugänge für die Installateure eingebaut.

Das war seine einzige Hoffnung. Ohne noch länger zu überlegen, stieg er in den Abfluß, öffnete und schloß die Schleuse, kroch langsam durch das Rohr, das nach einer Biegung horizontal verlief, breit genug für seine Schultern. Bald hüllte ihn dichtes Dunkel ein.

Kalt und feucht stießen die Wände des Rohrs gegen seinen halbnackten, mit einem dünnen, zerrissenen Hemd bekleideten Körper. Nur die Angst trieb ihn voran, ins Ungewisse. Die Arme ausgestreckt, stieß er sich mit den Füßen vom Metall ab, wie ein Unterwasserschwimmer vom Rand eines Pools. Für Leute, die an Klaustrophobie leiden, wäre das ein ungeeigneter Fluchtweg, dachte er. Auf Händen und Knien schob er sich weiter. Manchmal robbte er auf dem Bauch dahin, wie ein Soldat, der sich unter Stacheldraht hindurchzwängt. Die Luft roch immer übler. Fast ständig streiften seine Schultern und Hüften das Rohr.

Was er suchte, wußte er nicht genau. Eine Luke, eine Tür, durch die er klettern konnte. Unentwegt tastete er nach Hebeln oder Klinken. Aber er berührte nur glattes

Metall. Langsam und mühselig kam er voran. Alle paar Meter mußte er innehalten, um Atem zu schöpfen und seine verkrampften Muskeln zu lockern. Er versuchte die Finsternis zu ignorieren. Nur nicht in Panik geraten, einfach weiterkriechen.

Endlich sah er einen schwachen Lichtschimmer, drei oder vier Meter entfernt, und hoffte, wie durch ein Wunder einen Weg in die Freiheit zu finden. Aber er spähte nur in den Abfluß eines anderen Operationssaals. Enttäuscht senkte er den Kopf und setzte seinen Weg fort.

Er spürte ein Zittern im Rohr, eine Vibration, die sich rasch zu einem heftigen Rattern steigerte. Von hinten rauschte Wasser heran, wie eine Salve aus mehreren Feuerwehrschläuchen. Im schmalen Rohr verstärkt, schwoll der Lärm zu ohrenbetäubendem Getöse an.

Stöhnend schloß Dunston die Augen. Jeden Moment konnte ihn ein gewaltiger Schwall treffen. Der plötzliche Angriff überrollte ihn wie eine Flutwelle, umspülte seine Fußknöchel und Knie und füllte das Rohr. Nach wenigen Sekunden versank er im Wasser. Er hielt den Atem an, klug genug, nicht gegen den Strom anzukämpfen, ließ sich treiben. Ob er weiterleben oder sterben sollte, lag in der Hand des Schicksals. Wie ein Korken inmitten wilder Wogen wurde er durch das Rohr geschleudert.

Das rauschende Inferno dauerte nur zehn Sekunden, aber es erschien ihm wie eine Ewigkeit. Bevor die Strömung verebbte, hatte sie ihn dreißig Meter weit getragen. Erschöpft blieb er auf dem Bauch liegen, während das Wasser davonrann, und atmete keuchend aus. Die feuchte Luft stank. An seinem klatschnassen Körper klebte ein widerwärtiger Schleim, und er hätte beinahe erbrochen.

Als er die Augen öffnete, starrte er immer noch ins Dunkel. Bald verflog die Übelkeit, und er wischte über seine verkrusteten Wimpern. Offenbar war er mit menschlichen Exkrementen überschwemmt worden.

Doch der Ekel änderte nichts an seiner Entschlossenheit. Er kroch durch den glitschigen, stinkenden Schleim, versuchte seinen rebellierenden Magen zu besänftigen und fühlte sich wie eine Zahnpastatube, die auf den nächsten Fingerdruck wartete.

Während er weiterkroch, bebten seine Muskeln. Von der Welle und seinen eigenen Bemühungen vorangetrieben, mußte er inzwischen etwa fünfzig Meter zurückgelegt und die Grenze des OP-Bereichs bereits überquert haben. Er erinnerte sich nicht, was daneben lag. Und er wußte nicht einmal, auf welcher Ebene er sich befand, vielleicht eine Etage tiefer als an seinem Ausgangspunkt – oder sogar zwei oder drei, da das Rohr manchmal abwärts geführt hatte. Möglicherweise war er in die Nähe des Labors geraten. Doch das konnte er nur vermuten.

Allzulange würde er nicht mehr durchhalten. Wenn sich die Schleusen noch einmal öffneten, wäre er unfähig, den Atem anzuhalten, bis die Abwässer davonrauschten.

Seine Knie waren aufgeschürft, die Ellbogen bluteten. Jetzt verlief das Rohr immer steiler nach unten, und er rutschte in die Tiefe – erst langsam, dann schneller und schneller. Nur der Himmel mochte wissen, wohin. Nirgends konnte er sich festklammern.

Und dann erklang hinter ihm ein neues beklemmendes Rauschen. Er wußte nicht, was ihm größere Angst einjagte – der Gedanke, in einer Woge menschlicher Exkremente zu ertrinken, oder die Gefahr, in einem Klärbehälter unterzutauchen. Wahrscheinlich würde ihm beides widerfahren. In seiner Verzweiflung schlug er instinktiv um sich, suchte nach einem Halt, der die rasende Rutschfahrt stoppen würde, und bekam wunderbarerweise einen Griff zu fassen. Eine simple kurze Geländerstange, die den Sprossen an der Außenwand eines Fabrikschlots glich. Warum sie sich im Inneren eines Abflußrohrs befand, interessierte ihn nicht. In den wenigen kostbaren Sekunden, die ihm noch blieben, konzentrierte er sich darauf, den Griff mit beiden Händen zu umfassen, mit aller Kraft. Diesmal überrollte ihn die Welle noch massiver als zuvor, zerrte an seinen Handgelenken, löste seine Finger beinahe von der Metallstange. Flüssiger Schmutz füllte seine Ohren und Nasenlöcher. Alle paar Sekunden mußte er seinen Brechreiz bekämpfen. Wenn er jetzt zu würgen begann, war er verloren. Krampfhaft versuchte er sich festzuhalten, und er schaffte es irgendwie.

Wieder schien die Flut endlos lange zu dauern. Während das Wasser davonrauschte, hustete und spuckte er und wollte nicht wissen, was er ausspie. Was um Himmels willen hatte ihn bewogen, in diesen mörderischen Schlund herabzusteigen? Er kannte die Antwort. Die Flucht vor dem sicheren Tod.

Die Sprossen mußten irgendwohin führen. Da sie am oberen Teil des Rohrs befestigt waren, hatte er sie zunächst nicht entdeckt. Sobald er wieder atmen konnte, begann er sie zu erforschen. In Abständen von jeweils dreißig Zentimeter reihten sie sich aneinander, und sie führten nach oben – was ihm sicherer erschien als ein weiterer Abstieg.

Mühsam, mit dem Kopf nach unten, kletterte er hinauf,

den Weg zurück, den er gekommen war. Bald brach ihm der Schweiß aus allen Poren. Seine feuchten, verschmierten Hände konnten sich kaum an den Sprossen festhalten. Immer wieder rutschte er ab. Was würde er finden, wenn er die letzte Sprosse erreichte? Würde ihm das überhaupt gelingen? Eine dritte Flutwelle konnte er nicht verkraften.

Während er sich mit der linken Hand festklammerte, berührte die rechte unerwartet eine Schraubenmutter. Die dreieckige Form, etwa fünfzehn Zentimeter breit, erinnerte ihn an die Radmuttern bei Sportwagen. Ohne lange zu überlegen, versuchte er die Mutter herauszudrehen, als wollte er eine U-Bootluke öffnen. Aber sie ließ sich nicht bewegen. O Gott, war dieses Ding verschweißt? Zweifellos hielt es irgendwas fest – eine Tür, eine Platte, und es versperrte den Weg in die Freiheit.

Und dann hörte er wieder das Rauschen. In seiner Panik packte er die Schraubenmutter mit beiden Händen, bekämpfte die Erschöpfung, den Frust, die Todesangst. Die Mutter saß fest, und jeder Sekundenbruchteil dehnte sich zu einer alptraumhaften Ewigkeit. Gnadenlos strömte das Wasser heran und ließ das Rohr heftig erzittern. Eine seiner Hände verlor den Halt. In wenigen Sekunden würde die Welle herabstürzen.

Verzweifelt tastete er nach der Schraubenmutter und fand in ihrer Mitte, was er suchte – einen stählernen Schließbolzen. Die Mutter war weder verschweißt noch verrostet – dieser Bolzen hielt sie fest. Mit letzter Kraft packte Dunston den Ring und zerrte daran. Zunächst gab der Bolzen kaum nach, dann lockerte er sich allmählich. Das Wasser rauschte noch schneller heran.

»Zum Teufel mit dir, du Bastard!«

Endlich riß er den Bolzen aus dem Loch, ließ ihn fallen und drehte mit beiden Händen an der Schraubenmutter. Jetzt ließ sie sich leicht bewegen, gegen den Uhrzeigersinn. Er schlug auf die Flanschen, immer wieder, bis die Mutter wie ein Kreisel rotierte. Fast hatte ihn die Flut erreicht, und er roch bereits den widerlichen Gestank. Schließlich löste sich die Mutter von der Schraube und polterte in die Tiefe – der Weg war frei. Als Dunston nach oben griff und eine Platte hochschob, wehte ihm frische, saubere Luft entgegen. Aber er sah nur schwarzes Dunkel. Er zog sich empor, und die Hälfte seines Körpers hatte die Öffnung passiert, als ihn der Wasserschwall traf.

Die Ellbogen auf Metallkanten gestützt, spürte er, wie die Strömung an seinen Beinen sog. Doch das war leicht zu verkraften – kein Vergleich zu den beiden ersten Wellen. Geduldig wartete er, während die Abwässer seine Schenkel umspülten, langsam verebbten und ihrem unbekannten Ziel am Ende des Rohrs entgegenrauschten.

Erst zog er ein Bein herauf, dann das andere – ganz vorsichtig, um sein Gleichgewicht zu halten. Was ihn umgab, wußte er nicht. Seine Augen gewöhnten sich an das Dunkel, und er spähte nach allen Seiten. Nicht weit entfernt, entdeckte er eine gerade, dünne Linie, einen roten Laser-Leitstrahl. Also mußte er in ein Stockwerk des Centers hinaufgestiegen sein. Mit der linken Hand hielt er sich am Rand der Öffnung fest, mit der rechten tastete er umher.

Tatsächlich – er berührte kühlen Beton und strich darüber. Nach dem Winkel zwischen der Fläche und dem Rohr zu schließen, mußte der Abfluß einen Trichter im Beton bilden. Erleichtert stieg er hinauf, blieb zitternd und triefnaß stehen und genoß seinen Sieg.

Wohin war er geraten? Jedenfalls nicht in den OP-Bereich. Der Laserstrahl spendete zuwenig Licht, und nach allem, was er durchgemacht hatte, widerstrebte es ihm, durchs Dunkel zu tappen. Aber es blieb ihm nichts anderes übrig. Die Hände ausgestreckt, tastete er sich ins Ungewisse vor und erprobte auch seine anderen Sinne. Trotz des Gestanks, der seine Nase füllte, nahm er schwache Essensgerüche wahr. Und während er langsam weiterging, sah er graues Licht schimmern. Essen – die Krankenhausküche. Wenn er sich recht entsann, lag die Küche in der gleichen Etage wie das Labor. Wahrscheinlich stammte das Licht von den automatischen Analysatoren. Und hinter den Laborfenstern erstreckte sich der riesige Center-Campus.

Okay, ich folge irgendeinem Korridor, dachte er, schnüffelte wieder und roch Staub. Offenbar wurde dieser Flur nur selten benutzt – vielleicht niemals. Hier könnte ich mich leicht verstecken, dachte er. Aber er wollte dem Alptraum entrinnen, und so ging er nervös weiter. Das Licht wurde heller, und er glaubte, die gurgelnden Geräusche des Labors zu hören. Also war er trotz des donnernden Wasserrauschens nicht taub geworden. Sein Gehör funktionierte immer noch – glücklicherweise gut genug, denn jetzt vernahm er über seinem Kopf ein leises Surren. Er schaute hinauf und sah die undeutlichen, aber erkennbaren Umrisse einer Video-Überwachungskamera, die sich in seine Richtung drehte.

Hastig kehrte er zum Trichter des Abflußrohrs zurück und ergriff die Platte, die er aus der Halterung gelöst hatte. Als Schutzschild war sie nutzlos. Aber er konnte sie als Waffe gebrauchen. Er umfaßte sie mit beiden Händen und attackierte die Video-Kamera. Indem er die Platte wie eine Axt schwang, zertrümmerte er den Monitor, der aus seinen Scharnieren sprang und klirrend am Boden landete. Erschöpft ließ Dunston die Metallplatte fallen und rang nach Atem. Er fühlte sich völlig ausgelaugt. Hatte ihn der Kampf um sein Leben überanstrengt, oder litt er immer noch an den Nachwirkungen der Medikamente? Aber was viel wichtiger war – hatte man ihn entdeckt? Viel zu früh wurde die Frage beantwortet.

Es surrte wieder, diesmal lauter. In der Rückwand des Labors öffneten sich gläserne Schiebetüren, und Dunston sah den Raum aus einer bisher unbekannten Perspektive. Obwohl es ihn drängte, den grausigen Ort zu verlassen, hypnotisierte ihn der Anblick. Die Routinegeräusche verstummten, als alle Autoanalysatoren einem unhörbaren Befehl folgten und sich abschalteten.

Wie gebannt stand Dunston da und spähte durch einen Dunst, so unheimlich wie mondheller Nebel.

Allzuviel konnte er nicht ausmachen, und die Schwaden erfüllten den ganzen Raum. Aber er entdeckte eine Reihe gläserner Gefäße, nur zehn Meter entfernt. Der Nebel duftete. In der Luft schien eine seltsame Vitalität zu vibrieren. Gleichsam von einer magnetischen Kraft angezogen, ging er weiter, wider sein besseres Wissen, und hob eine Hand, um den Dampf zu zerteilen.

Plötzlich bewegte sich etwas, an seiner linken Seite. Was immer es war, es huschte blitzschnell davon. Bevor es im Dunkel verschwand, gewann Dunston den Eindruck, es müßte ein lebendiges Geschöpf sein. Ein Versuchstier? Für eine Ratte oder ein Kaninchen war es zu groß gewesen. Außerdem glaubte er, daß es sich auf zwei Beinen bewegt hatte. Ein beunruhigender Gedanke. Er kniff die Augen zusammen, um klarer zu sehen, wollte die seltsame Gestalt verfolgen, irgend etwas sagen.

Ohne Vorwarnung tauchte ein Autobot im Nebel auf und kam direkt auf ihn zu. Von Boden-Lasern dirigiert, rollte der Roboter heran, blieb stehen und musterte ihn mit seinen künstlichen Augen. Offensichtlich war er nicht erschienen, um irgend etwas zu registrieren oder zu untersuchen. Dunston wußte nicht, welche Funktionen sonst noch zu seinem Programm zählten. Jedenfalls versperrte ihm die Maschine den Weg. Aber er würde irgendwie vorbeikommen. Besaß er eine eingebaute Sicherheitsfunktion? Er sah keine Waffen – zumindest keine traditionellen, weder Schießeisen noch Betäubungswaffen, Fliegerpfeile oder Tasers. Als er sich einen Schritt vorwagte und überlegte, was er nun tun sollte, öffnete sich ein Türchen in der Vorderplatte des Roboters, etwa so groß wie ein Kameraverschluß – groß genug für den Zweck, den es erfüllen mußte.

Es geschah blitzschnell. Erst hörte er einen gedämpften Knall, wie die Explosion eines Luftgewehrs, dann spürte er einen Stich im Bauch, schaute hinab und sah ein winziges Loch in seinem zerrissen Hemd. Kein Blut. Aber die Haut färbte sich rot.

Sekunden später fühlte er sich benommen. Er war angeschossen worden. Nicht im üblichen Sinn. Mit irgendeinem Geschoß, das er nicht kannte. Stammte es aus der pneumatischen chemischen Waffe, der PCG, die sich immer noch im experimentellen Stadium befand und ausschließlich für das Militär bestimmt war? Aber im Center wurden viele Geräte aus anderen Bereichen für den medizinischen Gebrauch adaptiert.

Die PCG – eine Verfeinerung der nadellosen intradermalen Spritze, die ihm die Medikation verabreicht hatte – benutzte Luftmoleküle, um Drogen in einem Tempo von tausendzweihundert Meter pro Sekunde »abzufeuern«. Diese Erfindung, ein Durchbruch in der Biochemie, konnte normale Luft, die aus Sauerstoff und Stickstoff bestand, mit verschiedenen Chemikalien kombinieren. Ihrer Entwicklung war die Produktion eines Silikon-Gas-Chromatographen in Chip-Größe vorausgegangen, der Sauerstoff- und Stickstoffmoleküle trennte. Die PCG verband die Chemikalien nur mit der Sauerstoffkomponente, weil Stickstoff in biologischer Hinsicht inaktiv ist.

Mittels der Partikelstrahlentechnologie schoß die PCG die Oxygen-Drogen-Kombination durch die Luft und überwand mit ihrem stromlinienförmigen Flug alle atmosphärischen Widerstände. Obwohl die mikroskopische Dosis große Wunden verhinderte, drang sie dank ihrer hohen Geschwindigkeit durch Kleidung und Haut fünf Millimeter tief in den Körper ein. Bei einem Menschen genügte das, um die Droge in die Nähe des Blutkreislaufs zu transportieren. Der Vorzug der PCG lag in der Affinität zwischen Sauerstoff und Hämoglobin. Infolge eines physiologischen Prozesses, Diffusion genannt, überwand die Oxygen-Komponente mühelos die kapillare Membran, wurde von roten Blutkörperchen absorbiert und in alle Adern befördert.

Inständig hoffte Dunston, die chemische Zusammensetzung würde kein Gift oder Nervengas enthalten. Aber dann müßte er schon tot sein. Diese Erkenntnis beruhigte ihn. Andererseits verstärkte sich das Schwindelgefühl. Offenbar wollte ihm irgend jemand oder irgend etwas die Besinnung rauben. Wieder einmal. Warum? Die erstbeste Antwort, die ihm einfiel, erschreckte ihn. Um an seine Hoden zu gelangen.

In trunkener Hektik riß er sich die Reste seines Hemds vom Leib. Der Autobot schaute ihm einfach nur zu und wartete, bis er hinfiel. Dann würde die Computerzentrale zweifellos eine Bahre hierherschicken. Aber er würde sich nicht kampflos ergeben. Rasch knüllte er das nasse Hemd zusammen und schleuderte es auf den Boden-Laser. Zum Glück hatte er perfekt gezielt, der dünne rote Lichtstrahl wurde durchbrochen.

Sofort reagierte der Autobot und drehte sich, erst in die eine Richtung, dann in die andere, wie ein aufziehbares Spielzeug, dessen Kontrollen ausflippten. Dunston wußte nicht, welche Trümpfe noch im Ärmel des Autobots steckten. Da sich sein Blick verschleierte, blieb ihm keine Zeit, darüber nachzudenken. Er taumelte zu der Maschine, die sich gerade abwandte, wischte eine Handvoll Exkremente von seiner Brust und schmierte sie auf die optischen Sensoren.

Dann wankte er zum Labor. Das gestörte Getriebe des Autobots erzeugte leise, dröhnende Geräusche, die einem bedrohlichen Knurren glichen. Als Dunston die Glastür erreichte, berechnete der Mainframe die Richtung des Flüchtlings und signalisierte der Tür, ihn aufzuhalten. Zu spät. Kurz bevor sich die Tür schloß, stolperte Dunston hindurch.

Keuchend blieb er stehen und schaute sich um, mittlerweile völlig verwirrt. Seine Sehkraft ließ nach, der Nebel verdichtete sich, und die gläsernen Behälter, die ihn umgaben, schienen von einer unheimlichen, außerirdischen Welt zu erzählen, von verbotenen Horizonten. Mit zitternder Hand griff er nach einem Behälter, um ihn zu erforschen und gleichzeitig Halt zu suchen. Glatt wie Glas. Vielleicht war es tatsächlich Glas. Aber er konnte nicht sicher sein. Das Material fühlte sich erstaunlich warm an, wie normale Körpertemperatur, und er spürte einen feuchten Kondensfilm.

In seinem Kopf drehte sich alles, und er begann zu schwanken. Seine Neugier war erwacht, doch er sah nichts mehr und kam sich vor wie ein Mann, der zum erstenmal über ein Seil gehen sollte, die tödliche Gefahr erkannte und das Abenteuer trotzdem erleben wollte. Und – o Gott, welche zweibeinige Gestalt hatte er vorhin beobachtet. Plötzlich rebellierte sein Magen, und die Übelkeit holte ihn in die Realität zurück.

Mit schmalen Augen schaute er nach allen Seiten. Inzwischen konnte er nur mehr Licht und Dunkel unterscheiden. Die Finsternis war sein Feind, das Licht die einzige Hoffnung, dies alles zu überleben. Jetzt gewann ein Instinkt die Oberhand, eine innere Stimme befahl ihm, das Licht zu suchen. Und so taumelte er weiter, ohne etwaige Hindernisse zu beachten, wankte hin und her wie ein Seefahrer auf einem schaukelnden Schiffsdeck. Er stieß an irgendeinen Gegenstand, warf ihn zu Boden, hörte Glas klirren. Zum Teufel damit. Sollte sich doch jemand anderer um die Schadenskontrolle kümmern. Sein Leben stand auf dem Spiel. Greif nach dem Rettungsanker, drängte die innere Stimme, das Licht wird dich erlösen – oder töten.

An der Grenze seines Bewußtseins rang er nach Atem,

wie ein benommener Boxer in den Seilen. Noch ein Treffer, und er würde zusammenbrechen. Und es gab keinen Schiedsrichter, der den Kampf beenden würde. Also mußte er für sich selbst sorgen.

Weil er leben wollte, gelang ihm das Unmögliche. Verkrümmt, von Schmerzen und Erschöpfung gepeinigt, stolperte er weiter, dem ersehnten Licht entgegen. Mit letzter Kraft warf er sich nach vorn, prallte gegen irgend etwas Hartes, hörte wie aus weiter Ferne einen explosiven Krach. Und dann glaubte er, in einen Abgrund zu stürzen. So ist das also, wenn man stirbt, dachte er. Eine Sekunde später schwanden seine Sinne, und das Dunkel überwältigte ihn.

13

Eine Stunde nach dem Schichtwechsel und einem bizarren Tag wollte Officer Crowley seinen Dienst endlich beenden. Aber er saß immer noch vor dem Schreibtisch des Captains, wie ein Schuljunge, der seine Hausaufgaben vermasselt hatte.

»Was zum Teufel soll ich damit anfangen?« fragte der Captain und warf Crowleys handgeschriebenen Bericht auf den Tisch.

»Das weiß ich nicht, Sir.«

»Hier gibt's Akten über Perverse, Junkies und komische Bewährungshelfer. Aber so was ist mir noch nie untergekommen. Haben Sie vielleicht einen Abendkurs für Science-fiction belegt?«

»Nein, Sir.«

»Wenn doch – für erfundene Stories existierten keine Akten.«

»Ich hab' nur notiert, was passiert ist.«

Verwirrt lehnte sich der Captain an die Tischkante und verschränkte die Arme vor der Brust. Crowley war ein braver Junge. Warum sollte er lügen. »Also, noch mal von vorn.«

»Sir, ich habe doch schon alles ...

»Nicht mit mir. Dieser Kerl ...« Der Captain betrachtete die erste Seite des Berichts und erweckte den Anschein, er würde die betreffende Person nicht kennen. In Wirklichkeit hatte er den Doktor mehrmals getroffen. »Dunston. *Dr.* Dunston. Irgendwie sind mir diese Ärzte unheimlich. Schon seit Jahren bin ich zu keinem mehr gegangen. Ärzte sind einflußreich. Und einflußreiche Leute machen mir das Leben schwer. Was glauben Sie, was passieren wird, wenn dieser Dunston Wellen schlägt und der Polizeipräsident Ihr Geschreibsel zwischen die Finger kriegt?«

»Wenn ich's könnte, würde ich den Bericht ändern, Sir. Aber angenommen, Dunston und der Polizeipräsident kennen sich schon?«

Ein gutes Argument. »Okay, okay. Aber erzählen Sie's noch mal, mir zuliebe.«

Seufzend zuckte Crowley die Achseln. »Es war genauso, wie's da steht. Um Viertel nach zwölf fuhr ich wie üblich hinter dem Center vorbei. Eine ganz normale Patrouille ...«

»Wie schnell sind Sie gefahren?«

»Ganz langsam. Vielleicht fünf Stundenmeilen. Und da ist's passiert.«

»Er fiel direkt auf die Motorhaube Ihres Streifenwagens?«

Unbehaglich rutschte Crowley auf seinem Stuhl umher. »Ja, Sir.«

»Und wie schlug er auf?«

»Sir?«

»Wie landete er auf der Motorhaube?«

»Verdammt will ich sein, wenn ich das wüßte.«

»Crowley, ich meine, welcher Körperteil schlug zuerst auf?«

»Oh, er fiel flach auf den Rücken.«

»Sein Glück«, bemerkte der Captain und ergriff den Bericht. »Also, eine männliche Person. Bewußtlos. Zwischen fünfunddreißig und vierzig Jahre alt. Fiel plötzlich auf einen Streifenwagen. Kein Ausweis. Nackt. Kein Alkoholgeruch. Mit Exkrementen bedeckt. Exkremente, Officer?«

»Sir, ich schwöre, so was habe ich nie zuvor gesehen.«

»Okay.« Der Captain legte den Bericht auf den Tisch. »Und was haben Sie dann getan?«

»Ich stieg aus dem Auto. Nachdem er gegen die Motorhaube geprallt war, hatte ich sofort gebremst. Er rollte auf den Boden, und ich fühlte ihm den Puls und stellte fest, daß er atmete.«

»Haben Sie Ihre Gummihandschuhe benutzt?«

»Klar. Der roch, als wäre er soeben aus einer Kloake gekrochen.«

»Und dann?«

»Ich rief per Funk einen Krankenwagen.«

»Haben Sie den Mann nicht bewegt?«

»Großer Gott, ich wagte mich nicht mehr in seine Nähe, weil ich ihn für verrückt hielt.«

»Wie lange hat's gedauert, bis die Ambulanz kam?«

»Höchstens zehn Minuten.«

»Und er wurde ins Brookhaven gebracht?«

»Ja, Sir. Im Center gibt's keine Notaufnahme.«

»Sie haben ihn nicht fallen sehen?«

»Nein, nicht direkt.«

»Und was ist nach Ihrer Meinung geschehen?«

»Keine Ahnung, Sir, ehrlich.«

»Aber er stürzte aus dem Center?«

»Das kann ich nicht beschwören. Vielleicht ist er runtergesprungen, ohne Fallschirm. Jedenfalls lagen Splitter auf der Motorhaube, und ich sah ein Loch in einem Fenster.«

»In welchem Stock?«

»Im ersten.«

»Wie groß war die Entfernung zu Ihrer Motorhaube?«

»Drei oder vier Meter.«

»Hatten Sie den Eindruck, jemand könnte versehentlich durch dieses Fenster fallen?«

»Nein, Sir. Das war ein großes Panoramafenster. Aber die Scherben sind ziemlich dick. Wenn er hindurchgesprungen ist, muß er einen gewaltigen Anlauf genommen haben. Deshalb dachte ich ja auch, er wäre verrückt.«

»Hat man schon herausgefunden, was hinter diesem Fenster ist?«

»Daran arbeiten wir noch. In diesem Laden kommt man nur mühsam an Informationen ran. Zunächst glaubte ich, es wäre die psychiatrische Abteilung. Stimmt aber nicht.«

»Wieso wissen Sie das?«

»Die Sanitäter haben mir erklärt, im Center würde es keine Psychiatrie geben.«

»War er noch bewußtlos, als er weggebracht wurde?«

»Total hinüber. Nach der ersten Untersuchung meinten die Jungs, er hätte sich nichts gebrochen.«

»Das ist ein Fax aus der Notaufnahme«, verkündete der Captain und hielt ein Blatt Papier hoch. »Nur damit Sie's wissen, die Sanitäter hatten recht. Keine ernsthaften Verletzungen. Aber morgen werden ihm alle Knochen weh tun. Falls er aufwacht.«

»Wann wurde er identifiziert?«

»Gleich nach der Einlieferung ins Krankenhaus. Dort kennt man ihn, weil er da arbeitet.«

»Und was hat er im Center gemacht, Sir?«

»Das wüßte ich selber gern, Crowley.« Der Captain ging zur Tür und öffnete sie. »Okay, verschwinden Sie. Früher oder später erlebt ein Bulle alles, was es gibt. Aber für mich ist dieser Fall ganz was Neues.«

Sichtlich erleichtert, verließ Crowley das Büro, und der Captain kehrte langsam zum Schreibtisch zurück. Nach seinem Gespräch mit dem Officer mußte er wohl oder übel den Bezirksstaatsanwalt anrufen. Er hoffte, das FBI würde nicht eingreifen, obwohl es genaugenommen für den Fall zuständig war.

Als er zum Telefon griff, schüttelte er den Kopf. Irgendwas stimmte da nicht. Selbst wenn der Doktor den Verstand verloren und einen Selbstmordversuch unternommen hatte, erklärte das nicht, warum er von oben bis unten mit Scheiße, Spucke, Blut und Desinfektionsmitteln beschmiert war. Wie konnte so was passieren?

Während er in Vietnam für den Geheimdienst gearbeitet hatte, war es eine seiner Aufgaben gewesen, Army-Soldaten zu befragen, die aus Kriegsgefangenenlagern geflohen waren. Tage- oder wochenlang hatten sie sich durch den Dschungel gekämpft und vor Schmutz gestarrt. Natürlich, wenn man dem Tod zu entrinnen sucht, findet man keine Zeit, um sich zu rasieren und zu duschen. Eine Flucht …

Was hatte Crowley gesagt? Ein gewaltiger Anlauf? Wäre es möglich …? Nein, Unsinn. Eine idiotische Idee. Aber sie jagte ihm kalte Angst ein.

Unendlich langsam öffneten sich seine Augen, so als würde allmählich ein Spasmus aufhören. Über seinem Kopf sah er helle Lichter, in seinem Arm steckte ein Infusionsschlauch. Am deutlichsten nahm er die Fesseln war, die seine Handgelenke umschlossen und seinen ersten Gedanken auslösten. Hatten sie ihn in einen Center-OP zurückgebracht? In wilder Panik versuchte er, sich aufzurichten, und schrie: »Nein!«

Sein Herz pochte wie rasend, seine Nasenlöcher blähten sich. Die Augen weit aufgerissen, schaute er sich um. Jemand lief zu ihm. Eine Krankenschwester? Irgendwie kam sie ihm bekannt vor. Arbeitete sie nicht im Brookhaven?

»Alles in Ordnung, Dr. Dunston.« Behutsam umfaßte sie seine Schultern und drückte ihn ins Kissen zurück. »Wie fühlen Sie sich?«

Seine Kehle war staubtrocken. »Julie?« würgte er heiser hervor.

»Wenigstens haben Sie Ihr Gedächtnis nicht verloren.«

»Was machen Sie hier?«

»In dieser Klinik verdiene ich meinen Lebensunterhalt.

Sagen Sie bloß, Sie wüßten nicht mehr, wie oft wir schon zusammengearbeitet haben.«

Hier? Seine Herzschläge verlangsamten sich, und er begann seine Umgebung zu erforschen. Zu seiner Linken lag ein alter Knacker, an ein Beatmungsgerät angeschlossen, zur Rechten ein bewußtloser Teenager, ebenfalls intubiert, mit bandagiertem Kopf. Also befand er sich in keinem OP, sondern auf einer Intensivstation. Und obwohl sich die Intensivstationen glichen wie ein Ei dem anderen, wußte er, daß er im Brookhaven gelandet war. »Wieso bin ich hier?«

Sie befreite seine Hände von den Fesseln, fühlte ihm den Puls und schaute auf ihre Stoppuhr. »Weil Sie zu uns gebracht wurden.«

»Von wo?«

»Man hat Sie tagsüber eingeliefert, um zwölf. Deshalb weiß ich nicht alles. Aber im Bericht steht, die Ambulanz hätte Sie beim Center aufgelesen. Mehr darf ich Ihnen nicht erzählen«, fügte sie hinzu und nahm den Finger von seinem Handgelenk.

»Wer sagt das?«

»Dr. Stingley.«

Stöhnend runzelte Chad die Stirn. »O nein, nicht *dieser* Trottel!«

»Ich fürchte doch. Sobald Sie zu sich kommen, soll ich ihn verständigen.«

»Wie spät ist es?«

»Viertel vor sechs.«

»Großer Gott«, flüsterte er.

»Bedauerlicherweise bleibt er meistens bis sieben hier. Schauen Sie nicht so finster drein. Tut mir leid, ich muß ihn anrufen.« Sie eilte zur Tür, dann drehte sie sich zögernd um und trat wieder ans erhöhte Seitengeländer des Betts zurück. »Chad, man hat mir befohlen, den Mund zu halten. Aber wir kennen uns schon so lange …«

»… und sind zusammen durch dick und dünn gegangen«, ergänzte er und lächelte schwach.

»Chad, eigentlich sind Sie nicht der Typ – andererseits, wem merkt man's schon an?« Sie machte eine kurze Pause und musterte ihn eindringlich. »Haben Sie irgendwas genommen?«

Eine vage Erinnerung kehrte zurück – die PCG-Injektion. Seine Augen verengten sich. »Gute Frage.«

»Gleich nach Ihrer Ankunft wurden Sie toxikologisch untersucht.«

»Klar, darauf hätte ich fast gewettet. Und falls irgendwas dabei rauskam, war's nicht das übliche Zeug.«

»Was dann?«

Er schenkte ihr wieder ein gequältes Lächeln. »Hören Sie, Julie, ich erinnere mich kaum an die letzten acht Stunden. Aber ich schwöre Ihnen, daß ich nicht unter Drogen stehe. Zumindest nicht freiwillig.«

»Okay. Danach *mußte* ich fragen.«

»Natürlich.«

»So, und jetzt rufe ich Dr. Stingley an.«

»Julie …«

»Tut mir leid, ich kann Ihnen nichts sagen, bevor er mit Ihnen gesprochen hat«, unterbrach sie ihn und ging in die Schwesternstation.

Dr. Walter Stingley, Chefpsychiater im Brookhaven, war erst seit kurzem Dunstons Kollege. Früher hatte er mit der Interface-Gruppe zusammengearbeitet. Sein Fachwissen, kombiniert mit computertechnischen Fähigkeiten, hatte zur Entwicklung des Software-Programms Sygmund geführt. Aber seit Sygmunds Installation wurde er nicht mehr als Berater gebraucht und traf die Mitglieder der Interface-Gruppe nur noch selten.

Das fand Dunston, der ihn nicht mochte, sehr erfreulich. Sie hatten oft über die Behandlung von drogensüchtigen Trauma-Opfern gestritten. Streng konservativ, kümmerte sich Stingley nicht um das Seelenheil oder die Rehabilitation jener Suchtkranken, die Operationen überstanden hatten. Nach seiner Ansicht sollte die Psychiatrie den ambulanten Neurotikern und stationären Psychotikern vorbehalten bleiben. Aber Dunston meinte, die Junkies hätten schon genug Probleme und dürften nicht wie Parias behandelt oder mit psychologischen Lippenbekenntnissen abgespeist werden, ehe sie wieder auf der Straße herumliefen.

In einem doppelreihigen Nadelstreifenanzug und steifer Haltung trat Stingley ans Bett. »Nun, von den Toten zurückgekehrt?«

»Gewissermaßen.«

»Was ist mit Ihnen passiert, Dunston? Da liegen Sie, ein angesehener Chirurg. Zumindest werden Sie von vielen Leuten respektiert. Soviel ich weiß, sind Sie ins Center gegangen, um Ihren Leistenbruch operieren zu lassen. Statt dessen haben Sie einen Selbstmordversuch unternommen.«

Ungläubig starrte Dunston ihn an, dann seufzte er. »Sie sagen Kartoffel, ich sage Polenta. Sie sagen Selbstmordversuch, ich sage – verschwinden Sie.«

»Sicher fällt Ihnen was Besseres ein als diese erzwungene Flapsigkeit.«

»Glauben Sie wirklich, ich wollte mich umbringen?«

»Was soll ein vernünftiger Mensch denn davon halten? Um die Wahrheit zu gestehen, so was habe ich schon lange erwartet. Seit Ihrer Scheidung sind Sie ziemlich gestreßt. Das wissen alle. Aber Sie haben keine Hilfe akzeptiert. Und dann waren Sie Patient im OP – in einer Situation außerhalb Ihrer Kontrolle. Da haben Sie durchgedreht. Normalerweise verläßt man eine Klinik nicht durch ein Tafelglasfenster. Es sei denn, man möchte aus dem Leben scheiden.«

Also hatte er das Fenster erreicht – das Licht! Er betrachtete einen seiner Arme und entdeckte mehrere kleine Wunden. Ohne Stingley zu beachten, zog er die Nachttischplatte herüber und klappte einen Spiegel heraus. Aufmerksam inspiziert er sein Gesicht. Ein paar Schürf- und Schnittwunden – nichts, was genäht werden mußte.

Offensichtlich hatte ich verdammtes Glück, dachte er. »Dem Himmel sei Dank für das Sicherheitsglas.«

»Wollen Sie mir davon erzählen?« fragte Stingley gönnerhaft.

»Das wäre mir ein Vergnügen. Aber ich erinnere mich an nichts.«

»Kommen Sie schon, Dunston! Wir versuchen Ihnen zu helfen. Was ich von Drogen halte, wissen Sie. Falls Sie ein Problem haben, läßt sich was machen. Klarerweise streng vertraulich.

»Wie großzügig! So was paßt gar nicht zu Ihnen.«

»Man tut, was man kann. In Freud und Leid, Sie sind ja Mitglied in unserer Ärztegemeinschaft. Nun, wo möchten Sie anfangen?«

Allmählich verlor Dunston die Geduld. »Hören Sie schlecht, Stingley?«

»Wie, bitte?«

»Jetzt sag ich's nur ein einziges Mal. Erstens, ich hatte nicht vor, mich umzubringen. Zweitens, ich entsinne mich nur, daß ich in einem Center-OP lag und eine Infusion bekam. Und dann bin ich hier aufgewacht. Damit ist die Story beendet. Ich habe selber viele Fragen. Aber die können Sie wohl kaum beantworten.«

»Sie machen sich selber das Leben schwer«, erwiderte Stingley und runzelte die Stirn.

»Tatsächlich? Soviel ich weiß, liege ich ohnehin schon im Krankenhaus.«

»Okay.« Stingley schlang die manikürten Finger ineinander, als wollte er seine Hände in Unschuld waschen. »Aber ich rate Ihnen dringend, drüber nachzudenken. Vorerst bleiben Sie zur Beobachtung hier. Potentielle Selbstmörder erfordern gewisse Vorsichtsmaßnahmen. Morgen früh komme ich wieder. Wenn Sie auf Ihrer erfundenen Amnesie beharren, wird man Sie höchstwahrscheinlich vom Dienst suspendieren. Dann müssen wir die staatliche Behörde für ärztliches Verhalten verständigen.«

»Ich mach's Ihnen leicht. Zeigen Sie mich doch an. Noch heute abend, wenn Sie's so wichtig finden. Eine Schwester soll mir eins dieser Formulare bringen, und ich unterschreibe, daß ich die Klinik gegen ärztlichen Rat verlasse.«

»Nun, das ist *Ihre* Entscheidung«, betonte Stingley hämisch. »Offen gestanden, ich hätte nicht gedacht, sie wären Manns genug ...« Grinsend eilte er zur Schwesternstation.

Ja, ich hab's kommen sehen, dachte Dunston erbost, und mich trotzdem auf eine Diskussion mit diesem Idioten eingelassen. Nichts inspiriert einen so sehr wie ein cooler, vernünftiger Doktor …

Er schaute zur Schwesternstation. Nachdem Stingley davongeschlendert war, kehrte Julie zu Dunston zurück. »Chad, Sie dürfen nicht gehen. Sonst würden Sie ihm in die Hände spielen. Dieses Ekel könnte Sie erledigen.«

»Soll er doch zur Hölle fahren! Nach allem, was passiert ist, kann's nicht mehr schlimmer werden.« Er richtete sich ein wenig auf. »Julie, habe ich gesundheitliche Probleme? Wenn ja, bleibe ich vielleicht hier. Ich fühle mich so elend, als hätte mich ein Lastwagen überfahren. Wissen Sie, was ich meine? Irgendwelche Frakturen? Starker Blutverlust?«

»Nein, alle Laborbefunde sind normal. Natürlich müssen wir noch das Elektroenzephalogramm und das Gehirn-Scanning abwarten.«

»Danke für das Angebot.« Er grinste herausfordernd und zeigte mit einem Finger auf Julie. »Demnächst werde ich Sie mal ausführen. Bringen Sie mir das Formular, und dann ziehen Sie den verdammten Katheter raus, okay?«

»Chad …«

»Mein Entschluß steht fest, Julie. Selbstverständlich bin ich Ihnen was schuldig.«

»Das muß ich der Oberschwester melden«, seufzte sie.

»Tun Sie sich keinen Zwang an.«

»Und Sie sind mir verdammt viel schuldig.«

»Was mich nicht im mindesten stört«, entgegnete er lächelnd.

»Also gut, ich leite alles in die Wege. Oh, da sind zwei Leute, die Sie sehen wollen. Verkraften Sie ihren Besuch?«

»Muß ich?«

»Nein, aber einer ist ein Bulle.«

»Dann bleibt mir wohl nichts anderes übrig.«

Nach ein paar Minuten führte sie einen großen, kräftig gebauten Mann mit schütterem rotem Haar herein. Dunston kannte und respektierte die Polizisten. Im Lauf der Jahre hatte er oft mit ihnen zusammengearbeitet. Tom Donohue war ein Captain im sogenannten »County«, im Yaphank Precint. Seit Monaten hatte ihn Dunston nicht mehr gesehen, und er wußte, daß Donohue nur vor Ort ermittelte, wenn's wirklich wichtig war.

»Wie geht's, Doc?«

Dunston setzte sich auf, immer noch leicht benommen, aber er konnte einigermaßen klar denken. »Danke, die kritische Phase ist überstanden. Jetzt mache ich erst einmal Urlaub auf meiner Hazienda.«

»Man hat mir erklärt, Sie würden noch eine Zeitlang hierbleiben.«

»Dann hat man Ihnen was Falsches erzählt.«

»Also bin ich gerade noch rechtzeitig hergekommen.«

»Sieht so aus.« Weil er Donohue mochte, fiel es ihm schwer, den Ahnungslosen zu spielen, und er wollte ihm die Arbeit nicht erschweren. Aber er hatte seine eigenen Pläne, denn die Ereignisse dieses Tages übertrafen alle Katastrophen seines bisherigen Lebens. »Rechtzeitig? Wofür?«

»Kommen Sie, Doc, seien Sie ehrlich. Ich habe zu tun, Sie haben zu tun. Deshalb sollten wir keine Zeit verschwenden. Erzählen Sie mir, was im Center passiert ist.«

Es war zu schrecklich, daran zu denken, geschweige denn, davon zu reden. Aber bei seinem Gespräch mit

Stingley hatte er sich der Staatsmacht bereits ausgeliefert. »Wenn ich's könnte, würde ich's tun. Leider gibt's nicht viel zu erzählen. Was geschehen ist, nachdem sie mich im Center eingeschläfert haben, weiß ich nicht mehr. Plötzlich wache ich in diesem Bett auf und habe keine Ahnung,warum ich hier bin.«

»Okay. Was haben Sie im Center gemacht? In einer Klinik, die von Robotern betrieben wird?«

»Erstens wird sie nicht von Robotern betrieben, sondern von einem System hochentwickelter Computer. Nun ja, vielleicht verhalten sich einige dieser Geräte wie Roboter. Und zweitens, ich war als Patient da.«

»So?«

»Ein simpler kleiner Leistenbruch. Das hätte jeder Medizinstudent erledigen können.«

»Warum sind Sie dann ins Center gegangen?«

Donohues geduldige Miene entging ihm nicht. Natürlich war der Captain kein Dummkopf, und er kam schnurstracks zur Sache. »Ob Sie's glauben oder nicht ...« Nur widerstrebend schnitt Dunston das Thema an. »Ich habe am Konzept des Centers mitgearbeitet. Nach meiner Ansicht ist es das sicherste Krankenhaus weit und breit – und im Gegensatz zur öffentlichen Meinung nicht nur für Operationen am offenen Herzen und Gehirnchirurgie geeignet. Im Center kann man auch einen eingewachsenen Fingernagel behandeln lassen.«

»Wenn's da so sicher ist, was ist Ihnen dann zugestoßen?«

»Das würde ich selber gern wissen ...« erwiderte Dunston und wich dem Blick des Captains aus.

Donohue zog einen Stuhl heran und setzte sich im

Westernstil darauf, die Ellbogen über der Lehne. »Doc, ich habe zwei Probleme. Erstens – vielleicht wissen Sie's nicht, aber mein Revier hat einen Vertrag mit der Regierung. Zweimal pro Tag schicken wir einen Streifenwagen zum Center, aus Sicherheitsgründen, und das kostet eine Menge Steuergelder. Seit der Eröffnung des Centers hatten wir keine ernsthaften Schwierigkeiten. Bis heute.«

»Davon weiß ich nichts.«

»Crowley schwört, ein Verrückter – nämlich Sie, Doc – sei aus einem Tafelglasfenster dieses Ladens geflogen, direkt auf seine Motorhaube. Wären Sie ein paar Zentimeter weiter vorn gelandet, hätte er sie überfahren und in Hundefutter verwandelt. Und wenn Sie sich einen Schädel- oder Genickbruch zugezogen hätten, wären Sie jetzt querschnittsgelähmt.«

»Total gelähmt.«

»Wie auch immer. Ich weiß, Sie sind kein Zirkusartist, und da Sie nur ein paar Kratzer abgekriegt haben, dürfen Sie sich verdammt glücklich schätzen.«

»Dem kann ich nicht widersprechen.«

»Und Sie erinnern sich an gar nichts?«

»Nicht einmal an die geringste Kleinigkeit.«

Der Captain wartete eine Zeitlang und hoffte, er würde eine aufschlußreichere Antwort erhalten. Aber er bekam keine. »Schwärmen Sie für Papierkram, Doc?«

»Sie etwa?«

»Ich hasse ihn. Die Hälfte seiner Tage verbringt ein Bulle am Schreibtisch. Und der irrste Teil von Crowleys Bericht – er schrieb, Ihr nackter Körper sei mit Exkrementen beschmiert gewesen. Was er nicht erwähnte und was ich erst in der Notaufnahme erfuhr, zu der Scheiße kamen noch andere menschliche Ausscheidungen, zum Beispiel Blut und Spucke, außerdem Desinfektionsmittel. Nun frage ich mich – wie ist das möglich? Ein Bewußtloser fliegt durch ein Krankenhausfenster auf einen Streifenwagen und sieht schlimmer aus als ein Freak in ›Ghostbusters‹. Würden Sie mir helfen, dieses Rätsel zu lösen, Doc? Wenn nicht, flippe ich selber aus.«

»Tun das die Bullen nicht immer?« erwiderte Dunston grinsend.

»Ich mein's ernst.«

»Glauben Sie mir, ich auch, Captain. Ich kann Ihnen wirklich nicht helfen. Das alles ist mir genauso schleierhaft wie Ihnen. Für die Dinge, die nach meiner Ankunft im OP passiert sind, finde ich keine Erklärung.«

Der Polizist schaute ihn durchdringend an. Dann stand er auf und drehte den Stuhl herum. »Ehrlich, Doc, ich weiß nicht, wer hier wen zum Narren hält. Aber wenn Ihnen irgendwas einfällt, rufen Sie mich an, okay?«

»Ja.«

»Gut. Da draußen wartet eine Lady, die Sie besuchen möchte. Ich schicke Sie rein, wenn die Schwester den Daumen hochhält.«

Als der Captain davonging, schloß Dunston die Augen und holte tief Atem, wie nach einer langen Unterwasserreise. Er begann am ganzen Körper zu zittern, zog die Decke bis ans Kinn, sehnte sich nach der komfortablen Wärme seines eigenen Betts.

Und dann spürte er weiche Lippen auf seiner Wange.

Maks ergriff seine Hand, und ihr Kinn bebte, während sie mit Tränen der Freude und des Kummers kämpfte. »Wie fühlst du dich, Chad?«

Langsam hob er die Lider und schaute sie einfach nur an, die blonden Locken, die blauen Augen – die schönste Vision, die ein Mann in seinem Zustand erträumen konnte. Im Lampenlicht schien jede seidige Haarsträhne ein eigenes Leben zu besitzen, im Schatten zu tanzen. Was mochte der Kuß bedeuten? Erleichtert drückte er ihre Hand. Welch ein willkommener Anblick ... In den Eingeweiden des Centers gefangen, hatte er sich gefragt, ob er Maks jemals wiedersehen würde. Jetzt sehnte er sich nach ihr.

Sie wartete, musterte ihn besorgt und hoffte, er würde etwas sagen. Aber er wirkte seltsam distanziert. Mit kühlen Fingern berührte sie seine Stirn. Schließlich brach sie das Schweigen. »Hier gibt's komische Regeln. Nur zwei Besucher pro Schicht. Und jeder darf nur fünfzehn Minuten am Krankenbett bleiben.«

»Wie lange hast du gewartet?«

»Nicht allzulange.«

»Freut mich, daß du da bist«, flüsterte er und hielt ihre Hand fest.

Maks schluckte ihre Tränen hinunter und nahm ihren ganzen Mut zusammen. »Was war los, Chad? Ist die Operation gut verlaufen? Ich kam schon eine Stunde früher ins Center, um dich abzuholen. Aber der Computer in der Halle behauptete, du seist bereits nach Hause entlassen worden.«

»Nach *Hause*?« wiederholte er verblüfft.

»Ja, das stand auf dem Monitor. Ich begreif's einfach nicht. Natürlich dachte ich, du hättest wenigstens telefonieren können. Als ich in deiner Wohnung anrief, meldete sich niemand. Und dein Auto stand auf dem Parkplatz.«

Ihre Stimme klang fast hysterisch. »Da glaubte ich, du hättest ein Taxi genommen ... Chad, bitte, sprich doch mit mir!«

Er wich ihrem Blick aus und umklammerte ihre Hand. Dankbar, weil er immer noch lebte, spürte er seine eigenen Tränen. Jetzt erkannte er, daß er ihr etwas bedeutete. Er wußte nicht mehr, daß sie geplant hatte, ihn abzuholen. Aber er war erst vor kurzem erwacht, und es gab so vieles, woran er sich nicht erinnerte.

O Gott, was sollte er sagen? Eine Klinik, an deren Konzept er mitgearbeitet und die er lauthals als beste der Welt gerühmt hatte, sei aus den Fugen geraten? Nein, das stimmte nicht. Kein simples Chaos. Was sich ereignet hatte, war geplant worden. Maks vertraute ihm. Konnte er ihr Dinge erklären, die er selbst nicht verstand?

»Wie hast du mich gefunden?« murmelte er ausweichend.

»In meiner Verzweiflung fuhr ich zu deinem Apartment. Die Polizei war schon da, und sie sagten, die Ambulanz habe dich hierhergebracht. Dann erzählte ich ihnen, daß ich im Center gewesen sei, um dich abzuholen ... Chad, was ist *passiert*?«

Unmöglich. Er fand keine Antwort, denn die Bilder in seinem Gedächtnis waren noch zu frisch, die Alpträume zu real – die falsch geplante Operation auf dem Monitor, Propofal statt der Lokalanästhesie. Dann die wahnwitzige Flucht durch das Abflußrohr, der Sturz aus dem Laborfenster ... War er im Labor gewesen? Und was um Himmels willen hatte er dort gesehen? Bizarre Glasbehälter, die verschwommene Vision einer Gestalt, die auf zwei Beinen davongerannt war? Vielleicht – damals. Jetzt konnte er nicht einmal einen Bruchteil der Ereignisse erklären. »Verschwinden wir von hier.«

»Ich habe gehört, du seist nach einem Selbstmordversuch eingeliefert worden«, wisperte sie und senkte den Kopf.

»Eigentlich müßtest du mich besser kennen, Maks«, erwiderte er und drückte beruhigend ihre Hand. »Und jetzt entlasse ich mich selber. Geh zur Schwesternstation und sag Julie, sie soll herkommen, okay?«

Wenig später kam Julie zurück, gefolgt von Maks. Er spürte eine gewisse Spannung zwischen den beiden Frauen, was ihm aus unerfindlichen Gründen gefiel.

»Wollen Sie wirklich die Flucht ergreifen?« fragte Julie, ein Klemmbrett und antiseptische Wattebäusche in den Händen.

»Ich bin schon so gut wie weg.«

Seufzend preßte sie einen feuchten Wattebausch auf den Infusionseinstich, entfernte den dünnen Plastikkatheter und klebte ein Pflaster auf die kleine Wunde. »So. Und jetzt lese ich Ihnen vor, was in diesem Formular steht.«

»Vertrauen Sie mir, Julie, ich kenn's auswendig.«

»Nun ja, es ist *Ihr* Begräbnis.« Sie reichte ihm das Klemmbrett, und er sah ein überflüssiges Kreuzchen an der Stelle, wo er das Papier unterzeichnen mußte. Während er seinen Namen neben das Datum schrieb, fragte er sich, ob er seiner ärztlichen Karriere ein unwiderrufliches Ende bereitete.

Dann gab er Julie das Formular zurück, und sie leistete ihre Unterschrift als Zeugin. »Ihr Plan hat nur noch einen Haken, Chad.«

»Mit Stingley werde ich schon fertig.«

»Ich meine etwas Banaleres. Ihre Kleidung. Es sei denn, Miss Lassiter hat Ihnen was zum Anziehen mitgebracht. In diesem Krankenhaus runzelt man die Stirn über Patienten, die nackt hinausspazieren.«

Bedauernd schüttelte Maks den Kopf.

»Also gut, ich seh mal in der Notaufnahme nach«, versprach Julie. »Die haben immer irgendwelche gebrauchte Sachen. Wahrscheinlich wird Ihnen das Zeug nicht passen, Chad, aber die große Modenschau findet erst nächste Woche statt. Ein paar Kugellöcher in Ihren Jeans stören Sie doch nicht?« Lächelnd zwinkerte sie ihm zu und eilte davon.

Dunston bezweifelte, daß sich die Kleidung, die er am Morgen getragen hatte, immer noch im Center befand. Doch das war sein geringstes Problem. Sollte er eine plausible Geschichte für Maks erfinden? Einerseits wollte er sie nicht belügen, andererseits schuldete er ihr eine Erklärung. Er brauchte Zeit, viel Zeit. Für sich selbst, um Nachforschungen anzustellen, und für Maks. »Ich weiß nicht, wo ich anfangen soll. Was ich zu erzählen habe, wirst du nicht glauben.«

»Doch. Wenn du's sagst ...«

Zögernd fuhr er fort: »Ich wurde nicht operiert.«

»Warum nicht?«

Er strich mit allen Fingern durch sein ungekämmtes Haar. »Wenn ich's bloß wüßte! Irgendwas – ist passiert.«

»Was?«

»Nichts. Alles.« Er zuckte die Achseln. »O Gott, das ist so verdammt kompliziert. Offenbar geschehen im Center seltsame Dinge. Was da vorgeht, weiß ich noch nicht. Aber es hat irgendwie mit mir zu tun ...«

Julie kam zurück und unterbrach ihn. Dafür war er dankbar, denn seine eigenen Erklärungen hatten ihn verwirrt. Sie brachte ihm eine große Einkaufstasche, die eine zerknitterte braune Hose, ein Yale-Bulldogs-Sweatshirt und alte Turnschuhe enthielt. »Tut mir leid, zur Zeit haben sie da unten keine Designer-Ware«, sagte sie und legte die Sachen aufs Bett. »Da gibt's auch Unterwäsche. Aber was drin rumkrabbelt, würde Ihnen nicht gefallen.«

»Danke, Julie.«

»Soll ich Ihnen helfen?«

»Nein, ich komme schon zurecht.«

»Okay.« Sie bedeutete Maks, draußen zu warten, und zog den Vorhang vors Bett.

Als Dunston aus dem Krankenhaushemd schlüpfte, fühlte er sich steif und hatte Schmerzen. Zitternd stand er auf und fragte sich, ob es zu leichtsinnig gewesen war, Julies Hilfe abzulehnen. Eine Hand aufs Seitengeländer gestützt, zog er sich langsam an.

Dann schob er den Vorhang beiseite und schleppte sich zur Schwesternstation. »Wie sehe ich aus?« fragte er Julie.

»Ziemlich verlottert. Vagabunden-Look. Vielleicht ist der diese Woche in. Rufen Sie mich morgen an, und sagen Sie mir, wie's Ihnen geht, ja?«

»Klar. Vielen Dank. Wo ist ...«

»Draußen, im Wartezimmer.«

Geduckt, wie ein Polizeispitzel in einem B-Movie, schlurfte er zur Schwingtür der Intensivstation. Maks stand im Flur. Bei seinem Anblick unterdrückte sie ein Lächeln. Rasch griff sie nach seiner Hand und nahm eine Sonnenbrille aus ihrer Handtasche. »Vielleicht solltest du das aufsetzen.«

»Stört's dich, mit mir gesehen zu werden?«

»Wenn du noch lange hierbleibst, wird man dir ein paar Cents zustecken.«

»Gut. Führ mich raus. Ich werde dir nichts stehlen, das verspreche ich.«

Hand in Hand folgten sie dem Korridor. Nach ein paar Minuten brach Maks das Schweigen. »Ich habe mit Captain Donohue geredet.«

»Ein tüchtiger Mann. Was hat er gesagt?«

»Nicht viel. Bist du wirklich durch ein Tafelglasfenster gefallen.«

»Wahrscheinlich. Zumindest entsinne ich mich, daß ich in diese Richtung gegangen bin.«

»Weißt du auch, warum?«

»Komisch«, meinte er belustigt. »Soviel habe ich bis jetzt noch niemandem erzählt.« Aber sein Lächeln erlosch sofort, als die Erinnerungen zurückkehrten, und er umfaßte Maks' Hand noch fester. »Ich glaube, dieses Ding versuchte mich zu töten.«

»*Was?*«

»Hoffentlich bist du gewappnet. Weil die ganze Geschichte unglaublich ist. Willst du die wirklich hören?«

Das wollte sie. Während sie die Klinik langsam verließen und zu Maks' Auto gingen, begann er die Ereignisse zu schildern. Es war mühsam, denn es gab so vieles, was er nicht verstand, und er mußte Vermutungen anstellen, um die Lücken zu füllen. Manchmal blieb er stehen und wiederholte einen Teil des Berichts in allen Einzelheiten, wenn ihm plötzlich etwas einfiel. Durch einen Schleier, von Drogen gesponnen, zerrte er die Gedanken ans Licht. Er glaubte durch ein Labyrinth zu wandern, wo er seine

Schritte mehrmals zurückverfolgen mußte, um den richtigen Weg zu finden.

Auf der Heimfahrt hörte sie schweigend zu. Sie wollte ihn nicht unterbrechen, verstand sein Bedürfnis, sich alles von der Seele zu reden. Nur eine Hand am Steuer, hielt sie mit der anderen seine bebenden Finger fest. Immer wieder schaute sie ihn an. Die Augen geschlossen, lehnte er an der Kopfstütze. Maks las Verzweiflung, Unsicherheit und Angst in seinem Gesicht. Kurz bevor sie in die Zufahrt bog, beendete er seinen Bericht und hob die Lider. »Sind wir zu dir gefahren?«

»Ja. Ich habe eine größere Badewanne als du.«

»Ist's so schlimm?« fragte er und schnüffelte an seiner Achselhöhle.

»Noch schlimmer.«

Er zupfte an seinem Sweatshirt. »Mit diesem Zeug verbinden mich keine sentimentalen Erinnerungen.«

»Dann wirf's weg. Ich habe noch ein paar alte Sachen von meinem Vater. Sicher finden wir irgendwas, das dir paßt.« Sie parkte das Auto und sprang hinaus. Dann lief sie zur anderen Seite und half Chad, auszusteigen. Sobald seine Füße den Boden berührten, krümmte er sich vor Schmerzen zusammen. Sie ergriff seinen Ellbogen und führte ihn zum Haus.

»Warum hast du nichts gesagt?« fragte er.

»Was gibt's da zu sagen?«

Er blieb stehen und runzelte gekränkt die Stirn. »Sei nicht so herablassend, Maks! Ich hab' das nicht erfunden. Glaubst du mir?«

»Zumindest glaube ich, daß du in einem Abwasserkanal warst«, erwiderte sie und rümpfte die Nase.

»Nein, ich meine den anderen Teil der Geschichte – der so unglaublich klingt.«

Nun wurde sie ernst. »Du vergißt, was ich letzten Frühling im Center erlebt habe. Für alles, was mit Christine geschehen war, wußtest du eine logische Erklärung. Du hast versichert, das Center sei unfehlbar. Ich wollte deinem Urteil vertrauen. Aber die Zweifel sind geblieben. Und nachdem du mir dein Abenteuer erzählt hast, bin ich skeptischer denn je. Ob ich dir glaube? O Gott, Chad, jedes einzelne Wort!«

»Erkennst du irgendeinen Sinn darin?«

Langsam schüttelte sie den Kopf. »Genausowenig wie damals, als Chrissie starb. Aber jetzt reden wir nicht mehr darüber. Du mußt erst mal baden. Um Himmels willen, diese Kleider! Rühr dich nicht von der Stelle!« Er wartete in der Diele, während sie in der Küche verschwand. Wenig später kam sie mit einem großen Müllsack aus Plastik zurück. »Zieh dich aus und wirf alles da rein.«

»Hier?«

»Wenn du noch einen Schritt weitergehst, wird dieses Haus von der Baubehörde abgerissen. Ich bringe dir einen Morgenmantel.«

Zuerst schlüpfte er aus den Turnschuhen. Dann wand er sich mit einiger Mühe aus dem Sweatshirt. Als er aus der Hose stieg, mußte er sich an einem Stuhl festhalten. Dann stopfte er alles in den Müllsack, den er zweimal verknotete. Splitternackt stand er da. Er war nicht auf Maks' Rückkehr vorbereitet und bedeckte seine auffälligsten Blößen rasch mit beiden Händen. Aber sie wandte ihren Blick ab und reichte ihm einen dünnen Morgenmantel. Sie wollte ihn nicht in Verlegenheit bringen. In ihrem Bedürfnis, ihm zu helfen, hatte sie nicht bedacht, daß sie ihn unbekleidet antreffen würde. Doch in jenem kurzen Moment, bevor sie wegschaute, betrachtete sie seinen schlanken, sehnigen Körper. Und was sie sah, gefiel ihr.

»Ich fühle mich nackt.«

»Süß«, meinte sie. »Paßt dir der Morgenmantel?«

»Einigermaßen.« Sie nahm ihn wieder bei der Hand und führte ihn die Treppe hinauf. Mit der anderen Hand hielt er sich am Treppengeländer fest. Vorsichtig stieg er die mit einem Teppichboden ausgelegten Stufen hinauf. Im Oberstock mußte er kaum nach Atemringen. »Wo geht's zum Stall?«

»Folgen Sie mir, Hoheit.« Weiter unten im Flur öffnete sie die Tür eines gutausgestatteten Badezimmers mit indirektem Licht und Spiegelwänden. Sie ließ Wasser in die runde versenkte Wanne laufen. Dann wandte sie sich zur Dusche. »Vor zehn Jahren haben meine Eltern diesen Raum neu eingerichtet. Meine Mutter liebte ausgedehnte Bäder.«

»Kann ich mir denken.« Dunston inspizierte die Wanne. »Etwa drei Meter im Durchmesser. Genau die richtige Szenerie für wilde Parties.«

Maks prüfte die Wassertemperatur in der Dusche. »Jetzt ist's okay. Nachdem du dich abgespült hast, kannst du dich in der Wanne entspannen. Das hast du dir verdient. Ruf mich, wenn du fertig bist. Ich warte draußen.«

»Maks, du bist wirklich wundervoll, und ich will dir nicht noch mehr zur Last fallen ... Aber würde es dir was ausmachen, hierzubleiben? Mir tut alles weh. Vielleicht brauche ich deine Hilfe. Und außerdem müßtest du mir den Rücken waschen.«

»Okay«, stimmte sie zu und zuckte die Achseln. »Früher habe ich meine Vettern gebadet. Stell dich jetzt unter die Dusche und spül den ganzen Dreck runter.«

Er ließ den warmen Wasserstrahl durch sein Haar fließen, über sein Gesicht, in die Nase, in die Ohren. Dann öffnete er den Mund und gurgelte ausgiebig. Nach ein paar Minuten glaubte er, daß er sein Bestes getan hatte, drehte den Hahn ab und öffnete die Tür der Duschkabine. Maks hielt ihm ein Badetuch hin. Jetzt trug auch sie einen Morgenmantel.

»Bist du eine Verwandlungskünstlerin?«

»Nein, ich hab' mich umgezogen, damit meine Sachen nicht naß werden.«

»Sehr sinnvoll. Was soll ich jetzt tun?«

Nach allem, was er vor kurzem erlebt hatte, verzichtete er sehr gern auf seine gewohnte Selbständigkeit und überließ Maks alles Weitere. Die Wanne, etwa sechzig Zentimeter tief, war bereits zur Hälfte mit Wasser gefüllt. Chad gab Maks das Badetuch, und sie half ihm, zwei Stufen hinabzusteigen. Langsam setzte er sich und beobachtete, wie heißes und kaltes Wasser aus den Messinghähnen rauschte.

»Nun, wie fühlst du dich?« fragte sie.

»Phantastisch! Mein malträtierter Hintern ist dir zu ewigem Dank verpflichtet. Ahhh!« seufzte er, streckte sich aus und schloß die Augen. »Endlich kann ich mich entspannen. Am liebsten würde ich hier drin einschlafen.«

»Untersteh dich! Heb den Kopf!«

Kühles Shampoo, das nach Mandeln duftete, wurde in sein Haar gegossen. Nachdem Maks' Finger seine Kopfhaut massiert hatten, bearbeiteten sie die Schläfen und lockerten die verkrampften Nackenmuskeln. Mit einer Dusche spülte sie den Schaum aus seinem Haar, der durch eine Rinne am Wannenrand abfloß. Dann verteilte sie noch einmal Shampoo auf seinem Kopf, und er spürte wieder ihre sanften Finger. Nach ein paar Minuten glaubte er beinahe, er wäre gestorben und im Himmel gelandet. Noch eine Spülung – dann ein angenehmes Gefühl auf der Brust. Neugierig öffnete er die Augen.

Maks beugte sich über den Wannenrand und seifte seine Brust mit zwei seltsamen Handschuhen ein.

»Tatsächlich«, flüsterte er, »ein Engel!«

»Wie fühlst du dich?«

»Unbeschreiblich. Was sind das für wunderbare Pfoten?«

»Luffahandschuhe.«

»Klar, wie dumm von mir! Was sind Luffahandschuhe?«

»Oh, sei doch still!«

Lächelnd schloß er wieder die Augen. Meine Geisha, dachte er. Wo hat sie das gelernt? Ach ja, sie arbeitet in einer japanischen Firma.

Er hörte einen Schalter klicken, spürte angenehme Wellen, die aus Jacuzzi-Düsen rauschten. Jetzt wusch sie seine Füße, massierte jeden einzelnen Zeh. Langsam glitten ihre Finger die Schienbeine hinauf bis zu den Knien. Alle verkrampften Muskeln lockerten sich.

Während sie ihn badete, konnte sie nicht anders – sie mußte seinen Körper betrachten, seine Haut, die mit Kratzern und Schürfwunden übersät war. Sie bewunderte seine Muskeln, den flachen Bauch, sah seinen Penis im Seifenwasser schwimmen, und dieser Anblick erregte sie. Wenn sie ihn noch lange wusch, würde eine Situation entstehen, der sie noch nicht gewachsen wäre.

Rasch schaltete sie das Jacuzzi-System aus und duschte den Seifenschaum von Chads Körper. »Raus aus dem Wasser, Doc! Jetzt bringe ich dich ins Bett.«

»Gute Idee.«

Als sie ihm aus der Wanne half, fröstelte er, und sie gab ihm ein trockenes Badetuch. Dann holte sie den Bademantel. Nachdem er ihn angezogen hatte, frottierte sie sein nasses Haar. Schließlich führte sie ihn in ein Schlafzimmer.

»Schläfst du hier?« fragte er.

»Nein, dieses Zimmer gehörte meinen Eltern. Ich habe schon lange nicht mehr in ihrem Bett gelegen.«

»Traurige Erinnerungen?«

»Nein, das Bett ist mir zu breit.« Maks schlug die Steppdecke zurück. »Super-Kingsize. Ein Bett, wo ich meine Zehen in der Ecke vergraben kann, gefällt mir besser.«

Chad kroch unter die Decke, spürte das glatte, kühle Laken. Langsam verebbte das Zittern. Er holte tief Atem und schloß die Augen. Dreißig Sekunden später schlief er ein.

In dieser Nacht erwachte er zweimal. Beim zweiten Mal schrie er, von einem Alptraum gequält, wie er ihn seit der Kindheit nicht mehr erlebt hatte. Maks stürmte ins Zimmer und setzte sich zu Chad. Mit leiser, beruhigender Stimme sprach sie auf ihn ein. Es wirkte ganz natürlich, als sie sich an seiner Seite ausstreckte, und er schmiegte sich an ihren warmen Körper.

Das nächste Mal erwachte er im Morgengrauen. Zwischen den dicken Vorhängen fiel das erste Licht der Dämmerung in den Raum. Die Erinnerung an den vergangenen Tag war immer noch viel zu lebhaft. Vorsichtig stieg er aus dem Bett, ohne Maks zu wecken. Er konnte das Grauen nicht abschütteln, das er im Abflußrohr empfunden hatte. Plötzlich fühlte er sich wieder schmutzig, schlich lautlos ins Badezimmer und duschte. Fast zwanghaft rieb er seinen Körper ab, von oben bis unten, immer wieder.

Seinen Körper konnte er säubern. Aber es würde Tage oder sogar Wochen dauern, bis sich seine Seele von jenem kalten Entsetzen befreien würde.

14

Cheryl McKitrik zupfte ihren Pullover zurecht, als Jim in ihr Büro kam, und straffte die Schultern. Wenn er auch nicht ihr Traummann war, gehörte er immerhin dem richtigen Geschlecht an.

»Da ist sie«, sagte er.

»Wer?«

»Die Operationswanze – das Computerprogramm, das ich erstellen sollte.«

Sofort erhellte sich ihre Miene. »Das Programm, das herausfinden könnte, wer Zugang zu unseren Daten hat?«

»Genau.«

Sie griff nach den Computerausdrucken. »Oh, du hast's schon rausgekriegt!«

»Reines Glück. Ich dachte, ich müßte auf Zehenspitzen durch alle Netzwerke im ganzen Land schleichen. Und dann fand ich's direkt vor unserer Nase.«

»Hier in Upton?«

»Auf dem Campus. Mach dich auf was gefaßt. Alle betreffenden Dateien wurden von den CHP-Computern angezapft.«

»Vom Center?« fragte sie verblüfft. Also deshalb hatte er den Piraten so schnell entdeckt. Alle Gebäude des Brookhaven-Geländes standen auf einem riesigen Grundstück, das dem Staat gehörte – das Upton-Forschungszentrum, das Krankenhaus, die National Laboratories. Wenn auch einige Meilen dazwischen lagen, waren alle durch dasselbe interne Computernetz verbunden. Aber warum interessierte sich das Center für das Human Genome Project? Noch spezifischer – für die experimentelle Mikroskopie, die damit zusammenhing? Obwohl niemand dort arbeitete und das Center völlig automatisiert war? Ein erschreckender Gedanke … Unentwegt zapften die Computer einander an, um Informationen auszutauschen oder Datenbanken weiterzuleiten. Aber stets unter menschlicher Kontrolle. Wenn die Supercomputer des Centers autonom arbeiteten und auf ihre eigenen internen Dialoge hörten, würde das auf eine beängstigende künstliche Intelligenz hinweisen. »Hast du irgendeine Ahnung, warum?«

»Nein«, erwiderte Jim. »Ich konnte nur feststellen, daß es anfing, sobald die Center-Computer online waren. Und sie begnügen sich nicht mit den SZM-Daten. Die wollen alle unsere Infos über die Genomforschung haben.«

»Das glaube ich einfach nicht.«

»Was ich noch unheimlicher finde – wir wissen nicht, welche Schlüsse sie aus den Daten ziehen. Diese Computer sind allen anderen um eine Generation voraus. Vielleicht reden wir über Maschinen, die *denken.*«

»Unsinn!« meinte sie verächtlich.

»Überleg doch mal. Die Center-Computer wenden ein Parallel-Processing an, besitzen eine Super-Leitfähigkeit und benutzen fortgeschrittene neurale Netzwerke, den Gehirnfunktionen nachempfunden. Was heißt das?«

»Daß wir Victor sofort verständigen sollten«, seufzte sie zerknirscht.« Großer Gott, war Maks' Doc nicht als Patient ins Center gegangen?

»Schon geschehen. In fünfzehn Minuten erwartet er uns.«

Im Sonnenschein erwachte Dunston wieder. Maks war verschwunden. Langsam setzte er sich auf und musterte die geschmackvolle Einrichtung des Zimmers.

Die Tür knarrte, und Maks trat ein, ein Frühstückstablett in den Händen. Trotz des frühen Morgens war sie schon angezogen. Zu einem ungewöhnlichen neonfarbenen Pullover trug sie schwarze Leggings. Was für phantastische Beine sie hatte ... Ihre Schönheit entzückte ihn, und er bewunderte alles an ihr. »Wie lange bist du schon auf?« fragte er, als sie das Tablett neben das Bett stellte.

»Etwa eine Stunde. Wie fühlst du dich?«

Er berührte seine Schulter und schnitt eine Grimasse. »Steif wie ein Stahlblock.«

»Nun, das überrascht mich nicht. Vielleicht hilft dir das Frühstück.« Sie nahm den Silberdeckel ab. Darunter dampfte Kaffee zwischen Fruchtsaft, Rühreiern und einer Brioche. »*Voilà*.«

»Sieht verlockend aus. Wohin gehst du?«

»Zur Arbeit. Eigentlich wollte ich Babysitter spielen. Aber ich glaube, du kommst auch ohne mich zurecht.

Übrigens, die Polizei hat dein Auto hergebracht. Der Schlüssel liegt in der Küche. Nicht, daß du irgendwohin fahren sollst. Ruh dich aus, lies die *Times*, spiel Nintendo oder geh spazieren. Was immer du willst.« Sie warf ihm eine Kußhand zu und verließ das Zimmer.

Nach einem gemütlichen Frühstück stand er auf und stöhnte. Alle Knochen taten ihm weh. Vielleicht würde er ein Aspirin finden. Er humpelte über den dicken Teppichboden des Flurs zum Bad. Vor einem großen Spiegel blieb er stehen. Sein nackter Körper war voller Schürfwunden, Kratzer und roter Striemen. Fast verwundert legte er den Kopf schief. Er mußte sich glücklich schätzen, weil er noch lebte.

Im Arzneischränkchen stand nicht viel. Eine Packung Tylenol mit abgelaufenem Verfalldatum, zwei Tablettenröhrchen, ein Tiegel Vaselin. Dazwischen lag ein antikes Rasiermesser mit Elfenbeingriff. Er öffnete ein Röhrchen, das einige Motrin 800 enthielt. Genau das richtige, dachte er. Aber vor zwei Jahren verschrieben. Er erinnerte sich nicht, wie lange Motrin wirksam blieb. Zur Sicherheit nahm er zwei Stück und spülte sie mit Leitungswasser hinunter. Dann stellte er das Röhrchen in den Schrank zurück, ergriff das andere und schraubte den Verschluß ab. Leer. Das Rezept war für Christine Lassiter ausgeschrieben worden, in der letzten Märzwoche. Also kurz vor ihrer Einlieferung ins Center. Das Röhrchen hatte fünfzig Milligramm Serophen-Kapseln enthalten. Und die Instruktion lautete: »Fünf Tage lang drei Tabletten täglich.«

Langsam verschloß er das Röhrchen und runzelte die Stirn. Serophen, Serophen ... Ein Spezialmedikament, wie er sich vage entsann. Aber er wußte nicht mehr, in welchen Fällen es verordnet wurde. Jedenfalls kein Antibiotikum. Ein Antihistamin? Irgend etwas verwirrte ihn, eine verschwommene Erinnerung. Nachdenklich klappte er die Schranktüren zu und hinkte ins Schlafzimmer zurück.

Unter den nackten Füßen fühlte sich der weiche Teppichboden wundervoll an. Er betrat einen großen begehbaren Kleiderschrank und fand eine nahezu komplette Männergarderobe, die zweifellos Mr. Lassiter gehört hatte – mehrere Anzüge, Hemden, Jacketts und Hosen, Schuhe. Hier drin wäre was weniger Förmliches angebracht, überlegte er. Bei diesem warmen Wetter brauchte er weder Unterwäsche noch Socken. Er entdeckte eine graue Jogginghose und schlüpfte hinein. In der Taille saß sie etwas zu locker, aber bequem. Dazu zog er ein kariertes Wollhemd und Slipper mit flauschigem Futter an. Kleider machen Leute, dachte er.

Dann brachte er das Frühstückstablett in die Küche hinunter, schaute zum Fenster hinaus und erkannte die Szenerie sofort wieder. In der Ferne schimmerte das Wasser der Oyster Bay. Und davor lag der Rasen, wo er die schluchzende Maks getröstet hatte.

Gemächlich schlenderte er hinaus und genoß das prachtvolle Wetter, die frische Luft. Am strahlend blauen Himmel hing keine einzige Wolke. Der Morgen konnte gar nicht idyllischer sein. Jetzt entspannte sich auch Chads Seele und enthüllte ein wehrloses Unterbewußtsein, aus dem plötzlich die Gedanken des Vortags emportauchten, glasklar und beklemmend.

Nein, es *war* kein Fehler gewesen. Und er konnte der alptraumhaften Bedeutung der Ereignisse nicht entfliehen. Zu gut kannte er die Arbeitsweise des Centers, um andere

Schlüsse zu ziehen. Der Laden funktionierte perfekt. Deshalb war alles *geplant* und er als Opfer ausgewählt worden.

Wann hatte es begonnen? Erst nach seiner Aufnahme? Daran zweifelte er, denn die Aktionen der Computer hatten kein bißchen spontan gewirkt. Also muß der Plan schon vorher entstanden sein, dachte er, spätestens bei meiner Anmeldung zur Operation. Oder schon früher. Und nachdem der grausige Plan vereitelt worden war, hatten sie ihn zu töten versucht.

Warum, warum? Er sank auf eine Bank, schlang fröstelnd die Finger ineinander. Statt einer Antwort auf die große Frage irrten nur gräßliche Erinnerungen durch sein Gehirn – die Drogen, die gewagte Flucht, die stinkenden Abwässer. Irgend etwas oder jemand – ein Tier? – war durchs bizarre Labor gehuscht, ein Autobot hatte ihn gnadenlos verfolgt. Dann die wilde Flucht, der verzweifelte Sprung …

Der helle Morgen verdunkelte sich, von Erinnerungen bewölkt. Diesmal war er mit knapper Not davongekommen. Aber welches Grauen mochte in der Zukunft lauern? Irgendwo würde sich die Antwort verbergen. Es gab für alles Erklärungen. Und wenn er überleben wollte, mußte er sie finden.

Impulsiv eilte er ins Haus zurück. Seine Gedanken überschlugen sich.

Zwei Stunden nach der Besprechung mit Cheryl und Jim befand sich Victor Sawyer immer noch in miserabler Stimmung. Obwohl er das Projekt leitete, hatte sich bisher alles mehr oder weniger von selbst entwickelt. Und jetzt? Er war kein Detektiv, sondern Genetiker, an logische, wissenschaftliche Schlußfolgerungen gewöhnt. Was sie ihm da aufgehalst hatten, ergab nicht den geringsten Sinn.

Warum sollte sich die modernste Klinik der Welt für das Human Genome Project interessieren? Betrieb sie ihre eigenen Forschungen? Wenn ja, dann ohne Erlaubnis. Die monatlichen Berichte umfaßten alles, was landesweit auf diesem Fachgebiet geschah. Nirgends tauchten irgendwelche Aktivitäten des CHP auf. Andererseits waren eine Menge Genom-Daten entwendet worden, und das schien schon seit geraumer Zeit zu geschehen.

Zumindest hatten sie festgestellt, zu welchen Bereichen die gestohlenen Daten zählten. Am Anfang waren hauptsächlich STM-Daten angezapft worden, später andere, die sich mit peripheren Aspekten des Genom-Projekts befaßten – zum Beispiel Klonen und Speicher-Transfer.

»Allem Anschein nach besitzt das Center sein eigenes STM«, hatte James gesagt.

»Wohl kaum«, erwiderte Sawyer.

»Immerhin verfügt es über die nötige Technologie, um eins zu produzieren. Mit seiner Automationstechnik ist es unseren Methoden um Lichtjahre voraus. Und die Automation macht neun Zehntel der Methode aus, die wir anwenden, um die Gen-Sequenzen zu ermitteln.«

»Aber die Center-Computer haben keine Einzelteile.«

»Stimmt«, bestätigte Cheryl. »Die hatten sie anfangs nicht. Aber nun raten sie mal, Coach ...« fuhr sie fort und starrte einen Bildschirm an. Eine knappe Stunde lang, seit dem Beginn der Besprechung, hatte sie vor dem Computer ihres Chefs gesessen, um Netzwerke und Datenbanken abzurufen. Zum Großteil bestand das Center-System aus Geheimdaten. Aber Cheryl war ein Profi. Die Bosse in Langley wäre entsetzt, wenn sie wüßten, daß sie die Namen aller Undercover-Agenten kannte, die derzeit in Zentralamerika arbeiteten. Aber im Augenblick interessierte sie sich nur für die diversen Geräte, die sich das Center angeeignet hatte, nachdem das Anfangsbudget aufgebraucht worden war. Sie tippte mit einem Fingernagel auf den Monitor. »Hochauflösende Mikro-Spiegel, sechs Stück. Vor siebzehn Monaten bestellt.« Sie schaute ihren Chef an. »Soviel ich weiß, hatten sie ursprünglich nur einen.«

»Vielleicht brauchen sie die anderen für irgendein neues medizinisches Verfahren«, meinte Jim nicht allzu optimistisch.

»Nein, nach den letzten Katalogen zu schließen«, entgegnete Cheryl. »Die haben eindeutig ein STM. Aber es ist nach innen gerichtet, nicht in den Weltraum. Hier reden wir von ultimativer Nanotechnologie, Leute. Wir wurden bestohlen und gleichzeitig übertrumpft.«

»Okay«, gab Sawyer erbost zu. »Gehen wir mal davon aus, daß die Center-Computer ein STM besitzen. Und wie kriegen wir raus, was sie damit machen?«

»Das ist es ja – wir kriegen's nicht raus. Wir kommen nicht an ihr System heran. Aber wir können gewisse Vermutungen anstellen.«

»Zum Beispiel?«

»Wie Jim bereits sagte – hätten *wir* ein STM für die Genomforschung, würden wir's benutzen, um Sequenzen zu eruieren. Dabei fehlt uns die Automation und somit die Geschwindigkeit. Im Center wird's umgekehrt gemacht. Erst die Automation, die dort alles kontrolliert – und *danach* produzierten sie das STM.«

Sawyer musterte sie besorgt. »Deuten Sie etwa an …«

Resignierend zuckte sie die Achseln. »Es wäre möglich.«

»Daß sie das menschliche Genom bereits enträtselt haben?« fragte er ungläubig.

»Das weiß ich nicht, Victor«, seufzte sie. »Aber sie haben's wahrscheinlich geschafft.«

Sawyer verdrängte sein Unbehagen, stützte die Ellbogen auf den Schreibtisch und begann in sachlichem Ton: »Okay, das schlimmste Szenario … Kehren wir zu den Vermutungen zurück – nicht zu Tatsachen, um Himmels willen! Angenommen, die Center-Computer haben das Genom geknackt. Offensichtlich können wir sie nicht veranlassen, mit uns darüber zu reden. Wenn Sie in ihren Schuhen steckten – was würden Sie mit der Information anfangen?«

Jetzt meldete sich Jim zu Wort. »Die Möglichkeiten wären unbegrenzt. Vor allem im Licht ihres Interesses für die Klon-Technik. Sie könnten Ersatzkörperteile klonen, mittels der Kryobiologie Tote zum Leben erwecken, eine Herrenrasse erschaffen. Und so weiter.«

»Aber wozu, um alles in der Welt? Was hätten sie davon? Das sind keine Menschen, sondern Maschinen.«

»Nicht ganz«, widersprach Cheryl. »Einige Leute treten ziemlich oft mit dem Center in Verbindung. Nennen wir sie Berater«, fügte sie hinzu und erinnerte sich, was Maks ihr über Dunston erzählt hatte. Sie kannte den Mann noch immer nicht, und nun bot sich eine günstige Gelegenheit. »Da Sie so gute Kontakte haben, Victor«, fuhr sie schmeichlerisch fort, »könnten Sie ein Treffen mit einem dieser Männer arrangieren?«

Während Sawyer über den Vorschlag nachdachte, lehnte sie sich zurück und warf Jim einen triumphierenden Blick zu. Als sie merkte, daß er ihre Brüste anstarrte, lächelte sie.

»Ich glaube, ich weiß, wen Sie meinen«, sagte Sawyer.

»Neulich traf ich einen bei irgendeiner Konferenz. Arthur Sowieso. Aber zuerst muß ich unsere Erkenntnisse den hohen Tieren mitteilen. Leider bleibt mir nichts anderes übrig. Das gehört zu unserer Vereinbarung. Natürlich wende ich mich an die Nummer eins des Ministers. Ich nehme an, er verständigt die National Institutes of Health, die NIH, die's an den Kongreß weiterleiten werden, vielleicht sogar ans Pentagon. O Gott, hoffentlich vermasseln sie nicht alles!«

Dunston fand seinen Autoschlüssel in der Küche. Als er das Haus verließ und in den Mustang stieg, ignorierte er seine Schmerzen. In zügigem Tempo fuhr er zum Jericho Turnpike. 8:45, verkündete die Uhr am Armaturenbrett. Allmählich ließ der dichte Verkehr nach. Wenn er Glück hatte, würde er Weimans Haus in St. James erreichen, bevor der Internist die Klinik aufsuchte.

Soviel er wußte, war Arthur eine Nachteule. Manchmal wanderte er noch um zwei Uhr nachts durch die Korridore des Krankenhauses, und deshalb bezweifelte Dunston, daß der Mann vor acht aufstand. Um 9:25 bog er in Weimans Zufahrt, schaute sich um und stöhnte, weil er das Auto seines Freundes nirgends entdeckte. Entmutigt stieg er aus und drückte auf den Klingelknopf.

Weimans Frau Angela öffnete die Tür. Offenbar hatte sie jemand anderen erwartet. Sie wirkte ziemlich aufgeregt. Als sie Dunstons Verletzungen bemerkte, hob sie erstaunt die Brauen.

»Hallo, Ange.«

»Mein Gott, Chad, was ist mit dir passiert?«

»Eine lange Geschichte ... Jetzt bin ich okay. Ist Arthur schon weg?«

»Ja, und ich weiß nicht, wo er steckt. Hast du eine Ahnung, wo er sein könnte?«

»Müßte ich?«

»Vermutlich nicht. Was soll ich bloß tun? Heute morgen wollten wir zum Flughafen fahren, Aruba.« Mit zitternden Fingern strich sie ihr Haar aus dem Gesicht. »Gestern abend, um neun herum, fuhr er zur Praxis. Nun, du kennst ihn ja ... Er sagte, er würde in letzter Minute noch ein paar Dinge erledigen und nach seinen Patienten in der Klinik sehen, bevor er sie seiner Vertretung anvertraut. Natürlich dachte ich, er würde spätestens um zwölf nach Hause kommen.« In ihren geröteten Augen glänzten Tränen. »Aber bis jetzt ist er nicht aufgetaucht.«

»Hast du im Krankenhaus angerufen?«

»Ja, sie haben ihn überall gesucht. Er ist nicht da.«

»Und die Praxis?«

»Jedesmal, wenn ich die Nummer wähle, meldet sich der Telefondienst. Diese Idioten behaupten, er habe bereits Urlaub. Und die Sprechstundenhilfen sind nicht mehr da. Er hat ihnen eine Woche freigegeben. Chad, ich bin ein Wrack. Die ganze Nacht habe ich kein Auge zugetan. Und jetzt bin ich mit meiner Weisheit am Ende. Findest du, daß ich übertreibe? Oder soll ich die Polizei verständigen?«

Dunston überlegte kurz. »Für eine Vermißtenmeldung ist's vielleicht noch zu früh. Hör mal, meine Praxis liegt im selben Gebäude wie seine. Ich fahre sofort hin. Wenn seine Tür versperrt ist, bitte ich den Hausverwalter, mich reinzulassen. Dann schnüffle ich ein bißchen rum und rufe dich an, okay? Mach dir keine Sorgen. Da ist sicher nichts passiert. Wahrscheinlich kümmert er sich um einen Patienten.«

»Also gut«, stimmte sie zu und zwang sich zu einem Lächeln. »Aber du rufst mich doch wirklich an?«

»Klar, ob ich was rausfinde oder nicht.« Besänftigend drückte er ihre Hände, umarmte sie und kehrte zu seinem Auto zurück.

Das Gebäude lag nur zwanzig Minuten entfernt, und Dunston erreichte es um Punkt zehn. Weil er sich in dieser Woche erholen mußte und alle Termine abgesagt hatte, ging er nicht in seine eigene Praxis. Statt dessen fuhr er mit dem Lift zu Weimans Praxis hinauf, die im zweiten Stock lag. Die Tür war verschlossen, und er klopfte an. Zwanzig Sekunden wartete er, dann hämmerte er noch lauter gegen das Holz. Keine Antwort. »Hurensohn.«

Wie er den Digitalziffern des Lifts entnahm, war die Kabine inzwischen in den Keller gefahren. Dunston öffnete die feuerfeste Metalltür, die zum Treppenhaus führte, eilte in Lassiterslippers hinab und nahm immer zwei Stufen auf einmal. So vieles mußte er mit Weiman besprechen. Vor allem das Problem, das er wochenlang verdrängt hatte – jenen sonderbaren Blackout beim Alpha-Interface.

Obwohl er sich vorgenommen hatte, mit Arthur darüber zu reden, hatte er's immer wieder hinausgeschoben, wahrscheinlich aus reiner Verlegenheit. Er schämte sich seiner Schwäche. Aber angesichts der Ereignisse des vergangenen Tages brauchte er Antworten. War das Interface glatt verlaufen?

Oder hatte auch Arthur einen Blackout erlebt?

Und was am wichtigsten war – die Frage, die er kaum zu stellen wagte: Hing der Blackout irgendwie mit der Todesgefahr zusammen, die ihn im Center bedroht hatte?

Das Büro des Hausverwalters lag am Ende des Kellers. Während Dunston an einigen Türen vorbeiging, hörte er das dumpfe Dröhnen des Heißwasserbeulers. Sekunden später erreichte er das Büro, blieb in der offenen Tür stehen und klopfte an den Pfosten. Elmer Creighton saß an seinem Schreibtisch, ein hagerer Mann um die Sechzig, der so ausgemergelt aussah wie ein eben erst geheilter Alkoholiker. »Sind Sie das, Doc? Sie haben mich erschreckt.« Aufmerksam musterte er Dunstons Gesicht. »Jesus, mit wem haben Sie sich denn geprügelt?«

»Ich bin aus einem Fenster gefallen.«

»Natürlich.« Elmer grinste anzüglich. »Als ihr Ehemann ins Schlafzimmer kam.«

»Haben Sie Dr. Weiman heute schon gesehen?«

»Nein.« Elmer schaute auf seine Wanduhr. »Aber so früh kreuzt er nicht auf.«

»Heute morgen sollte er nach Aruba fliegen.«

»Dann ist er sicher nicht da.«

»Aber seine Frau sagt, er sei gestern abend nicht heimgekommen.«

Schweigend runzelte Elmer die Stirn.

»Wann hören Sie zu arbeiten auf?«

»Normalerweise gegen sechs.«

»Seine Frau erzählte mir, er habe gestern abend noch in seiner Praxis gearbeitet. Um neun herum. Danach wollte er noch im Krankenhaus vorbeischauen. Aber dort kam er nicht an.«

»Haben Sie schon mit Sally geredet, seiner Sprechstundenhilfe?«

»In dieser Woche hat das gesamte Personal frei. Gerade war ich oben. Dr. Weimans Tür ist verschlossen. Würden Sie mich mal reinlassen?«

»Sicher.« Creighton stand auf und nahm einen großen Schlüsselbund von einem Wandhaken. Nachdem er die Bürotür hinter sich geschlossen hatte, ging er zum Lift voran und drückte auf den Knopf. »Haben Sie's schon im Krankenhaus versucht?«

»Natürlich. Da war er nicht.«

Die Lifttüren glitten auseinander, und sie traten ein. »Hoffentlich ist Dr. Weiman nicht krank«, bemerkte Creighton und drückte auf den Knopf für den zweiten Stock.

»Nein, soviel ich weiß.« Nachdenklich musterte Dunston den dünnen alten Mann. »Sie meinen, er hatte vielleicht einen Herzanfall und liegt in einer anderen Klinik?«

»Immerhin wär's möglich.«

»Auf diesen Gedanken bin ich gar nicht gekommen. Aber falls er nicht ausgeraubt wurde, müßte er seine Brieftasche und seinen Ausweis bei sich tragen. Dann hätten die Bullen oder das Krankenhaus seine Frau schon verständigt.«

»Da sind wir.« Creighton suchte Weimans Türschlüssel und einen anderen für die Alarmanlage hervor, und sie verließen den Lift. Jetzt eilte Dunston voraus, von einer sonderbaren Angst erfaßt, und beschleunigte seine Schritte. Als er Weimans Praxis erreichte, trommelten seine

Finger ungeduldig gegen die Tür, bis Creighton ihn einholte.

Der Hausverwalter drehte den Schlüssel im Schloß herum, und beide gingen hinein. Nachdem Creighton das Licht angeknipst hatte, schaltete er mit seinem Schlüssel die Alarmanlage aus, und das rote Lämpchen färbte sich grün. »Ein uraltes System. Aber mir gefällt's. Bei den anderen Alarmanlagen muß man auf Tasten drücken, und ich kann mir die verdammten Zahlenkombinationen nicht merken.«

Aber Dunston hörte nicht zu. Sobald die fluoreszierenden Lampen aufflammten, durchquerte er das Wartezimmer. Nichts wies auf einen Einbruch hin, alle Stühle standen in Reih und Glied, die Zeitschriften steckten in ihren Ständern. Neben dem Wartezimmer lag der Empfangsraum. Auch hier war alles in Ordnung. Dunston folgte dem Flur, an dem die Untersuchungsräume, das Labor und die Toiletten lagen, und spähte in alle Räume. Nichts. Jetzt mußte er nur noch Weimans Sprechzimmer untersuchen. An der Tür verkündete ein schwarzes Plastikschild mit weißen Buchstaben: DR. ARTHUR WEIMAN, INTERNIST. Obwohl die Tür geschlossen war, sah Dunston Licht unter der Ritze und klopfte an. »Arthur?«

Als sich nichts rührte, zögerte er nicht länger, drückte auf die Klinke und hoffte, die Tür wäre nicht verschlossen. Mühelos ließ sie sich öffnen, und er hörte ein leises Knarren.

Hinter dem großen Schreibtisch aus Nußbaum saß sein Freund aufrecht in seinem Sessel, die Augen geschlossen, den Kopf zurückgelehnt. Die normalerweise vollen Lippen hatten sich zu einem dünnen, starren Streich verzerrt.

Am schlimmsten war die Gesichtsfarbe – ein wächsernes Grau, das Dunston schon seit langer Zeit mit dem Tod assoziierte. »O nein!« stöhnte er verzweifelt!«

»Ist er okay, Doc?«

Wie ein lautloser Geist überquerte Dunston den Teppich. Gewohnheitsmäßig konzentrierte er sich auf die Brust seines Freundes und sah keine Atemzüge. Er hielt es für überflüssig, den Puls zu fühlen. Wie er mit geübtem Blick feststellte, hatte Weiman weder seine Krawatte gelockert noch das Hemd aufgeknöpft. Also keine Atemnot, keine Herzbeschwerden. Warum dann diese schmerzliche Grimasse? Langsam ging Chad hinter den Sessel und sucht nach Anhaltspunkten. Arthur hatte am Computer gearbeitet, seine rechte Hand lag immer noch auf der Tastatur, während der linke Arm schlaff herabhing.

»Doc?« fragte der Hausverwalter nervös.

»Er ist tot, Elmer. Rufen Sie die Polizei.«

Ohne ein weiteres Wort lief Creighton davon. Der Computer war immer noch eingeschaltet, der Bildschirm dunkel. Nur der Cursor blinkte und wartete auf weitere Instruktionen. Auch am Modem neben der Festplatte und dem Telefon blinkten rote Lichter.

Offenbar hast du irgendein Netzwerk abgerufen, alter Kumpel, dachte Dunston und dich mit einem anderen Computer unterhalten, als du gestorben bist. Mit welchem? Woran hast du gerade gearbeitet? Plötzlich empfand er tiefe Reue. Einer seiner besten Freunde saß tot am Schreibtisch, und er befaßte sich mit so nebensächlichen Fragen. Bedrückt starrte er Weimans Nacken an und schüttelte den Kopf. »Wie soll ich das Angela beibringen?«

Aber sein Professionalismus gewann die Oberhand.

Zunächst suchte sein Blick die Tischplatte neben der Arbeitsplatzstation ab. Nur ein paar Notizblöcke. Dann öffnete er die drei Schubladen – Papier, Kugelschreiber, Bleistifte. Im untersten Schubfach, ganz hinten, fand er eine Diskette. Der Aufkleber war mit der Hand beschriftet worden: C. LASSITER.

Christine? Was um alles in der Welt hatte Arthur über Maks' Schwester gewußt? Verdammt, nun war er tot! Chad steckte die Diskette ein. Dann konzentrierte er sich wieder auf die Hardware.

Das Layout des Programms faszinierte ihn. Seit sechs Monaten war er nicht mehr in Weimans Praxis gewesen. Also mußte der Computer erst vor kurzem installiert worden sein. Arthur hatte eine alte Hardware mit dem Apple Logo und offensichtlich ein Macintosh-Programm benutzt, ein mittelbündiges Layout. Viel älter als Dunstons IBM. Spontan drückte er auf die Leertaste und beobachtete den Bildschirm. Ein brennender Schmerz durchzuckte seinen Arm.

»Großer Gott!« Ein Elektroschock ... Erschrocken sprang er zurück und starrte seine Hand an, als müßte sie verbrennen. Das ist kein normaler Strom, dachte er. Mindestens 220 Volt. Allmächtiger! Er wandte sich zu Weiman, dessen Hand immer noch auf der Tastatur lag.

Allem Anschein nach war Arthur durch einen Stromschlag getötet worden.

Bevor der Strom abgeschaltet war, wagte Chad nichts mehr anzurühren. Weder Weiman noch die Tastatur oder die Arbeitsplatzstation. Und dann fiel sein Blick wieder auf den Bildschirm, den der Tastendruck beleuchtet hatte.

Fasziniert begann er zu lesen: HOST NODE, B.N.L.

ZIEL: CENTER FOR HUMAN POTENTIAL. AUTOMATISCHES EINLOGGEN, 21:15:05, 26. OKTOBER. BENUTZERNUMMER: 511432, DR. WEIMAN, ARTHUR. Die Spalte für das Paßwort war leer – von Weiman offenbar getippt, aber auf dem Monitor nicht sichtbar, wie üblich. LETZTES EINLOGGEN: 14:02:02, 24. OKTOBER.

Am Samstag, dachte Dunston. Woran um Himmel willen hatte Arthur gearbeitet? Hing es mit Christine zusammen? Er las weiter.

ERSTENS. DATEINAME EINGEBEN. ZWEITENS. PATIENTENNAME. DRITTENS. HAUPTMENÜ. VIERTENS. HILFE.

Weiman hatte die Zahl zwei gewählt. Als Dunston las, was darunter stand, versteifte sich sein ganzer Körper. Zu seiner Verblüffung hatte Arthur CHRISTINE LASSITE getippt. Nur das letzte R fehlte. Er schaute wieder auf Weimans reglose Hand und sah den Zeigefinger auf der R-Taste liegen.

Ungläubig schüttelte er den Kopf. Was zum Teufel war hier geschehen? Ehe Arthur auf die R-Taste drücken konnte, war er an einem Stromschlag gestorben. Ein Kurzschluß? Oder …

Dunston erschauerte. Hastig verließ er den Schauplatz des Grauens, suchte irgendeinen Gegenstand aus Gummi und wünschte, er würde Turnschuhe tragen. Am anderen Ende des Korridors hörte er die atemlose Stimme Elmer Creightons, der gerade telefonierte. Chad öffnete eine Toilettentür und knipste das Licht an. Fluchend blickte er sich in dem kleinen Raum um. Dann entdeckte er einen Sauger hinter einem Schränkchen, packte ihn und rannte ins nächstbeste Untersuchungszimmer.

Ein Messer, Arthur. Ein Skalpell, eine Schere, irgendwas Scharfes. Klar, du warst ein Internist. Trotzdem müßtest du doch irgend etwas haben, womit man *schneiden* kann … Hektisch durchsuchte er Schubladen und Regale, fand nichts und versuchte, seinen wachsende Zorn mit logischen Gedanken zu zügeln, die ihm aber nicht zur Hilfe kamen.

Im untersten Fach einer Kommode fand er endlich, was er suchte – eine alte Schere voller Rostflecken.

Mit einer Hand hielt er den Sauger hoch, das Gummiende nach oben, mit der anderen schnitt er einen dicken Streifen davon ab. Dann ließ er alles andere fallen und lief ins Sprechzimmer zurück. Über Weimans steife Schulter gebeugt, umfaßte er den Gummistreifen mit Daumen und Zeigefinger, berührte damit die Hand seines Freundes und drückte den leblosen Finger auf die R-Taste. Sofort erschien der ganze Name auf dem Bildschirm – LASSITER.

Und dann explodierte der Monitor. Ein Blizzard aus Drähten, Isolierkabeln und Plexiglassplittern flog durch die Luft. Mit schrillem Rattern erstarb das Diskettenlaufwerk und sandte auf Wellen, die nach Ozon rochen, Funken nach oben. Ein paar Sekunden lang flackerten alle Lichter, dann erloschen sie.

Ein unheimliches, beklemmendes Dunkel erfüllte den Raum.

15

Das Treffen entwickelte sich zu einem Alptraum. Sobald Victor Sawyer seine Vorgesetzten über die neuen Erkenntnisse informiert hatte, erfuhr er vom tragischen Tod Dr. Weimans, seines einzigen Kontakts zum CHP. Alle Forschungszentren, die am Genom-Projekt arbeiteten, wurden zu einer Notstandskonferenz einberufen. Vorher fehlte ihm die Zeit, um jemand anderen aufzuspüren, der mit dem Center in Verbindung stand.

Trotz der trägen Regierungsbürokratie war die Zusammenkunft erstaunlich schnell arrangiert worden. Innerhalb von achtundvierzig Stunden flog Sawyer nach Washington und landete kurz nach neun Uhr morgens, eine Stunde vor dem Beginn der Konferenz, im Energieministerium. Er fuhr mit einem Taxi durch den ungewöhnlich dichten Vormittagsverkehr. Als er sein Ziel erreichte, fand er etwas zu spät den richtigen Weg durch das Labyrinth des großen Gebäudes.

Die Sitzung wurde in einem Konferenzraum neben dem Büro des Energieministers abgehalten. Zu Sawyers Leidwesen ergab sich keine Gelegenheit, vorher unter vier Augen mit dem Minister zu sprechen. An dieser Konferenz nahmen zahllose Leute teil – außer ihm selbst und dem Minister zwei Beamte vom Energieministerium, die Repräsentanten der NIH, der Defense Advanced Research Projects Agency, der National Library of Medicine, des Congressional Office of Technology Assessment, des Bethesda Naval Hospital, ein Unterstaatssekretär von der Army, im Pentagon stationiert und für die Verteidigung zuständig, und Vertreter des National Security Council, alle mit ihren

Assistenten. Entmutigt musterte Sawyer die große Schar, sah seine Lieblingsprojekte zum Fenster hinausfliegen.

»Guten Morgen, Dr. Sawyer«, begann der Minister und zeigte auf einen Stuhl in seiner Nähe. »Nehmen Sie bitte Platz. Kaffee?«

»Nein, danke, ich habe schon gefrühstückt.«

»Ohne Sie wollten wir nicht anfangen.«

»Tut mir leid, wenn ich die Konferenz verzögert habe.«

»Deshalb müssen Sie sich nicht entschuldigen. Wir sind gerade erst eingetroffen. Und die meisten sind Insider«, fügte der Minister hinzu, womit er die Washingtoner Szene meinte. »Wir waren also im Vorteil. Trotzdem finde ich's verwunderlich, daß alle rechtzeitig erschienen sind. Das weist auf die Bedeutung Ihres Berichts hin, Dr. Sawyer. Da jeder eine Kopie besitzt, können wir ohne Umschweife zur Sache kommen.« Rings um den Tisch raschelte Papier. »Als Gastgeber genieße ich die zweifelhafte Ehre, zuerst das Wort zu ergreifen. Zweifelhaft, weil Ihre Informationen einfach unglaublich klingen.«

»Sir, ich …«

»Moment mal, ich mache Ihnen keine Vorwürfe. Niemand stellt Ihre Integrität in Frage.«

»Niemand?« mischte sich ein Beamter von den NIH ein. »Unsere Leute haben die Angelegenheit genau überprüft, und wir sind ein bißchen skeptisch. Vielleicht handeln Sie aus eigennützigen Gründen, Dr. Sawyer.«

»Solche Vermutungen sollten Sie sich nicht anmaßen«, mahnte der Minister. »Dr. Sawyer verfolgt keine persönlichen Interessen.«

»Nun, das bleibt abzuwarten.«

»Dagegen muß ich ganz entschieden protestieren«,

stieß Sawyer hervor. »In diesem Bericht ist nichts erfunden, und Sie haben die Daten, Sir. Warum führen Sie keine Computeranalyse durch, bevor Sie den Mund aufreißen?«

»Beruhigen Sie sich, Victor«, bat der Minister. »Falls Sie Streit suchen«, wandte er sich zu den NIH-Repräsentanten, »breche ich die Konferenz sofort ab.«

»*Sie* haben doch das Wort ›unglaublich‹ benutzt.«

»Allerdings. Nun, Victor. Ich weiß, die Daten stimmen. Aber vielleicht haben Sie etwas übertriebene Schlüsse gezogen.«

Sawyer bezähmte seinen Ärger und dachte kurz nach, bevor er antwortete. »Je nachdem, was Sie unter ›übertrieben‹ verstehen ... Jedenfalls kann ich Ihnen versichern, daß die Daten sämtlichen Analysen standhalten werden. Was meine Schlüsse betrifft – ich gebe zu, sie wirken unwahrscheinlich. Hätten Sie mir vor einem Jahr prophezeit, man würde den genetischen Code innerhalb von zwölf Monaten knacken, hätte ich an Ihrem Verstand gezweifelt.«

»Darauf kommt es nicht an«, warf der Army-Staatssekretär ein.

»Wie, bitte?«

»Daten zu stehlen und ein STM zu produzieren oder das Genom zu enträtseln – okay, das läßt sich nachvollziehen, Doktor. Aber wenn Sie behaupten, das Center befasse sich mit der Klon-Technologie und mit dem Speicher-Transfer, lehnen Sie sich etwas zu weit aus dem Fenster.«

»Vermutlich haben Sie den verdammten Bericht gar nicht gelesen.«

»Hören Sie«, fauchte der Pentagon-Beamte. Seine Oberlippe zuckte wie eine Riege kubanischer Conga-Tänzer. »Wenn Sie sich einbilden, Sie Hurensohn …«

»Das reicht!« fiel ihm der Minister ins Wort. »Also, Victor?«

Was den Unterstaatssekretär störte, verstand Sawyer sehr gut. Seit Jahren phantasierten die Militärs von der Erschaffung des perfekten Soldaten. In ihren kühnsten Träumen kämpfte ein kontrollierter, völlig entbehrlicher Androide gegen alle Feinde und rettete das Leben der Jungs, die daheim blieben. Nicht, daß sie jemals Geld in das Projekt stecken würden. Statt dessen warteten sie, bis jemand anderer die Grundlagenforschung erledigte. Soviel Sawyer wußte, war die Army diesem Ziel mit ihrem HMMWV am nächsten gekommen, dem High-Mobility Multipurpose Wheeled Vehicle, einem pfeilschnellen Mehrzweckfahrzeug, das den Jeep ersetzte, und dem AROD, dem Airborne Remotely Operating Device, einem mobilen ferngesteuerten Aufklärungsflugzeug. Wenn sie herausfinden sollten, das Center beziehungsweise das Energieministerium habe eine viel fortschrittlichere Technologie entwickelt, würden sie Zeter und Mordio schreien. Kein Wunder, daß hier so viele Leute von der Verteidigung saßen …

Sawyer wählte seine Worte sehr sorgfältig. »Wie ich betonen möchte, habe ich dem Minister nur einen vorläufigen Bericht geschickt. Daraus lassen sich zwei Schlüsse ziehen. Erstens, das Center hat sein eigenes STM konstruiert. Zweitens, es hat das STM benutzt, um den genetischen Code zu knacken. Basta. Da stehen keine anderen Schlußfolgerungen drin. Der Inhalt der beiden letzten Seiten unter dem Titel ›Potentielle Auswirkungen‹ ist rein spekulativ. In diesem Text wird nichts behauptet. Er erläutert nur, wie man den geknackten Code *möglicherweise* verwenden könnte. Genaugenommen ist das alles ein alter Hut. Als wir das Human Genome Project in Angriff nahmen, diskutierten wir über dieselben Dinge. Was würde das Verständnis des Codes bedeutet? Wie würde man die Informationen in den nächsten fünfzehn oder zwanzig Jahren nutzen?«

»Also ist das ganze Gerede übers Klonen nur ein Tagtraum?«

»Nein, eine logische Spekulation. Ursprünglich wurde das Genome Project gegründet, weil jeder erkannte, wie nötig es wäre, den Code zu enträtseln – wichtig vor allem für die Medizin. Lassen Sie mich ein Beispiel anführen. 1990 mußten wir warten, bis jemand krank wurde, bevor wir ihm Medikamente oder eine Chemotherapie verschrieben. Wir dachten, wenn wir den Code – sagen wir mal, bis 2005 knacken würden, könnten wir für jeden Menschen ein genetisches Profil erarbeiten, um seine Neigung zu gewissen Krankheiten festzustellen. Dann würde die Medizin präventiv vorgehen. Die meisten Medikamente und Operationen wären überflüssig, vielleicht sogar die Ärzte. Wenn man auf eine Taste seines PC drückt, erscheint auf dem Bildschirm das persönliche Genom-Profil, und man kann seine eigenen Stärken oder Schwächen eruieren. Dann würde man den richtigen Lebensstil wählen, die beste Diät oder eine Umwelt, die das Risiko einer Erkrankung möglichst verringert.«

»Ist das alles?«

Wo haben sie diese Idioten ausgegraben, fragte sich Sawyer. Verstehen sie kein klares Englisch? In ruhigem

Ton fuhr er fort: »Nein, es gibt auch noch die Gentherapie. Bei Pflanzen und Tieren wird sie bereits angewendet, innerhalb gewisser Grenzen. Im Grunde geht es darum, den Zellen eines Patienten gute Gene einzupflanzen und jene zu ersetzen, die Krankheiten bewirken könnten.«

»Wie würde man das machen?«

»Mit Viren. Vor allem mit Retroviren. Mittels der Biotechnik transportieren sie korrekt funktionierende Versionen fehlerhafter Gene in die Zelle. Im weiteren Verlauf könnte man statt der Viren ein Verfahren einsetzen, das ich genetische Mikrochirurgie nennen möchte, und die Gene mechanisch in den Zellkern befördern.«

»Und dazu würde man das STM benutzen?«

»Es wäre eine große Hilfe.«

»Hängt das mit dem Speicher-Transfer zusammen?«

Geduld, dachte Sawyer und holte tief Atem, um sich zu beruhigen. »Nein, das ist Spekulation.«

»Also spekulieren Sie.«

»Dies alles steht im Bericht.«

»Bitte, Victor!« drängte der Minister.

»Okay«, seufzte Sawyer und zuckte die Achseln. »Wenn man die Mikrochirurgie auf zellularer Ebene anwendet, ergibt sich die Frage geklonter Lebewesen. Sie wissen schon – Adam, der sich selber zeugt. Man könnte ein menschliches Ei mit Adams Sperma befruchten, das einen doppelten Chromosomensatz aufweist, wachsen und sich teilen lassen. Bis ein neuer Adam entsteht.«

Diese vereinfachte Erklärung war zuviel für den Pentagonbeamten. In stummer Verwirrung starrte er vor sich hin. Dann meldete sich ein NIH-Repräsentant zu Wort.

»Wir verstehen, was die Klon-Technik zu bedeuten hat. Aber – Speicher-Transfer?«

»Auch das ist Spekulation, allerdings keine reine Phantasie«, erklärte Sawyer. »Derzeit weiß noch niemand, wie die menschliche Erinnerung funktioniert. Man nimmt an, das Gehirn würde Erinnerungen auf irgendeine physiochemische Weise speichern, die wir bald ergründen werden. Wie ein Computer seine Erinnerungen speichert, wissen wir bereits. Also werden wir in absehbarer Zeit die Informationen des Gehirns lesen und ein Programm benutzen, um sie einem Computer einzugeben. Dann wird sich ein geklontes Gehirn mittels der Computerinformationen weiterentwickeln.« Nach einer kleinen Pause fügte er hinzu: »Und das, Gentlemen, nennt man Speicher-Transfer.«

Ein paar Sekunden lang herrschte tiefe Stille im Konferenzraum. Schließlich flüsterte jemand: »Beängstigend ...«

»Science-fiction«, meinte ein anderer.

»Spekulation«, sagte Sawyer.

»Also gut, nehmen wir die Spekulation mal ernst.« Der Minister beugte sich vor. »Jetzt lautet die Frage – soll man die Aktivitäten des Centers unterbinden, nachdem es den genetischen Code geknackt hat?«

»Wer leitet den Laden eigentlich?«

»Genaugenommen untersteht das Center den Gesundheitsbehörden«, erwiderte Sawyer. »Aber es bezieht von überall Zuschüsse. In Wirklichkeit wird es von niemandem geleitet. Darin liegt ja das Problem. Es betreibt sich selbst.«

»Und Sie haben keine Ahnung, was es mit den Entdeckungen anfängt, die es nach Ihrer Behauptung gemacht hat?«

»Nicht die leiseste. Aber ich würde es gern herausfinden. Deshalb halten wir doch diese Besprechung ab, oder?«

Das Doppelkinn des Army-Beamten bebte. »Sicher wär's am besten, man würde den verdammten Schuppen einfach zusperren.«

»Sollen wir ins Steinzeitalter zurückkehren?«

Der Minister wandte sich an den Militär. »Wie könnte man ein medizinisches Center schließen?«

»Nun, es besteht doch nur aus Maschinen, nicht wahr? Man schaltet einfach den Strom ab. Oder das Wasser. Was auch immer.«

»Dann würden wir das Leben zahlreicher Patienten gefährden, General. Wir dürfen nicht einfach den Stecker rausziehen. Vielleicht könnte man das Center in etwa einem Monat ›zusperren‹, wie Sie's ausdrücken, indem man die Aufnahme neuer Patienten verhindert. Aber damit ginge man an der eigentlichen Frage vorbei, und die lautet: Was machen diese Maschinen? Das sollten wir erst einmal herausfinden, ehe wir sie abschalten. Victor?«

»Sir, ich bin ganz Ihrer Meinung. Im Center geschehen Dinge von fundamentaler Bedeutung. Wir wissen, was die Computer getan haben, aber nicht, was sie beabsichtigen. Das zu erfahren ist unabdingbar. Aber – auf welche Weise?«

»Vielleicht nicht mittels Ihrer Computer«, schlug der Kongreßabgeordnete vor. »Gehen Sie einfach rein und schauen Sie nach.«

Die Augen des Generals funkelten. »O ja, eine vertikale Invasion im Morgengrauen.«

»Was?«

»Ein Hubschrauberangriff. Die Delta Force.«

Beinahe wäre Sawyer in Gelächter ausgebrochen. Aber er unterdrückte sogar ein Lächeln. »General, das Center liegt auf Long Island, nicht in Kuwait. Sicher könnten Sie Soldaten reinschicken, aber die hätten keine Ahnung, was sie suchen sollen. Und wenn sie's sehen, würden sie's nicht merken. Außerdem wären die Patienten gefährdet.«

»Haben Sie eine bessere Idee?«

»Ich denke schon«, entgegnete Sawyer gleichmütig. »Nur wenige Leute verstehen, wie das Center funktioniert – die Leute, die es konzipiert und konstruiert und an seinen Computern gearbeitet haben. Ich dachte da an einen ganz bestimmten Wissenschaftler. Aber er ist plötzlich gestorben.«

»Reden Sie von einer Ein-Mann-Operation?« fragte der General skeptisch.

Sawyer nickte. »Diese Aktion müßten wir nicht einmal geheimhalten. Jemand, der das Center kennt, geht hinein – scheinbar, um irgendwelche Routine-Arbeiten zu erledigen. Und sobald er drin ist, schaut er sich diskret um.«

»Wer soll diese Aufgabe übernehmen?«

»Das weiß ich noch nicht. Mein Büro sucht gerade nach dem richtigen Mann. Und den brauchen wir dringend, Gentlemen.«

Bei Weimans Beerdigung regnete es in Strömen, heftig und pietätlos, ohne die romantische Begleitung von Blitz und Donner. Dunston und Maks standen zwischen den Trauergästen, die das Grab umringten. Als der Sarg in der feuchten Erde versank, hielten sie sich unter dem Schirm an den Händen. Im Hintergrund rezitierte der Rabbi mit leiser Stimme: »El Moleh Rachamim.«

Trotz seines Burberry fror Dunston – nicht weil der Wind kalte Tropfen in sein Gesicht wehte, sondern wegen seiner Erkenntnisse. In seine Gedanken vertieft, hörte er das Schluchzen kaum. Besorgt musterte Maks seine gerunzelte Stirn.

So sehr er sich auch bemühte, er konnte die Angst nicht verdrängen, die ihn quälte, seit die Polizei Arthurs Leiche weggebracht hatte. Er blieb im Sprechzimmer, während die Spurensicherungsexperten den Stromkreis im Computer und im Gebäude checkten. Zu seiner Bestürzung fanden sie nichts, was auf einen Kurzschluß hinwies. Gewiß, nachdem er Arthurs Finger auf die Taste gedrückt hatte, war ein Stromkreisunterbrecher ausgelöst worden. Das hatte die plötzliche Finsternis bewirkt. Die Techniker behaupteten, dadurch sei eine bizarre Stromwelle entstanden, die zur Explosion des Computers geführt habe.

Von der Leiche gegen die gewaltige Detonation abgeschirmt, hatte Dunston nur eine kleine Schnittwunde an der Wange abbekommen. Für den Stromschlag, der Arthur getötet hatte, fanden die Elektriker keine Erklärung – kein loser Draht, keine schadhafte Isolierung. Keine Spuren. Als ein Techniker ein geschmolzenes Kabel inspizierte, bemerkte er, halb im Scherz, ein Blitz könne die Tastatur durchzuckt haben. Dunston schwieg und hegte den schrecklichen Verdacht, genau das wäre geschehen. Und diese Erkenntnis jagte ihm kaltes Grauen ein.

Er wohnte wieder bei Maks. Seit Arthurs Tod sprach er

kaum ein Wort. Seine ungewöhnliche Zurückhaltung beunruhigte sie.

Nach dem Begräbnis fuhren sie schweigend zu ihrem Haus und lauschten dem rhythmischen Surren der Scheibenwischer. Maks' Sorge wuchs. Allmählich verlor der Mann, den sie liebgewonnen hatte, seine ganze Lebensfreude. Unmittelbar nach seinem Aufenthalt im Krankenhaus hatte sie ihn nicht bedrängen wollen und angenommen, sein Optimismus würde bald wieder auftauchen. Aber in den drei Tagen seit seiner selbstgewählten Entlassung aus der Klinik und in den zwei Tagen seit der Weiman-Tragödie hatte er nicht zu seiner früheren Persönlichkeit zurückgefunden.

Interessanterweise bezweifelte sie, daß Chads Depressionen nur mit dem Tod seines Freundes zusammenhingen. Sie gewann den Eindruck, etwas anderes würde ihn bedrücken, etwas viel Schlimmeres, über das er nicht reden mochte. Weil er ihr sehr viel bedeutete, beschloß sie, ihn aus seinem Schneckenhaus herauszulocken und den Stier bei den Hörnern zu packen. Sanft berührte sie seine Schulter. »Du kannst nicht alles in dich hineinfressen.«

Keine Antwort.

»Vermutlich regst du dich nicht nur über Arthurs Tod auf.«

»Er war ein verdammt guter Freund«, murmelte Chad und holte tief Atem, als wollte er noch etwas sagen. Aber er seufzte nur. Bis jetzt hatte er nicht die Kraft gefunden, Arthurs Diskette zu checken. Oder hinderte ihn seine Angst daran?

»Bitte, Chad!« rief Maks ärgerlich. »Wenn du nicht mit *mir* sprechen willst, wende dich an jemand anderen.«

Er warf ihr einen zynischen Blick zu. »Soll ich professionelle Hilfe suchen?«

»Spar dir deinen Sarkasmus! Verdammt, ich mag dich! Als ich dich vom Krankenhaus abholte, dachte ich, du würdest mir alles anvertrauen. Sicher, du hast mir einiges erzählt – und dann bist du verstummt. Ich weiß, es ist kompliziert. Und es macht dir angst. Mir auch. Deshalb will ich's wissen, verstehst du? Ich *muß* es wissen.«

»Warum?«

Sie ließ sich nicht beirren. »Weil's um dich geht. Um Christine. Um mich. Vor allem um uns. Ich erlaube dir nicht, in deinem Selbstmitleid zu versinken. Dafür bedeutest du mir zuviel.«

»Keine Bange, ich bin nicht der Typ, der im Selbstmitleid schwelgt.«

»Nein, du bist störrisch wie ein Maulesel, und wenn du schmollst, wirkt's sehr überzeugend. Das kriegst du großartig hin. O Gott, ich bin so frustriert! Was ist denn los mit dir? Weißt du nicht, wo du anfangen sollst? Okay, ich helfe dir? Erinnerst du dich an die kleine Bombe, die du in meinen Schoß gelegt hast? Die Behauptung, das Center habe dich zu töten versucht? Aber du wolltest die Bombe nicht explodieren lassen.« Sie machte eine Pause. »Möchtest du noch warten? Gut. Ich gedulde mich. So lang's eben dauert.«

Natürlich hatte sie recht. Das wußte er. Es fraß sich wie ein Wurm durch sein Inneres. Und es drohte ihn zu vernichten. Er hatte Stingley und Donohue belogen. Nein, nicht belogen, nur einen Teil der Wahrheit verschwiegen. Aber jetzt, nach Arthurs Tod, würde er bald im Irrenhaus landen, wenn er niemanden einweihte. Was Christine betraf, mußte er schweigen, weil er keine Ahnung hatte, wie das alles zusammenhing. Und bevor er's herausfand, würde er Maks nur verletzten, wenn er davon sprach.

Inzwischen regnete es noch heftiger. Er umklammerte das Lenkrad, spähte durch die Windschutzscheibe und konzentrierte sich auf die Straße. Okay. Wenn sie's wollte. Plötzlich fühlte er sich entspannt, sogar erleichtert, denn er hatte den Punkt erreicht, wo es kein Zurück mehr gab. »Wieviel weißt du über das Center?«

»Mehr als die Öffentlichkeit. Was nicht allzuviel heißt.«

»Und die Teleoperatoren?«

»Was sind das für Typen?«

»Wenn ich's dir erklären soll, wird's eine Weile dauern.«

»Ich habe den ganzen Tag Zeit.«

»Okay. Fangen wir mit den Teleoperatoren an, weil diese Technologie die Grundlage für VIEWS und das Interface bildet.« Er warf einen Blick in ihr ausdrucksloses Gesicht. »Tut mir leid, ich hole zu weit aus. Natürlich weißt du Bescheid über die Virtual Reality. In den Filmen wird das oft genug breitgetreten, und ein Dutzend verschiedener Videospiele ist darauf aufgebaut. Aber hast du schon mal diese künstlichen Klauen gesehen, die mit radioaktiven Substanzen hantieren?«

»Nur auf Fotos.«

»Das ist der ursprüngliche Teleoperator, in den vierziger Jahren konstruiert. Mit solchen Maschinen erledigt man gefährliche Aufgaben in weiter Ferne.«

»Zum Beispiel, wenn man mit Uran arbeitet?«

»Oder mit Plutonium, was auch immer. Im Lauf der Jahrzehnte wurde die Technologie verfeinert, die Entfernungen vergrößerten sich. Unter anderem wendet man das

Verfahren an, um versunkene Schiffe zu bergen. Der Operator benutzt Helme mit aufmontierten TV-Bildschirmen und behandschuhte taktile Sensoren, um einen Manipulator in der Meerestiefe zu kontrollieren. Dafür braucht man fiberoptische Geräte. Bei solchen Jobs wird der Mensch nicht gefährdet. Das war der Anfang. Vor etwa zehn Jahren befaßte ich mich zum erstenmal mit der Entwicklung der Telechirurgie. Zuerst wurde sie nur verwendet, um Medizinstudenten zu unterrichten. Ich setzte einen Helm auf, um eine Telefon- oder Satellitenverbindung mit einem Studenten in – sagen wir mal – Champaign-Urbana herzustellen, und er sah genau dasselbe wie ich. Ist dir bisher alles klar?«

»Ja.«

»Mit den Handschuhen kam der eigentliche Durchbruch. Irgendein Genie entwickelte diese flexiblen taktilen Fasern, klein genug, um in Chirurgenhandschuhe eingefügt zu werden. Wenn die Studenten solche Handschuhe trugen, sahen sie nicht nur, was ich tat, sie spürten's auch. Das war so, als würden sie selber operieren. Dasselbe Bild, dieselben Gefühle. Aber sie erprobten ihre Fähigkeiten nicht an einem lebenden Patienten. Also war's ein ideales Lehrmittel. Der Name VIEWS bedeutet Virtual Environments. Nur Vorteile, keine Nachteile. Trotzdem blieb ich skeptisch, wie die meisten Ärzte, während einige Enthusiasten die Ankunft des Messias prophezeiten: Total autonome, computergesteuerte Roboter.«

»Und was hat dich umgestimmt?«

»Die künstliche Intelligenz.«

»Gibt's das wirklich?«

»Jahrzehntelang existierten zwei verschiedene Lehrmeinungen. Nach der einen kann man, wenn man das richtige Programm entwickelt, denkende Computer konstruieren. Und nach der anderen ist das reiner Unsinn. Computer manipulieren Symbole, sagen die Anhänger dieser Richtung. Aber die künstliche Intelligenz müßte die Bedeutung der Symbole erkennen. Und dazu ist nur das menschliche Gehirn fähig.«

»Vermutlich bestätigt das Center die zweite Lehrmeinung.«

»Gewissermaßen. Soviel wir wissen, *ist* das Gehirn eine Art Computer. Dann drehten die Computerexperten den Spieß um und erklärten den Computer zu einem Gehirn. Nicht im klassischen Sinn. Er hat keine bewußten Gedanken, sondern imitiert das, was wir unter Gehirnfunktionen verstehen. In den neunziger Jahren kam das alles zusammen. Das parallele Processing ...«

»Das – was?«

»Viele kleinere Computer arbeiteten gleichzeitig an verschiedenen Aspekten eines komplexen Problems. So wie die Neuronen im Gehirn. Mittels einer verstärkten Parallelität spart man eine Menge Zeit. Innerhalb von Sekundenbruchteilen werden Informationen zugänglich und weitergeleitet. Wenn man ein paar hundert Computer in einem Parallel-Vektor zusammenschließt und alle mit den superleitfähigen Computern im Center verbindet – wow! Und nun reden wir vom neuralen Netzwerk.«

»Also kann das Computersystem des Centers tatsächlich *denken?*«

»Ja und nein«, antwortete Chad zögernd. »Wenn du's so nennen willst, besitzt das Center eine gewisse Intelligenz, am System orientiert, nach dcm unser Gehirn zu arbeiten scheint. Statt der Neuronen und Synapsen benutzt es seine Chips. Wir wissen noch nicht, ob es seine Aktionen versteht, wie es sensorische Signale interpretiert, ob es fähig ist, zu lernen und Gefühle zu entwickeln.«

»Hm … Und was hattest du damit zu tun?«

»Als VIEWS im Center installiert wurde, spielte ich meine Hauptrolle. Zunächst wollten wir nur beobachten, was passieren würde, ob wir den Computer so ausbilden könnten wie die Studenten.« Er lachte. »O Gott, das kann man nicht als *Ausbildung* bezeichnen. Der Computer saugte unsere Gehirne aus, wollte alles wissen, was wir wußten. Da konnten wir gar nicht mithalten. Aber die Leute, die sich ernsthaft dafür interessierten, so wie Arthur und ich, bildeten die Interface-Gruppe. Dazu kamen noch ein paar Randfiguren wie Stingley. Alle paar Wochen trafen wir uns im Center, setzten die VIEWS-Helme auf und brachten dem Computer ein paar neue Tricks bei …« Nach einer kleinen Pause fügte er hinzu: »Das dachten wir zumindest.«

»Was hat deine Miene zu bedeuten?«

»Bis zur letzten Woche war ich felsenfest überzeugt, wir hätten alles unter Kontrolle. Jetzt weiß ich's nicht mehr.« Mit gepreßter Stimme fuhr er fort: »Maks, dieses Ding versuchte mich umzubringen. Keine Ahnung, warum. Aber ich bin mir völlig sicher. Mittlerweile sind mir auch gewisse Zweifel gekommen, was Christine betrifft. Und Arthurs Tod gab letztlich den Ausschlag.«

»*Was?*« fragte sie verwirrt.

»Als ihn der Stromschlag tötete, war er online mit dem Center-Computer. Frag mich nicht, wieso. Aber ich glaube, mein Verdacht ist begründet.«

»Also meinst du …«

»Es war kein Unfall.«

Nun regnete es immer stärker. Graue Wassermassen stürzten herab, im Einklang mit seiner düsteren Stimmung, verschleierten die Windschutzscheibe, und er konnte nicht weiterfahren. Schließlich trat er auf die Bremse. Eine Zeitlang saßen sie schweigend nebeneinander, starrten vor sich hin, empfanden nur Zorn und Rachsucht.

Sobald der Regen nachließ, fuhr er weiter. Von quälenden Fragen bestürmt, brach Maks das Schweigen. »Intelligent oder nicht – warum sollten die Center-Computer das alles tun? Wieso haben sie Arthur getötet und dich zu ermorden versucht?«

»Das weiß ich nicht. Unentwegt denke ich darüber nach, aber ich finde keine Erklärung. Wenn der Laden außer Kontrolle geraten ist – dieser Gedanke jagt mir kalte Angst ein. Das alles ergibt keinen Sinn.«

»Könnte irgend jemand dahinterstecken?«

»Eine Person?«

»Ja, ein Wesen aus Fleisch und Blut – mit menschlichen Motiven.«

»Hör mal, Maks, das ist an den Haaren herbeigezogen.«

»Tatsächlich? Kommt dir ein mörderischer Computer wahrscheinlicher vor?«

»Allerdings. Wer hätte irgendwas zu gewinnen? Das Center ist eine Klinik. Glaubst du, irgend jemand ist hinter einem großen Auftrag her? Ein Pharmakonzern oder ein Produzent medizinischer Geräte? Das wäre kein Grund, jemanden aus dem Weg zu räumen.«

»Jetzt bringst du ein finanzielles Motiv ins Spiel. Warum

würde man ein Verbrechen begehen? Letzten Endes dreht sich doch alles um Geld und Macht. Vielleicht ist's wirklich so einfach.«

»Mal sehen, ob ich dich richtig verstehe. Du meinst also, irgendein böser Junge manipuliert das Center und veranlaßt es, Menschen zu ermorden, damit er sich bereichern und alles unter seine Kontrolle bringen kann?«

»Warum regst du dich so auf? Ich glaube gar nichts, ich suche nur eine Erklärung, Chad. Genauso wie du.«

Sie hatte recht. Außerdem verdiente sie eine Erklärung. Er durfte ihr nichts mehr verheimlichen, es war an der Zeit, alles mit ihr zu teilen, was er wußte. Und so erzählte er von der Diskette, die er in Weimans Sprechzimmer gefunden hatte.

Wie vom Donner gerührt, starrte sie ihn an und konnte sich nur mühsam beherrschen. Warum hatte er ihr diesen wichtigen Punkt so lange verschwiegen? Aber vielleicht wollte er sie nur beschützen und ihr weiteren Kummer ersparen. »Was ist auf der Diskette drauf?«

»Das weiß ich noch nicht«, gab er zu. »Bisher war ich zu geschockt, um nachzuschauen.«

»Hat Arthur irgendwas auf der Diskette gespeichert?«

»Vermutlich.«

»Das sollten wir uns ansehen, Chad. Möglichst bald. Es könnte wichtig sein.«

»Ja, natürlich.«

»Wo ist die Diskette jetzt?«

»Hier.« Er zog sie aus der Tasche seines Jacketts und drückte sie in Maks' Hand.

»Three-M, IBM-formatiert.« Sie runzelte die Stirn. »Sagtest du nicht, Weiman hätte einen Macintosh benutzt?«

»Das stimmt, einen alten.«

»Diese Diskette ist IBM-formatiert. Mit diesen antiquierten Geräten kann man sie nicht abrufen.«

»Also bezweifelst du, daß Arthur was drauf gespeichert hat?«

»Nicht mit der Reliquie, die du beschrieben hast.«

»Warum lag sie dann in seiner Schublade?«

»Genau das möchte ich rausfinden. Was hast du sonst noch im Schreibtisch gefunden?«

»Nicht viel, nur ein paar Papiere.«

»Sicher ist der Zeitpunkt ungünstig. Aber dürfte ich mir die Papiere mal anschauen?«

Die Fahrt zu Weimans Praxis dauerte eine halbe Stunde. Wie erwartet, war die Tür verschlossen und als Tatort von der Polizei versiegelt, mit gelbem Klebeband. Maks wartete im zweiten Stock, während Dunston zum Büro des Hausverwalters ging. Es dauerte eine Weile, bis er Elmer Creightons Pflichtgefühl besiegte. Dann kehrte er mit dem Schlüsselbund zurück, und sie betraten die Praxis.

Aus irgendwelchen Gründen hatte er erwartet, das Sprechzimmer wäre aufgeräumt worden, nichts würde an Arthurs Tod erinnern. Doch das Chaos hatte sich nicht verändert. Nur die Leiche fehlte. Überall lagen verkohlte Drähte und Plexiglassplitter. Die Lippen zusammengepreßt, zeigte Dunston auf das Schubfach, und Maks nahm mehrere Umschläge heraus. »Rechnungen. Die Mastercard, AT & T. Und ein paar Kontoauszüge. Wie alt war er?«

»Anfang Fünfzig.«

»Kein guter Geschäftsmann. Nur zwanzigtausend Dollar Altersruhegeld.« Maks bückte sich und spähte in das Schubfach. »Chad, schreib das mal auf!«

»Was?«

»Zahlen, aufs Holz geschrieben. 48, 9, 23 und 17. Okay?«

»Ja, ich hab's. Sieht wie die Kombination für ein Zahlenschloß aus.«

»Wahrscheinlich für einen Safe. Hatte er einen?«

»Nicht hier drin. Schauen wir mal in den anderen Räumen nach.«

Sie fanden den Safe in einem Schrank hinter dem Empfang, nur dreißig Zentimeter breit. Nach zwei erfolglosen Versuchen öffnete Maks das Schloß. Sie fanden nicht viel, nur ein Stethoskop mit Gold beschlagen, ein paar US-Gedenkmünzen und eine Karteikarte mit einer handschriftlichen Eintragung.

»9649262«, las sie vor. »Fällt dir was dazu ein?«

»Zeig mal ...« Dunston studierte die Zahlen. »Vielleicht die Aufnahmenummer eines Center-Patienten. Die werden chronologisch numeriert. Dieser Patient müßte kurz nach mir angekommen sein.«

»Hast du eine Ahnung, wer's sein könnte?«

»Nein. Das müssen wir rausfinden. Steck die Karte ein, dann verschwinden wir.«

Wenig später trafen sie in Maks' Haus ein. Dunston setzte sich auf die Veranda und starrte gedankenverloren zur Bucht hinüber. Verständlicherweise schob Maks sofort die Diskette in ihren Computer. Nach wenigen Minuten war sie genauso deprimiert wie Chad. Die Diskette enthielt nur einen rätselhaften Hinweis auf die Datei C.L.4-1.

So sehr es ihr auch widerstrebte, irgend etwas hinter Chads Rücken zu unternehmen – wenn sie Informationen über Christine sammeln wollte, mußte sie allein die Initiative ergreifen. Zumindest vorerst. Dunston war noch zu sehr in seinem posttraumatischen Streß gefangen, um irgend jemandem zu helfen, sich selbst inklusive.Natürlich wußte sie, wie schwer es ihr fallen würde, die ersehnten Antworten zu finden.

Wieder einmal gewann sie den Eindruck, gegen eine Ziegelmauer zu laufen, und das Gefühl der Ohnmacht überwältigte sie beinahe. Mit jeder Minute verlängerte sich die Liste der unbeantworteten Fragen. Aber es mußte Antworten geben, wenn sie auch nicht wußte, wo sie nachschauen sollte. Während sie die Nummer der Karteikarte aus Weimans Safe studierte, verengten sich ihre Augen. Vielleicht war Chad vorerst außer Gefecht. Sie nicht. Und ihre Entschlossenheit wuchs, als sie einen Plan schmiedete – von ihrem Verstand geleitet, von ihrem Zorn inspiriert.

16

Da ist dein geheimnisvoller Patient.«

»Danke, Cher.« Maks nahm den Zettel entgegen. »War's schwierig, an die Info ranzukommen?«

»Übers interne Netzwerk nicht. Unsere Mainframes sind mit dem Center verbunden. Hast du schon mal von diesem Mann gehört?«

»Allan Schmidt«, las Maks langsam vor und schüttelte den Kopf. »Sicher wär's vorteilhaft, wenn ich etwas mehr erfahren könnte als den Namen.«

»Da gibt's noch mehr.« Cheryl reichte ihr einen Computerausdruck.

»Oh, phantastisch. Mal sehen. Ein sechsundfünfzigjähriger Weißer, etcetera. Hausarzt – Dr. Weiman. Was für ein interessanter Zufall! Diagnose auf dem Aufnahmeformular – Leberzirrhose. Alkoholiker, klar. Komplikationen – Herzversagen durch Blutstau. Gestorben am … Wow, er ist tot!«

»Hast du das Datum gesehen?«

»Erstaunlich. Er starb am Tag seiner Aufnahme. Vor drei Tagen. Sonderbar …«

»Um es milde zu formulieren. Hör mal, ich muß los. Halt mich auf dem laufenden, ja?«

Cheryl verließ die Bar, eine Stony Brook College-Kneipe, die ziemlich genau zwischen ihren beiden Büros lag. Nachdenklich nippte Maks an ihrem Bier und studierte den Computerausdruck. Immerhin bekam sie die ersten Antworten. Aber sie ergaben keinen Sinn. Sie wußte nur, daß Dr. Weiman einen schwerkranken Alkoholiker ans Center überwiesen hatte. Dort war der Mann kurz nach seiner Aufnahme gestorben. Die Stirn gerunzelt, biß sie sich in die Lippen. Da war noch etwas – irgendeine vage Erinnerung, die nicht aus dem Unterbewußtsein auftauchen wollte …

Und dann fiel es ihr wie Schuppen von den Augen. Verwirrt und erschrocken las sie noch einmal das Datum. Schmidt war am Dienstag gestorben, am selben Tag wie Arthur. Und Maks hatte das seltsame Gefühl, daß dies kein Zufall sein konnte. Sie markierte einzelne Angaben auf dem Computerausdruck mit Kreisen, zog ihre Telefonkarte hervor und schaute sich nach einem Fernsprecher um. Wenig später war sie mit dem Bestattungsunternehmen verbunden.

»Hi, hier ist Corinne Phillips von der St. Charles Hospital-Verwaltung. Ich kontrolliere gerade unsere Außenstände. Vor einem Jahr war ein Privatpatient bei uns in Behandlung. Wie ich soeben erfuhr, ist er vor drei Tagen im Center gestorben, und Sie haben die Leiche abgeholt. Vielleicht könnten Sie … Schmidt, Allan Schmidt. Letzten Dienstag. Ja, ich warte.« Ungeduldig trommelte sie mit den Fingern gegen die Wand und wandte sich von der Theke ab, um den Blickkontakt mit einem jungen Mann zu vermeiden, der ihre Aufmerksamkeit zu erregen suchte. Als sie die Antwort hörte, zuckte sie zusammen. »Was? Sind Sie sicher? Aber auf dem Totenschein steht … Der Auftrag wurde storniert? Von wem? Man hat keinen Namen angegeben …? Ja, ich verstehe. Danke.«

Verwirrter denn je, hängte sie ein. Obwohl sie wußte, daß sie kein Recht hatte, die Privatsphäre der Angehörigen zu verletzen, wählte sie die zweite eingekreiste Nummer. Die nächste Verwandte, die auf dem Computerausdruck genannt wurde, war Schmidts Schwester Marlena Wolfe in Astoria, Queens.

»Hallo, Miss Wolfe? Hier spricht Harriet Watkins. Ich rufe wegen Ihres Bruders an, Allan Schmidt … Ja, ich weiß, er ist nicht da. Miss Wolfe, ich dachte, Sie könnten … Wann? Vor einem knappen Jahr …? Natürlich, kein Problem. Wenn ich ihn sehe, sag ich's ihm.«

Sie unterbrach die Verbindung und seufzte erleichtert, weil sie keine trauernden Hinterbliebenen gestört hatte. Aber sie fand es sehr merkwürdig, daß Schmidts Schwester – wenn sie ihm auch seit einem Jahr nicht mehr begegnet war – nichts von seinem Tod wußte.

Am Freitag abend beschloß Chad, wieder zu arbeiten.

So gern er auch bei Maks wohnte und sich verwöhnen ließ – er war ein Mann der Tat, und der Müßiggang bedrückte ihn. Vor Montag mußte er nicht operieren. Aber nach seinem Telefonat mit einer besonders ängstlichen Patientin stand er am Samstag morgen im OP und bereitete eine Milzextirpation vor. Um fünf vor acht trug er seinen Kittel und die Latexhandschuhe, obwohl der Patient erst in zehn Minuten eintreffen würde.

Eigentlich war die Trauma-Chirurgie sein Spezialgebiet, doch er führte gelegentlich auch andere Operationen durch. Die zweiundzwanzigjährige Patientin litt an der Hodgkin-Krankheit. In den neunziger Jahren hatte man's aufgegeben, bei solchen Patienten die Milz zu entfernen. Manchmal machte man allerdings Ausnahmen. Im Lauf seiner Karriere hatte Dunston schon über hundert Milzextirpationen vorgenommen. Und diese Milz, weder von einer Kugel durchbohrt noch während eines Autounfalls perforiert, sollte ihm keine Schwierigkeiten bereiten.

Trotzdem fühlte er sich aus unerklärlichen Gründen unsicher, sobald die Patientin auf dem OP-Tisch lag. Schweigend stand er etwas abseits, mit Kappe, Mundtuch und Handschuhen, die Finger gewohnheitsmäßig vor der Brust gefaltet.

Nur mit halbem Ohr lauschte er dem Anästhesisten Lance Elliot, der mit schwarzem Humor auf die Patientin einsprach, während er die Narkose vorbereitete. Etwas jünger als Dunston, war Lance ein Witzbold, aber niemals bösartig. »Okay, meine Süße, da sind die EKG-Kabel, von denen ich erzählt habe«, verkündete er und drückte die Saugnäpfe auf ihre nackte Brust. »Hören Sie das Piepsen?

Das sind Ihre Herzschläge. Wenn die Töne verstummen, fangen wir mit der Autopsie an.«

»Warum klopft mein Herz so schnell?«

»Weil Sie ein bißchen nervös sind. Wenn Chad Dunston mich operieren würde, wäre ich auch nervös.«

»Sie werden mich doch nicht verlassen?«

»Keine Bange. Nur wenn's brennt. Und dann bringt man Sie blitzschnell raus.«

»Ist Dr. Dunston schon da?«

»Klar, der Typ da drüben, der wie ein Bischof beim Hochamt aussieht.« Lance legte eine Sauerstoffmaske über Mund und Nase der Patientin.

»Was ist das?«

»Nur eine kleine Maske. Erinnern Sie sich an den Sauerstoff, von dem ich erzählt habe? Nun müssen Sie langsam und tief atmen. Stellen Sie sich einfach vor, das wäre frische Luft von Three Mile Island.« Lance rückte die Maske zurecht, ergriff die endotracheale Röhre und die gefüllten Spritzen. »Ganz ruhig ein- und ausatmen. Nur keine Angst. Josie, drücken Sie mal auf den Ringknorpel«, bat er eine Schwester. »Vielleicht spüren Sie jetzt den Druck am Hals, den ich erwähnt habe, mein Mädchen. Atmen Sie einfach weiter.« Geschickt injizierte er Brevital in den Infusionsschlauch, gefolgt von Anectin. »Okay, gleich sind wir soweit. Das Zeug wirkt ziemlich schnell. Fangen Sie bei zwei Millionen an, rückwärts zu zählen.«

Die Patientin versuchte zu antworten, schlief aber sofort ein. Als Elliot die Lider hob, sah er keine Reflexreaktion. Ihre Muskeln begannen zu zucken, eine Reaktion auf das Sukzinyl-Cholin, das die totale Paralyse verursachte. Durch die Maske füllte er ihre Lungen mit Sauerstoff und beobachtete, wie sich die Brust hob und senkte. Er warf einen Blick auf den Blutsauerstoffmesser. Neunzig Prozent, perfekt. Sobald die Muskeln erschlafften, entfernte er die Maske, spähte durchs Laryngoskop in die Trachea und führte die endotracheale Röhre ein.

»Alles klar«, sagte er und nickte der Schwester zu. Josie ließ den Hals der Patientin los und öffnete eine Packung, die sterile Tücher, Gaze und kleine Schüsseln enthielt. Dann zog sie Handschuhe an, wusch den bereits entblößten Körper der Patientin von den Brustwarzen bis zum Schamhaar. Fünf Minuten später trocknete sie die Haut ab und besprühte sie mit einem Antiseptikum.

Ihre Kollegin Meg hielt sterile Tücher bereit, die Dunston rings um das Operationsfeld drapieren sollte. Zögernd trat er vor und griff danach, ohne das Scherzwort, an das alle gewöhnt waren.

»Stimmt was nicht, Chad?« fragte sie. »Haben Sie letzte Nacht nicht geschlafen?«

Er murmelte etwas Unverständliches und gab die Papiertücher einem Praktikanten. »Legen Sie's hin, Mitch.« Das Team starrte ihn an. So benahm er sich normalerweise nicht. Alle, die mit ihm zusammenarbeiteten, freuten sich immer wieder auf seine heitere Zuversicht und sein anzügliches Geplänkel. Deshalb war es stets ein Vergnügen gewesen, ihm zu assistieren.

Verwirrt schwiegen sie, während Mitch mit Megs Hilfe die Tücher um das Operationsfeld legte. Die linke Seite des Oberbauchs blieb frei. Erst nachdem alle Vorbereitungen getroffen waren, trat Dunston an den OP-Tisch. »Messer.«

Als Meg ihm das Skalpell reichte, sah sie seine Hände

zittern. Sonst war er so unerschütterlich wie der Fels von Gibraltar. Aber er führte unbeirrt den ersten Schnitt durch, unterhalb der Rippen, durchtrennte Haut und Fett, legte die dünne Muskelhaut frei und klammerte Adern zusammen. Schließlich öffnete er die Muskelhaut und das Bauchfell. »Bitte, Mitch.«

»Was soll ich tun?« fragte der Praktikant.

»Haben Sie noch nie eine Milz entfernt?«

»Doch, zweimal.«

»Also, dann legen Sie los. Das ist kein schwieriger Eingriff. Sie operieren, ich assistiere. Alles okay, wenn Sie an dieser Seite stehen?«

»Ja.«

»Gut. Meg, halten Sie die Bauchdecke fest, damit sie nicht im Weg ist. Geben Sie mir diesen breiten Deaver? Danke. Schauen Sie, Mitch. Während ich den Magen zur Seite drücke, heben Sie die Milz an der Krümmung hoch und klammern das Ligament fest. Achten Sie auf anomale Blutgefäße. Dann nehmen Sie sich die gastrokolischen Teile vor. Aber passen Sie auf die Bauchspeicheldrüse auf. Dann werden Sie die Milzadern sehen. Festklammern, schneiden, abbinden, nähen. Da ist gar nichts dabei.«

Unter Dunstons Anleitung hätte es ein Kinderspiel sein müssen. Aber Meg machte sich Sorgen. Seine Bewegungen wirkten unsicher, und er sprach nur, wenn er gefragt wurde. Was er als Assistent leistete, war bestenfalls mittelmäßig. Trotzdem ging zunächst alles gut, wenn sie auch nur langsam vorankamen. Schließlich erreichten sie die Gefäße, die der Milz Blut zuführten. Von jetzt an hätte alles glatt verlaufen müssen. Doch dann wandte sich Dunston plötzlich ab und ging davon.

Bestürzt schauten sich die anderen an. »Alles in Ordnung, Chad?« fragte Lance.

Dunston stand vor einer gekachelten Wand und hörte die Worte wie aus weiter Ferne – als würden sie durch einen Tunnel voller Echos herandringen. Krampfhaft schlang er die Finger ineinander, um sein Zittern zu bekämpfen. Was war los mit ihm? Er hatte sein Selbstvertrauen verloren, fühlte sich einsam und verängstigt. Am liebsten wäre er weggelaufen.

»Dr. Dunston?« fragte der Praktikant.

Endlich gehorchte ihm seine Stimme wieder. Sie klang heiser und gepreßt. »Zuklammern, schneiden, abbinden. Helfen Sie ihm, Meg. Nehmen Sie das verdammte Ding einfach raus.«

Völlig konfus starrte Mitch die Schwester an. Sie wandte sich zu Lance, der nur die Achseln zuckte. Nachdem der Bauch geöffnet war, gab es kein Zurück mehr. Mitch dachte, dies wäre vielleicht ein Test, eine Feuerprobe. Entschlossen packte er die Milz mit beiden Händen, hob sie hoch, damit Meg sie festhalten konnte.

Aber eine Milzextirpation war keine simple Prozedur, die sich routinemäßig bewältigen ließ, und sie erforderte penible Handgriffe. Immer noch ein Neuling, zog Mitch das Organ zu kraftvoll nach oben. Dadurch entstand ein Riß in der Arterie, Blut spritzte in die Luft.

»Jesus Christus!« rief der Anästhesist. »Chad, hilf ihm!«

Reglos blieb Dunston vor der Wand stehen, von Selbstzweifeln gepeinigt. Wußte er noch irgend etwas? Nach den Ereignissen im Center erschien ihm die gesamte Welt der Chirurgie fremd und bedrohlich. Er fühlte, was er tun sollte – tun *müßte*. Aber der emotionale Aufruhr lähmte ihn. Und so stand er einfach nur da, stumm und zitternd.

Inzwischen waren die Lampe über dem OP-Tisch und die Decke des Raums mit Blut befleckt. Wie ein Idiot riß Mitch die Augen auf und starrte die sprudelnde Arterie an. Lance, den der Blutverlust beunruhigte, führte der Patientin durch den Infusionsschlauch Flüssigkeit zu. Und Meg empfand eher Zorn als Sorge. »Um Himmels willen, Chad, kommen Sie her!«

Irgend etwas in ihrer Stimme riß ihn aus seiner Apathie. Nicht nur ihre Wut. In seinem Inneren glaubte er, mahnende Worte zu hören, einen Ruf zu den Waffen, die Erinnerung an den Eid, den er geleistet hatte. Er wußte, was zu tun war, und eilte zum Operationstisch zurück. Jetzt waren die sterilen Tücher nur mehr eine feuchte Masse. Blut quoll aus dem Bauch, nahe der Bauchdecke, und verhüllte die Organe. »Wo ist der Sauger?« Meg gab ihm den Yankauer. »Den nicht, geben Sie mir einen Poole.«

Da tauchte er die Saugpumpe mit den zahlreichen Öffnungen in die karmesinrote Pfütze, und das Blut begann abzufließen. Dunstons Selbstvertrauen kehrte zurück, seine Stimme klang ruhig und autoritär. »So, das wär's. Sind Sie okay, Mitch?«

»Ja, Sir.«

»Jetzt lege ich die Milz an ihren Platz zurück. Spreizen Sie die zwei ersten Finger der rechten Hand wie eine Schere. Dann drücken Sie mit jeder Fingerspitze auf die Gefäße und schließen die Finger. Dadurch halten Sie die Arterie zusammen.«

»Wo?«

»Direkt unter der Stelle, wo sie das Blut weiterpumpt.«

Der Praktikant gehorchte. Wie durch ein Wunder kam die Blutung zum Stillstand. »Geben Sie mir eine Klemme«, befahl Dunston.

»Welche?« fragte Meg.

»Eine eckige – eine Mandel, falls eine da ist.« Sofort legte sie die Klemme in seine wartende Hand. Er schob sie unter Mitchs Fingern hindurch und preßte die Klemmbacken zusammen. »Nicht loslassen. Noch eine Klemme, Meg.«

»Wieder eine Mandel?«

»Egal. Eine lange Kelly, irgendwas.« Hastig reichte sie ihm das nächstbeste Gerät. »So, Mitch, jetzt klemmen Sie das Gefäß über Ihren Fingern zu, okay? Gut. Nun lassen Sie's los.«

Zwischen zwei Klemmen gefangen, blutete die perforierte Arterie nicht mehr. Der trockene Riß war deutlich zu sehen. Erleichtert atmeten alle auf, nur Dunston nicht, der sich wie ein elender Versager fühlte. »War doch ganz einfach, oder?« meinte er. »Meg, geben Sie ihm eine Metz.« Die Schwester reichte dem Praktikanten eine Schere. »Durchschneiden Sie die Arterie zwischen den Klemmen, Mitch, binden Sie beide Enden ab, und das Problem ist gelöst.«

Fünf Minuten später hatten sie die Milz entfernt. Die Enden der durchschnittenen Adern waren trocken. Gemeinsam wuschen sie den Bauch mit Kochsalzlösung.

»Sie wissen doch, wie man die Operationswunde schließt?« fragte Dunston den Praktikanten, der zufrieden hinter seiner Maske lächelte.

»Ja, das schaffe ich schon.«

»Dann gehe ich jetzt in die Garderobe. Wenn's Ärger gibt, schreien Sie einfach.«

»Ja, Sir. Und vielen Dank.«

Aus einer drohenden Katastrophe war ein Triumph geworden. Das Team gratulierte dem jungen Mann, nur Dunston nicht. Mit schnellen Schritten verließ er den OP, immer noch von Zweifeln geplagt – und von einer bösen Vorahnung.

Nur mühsam überstand er den restlichen Tag. Unentwegt spielte er das masochistische Spiel: Was wäre geschehen, wenn …? Er überlegte, ob er seine Arbeit an der Klinik aufgeben und an einer Universität unterrichten sollte. Dann erwog er sogar, seine Praxis zu schließen. Doch er wollte seine Patienten nicht im Stich lassen.

Abends erzählte er Maks, was sich ereignet hatte, und gestand ihr seine Bedenken. »Beinahe hätte ich die Patientin getötet.«

»Aber du hast's nicht getan. Als du gebraucht wurdest, warst du da.«

»So? Ich fühlte mich wie auf einem fremden Planeten, und ich gehörte einfach nicht dazu.«

»Weißt du, worin dein Problem liegt, Chad?« erwiderte sie nachdenklich. »Du führst dich auf wie Superman. Nach allem, was am Montag passiert ist, hätte jeder andere zwei Monate Urlaub genommen. Du nicht. Weil du völlig in deinem Job aufgehst. Das ist schon fast pervers. Wild entschlossen läufst du in den OP zurück, wie Albert Schweitzer, der gerade aus dem Dschungel aufgetaucht ist.«

Prüfend starrte er seine erhobenen Hände an, als stammten sie aus Madame Tussauds Wachsfigurenkabinett. »*Manos de piedra*.«

»Wie, bitte?«

»Steinerne Hände.‹ So nannte der Boxer Roberto Duran seine Fäuste. Unerschütterlich, unzerstörbar. Aber schau dir das an!« Seine Finger bebten. »Was ist mit mir geschehen? Habe ich all meine Fähigkeiten verloren?«

Tröstend legte sie einen Arm um seine Schultern, wie eine Mutter, die ihr Kind zu besänftigen sucht. »Gar nichts hast du verloren. Glaub mir, du bist immer noch ein guter Chirurg. So was bezeichnen die Psychologen als Identitätskrise. Und wie alle Krisen geht's vorbei. Es braucht nur etwas Zeit.«

»Meinst du?«

»Das weiß ich. Im Augenblick geschehen so viele verwirrende Dinge, die mich ebenso bedrücken wie dich. Laß dir erzählen, was am Donnerstag passiert ist. Nach der Arbeit traf ich mich mit Cheryl in einer Bar. Ich hatte sie gebeten, irgendwas über die Patientennummer auf der Karteikarte rauszukriegen, die wir in Arthurs Safe gefunden haben. Zuvor versuchte ich's selber, aber mein Computer half mir nicht weiter. Um eine lange Geschichte abzukürzen – Cheryl konnte sich durchs interne Brookhaven-Netzwerk mühelos in die Verwaltungsdatei des Centers einklinken.«

»Und was hat sie rausgefunden?«

»Die Nummer gehörte zu einem gewissen Allan Schmidt, einem Alkoholiker, den Dr. Weiman ans Center überwiesen hatte. Am Dienstag kam er an.«

»Am Dienstag? An diesem Tag ist Arthur gestorben.«

»Genau. Wahrscheinlich war Schmidt der letzte Patient, um den Dr. Weiman sich gekümmert hat. Ein Alkoholiker, der an Leberzirrhose litt. Und jetzt hör dir das an. Wie aus dem Krankenblatt des Center hervorgeht, starb Schmidt am Tag seiner Aufnahme.«

»Soll das ein Witz sein?«

»Ein seltsamer Zufall, was? Kurz bevor dein Freund ermordet wird, kratzt dieser Schmidt ab.«

»Woran ist er gestorben?«

»Offenbar an Herzversagen infolge eines Blutstaus. Cheryl gab mir einen Computerausdruck vom Center. Darauf steht, daß ein Bestattungsinstitut beauftragt wurde, die Leiche abzuholen. Also rief ich dort an. Und jetzt mach dich auf was gefaßt. Die haben die Leiche nicht abgeholt. Als sie gerade rüberfahren wollten, rief ein Arzt aus dem Center an und stornierte den Auftrag.«

»Unsinn«, meinte Dunston.

»Das dachte ich auch. Aber ich glaube, es ist möglich. Diese Leute werden ständig von Ärzten angerufen.«

»Nicht aus dem Center. Dort gibt's keine Ärzte.«

»O Gott, das hatte ich ganz vergessen.«

»Weißt du, wer dieser Arzt war?«

»Nein, daran konnte sich der Mann am Telefon nicht erinnern.«

»Typisch. Irgend jemand lügt. Entweder der Kerl im Bestattungsinstitut, oder wer immer ihn angerufen hat. Das wirft eine interessante Frage auf. Wo ist Schmidts Leiche jetzt?«

»Das wollte ich auch rauskriegen. Also rief ich seine Schwester an, die er im Aufnahmeformular als nächste Verwandte angegeben hatte. Sie wußte nichts von seinem Tod und sagte, sie habe ein Jahr lang nichts von ihm gehört.«

»Nun, das ist keineswegs ungewöhnlich. Viele Alkoholiker verschwinden einfach von der Bildfläche.«

»Chad, falls ein Doktor oder jemand, der sich als Arzt ausgab, im Bestattungsunternehmen anrief – hältst du's immer noch für unmöglich, daß ein Mensch aus Fleisch und Blut hinter all den merkwürdigen Zwischenfällen im Center steckt?«

»Jesus, Maks, kann dieser Schmidt nicht eines natürlichen Todes gestorben sein?«

»Und warum gibst du nicht zu, daß ich vielleicht recht habe?«

»Wie stur du bist!«

»*Ich*?«

»Okay, okay. Denken wir in aller Ruhe darüber nach. Vorerst sollten wir das Tatmotiv vergessen. Falls ein Mensch diese unheimlichen Ereignisse inszeniert hat, müßte er genau wissen, wie das Center funktioniert. Und wenn jemand einen Mordversuch an mir begangen und Arthur getötet hat ...«

»Und vermutlich Chrissie.«

»... ja, möglicherweise, und wenn er Schmidts Leiche verschwinden ließ, müßte er sich sehr gut im Center auskennen. Solche Informationen besitzen nur die Personen, die am Konzept des Centers mitgearbeitet haben. So wie ich.«

»Die Leute von der Interface-Gruppe?«

»Ja. Und das waren nur drei. Arthur, ich und Dr. Randall McKenna.«

»Sicher können wir die ersten beiden ausschließen. Wer ist dieser McKenna?«

»Ein Neurologe, zur Zeit verreist. Ein netter Kerl, den ich nur ungern verdächtigen würde.«

»Haben noch andere Leute am Konzept mitgewirkt, die nicht zum Interface-Team gehören?«

Ein paar, die ich nur selten treffe, und ich erinnere mich nicht einmal an alle Namen.« Plötzlich verengten sich seine Augen. »Abgesehen von …«

»Von wem?«

»Stingley. Diesem bösartigen Hurensohn würde ich's durchaus zutrauen, so was auszuhecken.«

»Ist er wirklich so ein Typ?«

»Machst du Witze? Walter Stingley haßt mich abgrundtief. Eigentlich kenne ich niemanden, den er mag. Und er hätte die nötigen Kontakte. Angeblich hat er mal für die Regierung gearbeitet. Und er versteht eine ganze Menge von der Computertechnik. Wenn du einen Hauptverdächtigen suchst, tippe ich auf Stingley.«

»Für die Regierung …« wiederholte Maks langsam. »Was im Center passiert ist, erscheint mir so absurd – so klammheimlich. Und bei diesen beiden Wörtern fällt mir ganz automatisch die Regierung ein.«

»Du meinst – ein Komplott?«

»So was Ähnliches.«

»Großer Gott, Maks, deine kreative Phantasie kommt auf die unglaublichsten Gedanken. Aber – unmöglich? Verdammt, alles ist möglich. Warum fragst du nicht deine Freundin Cheryl? Sie arbeitet doch für Uncle Sam. Wenn sie nicht zu den Verschwörern gehört, könnte sie irgendwas rauskriegen.«

»Oh, ich habe sie schon darum gebeten, und sie war sofort Feuer und Flamme. Übrigens, ich gab ihr die Chrissie-Diskette.«

»Wozu?«

»Wer immer die Daten auf dieser Diskette gespeichert hat, um diese Person sollten wir uns kümmern. Vielleicht hat sie das alles geplant ... Warum machst du so ein Gesicht?«

»Weil ich angestrengt nachdenke.« Nach einer kurzen Pause fuhr Dunston fort: »Kennst du Schmidts Sozialversicherungsnummer?«

»Wieso fragst du?«

»Heutzutage ist alles in Computern gespeichert. Um jemanden zu identifizieren, benutzen die meisten Behörden und Institutionen eine Sozialversicherungsnummer, statt ihn mit ihrer eigenen zu versehen. Versicherungsgesellschaften, Regierungsstellen, Universitäten, Krankenhäuser und so weiter. Angenommen, Schmidts Leiche wurde nicht zu dem Bestattungsunternehmen gebracht, mit dem du telefoniert hast, sondern in ein anderes. Wenn diese Leute seine Nummer in ihren Computer getippt haben, müßte man ihn aufspüren können.«

»Eine Art Gegenprobe?«

»Genau.«

»Auch dabei wird uns Cheryl helfen.«

»Hast du Schmidts Schwester erzählt, daß er tot ist?«

»Natürlich nicht! Das wäre herzlos gewesen.«

»Allerdings.« Dankbar schaute er in ihre blauen Augen. In der kurzen Zeit ihrer Bekanntschaft war sie kein einziges Mal herzlos gewesen, sondern immer nur fürsorglich, verständnisvoll und großzügig. Nun tat sie ihr Bestes, um ihm über die schlimmen Erlebnisse hinwegzuhelfen. Und dafür bewunderte er sie.

Und es funktionierte. Allmählich fühlte er sich wieder wie der alte Chad, der sie begehrte. Bis jetzt war die Beziehung eine emotionale Achterbahnfahrt gewesen, ein ständiges Auf und Ab. Wann immer er sinnliche Gelüste verspürt hatte, war etwas dazwischengekommen. Anfangs hatte Maks ihre Sehnsucht nach menschlicher Nähe so offen gezeigt, daß es unfair gewesen wäre, ihr seine Leidenschaft aufzudrängen. Dann hatte *er* Hilfe gebraucht, nach seiner Verletzung, den Ereignissen im Center und Arthurs Tod.

Seltsam – so oft hatte er die Gesellschaft einer schönen Frau genossen, ohne seinen physischen Impulsen auch nur ein einziges Mal nachzugeben. Aber jetzt verebbte die Depression, und sein Verlangen wuchs. Als sie seinen Blick erwiderte, erkannte er, daß in ihrem Herzen ähnliche Wünsche erwachten. Langsam strich ihre Zunge über die Unterlippe. Von heißen Wünschen überwältigt, streckte er eine Hand nach ihr aus, strich über ihre Wange und zog sie an sich. Im selben Moment läutete das Telefon.

Zunächst ignorierten sie das Geräusch. Aber nach dem vierten Klingeln schob er sie sanft von sich. »Erwartest du einen Anruf?«

»Nein.«

»Dann laß es einfach läuten.«

»Könnte es dein Telefondienst sein?«

»Besser nicht«, seufzte er und runzelte die Stirn.

Beim fünften Klingelzeichen stand ihr Entschluß fest. »Ich mach's kurz«, versprach sie und meldete sich. »Oh – hi, Cher ... Ja, zufällig ist er da ...« Seine Liebkosungen lenkten sie zu sehr ab. Behutsam umfaßte sie seine Finger. »Wie wichtig ist es denn?« Sie richtete sich auf und hörte dreißig Sekunden lang zu, wobei ihr Desinteresse in Besorgnis überging. »Okay, ich frage ihn«, antwortete sie und legte eine Hand über die Sprechmuschel. »Es ist Cheryl.«

»Wenn man vom Teufel spricht … Was will sie?«

»Sie möchte dich treffen.«

»Wie schmeichelhaft.«

Lächelnd boxte sie ihn in die Rippen. »Zusammen mit ihrem Boß. Es geht ums Center.«

Seine Schultern versteiften sich. »Inwiefern?«

»Darüber will sie mit dir reden.«

»Ich bin nicht interessiert.«

Eindringlich schaute sie in seine Augen. »Soll ich ihr das ausrichten?«

»Ja, sag ihr, ich …« Abrupt verstummte er und starrte ins Leere. Irgendwann muß es geschehen, dachte er. Das weiß Maks ebenso gut wie ich. Früher oder später muß ich mich den Tatsachen stellen. »Wann möchte sie mich treffen?«

»Morgen. Sie würde mit ihrem Boß hierherkommen.«

Er stand vom Sofa auf und begann, umherzuwandern.

»Einen Augenblick, Cher«, bat Maks.

Schließlich seufzte er tief auf. »Okay, bringen wir's hinter uns.«

17

Am nächsten Morgen läutete die Türglocke um Punkt zehn Uhr, Maks führte die Besucher in die Diele und machte ihre Freundin mit Dunston bekannt.

»Chad, das ist Cheryl«, sagte sie und wunderte sich über die strahlenden Augen der jungen Frau, die dahinzuschmelzen schien wie ein Rockstar-Groupie, wenn der

Name seines Idols erwähnt wird. Sie ließ Chads Hand erst los, als Maks sie mit dem Ellbogen anstieß. »Nun, Cher?«

»Oh – das ist Victor Sawyer«, erklärte sie mit einem pubertären Kichern.

»Um Himmels willen, Cher«, wisperte Maks, »reiß dich zusammen!«

Sawyer grinste breit und streckte seine Hand aus. Diesen Blick hatte Chad schon oft gesehen. Hinter der jovialen Fassade verbarg sich der Prototyp eines Profis. »Dr. Dunston, nehme ich an?«

»Irgendwann hat mir jemand erzählt, sobald man was *annimmt*, würde man alles vermasseln«, bemerkte Chad und erwiderte den Händedruck.

»Sehr richtig.« Sawyer schaute auf seine Uhr. »Jetzt warten wir nur noch auf … Ah, da ist er.«

Ein Kompaktauto bog in die Zufahrt, und ein übergewichtiger älterer Mann stieg aus.

»Guten Morgen, Merlin«, grüßte Sawyer, als Maks den Neuankömmling hereingelassen hatte. »Ich glaube, Sie kennen Dr. Dunston. Und das ist Miss Lassiter.«

Erstaunt musterte sie den bebrillten, fast kahlköpfigen Mann mit dem bleistiftdünnen Schnurrbart. »Heißen Sie wirklich Merlin?«

»Nein, Marlon. Und ich arbeite ebenso wie Dr. Sawyer fürs Energieministerium. In meinem Job habe ich viel mit komplizierten Geräten und neuen Erfindungen zu tun. Deshalb kam irgend jemand auf die Idee, mich Merlin zu nennen, nach dem berühmten Zauberer. Seither werde ich diesen Spitznamen nicht mehr los.«

»Nur nicht so bescheiden!« protestierte Sawyer. »Der Mann ist ein Genie.«

»Kommen Sie!« Maks ging in die Küche voraus, und sie setzten sich, um Kaffee zu trinken. Dazu aßen sie die frischen Croissants, die Cheryl mitgebracht hatte. Das Gespräch drehte sich zunächst um allgemeine Themen, die mit den diversen Berufen der Anwesenden zusammenhingen.

Irritiert hörte sich Maks das seltsame mädchenhafte Geschwätz ihrer Freundin an. Aber warum sollte sie sich ärgern, nur weil Cher eine mannstolle Närrin mimte? Niemand erwähnte die fast verheilten Schnittwunden und Kratzer in Chads Gesicht.

»Was genau tun Sie bei Kashiwahara, Miss Lassiter?« fragte Sawyer.

»Maks«, verbesserte sie ihn.

»Victor«, entgegnete er lächelnd.

»Nun, ich bin Verkaufsdirektorin, Victor. Für eine Frau in einer japanischen Firma ein echter Triumph.«

»Wie ich höre, ist sie ziemlich erfolgreich.«

»Ja, die Geschäfte gehen ganz gut. Aber die Konkurrenz schläft nicht. In diesen Gewässern tummeln sich viele Haie.«

»Hoffentlich fließt kein Blut.«

»Noch nicht.«

»Mein Sohn hat eins Ihrer HDTV-Geräte, und das Bild ist wirklich hervorragend.«

Cheryl hob die Brauen. »Oh, Sie haben mir noch nie von Ihrem Sohn erzählt.«

»Vor kurzem hat er geheiratet. Der Fernseher war unser Hochzeitsgeschenk.«

»Phantastisch«, murmelte Cheryl deprimiert und schaute Maks an. »Und das ist der Mann, mit dem ich seit fünf Jahren zusammenarbeite.«

Sawyer ließ sich nicht beirren. »Und die Computer?« fragte er Maks, um allmählich das Terrain zu sondieren. »Wie ich höre, entwickelt Kashiwahara ein neues Modell.«

»Wo haben Sie das gehört?«

»Irgendwo …«

»Davon weiß ich nichts. Natürlich benutzen wir Computer. Aber Sie sind falsch informiert. Niemals würden wir NEC oder die anderen großen Tiere herausfordern.«

»Trotzdem arbeiten Sie mit diesen Firmen zusammen. Das ist kein Geheimnis.«

»Nur unser Samurai.« Maks erwiderte sein Lächeln.

»Im ideologischen Sinn.«

»Jedenfalls produzieren wir nichts gemeinsam.«

»Oh, ich denke doch. Auf freundschaftliche Art, ohne Konkurrenzdenken. Wie's in Amerika üblich ist. Cray benutzte Apple-Geräte, um seine Supercomputer zu verfeinern, und Apple verwendete Cray fürs Macintosh-Konzept. So was passiert auch außerhalb unserer Grenzen. Zum Beispiel hat Cray mal die meisten seiner Chips von Fujitsu bezogen.«

»Aber Fujitsu produziert seine eigenen Peripheriegeräte«, warf Cheryl ein.

»Das meine ich nicht. In dieser Branche verwendet fast jede Firma gewisse Einzelteile von anderen. Stellen Sie sich eine gigantische Nahrungsmittelkette vor, in der die eine biologische Spezies der anderen zu überleben hilft. Verstehen Sie?«

Maks nippte an ihrem Kaffee. »So ungefähr. Selbstverständlich gibt's eine gewisse Kooperation, vor allem philosophisch orientiert. Vorhin haben Sie die Supercomputer erwähnt. Da ist Amerika nach Chads Ansicht allen anderen Ländern immer noch weit voraus. Allerdings peilen die Japaner einem Gerücht zufolge eine Spitzenposition in dieser Branche an. Die haben mehr Crays für ihre Autoindustrie gekauft als Detroit. Und wahrscheinlich werden sie das Feld bald beherrschen. Sie gehen sehr zielstrebig vor.«

»Ah, stets die große Vision vor Augen … Nicht wahr, Dr. Dunston?«

Chad legte seine Serviette beiseite. »Okay, Victor, Sie haben das Eis gebrochen, und das Frühstück war köstlich. Aber Sie sind sicher nicht hier, um Kalorien zu sammeln. Was wollen Sie?«

Mit schmalen Augen starrte Sawyer ihn an. »Wie ich Ihrer Akte entnehme, sind Sie in Ihren Äußerungen immer sehr direkt.«

»Welche Akte meinen Sie?«

Sawyer öffnete seinen Diplomatenkoffer und nahm eine dicke braune Mappe heraus. »Nun, jeder hat eine Akte, Doktor. In Ihrer findet man Informationen über Ausbildung, Wehrdienst, Sozialversicherung, Steuerzahlungen, Berufslaufbahn und dergleichen.«

»Steht da auch was über meine Scheidung?«

»Vielleicht. Fast alle Angaben zu Ihrer Person sind in irgendeinem Computer gespeichert. In den letzten beiden Tagen rief ich mehrere Datenbanken ab, um ein Dossier über Sie zusammenzustellen. Dabei konzentrierte ich mich vor allem auf Ihre beruflichen Leistungen, Ihre Computerkenntnisse und Ihre Verbindung zum Center for Human Potential. Eine hochinteressante Lektüre.«

»Zweifellos«, stimmte Dunston sarkastisch zu. »Aber Sie

haben meine Frage noch immer nicht beantwortet. Was wollen Sie?«

»Es geht um das Human Genome Project.«

»Ja – und?«

»Alles erledigt. Der gesamte genetische Code wurde geknackt.«

»Verschonen Sie mich mit diesem Unsinn!«

»Ich mein's ernst.«

»So?« Prüfend schaute Dunston in Sawyers stahlgraue Augen, die seinen Blick aufrichtig erwiderten, und sein Zynismus verwandelte sich in Verblüffung. »Also haben Sie's tatsächlich geschafft?«

»Leider nicht meine Forschungsgruppe, sondern das Center.«

»*Was?*«

»Schenken Sie doch bitte noch etwas Kaffee ein, Doktor. Wahrscheinlich werde ich einige Zeit brauchen, um das alles zu erklären.« In der nächsten halben Stunde hielt Sawyer einen ähnlichen Vortrag wie neulich im Energieministerium.

Bestürzt hörte Dunston zu. Er kannte das Projekt besser als der Durchschnittsarzt, und die potentiellen Konsequenzen von Sawyers Behauptung drohten ihn zu überwältigen. Daß im Center schreckliche Dinge geschahen, hatte er bereits festgestellt. Jetzt verwirrte ihn die Entzifferung des genetischen Codes noch mehr und warf weitere Fragen auf, die er nicht beantworten konnte. Was würde das Center mit diesen Informationen anfangen? »Sind Sie sicher?«

»O ja. Ich hab's mehrfach gecheckt.«

»Verdammt will ich sein … Einfach unglaublich! Wer weiß sonst noch Bescheid?«

»Nicht die Presse, Gott sei Dank. Wir halten die Sache streng unter Verschluß.«

»Und warum haben Sie mich eingeweiht?«

»Weil wir Hinweise von Leuten brauchen, die in ständigem Kontakt mit dem Center stehen. Offensichtlich führt es irgendwas im Schilde, und wir müssen herausfinden, was. Wir hoffen, Ihre Interface-Gruppe kann uns Anhaltspunkte liefern. Glauben Sie, unsere Erkenntnis wird die anderen Mitglieder des Teams ebenso überraschen wie Sie?«

»Das wird Randy McKenna umhauen. Nur gut, daß er gerade verreist ist. Und Arthur – nun ...«

»Ja, davon habe ich gehört.« Sawyer faltete die Hände über seinen Papieren. »Nichts gegen Sie persönlich, Dr. Dunston. Aber ich will ehrlich sein – Sie waren nicht meine erste Wahl. Ich kannte Dr. Weiman und wollte ihn um Hilfe bitten. Als er diesen furchtbaren Unfall erlitten hat ...«

Plötzlich schwanden die letzten Zweifel. Das Gesicht aschgrau, sprang Dunston auf und bewegte die Lippen wie eine Marionette, die nach Worten suchte. »Es – es war kein Unfall.«

»Würden Sie das bitte wiederholen?« Der Genetiker beugte sich vor.

»Was mit Arthur geschah, war kein Unfall«, erklärte Dunston – unfähig, seinen Zorn zu bezwingen. »Verdammt noch mal, er wurde ermordet! Versteht das denn niemand außer mir? Ob's irgendwas mit dem Genom-Code zu tun hat, weiß ich nicht.« Ungeduldig begann er umherzuwandern und strich mit allen Fingern durch sein Haar. »Eins steht jedenfalls fest. Er hat an irgendeinem Projekt gearbeitet, das mit dem Center zusammenhing. Und als ihm die Computer auf die Schliche kamen, brachten sie ihn um.«

Wie vom Donner gerührt, starrte Sawyer ihn an. »Ist das ein Witz?«

»O nein, ich mein's ernst – *todernst*! Drücke ich mich klar genug aus?« Er blieb stehen und stützte sich auf den Tisch. »Nachdem Sie mein Dorf mit Napalm beworfen haben, zünde ich Ihres an. Also schnallen Sie sich auf Ihrem Sitz fest«, fügte er hinzu und kehrte zu seinem Stuhl zurück. »Nun werden Sie eine lange Reise unternehmen.«

Mit frischem Kaffee gestärkt, hörten Sawyer, Cheryl und Merlin eine Stunde lang in wachsendem Entsetzen zu, während Dunston seine Begegnung mit dem Tod schilderte. Immer wieder betrachteten sie die Narben seiner Schnittwunden im Gesicht. Als er seinen Bericht beendete, saßen sie entgeistert und sprachlos da. Schließlich nahm Sawyer die Brille ab, putzte die Gläser mit einer Serviette und wühlte in seinen Papieren. »Damit dürfte das hier geklärt sein«, meinte er und schob ein paar Blätter zu Dunston hinüber.

Chad überflog einen Computerausdruck vom Center, der die erfolgreiche Operation seines Leistenbruchs bestätigte. Auf einem zweiten Blatt stand ein Bericht aus der Brookhaven-Intensivstation, mit einem Attest von Stingley, der auf Dunstons mentale Labilität hinwies. Und das dritte Dokument war Captain Donohues Polizeibericht. Während seiner Lektüre grinste Dunston ein paarmal. »Interessant.«

»Sogar sehr«, meinte Sawyer.

»Offensichtlich tappen Sie genauso im dunkeln wie ich. Und jetzt hat das Center auch noch das Genom enträtselt.« Seufzend schüttelte Dunston den Kopf. »Das alles ergibt keinen Sinn. Warum? Das frag' ich mich immer wieder. Warum wurde Arthur ermordet? Warum versuchte das Center mich zu töten? Und warum diese plötzliche Begeisterung fürs Genom?«

»Immerhin stellen wir dieselben Fragen. Kennen Sie die Antworten?«

Nachdenklich starrte Dunston vor sich hin. »Maks sprach neulich von einem Tatmotiv. Und das ist der Grund, den ich am allerwenigsten begreife. Wie kann man Computern und Robotern Absichten unterstellen? Und da meinte Maks, jemand müsse dahinterstecken – jemand mit menschlichen Motiven.«

»Das klingt so, als würden Sie an eine bestimmte Person denken«, meinte Sawyer.

»Damit haben Sie verdammt recht«, erwiderte Dunston und klopfte mit einer Fingerspitze auf die Papiere. »*Dieser* Bastard!«

Verwundert las Sawyer den Namen, auf den Dunston zeigte. »Dr. Stingley?«

»Ja, der gute alte Stingley. Zweifellos hätte er die Möglichkeit, das alles zu inszenieren. Er weiß genauso viel über das Center wie ich. Und er haßt mich.«

»Aber das würde sein Motiv nicht erklären. Warum wollte er zwei seiner Kollegen ermorden?«

»Keine Ahnung.«

Nun ergriff Merlin das Wort. »Nach meiner Ansicht steckt keine Einzelperson dahinter. Es muß eine Gruppe sein.« Dann machte er eine Pause und strich über seinen

Schnurrbart. »Es stört Sie doch nicht, wenn ich mich dazu äußere?«

»Natürlich nicht«, entgegnete Sawyer. »Fahren Sie bitte fort.«

»Eine einzelne Person würde es niemals schaffen, das Center so zu manipulieren, daß es den Gen-Code knackt, einen seiner geistigen Väter umbringt und einen zweiten zu töten versucht und falsche chirurgische Maßnahmen ergreift. Daran müssen sich mehrere Leute beteiligen. Also haben wir es mit einer Verschwörung zu tun.«

»O Gott, jetzt brauche ich erst mal frische Luft!« Dunston sprang wieder auf und ging davon.

»Chad!« rief Maks und eilte ihm nach, dicht gefolgt von Cheryl.

Ärgerlich wandte sich Sawyer zu Merlin. »Als ich Sie bat, ihn ein bißchen zu provozieren, habe ich nicht gemeint, daß Sie ihn aus der Fassung bringen sollen.«

»Nun ja, der Mann ist ziemlich temperamentvoll. Ein Pluspunkt. Glauben Sie mir, Victor, Sie brauchen jemanden, der stressige Situationen meistern kann. Wäre er zusammengebrochen, statt in die Luft zu gehen, könnte er die Aufgabe nicht bewältigen, die Sie ihm zugedacht haben.«

»Ich verstehe. Also halten Sie gar nichts von der Verschwörungstheorie?«

»Wer weiß?« Merlin zuckte die Achseln. »Jedenfalls hab' ich's nur gesagt, um ihn aufzuregen.«

»Wie beurteilen Sie ihn?«

»Offensichtlich ist er hochintelligent und scharfsinnig. Und er weiß, wieviel er sich zutrauen kann. Genau der richtige Mann für Sie.«

»Das finde ich auch.« Sawyer drehte sich um, sah Dunston zurückkommen und senkte die Stimme. »Jetzt beginnt der schwierige Teil unserer Besprechung.«

»Verdammt mutig von Ihnen, hierherzukommen, Victor«, bemerkte Dunston. »Wo Sie doch wußten, daß Sie einen Verrückten antreffen würden.«

»Wie ich zugeben muß, habe ich mir über dieses Problem Gedanken gemacht. Jetzt finde ich's nicht mehr so schlimm.« Sawyer blinzelte und setzte seine Brille wieder auf. »Komisch ... Irgendwie scheint mir die geplante Hodenbiopsie relevant.«

»Inwiefern?«

»Eine Hodenbiopsie ...« Sawyer fing laut zu denken an. »Das Genom, die Grundlage der Lebens oder die Erschaffung neuen Lebens ...« Langsam schüttelte er den Kopf. »Ich bin mir nicht sicher. Gewiß, die theoretischen Möglichkeiten sind unbegrenzt. Aber ich erkenne keinen Zusammenhang. Jedenfalls hat's das Center auf Sie abgesehen, was immer es auch im Schilde führt.«

»Irrtum. Das Center *hatte* es auf mich abgesehen. Jetzt hält es mich für tot.«

»Das können Sie nicht wissen.«

»Ich würde drauf wetten. Und nun kommen wir zu einer viel wichtigeren Frage. Warum ich?«

»Weil Sie aus diesem oder jenem Grund der richtige Mann waren. Für die Center-Computer sind Sie eine wandelnde Masse aus Zellen, Protoplasma, Chromosomen und Genen. Was sie sahen, gefiel ihnen. Und uns auch, Doktor.«

»Uns?«

In sanftem Ton fügte Sawyer hinzu: »Jetzt spreche ich ganz offiziell, von höchster Stelle autorisiert.«

»Und was soll das werden? Ein Spionage-Drama?«

»Was ich bis jetzt gesagt habe, ist streng vertraulich. Sicher werden Sie das berücksichtigen, Doktor.«

»Ich verstehe nicht ...« erwiderte Dunston unbehaglich.

»Im Lauf unserer Diskussion gewann ich die Überzeugung, daß die Antwort auf alle unsere Fragen im Center zu finden sind. Irgendwas passiert in dieser merkwürdigen Klinik. Das wissen Sie, und ich weiß es auch. Von den Antworten hängen Millionen Arbeitsstunden, Milliarden Dollars und die Erforschung der tiefsten Geheimnisse ab. Selbstverständlich kann ich Sie zu nichts zwingen. Die Entscheidung liegt bei Ihnen. Aber es gibt keinen Zweifel, Sie sind der richtige Mann.«

Als Dunston den Genetiker anstarrte, wurde er von einem Grauen erfaßt, wie er es nie zuvor empfunden hatte. Er bekam eine Gänsehaut. In seinem ganzen Körper breitete sich eisige Kälte aus. »Der richtige Mann – wofür?« fragte er heiser.

Es dauerte eine Weile, bis Sawyer entgegnete: »Wir möchten Sie bitten, ins Center zurückzukehren.«

18

Nachdem Cheryl, Victor und Merlin gegangen waren, verlief der restliche Tag in seltsamer Stille, beinahe feierlich. Dunston hüllte sich in sein Unbehagen wie in einen dicken Mantel mit der Aufschrift: »Bitte nicht stören.« Während Maks Zeitungen las, wanderte er im Haus und im Garten umher, nervös wie ein werdender Vater. Ihr Herz flog ihm entgegen, und sie wollte ihn bemuttern und trösten und besänftigen. Doch sie erkannte, daß es seine ureigenste Angst war, die ihn quälte. Und deshalb mußte er ganz allein damit fertig werden.

Langsam beruhigte er sich. Gegen Abend sank er neben Maks aufs Sofa, mit einem tiefen Seufzer, der endgültig klang. Sie legte ihre Zeitung beiseite und musterte ihn abwartend.

»Was ich nicht begreife – warum bin ich der richtige Mann?«

»Das geht aus deiner Computer-Akte hervor.«

»Aber es gibt unzählige Leute, die viel mehr von Computern verstehen. So wie du. Trotzdem hast du nicht versucht, Sawyer mit deinen Fähigkeiten zu beeindrucken.«

»Sicher hat er längst herausgefunden, was ich kann, und es interessiert ihn nicht. Außerdem enthält die Akte nicht nur Hinweise auf deine Computerkenntnisse?«

»Wieso weißt du das?«

»Victor hat's mir erzählt, als du in deinen Schmollwinkel gekrochen bist?«

»Was steht sonst noch in diesem infamen Dossier?«

»Demographisches Zeug. Geburtsort, Gesundheitszustand, Ausbildung …« Sie machte eine Pause und wich seinem Blick aus. »Und irgendwas über deine Ehe.«

»Die lassen wirklich nichts aus. Was noch?«

»Deiner Akte zufolge eignest du dich geradezu ideal für Victors Zwecke. Baseball, Bootfahren, Tauchen, Sport-Wurftaubenschießen … Was ist denn das? Früher haben ich mit meinem Vater auf Tontauben geschossen.«

»Da war die Flugbahn immer gleich. Beim Sport-Wurftaubenschießen geht's realistischer zu. Dabei werden Tauben in allen Größen verwendet, die geradewegs oder spiralenförmig hochsteigen, sich drehen oder im Zickzack umhersausen, was auch immer.«

»Ah, der Sport des denkenden Mannes.«

»Klar, das kommt gleich nach Computer-Schach, und es wirkt noch viel therapeutischer.« Mit gedehntem Südstaatenakzent fuhr er fort: »Ein Kinderspiel. Da hab' ich gestanden, ein Stück Kautabak im Mund, und die Dinger reihenweise pulverisiert.«

Träumerisch lächelte sie ihn an. »Welch ein Mann ...« Bloß keine Konfrontationen, dachte sie, er muß sich entspannen. »Wollen wir mit deinem Boot rausfahren?« fragte sie, beugte sich vor und strich eine widerspenstige Haarsträhne aus seiner Stirn. »Draußen ist es immer noch warm. Und ich sehne mich nach frischer Luft.«

»Aber das wäre ziemlich anstrengend. Erst müssen wir hinfahren, dann das Boot losmachen, den Regenschutz runterziehen, den Tank füllen ...«

»Großer Gott!« rief sie, sprang auf und zog ihn vom Sofa hoch. »Bist du ein Mummelgreis? Sobald man wie ein alter Mann denkt, ist man ein alter Mann. Und wenn du so weitermachst, werde ich das Wasser erst in den Wechseljahren wiedersehen.«

Eine Stunde später brausten sie über den Sound nach Osten. Maks saß auf der Rückbank des schnittigen Rennboots, die Bluse von salziger Gischt besprüht, und beobachtete Chad, der am Ruder stand. Das Hochleistungsboot erreichte eine Aufkimmung von zweiundzwanzig Grad. Bei über dreißig Knoten ragte der Bug fast aus dem Wasser. Wenn Dunston stand, sah er den Horizont am besten.

Allmählich glätteten sich seine Sorgenfalten. Diese Fahrt war eine gute Idee, dachte Maks lächelnd.

Geschmeidig glitt das Boot über die fast glatte Wasserfläche. Nördlich von Mattituck drosselte Dunston das Tempo. In weitem Bogen steuerte er das Boot zur Küste zurück. Plötzlich drehte es nach rechts und neigte sich zur Steuerbordseite. Maks hörte, wie irgend etwas gegen den Kiel stieß. Um ihr Gleichgewicht zu halten, stemmte sie ihre Füße gegen die Deckplanken.

Die MerCruiser-Motoren erzeugten seltsame knirschende Geräusche, und Chad schaltete sofort in den Leerlauf. Langsam kam das Boot zum Stillstand. »Großer Gott«, murmelte er.

»Was war das?«

Er trat hinter die Rückbank, beugte sich über die Backbordseite und tauchte eine Hand ins Wasser. Als er ein Tau gefunden hatte, tastete er darüber, bis zu den Motoren im Heck. Dann richtete er sich auf, ließ einen Gegenstand fallen, den er aus dem Wasser gezogen hatte, und stemmte die Hände in die Hüften. »Lächerlich.«

»Was ist denn los?«

»Die Leine von einer Hummerfalle hat sich im rechten Propeller verheddert. Wenn ich den Idioten zwischen die Finger kriege …«

»Darf man hier keine Fallen legen?«

»Allerdings. Nur weiter draußen. Außerdem müssen die Fallen mit roten Bojen oder Fahnen markiert werden. Aber dieser Clown benutzte als Markierung eine leere Plastikflasche, die dreißig Zentimeter unter Wasser umhertrieb. Leider sah ich sie nicht. Und jetzt haben wir Probleme, mein Engel.«

»Was sollen wir tun?«

»Natürlich muß ich das Seil vom Propeller lösen. Dann fahren wir weiter.« Er holte tief Atem. »Mach mal den Laderaum auf«, bat er und deutete auf eine Luke hinter der Polsterbank.

Maks hob die kleine Falltür hoch, die sich zu drei Viertel öffnen ließ, bis die Scharniere einrasteten. Darunter sah sie eine Taucherausrüstung. Zwei Luftflaschen lagen festgeschnallt in einem Styroporbehälter. Daneben stand eine Tasche mit Schläuchen, Flossen, Maske und Schnorchel, einem zusammengefalteten Kälteschutzanzug und anderen Geräten. »Ich wußte gar nicht, daß du tauchst«, bemerkte sie, als Dunston zu ihr kam, eine der Luftflaschen losschnallte und aufs Deck legte.

»Eh?«

Maks zeigte in den Laderaum. »Da steht eine Zigarrenkiste. Monte Cristo.«

Erschrocken zuckte er zusammen. »Rühr das Ding nicht an, Maks!« Er nahm ihre Hand und führte sie nach achtern. Dann kehrte er langsam zur Luke zurück und hob die Kiste vorsichtig aus ihrem Versteck. An einer Seite war eine Neun-Volt-Batterie befestigt, von der zwei Drähte ins Innere der Kiste führten. »Was das ist, weiß ich nicht genau. Aber ich hab' kein gutes Gefühl. Und mir wäre wohler zumute, wenn wir's möglichst schnell von Bord schaffen würden.«

Ihre Kehle war staubtrocken, und sie schluckte nervös. »Ist es das, was ich glaube?«

»Nun, ich werde die Kiste nicht öffnen, um das rauszufinden. »Hilf mir, das verdammte Ding in Plastik zu wickeln. Es darf auf keinen Fall naß werden.«

Sorgfältig hüllten sie die Kiste in mehrere Müllsäcke. Nachdem er sich vergewissert hatte, daß sie wasserdicht verpackt war, stellte er sie behutsam aufs Deck. »Jetzt sollten wir uns schleunigst von diesem Teufelszeug entfernen. Gibst du mir mal den Beutel mit den Schläuchen?« Beruhigend grinste er sie an. »Keine Bange, das hab' ich schon tausendmal gemacht.« Er öffnete den Reißverschluß des Beutels und zog vier zusammengerollte schwarze Schläuche heraus, die mit einem Gerät aus silbrigem Metall verbunden waren – einem Regulator, wie er erklärte. Dann schüttelte er die Schläuche auseinander und nahm ein seltsames Kleidungsstück aus dem Laderaum.

»Eine Schwimmweste?«

»So was Ähnliches – ein aufblasbarer Auftriebskompensator mit Taschen und Riemen.« Er setzte sich neben Maks auf die Planken und stellte die Luftflasche zwischen seine Beine. Nachdem er sich bis auf seine Badehose ausgezogen hatte, streifte er die Riemen des Kompensators so über die Flasche, daß er ihr Ventil berührte. Nun verband er sie mit dem Regulator und öffnete das Ventil für wenige Sekunden. Zischend entwichen Schmutz und Wasser. Während er mit den Geräten hantierte, erklärte er, in der ersten Phase würde der Regulator den hohen Druck in der Flasche reduzieren, in der zweiten – durch den mit der Maske verbundenen Schlauch – noch mehr. Maks beobachtete, wie er einen Verschluß losschraubte, der als Staubschutz diente. Dann befestigte er den Schlauch für die erste Phase im Flaschenventil und den zweiten rechts daneben. Schließlich führte er einen Schlauch vom Regulator zur Luftpumpe des Kompensators. Er zeigte auf alle Schläuche. »Zweite Phase, Ersatzluftquelle, Niederdruckpumpe, tauchfähiger Druckmesser. Jetzt wollen wir mal sehen, ob überhaupt Luft drin ist.«

»Hoffentlich machst du Witze.«

Dunston öffnete das Ventil und checkte den Luftdruckmesser, dessen Zeiger von Null auf Dreitausendeinhundert schnellte. »Alles klar.«

»Hast du auch wirklich genug Luft?«

»Reichlich. Reg dich nicht auf. Allzulang bleib ich nicht unten. Hilfst du mir mal mit diesem Ding? Paß auf, daß es nicht kippt.«

Sie umklammerte die Luftflasche auf dem sanft schwankenden Deck. Nachdem Dunston den Sitz der Kompensatorriemen und aller Schläuche geprüft hatte, stellte er die ganze Apparatur auf die Seitenreling. Maks hielt sie wieder fest und staunte, weil sie so schwer war. Rasch schlüpfte er in den Taucheranzug, legte die Maske, den Bleigürtel und die Flossen an. Den Rücken zur Flasche gekehrt, ging er in die Hocke und schob die Hände in die Armlöcher des Kompensators. Dann befestigte er die Apparatur mit einem Klettband und zwei Plastikschnallen am Brustkorb, blies ins Mundstück für die zweite Phase und inhalierte komprimierte Luft. Vorsichtig hob er die Zigarrenkiste hoch und drückte sie an sich.

Einen Daumen hochgereckt, nickte er Maks zu, neigte sich rückwärts über die Reling und ließ sich ins Wasser fallen, das hoch aufspritzte. Als sie hinabschaute, sah sie nur Luftblasen.

Langsam sank er hinunter und begann die Flossen zu bewegen. Dabei behielt er den Druck- und den Tiefenmesser im Auge. Nach knapp fünfzehn Meter erreichte er den Grund. Hier unten konnte er im schmutzigen Wasser des Sounds kaum etwas sehen, und die Sicht verschlechterte sich noch, nachdem er Schlick aufgewirbelt hatte. Doch der Sand senkte sich bald, und es dauerte nicht lange, bis Dunston die Hummerfalle fand. Er hob den Deckel und befreite etwa ein Dutzend Tiere. Dann stellte er behutsam die eingewickelte Zigarrenkiste in die Falle und stieg nach oben.

Er schwamm unter dem Kiel des Bootes zum Heck, sah fast nichts und verfluchte sich, weil er keine Taschenlampe mitgenommen hatte. Immerhin machte er die Umrisse der Propeller aus.

Wie er vermutet hatte, waren die Flügel des rechten Propellers in einem fünfzig Millimeter dicken gelben Nylonseil verfangen. Er drehte sich um und schaute zu der gelben Plastikflasche hinüber.

Plötzlich zerrte etwas an seinem Gesicht. Als er den Kopf nach vorn neigte, rutschte die Tauchermaske nach rechts. Eine unsichtbare Macht schien sie wegzuzerren. Erst nach einigen Sekunden erkannte er, was da geschah, und eine Zeitlang trieb er im Wasser. Dann hob er langsam den linken Arm über seinen Kopf, und seine Hand berührte eine dünne Schnur, die nur aus einer einzigen Faser bestand.

Jesus, Joseph und Maria, dachte er. Eine Angelschnur war an einer Schnalle seiner Maske hängengeblieben. Offenbar hatte sie ein argloser Fischer an dieselbe illegale Hummerfalle verloren, die den Propeller lahmlegte. Aber diese Erkenntnis tröstete Dunston nicht, denn die Zigarrenkiste stand nur wenige Meter entfernt auf dem Grund des Sounds. Wie ein Insekt in einem Spinnennetz gefangen, konnte er den Kopf nicht bewegen.

Vorsichtig griff er in die Scheide an seinem Schienbein, zog das Messer heraus und tastete über die Maske. Sobald er die Stelle fand, wo die Schnur festhing, zerschnitt er die dünne synthetische Faser mühelos. Um sich zu entspannen, holte er tief Luft durch das Mundstück. Seine Hand glitt um den Kopf herum.

Nachdem er festgestellt hatte, daß er auch wirklich befreit war, konzentrierte er sich wieder auf den Propeller. Mindestens sechs Stränge blockierten die Flügel, und er begann sie mit seinem Messer zu durchtrennen. Das ging erstaunlich schnell. Schon nach fünf Minuten hatte er das Seil vom Propeller gestreift. Aus den Augenwinkeln sah er die gelbe Plastikflasche, die jetzt nicht mehr festgehalten wurde, zur Wasseroberfläche hinaufhüpfen.

Das alles hatte viel länger gedauert als erwartet, und er hoffte inständig, es wäre noch nicht zu spät. Er tauchte auf, warf die Maske an Deck, und Maks half ihm die Heckleiter hinaufzusteigen. Ohne die Taucherausrüstung abzulegen, rannte er zum Ruder und brachte die Motoren auf Hochtouren. Blitzschnell schoß das Boot davon.

Während sie dahinrasten, spähten sie nervös über die Schulter. Dunston beobachtete, wie Maks die Windschutzscheibe umklammerte. Nachdem sie fünfhundert Meter zurückgelegt hatten, krachte es hinter ihnen, und eine weiße Fontäne stieg himmelwärts.

Erschüttert drosselte Chad das Tempo. Maks neigte sich zu ihm und suchte den Schutz seiner Arme. In sprachlosem Entsetzen hielten sie einander fest und wußten, daß man ihnen nach dem Leben trachtete.

19

Montag mittags besuchte Cheryl ihre Freundin im Büro. Sie hatte es eilig. Nach ein paar belanglosen Floskeln kam sie zur Sache. »Wußtest du, daß die Diskette, die du mir gegeben hast, zweite Wahl ist?«

»Was heißt das?«

»Da sind ein paar winzige Kratzer und Dellen im Plastik. Solche Dinger kriegt man zum knappen halben Preis.«

»Ich hab' das noch nie in irgendwelchen Anzeigen gelesen.«

»Normalerweise wird's auch nicht annonciert. Zumindest nicht in der Öffentlichkeit. Das ist ein Markt für Spezialisten, und die Disketten werden nur en gros verkauft.«

»Was hat das mit Christine zu tun?«

»Vielleicht nichts. Aber du willst doch wissen, wer was auf der Diskette gespeichert hat. Und die zweitklassigen Dinger kann man anhand der Seriennummern leicht zurückverfolgen, weil so wenige verkauft werden.«

»Von diesen Seriennummern wußte ich gar nichts.«

»Oh, es gibt sehr viele Nummern. Hier auf dem Island verkauft nur Americorp zweitklassige Disketten, der technologische Superschuppen. Ich ging hin und durfte ein bißchen in den Dateien herumschnüffeln. Nur drei Kunden haben Disketten mit dieser Seriennummer gekauft – die Kommunikationsakademie von der Universität, das Kultusministerium und ...«

Maks hielt den Atem an. »Ja?«

»Und unser lieber Freund Dr. Stingley.«

»*Stingley*!« rief Maks. »Unglaublich! Wenn Chad das hört, dreht er durch.«

»Also meinst du nicht, es könnte einer der beiden anderen Kunden gewesen sein?«

»Ein Journalismusstudent oder das Kultusministerium? Wohl kaum.«

»Ganz meine Meinung, und deshalb hab' ich ein bißchen herumspioniert. Stingley war mal für die Regierung tätig. Wußtest du das?«

»Ja, Chad hat's erwähnt.«

»Hat er dir auch erzählt, daß Stingley bis vor zehn Jahren die medizinische Abteilung des Geheimdienstes vom Verteidigungsministerium geleitet hat?«

»Ich glaube fast, du meinst es ernst«, würgte Maks hervor.

»Allerdings. Irgendwie ergibt das alles einen Sinn. Als Victor die hohen Tiere im Washingtoner Energieministerium über den geknackten Gen-Code informierte, protestierten die Militär- und Pentagon-Typen am lautesten und behaupteten, das seien nur wilde Spekulationen. Offensichtlich haben die Jungs was zu verbergen.«

Maks war wie vor den Kopf geschlagen. Zunächst hatte sie zwar an ein Komplott gedacht, aber diese Idee letzten Endes doch zu phantastisch gefunden. Daß die Regierung durch irgendwelche Machenschaften Christines Tod verursacht haben könnte, erschien ihr unvorstellbar. Nun warf Cheryls Entdeckung neue Fragen auf. Zum Beispiel: Falls Stingley die Schuld an Dr. Weimans Tod trug – wäre er dann so unvorsichtig gewesen, die Diskette im Schubfach liegenzulassen? »Und was soll ich mit dieser Sensation anfangen?«

»Gar nichts. Victor kümmert sich drum. Glaub mir, die Sache ist verdammt heikel. Politisch explosiv. Vorerst darfst du Chad nicht einweihen. Victor würde mir die Hölle heiß machen, wenn er wüßte, daß ich's dir erzählt habe. Erinnerst du dich an Chads Reaktion auf Merlins Bemerkung, hinter alldem würde vielleicht eine Verschwörung stecken? Und dann die Bombe im Boot ... Wahrscheinlich hat er nicht die geringste Lust, ins Center zu gehen. Bitte, halt den Mund. Versprich mir's.«

Maks nickte.

»Oh, da wäre noch was. Ich hab' die Sozialversicherungsnummer von diesem Schmidt und ein paar weitere Einzelheiten rausgekriegt. Ein Vietnam-Veteran, seit zwanzig Jahren immer wieder auf Entzug. Übrigens wurde er aus einer Entziehungsanstalt direkt ins Center gebracht – aus der VA. Dort war er zwei Monate lang, im Delirium.«

»Weißt du, wieso seine Karteikarte in Dr. Weimans Safe lag?«

»Keine Ahnung, warum er sich für Schmidt interessieren sollte. Aber vielleicht hab' ich irgendwas übersehen. Am besten faxe ich dir alle Infos, und du stellst weitere Nachforschungen an.«

Weil Maks eine gute Zuhörerin war, fand Dunston allmählich zur Normalität zurück. Nach Sawyers ungeheuerlicher Forderung und der Bombenexplosion hatte er sich wie ein unheilbar Kranker gefühlt, dem man plötzlich den baldigen Tod prognostiziert. Zwischen Zorn und Fatalismus schwankend, schüttete er Maks sein Herz aus, und sie zeigte ein tröstliches Verständnis für alle seine Gedanken und Emotionen. Aber die beruhigende Wirkung, die sie auf ihn ausübte, gab nicht den alleinigen Ausschlag. Bald regte sich wieder sein professionelles Pflichtbewußtsein. Beim Militär gleicht dieses Pflichtgefühl einem Ruf zu den Waffen, einem Appell an die Ehre. In der medizinischen Welt war es das Wissen um die heilsame Rolle, die ein Arzt spielen muß. Und Dunston erkannte, was von ihm erwartet wurde.

Doch die stärkste Motivation war weder Maks Hilfe noch das ärztliche Gewissen, sondern die Neugier. Er mußte unbedingt herausfinden, was im Center geschah. Und dieser unbändige Wissensdurst trieb ihn letztlich ins Unbekannte zurück.

Wie Merlin betonte, mußte sich Dunston bei diesem Unternehmen aller verfügbaren technischen Hilfsmittel bedienen. Und das bedeutete, daß er sich bewaffnen mußte. Chad schwärmte nicht für Schußwaffen. Aber nachdem er an Bord seines Boots die Bombe gefunden hatte, würde er nicht zögern, den Schuldigen zu töten. Andererseits fand er eine Schießerei nicht wünschenswert. Statt dessen strebte er eine Konfrontation mit den Center-Computern an. Sawyer teilte seine Meinung.

»Erstens müssen wir herausfinden, was die Computer planen«, erklärte Victor. »Und zweitens – falls Sie eine Gelegenheit finden, das herauszukriegen – interessieren wir uns für das STM des Centers.«

»Oh, ich dachte, darüber wüßten Sie schon Bescheid.«

»Wir haben nur *vermutet*, sie würden das STM benutzen, um den genetischen Code auf molekularer Ebene zu lesen und das Genom sozusagen zu kartographieren. Aber wozu? Was fängt das Center mit diesen Informationen an? Wenn Sie das rausfänden, wären wir Ihnen unendlich dankbar, Dr. Dunston.«

»Irgendwie hört sich das so an, als stünden Sie unter Druck.«

»Wenn Sie's so milde formulieren wollen ... Das Militär läuft beinahe Amok und wittert hinter jeder Ecke eine Verschwörung. Auf höchster Regierungsebene ist eine akute Paranoia ausgebrochen. Und allein schon der Gedanke, man müßte einen Monat warten, bis das Center keine Patienten mehr behandeln würde, treibt die Leute zum Wahnsinn. Eigentlich wollten sie das Problem schon gestern gelöst sehen. Aber nun sind sie bereit, bis morgen auszuharren.«

»Morgen bin ich noch nicht soweit.«

»Das weiß ich. Wenigstens rückt der große Moment mit jedem Tag näher. Eine kleine Weile kann ich die Bonzen noch hinhalten, aber nicht bis in alle Ewigkeit. Einige unterstützen sogar den Plan dieses idiotischen Generals, der das Center mit donnernden Kanonen stürmen will. Dunston, ich brauche Sie. Wie lange wird's noch dauern?«

»Nicht mehr lange, Victor«, log Chad. Wenn es die Zeit erlaubte, wollte er Antworten auf ein paar sehr persönliche Fragen finden.

»Wenn Sie mir einen Anhaltspunkt geben könnten ...«

»Nun, ich muß mich detailliert über die gesamte Soft- und Hardware informieren, die jemals ins Center geliefert wurde. Am schwierigsten ist das Studium der Computerprogramme und -sprachen. Leider bin ich ein bißchen eingerostet. Aber wenn ich einen Tag lang konzentriert arbeite, wird's schon klappen. Natürlich hängt sehr viel von Merlins Hilfe ab.«

»Er hat ein paar Spielsachen, die er Ihnen zeigen möchte«, verkündete Sawyer lächelnd. »Sobald Sie die gesehen haben, werden Sie sich keine Sorgen mehr machen. Und danach besprechen wir die Strategie.«

»Mich interessiert nur eine einzige Strategie – wie ich lebend da rauskomme.«

»Das verstehe ich. Treffen wir Merlin am Freitag morgen? Und am Samstag gehen Sie ins Center.«

Dunston wich Sawyers Blick aus und kämpfte mit seiner Angst. Nach ein paar Sekunden nickte er. »Bis dahin müßte ich meine Vorbereitungen abgeschlossen haben.«

Mitte der Woche sah er sich mit unerwarteten Problemen konfrontiert. Entweder hatte er die schwierigen, zeitraubenden Aspekte der Computertechnologie vergessen oder verdrängt. Tag und Nacht saß er über seinen Handbüchern, stärkte sich mit unzähligen Tassen Espresso und nahm sich nicht die Zeit, irgendwas zu essen. Er hatte ohnehin keinen Hunger. Und er ließ sich durch nichts von seiner zielstrebigen Arbeit ablenken. Am Donnerstagabend, um sieben Uhr, klappte er das letzte Buch zu, rieb sich die Augen und sah endlich ein, daß er eine Bifokalbrille brauchte.

Bald störten Cheryl und Victor seine wohlverdiente Ruhe. Geschwätzig wie eh und je, eilte Cheryl ins Haus, und ihre schrille Stimme hallte durch alle Räume, von Sawyers moderatem Tonfall untermalt. Die beiden schlichen hinter Maks ins Wohnzimmer, wo Dunston vor dem Kaminfeuer saß. Inzwischen waren die Flammen zu glühender Asche herabgebrannt. Während er schweigend wartete, bis sie herankamen, wunderte er sich über Cheryl. Sie besaß das Gehirn eines Einsteins, die Reife eines Teenagers und weniger Kultur als Joghurt. Aber ihre Anwesenheit war unvermeidlich, denn Sawyer brauchte seine Computerexpertin für den Test, dem er Dunston unterziehen wollte.

»Also, Doktor«, eröffnete Sawyer das Gespräch, »wie sieht's aus?«

»Nicht schlecht. Die meisten Kenntnisse, die mir entfallen sind, habe ich mir wieder angeeignet. Aber ich weiß nicht, wie ich den Center-Computern Geständnisse entlocken soll. Falls ich überhaupt reinkomme.«

»Oh, Sie kommen schon rein. Da hat Miss Lassiter Mittel und Wege gefunden.«

Erstaunt wandte sich Dunston zu Maks, und sie lächelte verlegen. Als sie etwas sagen wollte, hob Sawyer die Hand. »Darüber reden wir später. Sind Sie mit den Grundrissen des Centers zufrieden, Dunston?«

»Alles okay. Sogar mit geschlossenen Augen würde ich mich im Center zurechtfinden.«

»Vielleicht müssen Sie im Dunkeln tappen. Ein Großteil des Gebäudes ist unbeleuchtet. Wie steht's mit der Computersprache?«

»Da habe ich fast alles gelernt. Morgen gehe ich's noch mal durch.«

»Was haben Sie ursprünglich studiert?«

»Hauptsächlich C. Aber früher verstand ich auch eine ganze Menge von der Assemblersprache. Das habe ich heute aufgefrischt.«

»Was ist C?« fragte Maks.

Ungläubig starrte Cheryl ihre Freundin an. »Sei nicht so dumm!«

»Ich mein's ernst.«

»Haben Sie mal Programmieren gelernt, Miss Lassiter?«

»Ein Semester BASIC auf dem College.«

»Und haben Sie sich weitergebildet?«

»Eigentlich nicht.«

»Victor«, mischte Dunston sich ein, »sie hat nichts damit zu tun …«

»Ganz im Gegenteil. Miss Lassiter spielt eine wesentliche Rolle in unserem Projekt, wie Sie bald erfahren werden. Deshalb nimmt sie auch an unserer Besprechung teil. Mit Ihrer Erlaubnis?«

Dunston zuckte die Achseln. »Wie Sie wünschen.«

»Danke.« Sawyer wandte sich wieder zu Maks, während Chad ihr bedeutete, Kaffee einzuschenken. »Computer kommunizieren durch Zahlen, wie Sie wissen. Binäre Digits oder Bits, diese infamen Nullen oder Zahlen, die viele Leute abschrecken. Mittels der Computersprachen programmieren sie ihren PC – das heißt, sie geben ihnen mehrere Anweisungen, ohne auch nur eine einzige Null einzufügen. Nun gibt es drei Computersprachen, auf verschiedenem Niveau. Eine hochentwickelte Sprache besitzt eine ähnliche Struktur wie das Englische. Eine Sprache auf niedrigem Niveau, wie die von Dr. Dunston erwähnte Assemblersprache, entfernt sich nur um eine Haaresbreite von den Nullen und Einsern. Und die dritte Sprache liegt irgendwo dazwischen. Was Sie studiert haben, Miss Lassiter, ist nur ein Lernmittel – keine ernsthafte Computersprache. BASIC, eine Sprache auf relativ hohem Niveau, läßt sich leichter lernen, und man muß nur wissen, wie man Befehle programmiert und die Syntax der Sprache kennen.«

»Syntax?«

»Die programmierten Befehle heißen Vokabular«,

erklärte Cheryl. »Und die Syntax ist die Anordnung der Wörter.«

»Das BASIC-Vokabular enthält nur etwa hundertvierzig Wörter oder Befehle«, fuhr Victor fort, »und deshalb kann man's so leicht lernen. Die Syntax ist etwas schwieriger. Aber wenn man den Dreh einmal raus hat, ist alles andere reine Übungssache.«

»Und was ist C?«

»Dazu kommen wir gleich«, erwiderte Sawyer. »So wie Sie haben neunzig Prozent aller Programmierer mit BASIC begonnen, nicht weil es so einfach zu erlernen ist, sondern weil es meistens zu den Computern gehört, die sie kaufen. Aber BASIC ist nicht perfekt. Das ist keine Sprache. Bei BASIC läßt die Struktur zu wünschen übrig. Hingegen ist PASCAL sehr strukturiert, dafür gibt's Probleme mit der Zeichenfolge.«

»Jetzt kenn' ich mich überhaupt nicht mehr aus.«

»Mmm ... Sicher, es ist schwierig zu erklären. Jedenfalls gibt's verschiedene Sprachen auf verschiedenen Ebenen, alle haben ihr Stärken und Schwächen, manche eignen sich für diese Zwecke und andere für jene. Andere bekannte Sprachen heißen PROLOG, LISP, FORTRAN und ADA. Zum Beispiel benutzt man PROLOG am besten für Expertensysteme und Theorembeweise. Und wenn man ferngesteuerte Raketen kontrollieren will, sollte man ADA lernen.«

»Das werde ich mir merken.«

Cheryl verdrehte ihre kajalumrandeten Augen und trommelte mit ihren schwarzen Fingernägeln auf den Tisch, während Sawyer seine Erläuterungen fortsetzte.

»Also, C. C ist die ultimative Computersprache. Im

Gegensatz zu BASIC wird sie als Sprache auf mittlerem Niveau betrachtet, und sie hat nichts mit dem Englischen zu tun.«

»Warum verwendet man sie dann?«

»Um das zu verstehen, müssen Sie sich über Betriebssysteme informieren.«

»So wie DOS?«

»Ja, obwohl DOS hauptsächlich für PCs entwickelt wurde. Jedes Betriebssystem enthält einige Instruktionen, die den Computer kontrollieren, damit Sie – der Programmierer – mit ihm reden können. Im Center wird eines der Betriebssysteme verwendet, die man für größere Computer entwickelt hat. Durch solche Systeme erhalten mehrere Benutzer Zugang. PCs sind für dieses Time-Sharing nicht eingerichtet. Deshalb wollen wir uns nun mit einem anderen Operationssystem namens UNIX befassen. Ursprünglich wurde UNIX in der langweiligen Assemblersprache geschrieben. Letztere enthält mnemotechnische Wörter von zwei bis fünf Buchstaben statt Nullen und andere, die Programmiererinstruktionen darstellen. Da sich diese Sprache vom Englischen unterscheidet, bereitet sie gewisse Schwierigkeiten.«

»Und es gibt nicht nur eine Assemblersprache«, warf Dunston ein, »sondern viele.«

»Genau. Aber wir wollen das arme Mädchen nicht unnötig verwirren. Also – hier haben wir dieses neue Betriebssystem für mehrere Benutzer, das sich alle Universitäten wünschen. Aber es ist in einer idiotischen Assemblersprache geschrieben. Damit klappt's einfach nicht. Schließlich kam jemand auf die grandiose Idee, das Betriebssystem in eine intelligentere Sprache zu transponieren. Diese Sprache wurde B genannt und später zu C weiterentwickelt.« Nach einer kleinen Pause fügte Sawyer hinzu: »Jetzt sind wir da, wo wir hin wollten.«

Immer noch verwirrt, fragte Maks: »Haben dieses UNIX-Betriebssystem und C irgendwas mit dem Center zu tun?«

»Allerdings. Die Center-Computer befassen sich mit zahlreichen Benutzern gleichzeitig – mit Anfragen aus der Diätküche, der Weitergabe von Laborresultaten oder Kommunikationen mit Terminals außerhalb des Campus, und so weiter. Diese Computer müssen tausend Dinge simultan erledigen, und UNIX hält alles zusammen. Wie ich bereits erwähnte, UNIX ist hauptsächlich in C geschrieben ...«

»Aber zum Teil auch in ADA und LOGO«, mischte sich Dunston ein. Es sei denn, das System hat sich intern selber umgeschrieben. Dann wäre ich aufgeschmissen.«

Maks schüttelte den Kopf. »So, das war's. Danke für Ihre Mühe, Victor. Aber ich geb's auf.«

»Nein, bitte!« flehte Victor. »So kompliziert wollte ich's gar nicht ausdrücken. Eigentlich dachte ich nur an einen allgemeinen Überblick ... Ende der Lektion, einverstanden?«

»Okay«, seufzte sie.

»Also, Doktor ...« Sawyer entfaltete die Grundrisse des Centers. »Hier gehen sie rein, über die Abladerampe, ein Stockwerk unter dem Labor. Nach allem, was Sie uns erzählt haben, ist das Labor in sämtliche Possen des Centers verwickelt. Aber solange das nicht feststeht, wäre es sinnlos, dort rumzuschnüffeln.«

»Sogar tödlich.«

»Sehr richtig. Wahrscheinlich werden wir die gewünschten Antworten nur erhalten, wenn Sie den Computer direkt befragen. Sobald Sie drinnen sind, steuern Sie Ebene zwei an, wo Sie von einem Autobot abgeladen werden. Von dort steigen Sie die Treppe zur Computerzentrale auf Ebene drei hinab. Danach sind Sie auf sich selbst gestellt.«

»Moment mal!« protestierte Dunston. »Sie haben eine Phase übersprungen. Selbst wenn die Center-Computer mich für tot halten, haben sie mein Foto und alle Angaben über mich gespeichert. Glauben Sie, die lassen mich ungehindert herumschnüffeln? Diese Autobots besitzen optische Sensoren.«

»Trotzdem werden sie nichts merken, weil Sie getarnt sind.«

»So?«

»Sie gehen als Klo hinein.«

»Sagen Sie das noch mal.«

»Miss Lassiter wird's Ihnen erklären.«

Die Stirn gerunzelt, wandte sich Dunston zu Maks, mit dem skeptischen Blick eines Mannes, der einen Scherz zuviel gehört hatte.

»Das habe ich erst letzte Woche herausgefunden«, begann sie. »Vor kurzem hat Kashiwahara eine kleine hygienische Abteilung eröffnet. Nur probeweise. Vor drei Monaten schlossen sie sich mit zwei anderen japanischen Firmen zusammen, um diese High-Tech-Toilette zu entwickeln. Wirklich, das ist kein Witz. Die glauben, dafür gibt's einen Markt, und sie nennen das Ding ›Die intelligente Toilette‹. Offensichtlich transportiert sie Lackmuspapierstreifen in die Klomuschel. Die Farbsensoren analysieren Zucker-, Protein-, Keton- und Nitritwerte im Urin. Und außerdem wurde ein Miniaturchromatograph eingebaut, der innerhalb weniger Sekunden den Stuhl analysiert. Alle Ergebnisse wandern in den Computer.«

Verblüfft schnalzte Dunston mit der Zunge. »Was werden die sich noch alles ausdenken?«

»Das Center hat drei Toiletten bestellt. Am Samstag morgen werden sie geliefert. Zwei Kisten werden Toiletten enthalten. Und die dritte ...«

»Ja, ich hab's begriffen. Okay, Victor, nehmen wir an, ich kann bis zur Ebene zwei vordringen. Da wimmelt es von Überwachungsgeräten. Wie soll ich mich unbemerkt in die Zentrale schleichen?«

»Eine gute Frage. Merlin wird's Ihnen erklären, wenn Sie ihn morgen treffen. Ein genialer Plan ...«

»Daran zweifle ich nicht. Heute die intelligente Toilette, morgen die ganze Welt. Um wieviel Uhr?«

»Um neun im Upton-Büro. Ist das zu früh?«

»Nein, okay.«

Sawyer stand auf. »Machen Sie sich keine Sorgen wegen Dr. Stingley und der Christine-Diskette. Meine Freunde in Washington sind mit einem ganz feinzinkigen Kamm drübergegangen, und sie halten's für ein Ablenkungsmanöver. Falls tatsächlich eine Verschwörung angezettelt wurde, hat Stingley nichts damit zu tun.«

Verständnislos hob Chad die Brauen. »Wovon reden Sie?«

Jetzt zögerte Sawyer. Es war mühsam genug gewesen, Chad zur Kooperation zu bewegen. Und nun hatte er eine neue Würmerdose geöffnet.

»Verdammt, soll das heißen, Stingley hat die Daten auf der Diskette gespeichert?«

»Ja, aber wie sich herausgestellt hat, spielt das keine Rolle.«

»Das glaube ich einfach nicht!« Dunston verdrehte die Augen, dann stürmte er aus dem Wohnzimmer, dicht gefolgt von Maks.

Stingleys Nummer stand nicht im Telefonbuch. Dunston brauchte fünf Minuten, um einem Verwaltungsangestellten in der psychiatrischen Abteilung des Krankenhauses die Adresse zu entlocken. Dann fuhr er mit Maks nach Belle Terre. Eine halbe Stunde später erreichten sie ihr Ziel. Verglichen mit anderen Gebäuden in der Nachbarschaft, wirkte das Haus mit den versetzten Geschossen eher bescheiden.

Nirgends brannte Licht. Auf den Gedanken, der Psychiater könnte nicht daheim sein, war Dunston gar nicht gekommen. Besessen von der angestrebten Konfrontation, ignorierte er die Aspekte der Realität.

Maks blieb ihm auf den Fersen, als er zur Haustür rannte. »Mach keine Dummheiten, Chad!«

»Natürlich nicht. Schlimmstenfalls breche ich ihm die Nase.«

»Sitzt du noch immer nicht tief genug in der Tinte?«

»Ich will nur ein paar Antworten hören«, erwiderte er und drückte auf den Klingelknopf. Im Haus rührte sich nichts. Ungeduldig ließ er den schweren Messingklopfer gegen das Holz fallen. Nach dreißig Sekunden flammte Licht auf, und Stingleys körperlose Stimme ertönte.

»Ja, kann ich Ihnen helfen?«

»Hier ist Chad Dunston. Ich will mit Ihnen reden.«

»So spät am Abend? Haben Sie den letzten Rest Ihres Verstandes verloren?«

»Machen Sie diese gottverdammte Tür auf«, schrie Dunston, »oder ich trete sie ein.«

Es klickte, und die Tür öffnete sich einen Spalt breit, von einer Sicherheitskette geschützt. Stingleys Gesicht erschien. »Mit diesem Unsinn könnten Sie Ihre Approbation verlieren. Verschwinden Sie, oder ich rufe die Polizei!«

»Sie müßten mir nur fünf Minuten von Ihrer kostbaren Zeit opfern, Stingley.«

»Seien Sie nicht albern. Fahren Sie nach Hause und überschlafen Sie's noch mal.«

Als Stingley die Tür zu schließen versuchte, rammte Dunston seine Schulter dagegen, so wie damals in der Notaufnahme, wo er den bewaffneten Gangster umgeworfen hatte. Die Kette löste sich aus dem Türrahmen und fiel in einem Splitterregen zu Boden. Eine Sekunde später prallte Dunston mit Stingley zusammen, der nach hinten taumelte. Seine Brille flog davon.

»Dafür werden Sie büßen, Dunston.«

Drohend trat Chad noch einen Schritt vor und ballte die Hände.

Da gab sich Stingley geschlagen. »Also gut.« Zögernd bückte er sich und hob seine Brille auf. »Sie haben Ihren Standpunkt deutlich genug dargelegt. Was wollen Sie?«

»Ich will wissen, was Sie im Schilde führen, warum Sie die Daten eines vierjährigen Mädchens auf einer Diskette gespeichert haben und was zum Teufel da draußen im Center vorgeht.«

»Tut mir leid, ich weiß nicht, wovon Sie reden.« Dunston packte ihn am Revers, entsann sich eines Besseren und ließ ihn wieder los. Dann zählte er stumm bis zehn. »Okay, nehmen wir mal an, Sie hätten wirklich keine Ahnung. In dieser Klinik geschehen seltsame Dinge, Dr. Stingley, die mich, Arthur Weiman und Miss Lassiters kleine Schwester betreffen. Nun frage ich – was haben Sie damit zu tun?«

»Ich? Belieben Sie zu scherzen?«

Dunston musterte ihn mit schmalen Augen. »Gehören Sie einer Gruppe an, die das Center manipuliert?«

»Meinen Sie – einer Verschwörerbande?«

»So könnte man's ausdrücken.«

»Wie um alles in der Welt kommen Sie darauf?«

»Weil ein einzelner Mann dazu nicht fähig wäre. Und weil Sie früher für die Regierung gearbeitet haben, an ziemlich exponierter Stelle – im Geheimdienst des Verteidigungsministeriums.«

Stingley lächelte wehmütig und schüttelte den Kopf. »Ah, die Regierung ... Fast zwanzig Jahre habe ich ihr geopfert. Zwanzig verdammt produktive Jahre. Dann wurde das Budget gekürzt, und ich reichte meine Kündigung ein, bevor ich entlassen wurde. Um Ihre Frage kurz und bündig zu beantworten – nein, ich gehöre keiner Gruppe an, die das Center unterwandert haben könnte.«

»Gut. Sind Sie *allein* für die sonderbaren Ereignisse verantwortlich?«

»Wirklich, ich weiß nicht, was Sie meinen. Hören Sie, kurz vor seinem Tod kam Arthur Weiman zu mir, um nach meiner professionellen Meinung zu einem Zwischenfall während des Alpha-Interface zu fragen.«

»Also sind Sie über alles informiert?«

»Ich weiß nur, was er mir erzählte – daß Sie beide während der Prozedur eine Art Blackout hatten. Darüber unterhielten wir uns sehr ausführlich. Dann untersuchte ich ihn. In neurologischer Hinsicht war er okay, und ich konnte keine psychiatrische Diagnose stellen, die jene seltsame Ohnmacht erklärt hätte.«

»Und dann?«

»Seine Story faszinierte mich. Also ging ich ins Center, um den Computer in jenem Raum neben der Halle zu befragen, den Weiman beschrieben hatte. Da erhielt ich hochinteressante Daten …«

»… die sie auf der Christine-Diskette gespeichert haben?«

»Wieso wissen Sie das?«

»Weil ich die Diskette in Weimans Sprechzimmer fand, in einem Schubfach. Nachdem ich seine Leiche entdeckt hatte.«

»Diese Diskette enthält nicht alles, was ich herausgefunden habe.«

»Wovon reden Sie?«

»Als ich Weiman von jenen Daten berichtete, verlangte er eine Kopie. Darauf bestand er, obwohl ich meine Studien noch nicht beendet hatte. Also gab ich ihm eine stark gekürzte Fassung.«

»Wo ist das Original?«

»Hier, im Oberstock.«

»Holen Sie's.«

Gegen Mitternacht kehrten sie nach Hause zurück. Dunston gab Maks die Diskette und folgte ihr nach oben. Nachdem sie die kleine Lampe über der Arbeitsplatzstation angeknipst hatte, setzte sie sich vor ihren PC, schaltete ihn ein und schob die Diskette ins Laufwerk.

Dunston spähte über ihre Schulter. Entgeistert starrten sie die flimmernden Daten an und brachten kein Wort hervor. Im glänzenden Bildschirm spiegelten sich die Schweißtropfen auf Maks' Stirn. Ihr Blick überflog den Text, immer schneller drückte sie auf die Bild-Taste. Verzweifelt versuchte sie zu verstehen, was sie las.

»O Gott«, wisperte sie und zitterte am ganzen Körper. »Das ist doch nicht möglich!«

20

Sie war leichenblaß geworden. Schreiend preßte sie eine Hand auf den Mund. Dunston stand reglos hinter ihr. Ebenso entsetzt wie Maks, starrte er auf den Bildschirm. »Chrissie lebt, nicht wahr?« würgte sie hervor.

»Zieh keine vorschnellen Schlüsse …«

»Verdammt, sie lebt, das weißt du doch! Das arme Kind sitzt irgendwo in dieser gräßlichen Klinik fest.«

»Da können wir nicht sicher sein.«

»Scheiße! Du bist aus dem OP geflohen. Offensichtlich hat sie's auch geschafft. Welche Beweise brauchst du denn sonst noch?« Ihr Finger zuckte zum Bildschirm und zeigte auf einzelne Textstellen. »13. Juli: Unmöglich, Subjekt namens C. Lassiter zu orten … 19. August: Wieder nächtliche Bewegungen auf Ebenen zwei und drei entdeckt. Suche erfolglos … 27. September: Fortgesetzte leise Geräusche, Schema weist auf menschliche Phonation hin.

Quelle unauffindbar … Um Himmels willen, Chad, Christine lebt! Aber sie ist nicht so groß und stark wie du – deshalb kam sie nicht raus.« Plötzlich wurde ihr Zorn von tiefem Kummer verdrängt. Sie vergrub das Gesicht in den Händen, ein wildes Schluchzen erschütterte ihren ganzen Körper. »Mein Gott, sie ist doch noch ein kleines Mädchen, erst vier Jahre alt, und schon seit sechs Monaten in dieser Hölle gefangen! Sicher fürchtet sie sich ganz schrecklich … O Chad, wir müssen was tun!«

Er berührte ihre Schulter. Als sie den blonden Kopf auf seine Hand legte, spürte er ihre warmen Tränen. »Natürlich werde ich sie suchen, Maks, und finden – irgendwie.«

»Wenn du ins Center gehst, komme ich mit.«

»Darüber unterhalten wir uns später. Morgen haben wir einen langen Tag vor uns. Wir sollten jetzt schlafen.«

Ohne ein weiteres Wort stand sie auf. Aber ihr Schweigen verriet eine unbeirrbare Entschlossenheit.

Am nächsten Morgen trafen sie schon sehr zeitig in Upton ein. Unterwegs hatten sie kaum gesprochen, jeder in seine eigenen Gedanken vertieft. Dunston hatte kein einziges Mal gegen Maks' Plan protestiert. Im Labor wurden sie bereits von Merlin und Sawyer erwartet.

»Haben Sie gestern abend mit Dr. Stingley gesprochen?« fragte Sawyer.

»Das ist eine lange Geschichte, Victor. Vorerst möchte ich nicht darüber reden.«

»Wie Sie wünschen. Sind Sie bereit für die große Tour?«

»Klar«, erwiderte Dunston. »Auf in den mysteriösen Raum, wo der Kriegsrat stattfinden soll.«

Merlins Lippen verzogen sich zu einem seltsamen Lächeln, das Dunston nie zuvor gesehen hatte. »Diesen Raum nenne ich ›Arkade‹.« In kindlicher Vorfreude eilte er voran.

Als sie einen ultramodernen Maschinensaal betraten, dachte Dunston, daß der Mann eigentlich Q heißen müßte, nach dem mechanischen Genie in einer James Bond-Story, die Merlin vermutlich zu seiner hochfliegenden Exzentrik inspiriert hatte.

In der ›Arkade‹ befaßte sich ein halbes Dutzend Männer mit verschiedenen Aktivitäten. Alle trugen lange, weiße Kittel und Chirurgenkappen. Weder Merlin noch seine Gäste wurden beachtet. Drei Mitarbeiter saßen auf Klappstühlen, die einen Halbkreis bildeten, tranken Kaffee und diskutierten über die Islander. Unterdessen beschäftigten sich drei andere mit diversen mechanischen Projekten, über Instrumente und Apparate gebeugt, die Dunston nicht kannte. Es war still in der Werkstatt, bis auf ein leises Pfeifen im Hintergrund, das ihn irritierte. Ungeduldig und neugierig sah er sich um. »Also, Marlon, wie willst du mich unsichtbar machen?«

»Wer hat denn behauptet, Sie würden unsichtbar im Center herumlaufen?« fragte Sawyer.

Erbost wandte sich Dunston zu ihm. »Halten Sie mich nicht zum Narren, Victor!«

Sawyer lächelte. »Für *sie* unsichtbar. Nicht für uns. Nun, Merlin?«

»Bist du mit der Stealth-Technologie vertraut, Doc?«

»Grandios!« fauchte Dunston. »Gestern war ich ein Klo, heute bin ich ein Flugzeug und morgen ein Füllfederhalter.«

»Folge mir«, bat Merlin. »Hoffentlich leidest du nicht an Platzangst.«

»Irgendwas stimmt da nicht«, murmelte Dunston vor sich hin.

»Wie wir wissen, bist du ein erstklassiger Taucher.«

»Ah, jetzt hab ich's! Ein Unterwasserflugzeug!«

Merlin blieb vor einem Kleiderbügel stehen, an dem ein schwarzer Anzug hing, aus dickerem Material als ein Taucheranzug, aber nicht so voluminös, da sich alle Geräte an der Außenseite befanden. »Schön, nicht wahr?«

»Zweifellos. Was ist das?«

»Bis jetzt haben wir noch keinen Namen dafür gefunden. Wenn du's trägst, können dich die optischen Sensoren des Centers nicht aufspürten – es sei denn, du gehst hin und sagst hallo. Aber du darfst nicht über die Bodenlaser stolpern. Sobald du ihren Stromkreis unterbrichst, wirst du geschnappt.«

»Ein tröstlicher Gedanke. Und wie funktioniert der Anzug?«

»Ganz einfach. Die optischen Sensoren des Centers entsprechen nicht den typischen TV-Überwachungskameras, abgesehen von den Geräten in den OP's und Krankenzimmern. Da sie nicht erwarten, daß ein Mensch in ihrer Domäne herumläuft, sind die Halle, die Korridore und Treppenschächte mit Infrarot- und Röntgensensoren ausgestattet. Und die können diesem Anzug nichts anhaben. Berühr ihn mal. Ziemlich dick, was?«

»Nicht übel«, meinte Dunston.

»Okay. Wir haben mit einem Spezialanzug von der Navy angefangen, aus SEAL-Neopren. Der bedeckt jeden Quadratzentimeter des Körpers, nichts bleibt entblößt. Dann verpaßten wir ihm einen Überzug. Der blockiert alle fünf Radarwellenlängen, die auf eine Stealth gezielt werden könnten. Glaub mir, nichts wird dieses Baby aufspüren, kein Röntgenstrahl, kein Radargerät, alles wird absorbiert, verstehst du?«

»Bisher schon.«

»Nun kommen wir zu den Infrarotstrahlen. Jeder Mensch verströmt eine charakteristische Wärme, die ihn unweigerlich verrät. Deshalb müssen wir deine Körperwärme eliminieren.«

»Wollt ihr mich einfrieren?«

»Beliebst du zu scherzen?«

»Ich versuche am Leben zu bleiben.«

»Das verstehe ich. Und ich meine auch keine Eiseskälte. Das Futter des Anzugs besteht aus Gore-Tex und Thinsulate. Also wirst du's recht gemütlich haben. Außerdem wurden alle Materialien mit flexiblen Freonfasern verwoben. Für die Center-Computer existierst du nicht. Wenn du deinen Job erledigst, werden sie gar nichts merken.«

»Und mein Atem? Den müßten sie wahrnehmen. Benutzt du Taucherluftflaschen?«

»Die kannst du vergessen. Viel zu sperrig. Wir verwenden einen spezialangefertigten Luftquellenregulator aus Titanium und Keramik, nicht zu groß und isoliert. Nimm das Mundstück einfach zwischen die Zähne, dann wird keine Wärme entweichen. Hier.« Merlin hielt einen dünnen Zylinder hoch. »Etwa so groß wie eine extralange Corona-Zigarre.«

»Wieviel Luft ist da drin?«

»Keine Luft, sondern Sauerstoff. Genug für vierzig Minuten.«

»Wie habt ihr das hingekriegt?«

»Der Sauerstoff wurde dreifach komprimiert, ungefähr zehntausend Pfund pro Quadratzoll. Der Regulator unterscheidet drei Phasen statt der üblichen zwei. Also entsteht ganz langsam ein Druck, den man atmen kann. Außerdem mischt ein Diaphragma-Ventil die Luft der Umgebung mit dem Sauerstoff des Regulators. Du wirst leicht angereicherte Zimmerluft einatmen.«

»Und wenn ich ausatme?«

»Das ist ja der Clou – dein Atem bleibt im Anzug. Nichts entweicht. Wahrscheinlich wirst du wegen des Drucks etwas flacher atmen. Alles in allem hast du vierzig Minuten Zeit.«

»Kein Problem mit einer Sauerstoffvergiftung?«

»Nein, diese Gefahr besteht nur in der Wassertiefe. Über dem Meeresspiegel muß man nur befürchten, der Zylinder könnte zu heiß werden und explodieren. Du mußt eben möglichst ruhig atmen.«

»Vierzig Minuten, eh?«

»Ja, und das müßte genügen. Denk dran, das Mundstück erst auszuspucken, wenn du das Center verlassen hast.«

»Darum mußt du dir keine Sorgen machen. Sonst noch was?«

»Hoffentlich hast du grade nichts vor, denn jetzt komme ich langsam in Fahrt. Gehen wir da hinüber.«

Maks folgte den drei Männern. Schweigend bekämpfte sie ihre Angst. Merlin führte Dunston und Sawyer zu einer Werkbank, wo er die Kombination eines Schubladenschlosses wählte. Nachdem es geklickt hatte, glitt eine Metallbox hervor. Er hob den Deckel ab und nahm einen

Gegenstand heraus, der wie eine Tastatur aussah, etwa so groß wie eine Bodenfliese, aber fünf Zentimeter dick. Behutsam legte er das Gerät in Dunstons Hände. »Sei bloß vorsichtig!«

Aufmerksam musterte Chad die kleine Platte. »Ein Word Processor?«

»Dieses Ding läßt sich ebenso mit einem Word Processor vergleichen wie ein Space Shuttle mit einem Doppeldecker. Mein Freund, das ist ein Laptop, aber kein einfaches IBM-Think-Pad, sondern die absolute Spitze, *compadre*, die Technologie des Jahres 2000.«

In Dunstons Augen sah der Computer völlig unscheinbar aus. »Darauf wäre ich nie gekommen.«

»Die Eingeweide haben wir uns von IBM-Siemens geliehen. Diese Firmen arbeiteten zusammen, um eine neue Generation dynamischer Speicherzugang-Chips zu entwickeln. Die Dynamic Access Memory Chips – D-RAM. In einem dieser kommerziellen Chips kann man vier Millionen Informationsbits speichern. Die Center-Computer benutzen Chips, die sechzehn Millionen Bits speichern. Frag mich nicht, woher sie die Dinger haben, weil ich's nicht weiß.«

»Nun, das könnte ich mir vorstellen«, warf Maks ein.

»Darauf wette ich, kleine Lady. Und ich möchte Sie später danach fragen. Also, ein superleitfähiger Sechzehn-Millionen-Bit-Chip ergibt einen verdammt schnellen Prozessor. Aber jetzt schaut euch das an.« Innerhalb von dreißig Sekunden nahm Merlin den Laptop auseinander und löste vorsichtig eine fingernagelgroße Silikonscheibe heraus. »Das ist wahre Kunst. Dieser winzige Chip speichert vierundsechzig Millionen Infos, was zirka zehn dicken

Büchern entspricht. Und davon stecken ziemlich viele in den Schaltkreisen. Damit wirst du das Center übertölpeln, Chad.«

»Hast du das Zeug von IBM bekommen?«

Merlin legte einen Finger an die Lippen. »Schrei nicht so, um Himmels willen! Nicht bekommen – *geliehen.* Und diese Chips sind Prototypen, die einzigen, die sie haben. Wenn du den Laptop verlierst, bin ich erledigt.«

»Und wie soll er mir Zugang zu den Dateien verschaffen?«

»Ganz einfach. Du flatterst wie ein Schmetterling rein und trickst sie mit Lichtgeschwindigkeit aus, bevor sie überhaupt merken, wer oder was sie attackiert hat. Siehst du diese beiden horizontalen Schlitze? Wir schicken dich mit zwei Disketten ins Center. Die erste demoliert ihre Hardware. Das treibt sie zum Wahnsinn, während die zweite Diskette alle Dateien speichert, die du haben willst. *Capice?*«

»Wie lange wird's dauern?«

»Wie lange? Ich rede von Nanosekunden.«

»Und wird's den Patienten auch wirklich nicht schaden?«

»Kein bißchen. Stell dir die Computerzentrale des Centers als menschliches Gehirn vor. Die Großhirnrinde produziert Gedanken. Und der Hirnstamm oder das autonome Nervensystem veranlaßt das Herz, Blut in die Adern zu pumpen. Dieser Laptop schaltet das Großhirn aus – alle Minis und Mikros, die parallel geschaltet sind und für die Funktionen der künstlichen Intelligenz sorgen. Aber der Hirnstamm bleibt unangetastet, den Patienten wird nichts zustoßen.«

»Bist du sicher?«

»Was denn? Spreche ich griechisch? Natürlich bin ich

sicher. Ich müßte ins Detail gehen …« Besorgt schaute er sich um. »Wo steckt Miss McKitrik?«

»Ich erwarte sie jeden Augenblick«, erwiderte Sawyer.

»Gut, dann überlasse ich ihr die näheren Erklärungen. Ich habe dieses Ding zwar konstruiert, aber sie weiß am besten, wie man's benutzt.«

Als Dunston sich nach Cheryl umschaute, überlegte er, in welchem bizarren Outfit sie diesmal erscheinen würde. Dann fiel ihm eine neue Frage ein. »Marlon, angenommen, ich kann bis in die Zentrale vordringen. Wo soll ich den Laptop einklinken?«

»In irgendeinen Mainframe-Port. Da gibt's Dutzende. Alle akzeptieren gewöhnliche RS-232-Kabel. So wie die Drähte, die den Monitor an deinen CPU anschließen. Das ganze Zeug ist industrieller Standard. Wahrscheinlich wär's einfacher, den Stecker aus einem ihrer Minis rauszuziehen und deinen reinzuschieben, aber diesen Bereich mußt du ausschalten. Und sie sehen dich ohnehin nicht. Also, was macht's für einen Unterschied?«

»Was passiert, wenn ich die Zentrale nicht erreiche?«

»Warum solltest du's nicht schaffen?«

»Wer weiß?« Dunston zuckte die Achseln. »Vielleicht stolpere ich und breche mir ein Bein. In diesem Anzug kann ich mich wohl kaum wie Baryschnikow bewegen.«

»Hast du Angst vor den Autobots?«

»Irgendwie schon.«

Merlin öffnete eine andere Schublade und nahm ein Gerät von der Größe eines Toasters heraus. »In diesem Fall benutzt du das da, eine tragbare Simulatorsonde, die wir in deinem Anzug festhaken. So was wird für Kabelinjektionstests verwendet.«

»Wofür?«

»Für die Überprüfung elektrischer Leiter. In Telefonkabeln, Antennen, Kommunikationsgeräten. Und natürlich in Computern. Dieses ganze Zeug reagiert sehr empfindlich auf Störungen durch elektromagnetische Pulse – EMP.«

»Und ich dachte, das passiert nur bei Atomexplosionen«, bemerkte Maks.

»Stimmt. Das Problem ist nur – die Regierung kann keine Atombomben zünden, um Kommunikationsgeräte zu testen. Deshalb benutzt sie EMP-Simulatoren, und das hier ist eine.« Merlins Lippen verzerrten sich zu einem fast beängstigenden Grinsen. »Von mir modifiziert.«

»Auf welche Weise?« wollte Dunston wissen.

»Und ich habe schon befürchtet, du würdest niemals fragen ... Also, ein Simulator injiziert ein Signal, einem EMP nicht unähnlich, um festzustellen, ob die inneren Schaltkreise der erzeugten Energie standhalten. Mit den verschiedenen Simulatorentypen und ihren Wellenlängen will ich dich nicht langweilen. Dieses wundervolle Gerät injiziert eine oszillierende zerfallende Frequenz, die tausend Kilowatt in einer Bandbreite von hundert Megahertz liefert. Eine Dosis – und ein Autobot zerschmilzt wie Wachs.«

»Wie funktioniert das?«

»Normalerweise injiziert ein Simulator Pulse in individuelle Pin-Konnektoren im Leiter, der getestet wird. Eine heikle, mühsame Arbeit. Man muß Wählscheiben drehen und viele andere öde Jobs erledigen. Aber wenn du dieses Ding abfeuerst ...« Merlin berührte einen kleinen roten Knopf. »... bist du gefechtsklar.« Als er auf den Knopf drückte, glitt eine zweiarmige, dreißig Zentimeter lange Antenne aus der Metallhaut des Simulators. An ihren Spitzen, zweieinhalb Zentimeter voneinander entfernt, glänzten silbrige Knäufchen, die Schrotkugeln glichen. »Die Antennenarme sind isoliert, die Spitzen nicht«, erklärte er und preßte wieder einen Finger auf den Knopf. »Wenn du ein zweites Mal drauf drückst, bist du mitten drin in der Action.« Zwischen den Metallspitzen knisterte ungezügelte Energie. Er ließ den Knopf los, und das Geräusch verstummte. »Funktioniert wie eine Betäubungswaffe. Keine Adapter-Platten, keine Pin-Tester, keine Verteilerkabel. Ein rascher Druck, und diese doppelte Stromwelle verflüssigt den härtesten Leiter.«

»Ist das Gehäuse der Autobots nicht davor geschützt?«

»Nein, nur die Außenmauern des Centers. Wer rechnet schon mit einem Kampf zwischen einem Ninja im Taucheranzug und einem rasenden Roboter? Wenn er dich nicht zuerst erwischt, hat er keine Chance gegen dich.«

»Welch ein beruhigender Gedanke …«

»Jetzt probier mal den Anzug. Den haben wir in zwei Größen. Dr. Sawyer meinte, du wärst mittelgroß. Ein bißchen was können wir noch dran ändern.«

Dunston zog sich bis auf die Unterwäsche aus. Mit Merlins Hilfe stieg er in den Anzug, der sich wie ein normaler Taucheranzug anfühlte, nur etwas voluminöser. Obwohl er einer zweiten Haut glich, wirkte er erstaunlich flexibel. Er bestand aus einem Stück, mit einer Neoprenkapuze und Stiefeln, die angefügt waren, um eine ununterbrochene Zirkulation des Kühlmittels zu ermöglichen. In diesem Outfit brach dem Träger nicht der Schweiß aus, im Gegensatz zu Tauchern außerhalb des Wassers. Die

Kapuze bedeckte Chads ganzes Gesicht. Nur die Nase blieb frei. Über die Augenschlitze spannten sich isolierte Silikonlinsen.

»Siehst du genug?« fragte Merlin.

»Ja. Kein Nebel.«

»An den Seiten wird dein Blickfeld etwas eingeengt, doch das läßt sich nicht vermeiden. Dreh dich mal im Kreis.«

Dunston testete den Anzug, sprang hoch, neigte den Oberkörper seitwärts, machte tiefe Kniebeugen, und das Material paßte sich jeder Bewegung an.

»Wie ist die Temperatur?«

»Kühler, als ich dachte.«

»Gut – ich habe nämlich befürchtet, da drin wär's dir zu warm.« Merlin ging zu einer Schalttafel, drückte auf ein paar Tasten und inspizierte die angeschlossenen Meßgeräte. »Perfekt. Der unsichtbare Mann. Ich sehe nur deinen Mund. Vielleicht könntest du ihn schließen, aber du sollst natürlich nicht ersticken.« Er kehrte zu Dunston zurück. »Stecken wir mal den EMP-Simulator ein. Du hast da eine ganze Menge Hardware. Also paß auf und laß dich nicht verwirren. Alles wird mit Klebeband befestigt. Am wichtigsten ist der Laptop. Den hängen wir vorne dran, in Taillenhöhe, in der Nähe deiner Fingerspitzen. Wenn du Glück hast, brauchst du den Simulator nicht. Am besten machen wir ihn an deinem Schenkel fest. Rechts oder links?«

»Links. Und wenn mich ein Autobot angreift, drücke ich zweimal auf den Knopf?«

»Genau.«

»Und was dann? Soll ich ihn niederschlagen?«

»Nein. Vorhin habe ich nur dreißig Zentimeter von der Doppelantenne ausgefahren. Wenn du den Finger auf dem Knopf läßt, verlängert sie sich bis zu zweieinhalb Meter. Ziel damit auf die Metallkröte, und sie bricht sofort zusammen …« Merlin drehte sich um. »Ah, Miss McKitrick.«

Cheryls grüne Augen starrten Dunston an. Dann legte sie den Kopf schief und musterte ihn wie einen Außerirdischen. »Eindeutig jungsteinzeitlich. Übrigens, Darling …« Sie wandte sich zu Maks. »Ich hab' dir die Dokumente gefaxt.«

»Nach Hause?«

»Nein, ins Büro. Gestern nachmittag.«

»Da war ich weg.«

»Macht nichts, ich kann's dir auch nach Hause faxen.« Cheryl nahm zwei Disketten aus ihrer Brieftasche. »Damit zwingen wir das Center, seine Eingeweide auszuspucken.«

»Nur mit diesen beiden Disketten?« fragte Dunston.

»Klar, Doktor. Die eine sendet, die andere empfängt. Soll ich fortfahren, oder wollen Sie noch ein bißchen Supermann spielen?«

»Sind wir hier fertig, Merlin?«

»Vorerst. Morgen sehen wir uns wieder. Warte, ich helfe dir aus dem Anzug.«

Als Dunston in der Unterwäsche dastand, spürte er Cheryls Neugier. Aber an solche Blicke hatte er sich im Umkleideraum des OPs längst gewöhnt. »Jetzt sind Sie dran, Cheryl«, sagte er, nachdem er in einen weißen Overall geschlüpft war. »Ein großer Moment, was?«

»Der allergrößte. Ich gebe keinen Pfifferling auf die Superleitfähigkeit des Centers. Damit machen wir ihren

Sechzehn-Millionen-Bit-Chips den Garaus. Haben Sie einen von diesen geliehenen Chips, Merlin?«

»Hier.« Vorsichtig reichte er ihr die winzige Silikonscheibe, in eine Kneifzange geklemmt.

Cheryl inspizierte sie durch eine Lupe. »Gallium-Arsenid. Mit isolierten, doppelpoligen Transistoren. Die elektronische Geschwindigkeit ist fünfmal größer als bei den Silikonchips des Centers. Sicher, Chad, das klingt ziemlich kompliziert. Aber vertrauen Sie mir. Die Schaltkreise sind perfekt.«

»Was machen Sie mit diesem Zeug?«

»Ganz einfach. Wir verändern die Parität.«

»Die Sequenzen von Nullen und Einsern?«

»Genau. Sobald die Disketten online sind, gibt Ihr Laptop der Computerzentrale des Centers falsche Geschwindigkeitsinstruktionen und wandelt die Parität um – sagen wir, in lauter ungerade Zahlen. Das ergibt fürs Center keinen Sinn, denn seine Computer sind an ihre eigene Paritätssequenz gewöhnt. Also führen sie einen Paritätscheck durch. Einer ihrer SEC-Kontroll-chips, die seriellen Kommunikationskontrolleure für Sicherheit und Exchange, merken sofort, daß da was faul ist, und ordnen eine Unterbrechung der Routine an. Wenn das Center versucht, die Hardware wieder zu initialisieren – was nicht viel Zeit kostet, aber diese Zeit hat's nicht –, demoliert unsere Diskette das Paket.«

»Welches Paket?«

»Der Strom eines Bits ist ein Paket. Numerische Bytes. Während die Center-Computer das versuchen, werden sie von unserer Diskette mittels Rücktransmission neutralisiert. Vorübergehend sind sie außer Betrieb. Nicht lange, aber für unsere Zwecke reicht's. Währenddessen aktivieren Sie die zweite Diskette und bekommen Zugang zu den Dateien, die alle Infos über den geknackten Genom-Code und die beabsichtigten Aktivitäten enthalten. Das dauert nicht lange. Wenn das Center mit der Reinitialisierung fertig ist, müßten Sie alles haben, was uns interessiert.«

»Sonst brauche ich mich um nichts zu kümmern?«

»Wenn's funktioniert.«

»Und wenn nicht?«

»Dann sind Sie auf sich selbst gestellt. Aber es wird schon klappen.«

»Und danach?«

»Sie verschwinden mit der Diskette, laufen nach Hause zu Mama, und wir schauen uns die Dateien an.«

»Also, ich weiß nicht recht … Irgendwie klingt das nicht idiotensicher.«

Seufzend zuckte Cheryl die Achseln. »Unter diesen Umständen gibt's keine bessere Möglichkeit.«

Dunstons Gedanken überschlugen sich. Wenn er seine privaten Pläne verwirklichte, würde er kostbare Minuten opfern. »Noch mal – wie lange kann ich atmen?«

»Etwa vierzig Minuten«, antwortete Merlin. »Fünfundvierzig, wenn du sparsam mit deiner Luft umgehst.«

Fünfundvierzig, dachte Chad. Genug Zeit, um in die Computerzentrale hinabzuschleichen, die Hardware durcheinanderzubringen, die Dateien zu kopieren, ein bißchen im persönlichen Interesse herumzuschnüffeln und zu fliehen? Verdammt knapp. »Wie komme ich raus?«

»So wie du reingekommen bist. Zwei Treppenfluchten rauf, durch den Lieferanteneingang. Von innen lassen sich die Türen nicht versperren, also mußt du dich deshalb nicht aufregen. Wahrscheinlich könntest du auch durch die Halle und die Vordertür rauslaufen. Wer sollte dich schon sehen, außer ein paar Schaulustiger, die das Center begaffen? Aber uns ist's lieber, wenn du hinten rausgehst. Da wartet ein Auto auf dich.«

»Okay«, stimmte Dunston zu. »Und jetzt noch mal von vorn.«

Den ganzen Tag sprachen sie die gesamte Prozedur mit ihm durch, ein halbes Dutzend Mal, und machten nur eine kurze Mittagspause. Um vier Uhr war er ziemlich erschöpft und glaubte, er hätte sich alles zur Genüge eingeprägt. Nun hatte er wahrlich einen erholsamen Abend und ein paar Stunden Schlaf verdient. Als sich Sawyer und Cheryl verabschiedeten, winkte er ihnen nach und hielt den Daumen hoch. Zusammen mit Maks blieb er noch eine Weile bei Merlin und half ihm, die Ausrüstung einzupacken.

Merlin ermahnte ihn: »Eins mußt du bedenken – wenn du im Center bist, hast du nicht den ganzen Tag Zeit.«

»Warum erinnerst du mich dran?«

»Du planst einen kleinen Umweg, nicht wahr?«

»Wieso kommst du drauf?«

»Weil ich kein Trottel bin, weil ich alles weiß, was mit dir passiert, und weil ich an deiner Stelle dasselbe tun würde,« Dunston hob die Brauen. »Zum Beispiel?«

»Zum Beispiel würde ich mich im Labor umschauen, das STM des Centers inspizieren und herausfinden, welche Gestalt du da gesehen zu haben glaubst.«

»Chad und ich *wissen*, daß er sie gesehen hat«, betonte Maks.

»Tatsächlich? Seit wann?«

Nun schilderten sie einem verblüfften Merlin die

Ereignisse des letzten Abends, was nur zehn Minuten dauerte.

Er schüttelte entgeistert den Kopf. »Von dieser Diskette hätte Arthur uns erzählen müssen, Chad.«

»Vermutlich hatte er keine Ahnung, was davon zu halten war. Um solche Schlüsse zu ziehen, muß man wissen, was mit Christine geschehen ist.«

»Und Christine? Diese Information darfst du nicht ignorieren.«

»Oh, das habe ich auch gar nicht vor. Das Kind ist mir mindestens ebenso wichtig wie das STM. Solange Victor hier war, wollte ich's nicht erwähnen. Wer weiß, wie er reagiert hätte? Womöglich würde er die ganze Aktion abblasen.«

»Da gibt's immer noch den Zeitfaktor.«

»Natürlich. Nur keine Bange – ich weiß, daß ich einen Job erledigen muß. Aber wenn ich Christines Versteck finde, wird's einfacher, sie da rauszuholen.«

Merlin nickte nachdenklich. »Okay, solange du die Prioritäten nicht vergißt ...« Dann wechselte er das Thema. »Hast du schon mal ein STM gesehen?«

»Nein, aber es dürfte sich kaum von anderen elektronischen Mikroskopen unterscheiden.«

»Oh, doch. Es ist ziemlich klein, wie ein alter 45er Plattenspieler. Nicht, daß es drauf ankäme. Das Center besitzt kein STM.«

»*Was?*« rief Maks.

»Victor weiß es nicht. Aber das Center hat ein AFM Atomic Force-Mikroskop.«

»Großartig!« stöhnte Dunston.« Reg dich ab, so groß ist der Unterschied gar nicht. Das STM benutzt eine Wolframsonde, um die Hügel und Täler einer Atomlandschaft abzutasten. Beim AFM prallt ein Laser von einem kleinen Spiegel an einer Diamantspitze ab. Ein Positionssensor spürt das Licht auf, das der bewegliche Spiegel reflektiert. Und die winzigste Abweichung wird von der Geometrie des Systems vergrößert oder hervorgehoben, um die Oberflächenveränderungen eines Atoms oder die interatomaren Kräfte zu messen.« Merlin suchte in den Gesichtern der beiden nach einem Zeichen des Verständnisses. »Um es vereinfacht auszudrücken – das wäre alles.«

»So?« murmelte Dunston.

»Ja. Nur ein dünner Laserstrahl, ein Spiegel, eine Diamantenspitze, ein optischer Deflektor und eine runde Pfanne, die wie eine Erfindung von Edison aussieht.«

»Warum erzählst du mir das alles?«

»Weil ich dir Schwierigkeiten ersparen will. Außerdem habe ich eine kleine Rechnung mit dem Center zu begleichen.«

»Dann sind wir schon zu dritt. Was wirfst du ihm denn vor?«

»Es hat meine Forschungsergebnisse geklaut«, erklärte Merlin und nahm eine kleine Flinte aus einem Schrank. »Schau dir das mal an.«

»Lieber nicht. Ich weiß, was diese Dinger bewirken.«

»Vielleicht wird diese Waffe dein Leben retten. Wenn sie für den Geheimdienst gut genug ist, müßte sie auch deine Zwecke erfüllen. Unter uns gesagt – es wird noch ein Jahr dauern, bis sie dieses Modell zwischen die Finger kriegen. Hast du schon mal geschossen?«

»Auf Tontauben. Aber ich war nie besonders gut.«

»Wahrscheinlich lag's an der Waffe, nicht an dir. In diesem Fall spielt's keine Rolle. Das hier ist kein Schießeisen für einen Meisterschützen, sondern eine modifizierte Schrotflinte.« Merlin zeigte auf die einzelnen Teile der mattierten schwarzen, nur vierzig Zentimeter langen Waffe. »Für deine Schußweite genügt der Dreißig-Zentimeter-Lauf. Du mußt Ziele treffen, die maximal sechs Meter entfernt sind. Unter dem Lauf siehst du die Verlängerung des Magazins, in dem sechs Patronen stecken. Diesen Pistolengriff hältst du in der rechten Hand. Den Abzug findest du direkt vor dir. Mit der Linken umfaßt du den Vorderschaft. Alles klar?«

»Bis jetzt schon.«

»Also, das ist ein Selbstlader. Statt zu zielen, schießt du einfach aus der Hüfte. Du mußt das Ding nur hochheben und abdrücken. Leider ist der Rückstoß ziemlich massiv. Aber als Sportschütze bist du ja an so was gewöhnt, und ich glaube, du wirst ganz gut mit dieser Waffe zurechtkommen. Sie ist bereits geladen. Siehst du den Knopf vor dem Abzugbügel?«

»Ja, das kleine rote Ding.«

»Das ist die Sicherung. Wenn du sie rausziehst, kannst du losballern.« Nachdem Merlin die Funktion des Knopfs demonstriert hatte, reichte er Dunston die Waffe, den Lauf nach vorn gerichtet.

Chad wog sie in einer Hand. »Leichter als ich dachte.«

»Viereinhalb Pfund, alles Kevlar-Plastik und Keramik außer dem Lauf. Am besten kleben wir die Flinte an deiner rechten Hüfte fest, gegenüber vom EMP-Simulator. Sie wird nicht einmal bis zu deinem Knie reichen.«

»Womit ist sie geladen?«

Merlin strich über die Bartstoppeln an seinem Kinn.

»Darüber mußte ich eine Weile nachdenken. Die beiden ersten Patronen sind kleine Splitterbomben. Acht Kügelchen auf Nitrozellulosebasis, C-4-Sprengstoff. Sobald sie mit dem Ziel in Berührung kommen, explodieren sie. Einen Autobot kannst du damit nicht zur Strecke bringen, aber diese Dinger würden einen Computer in ein Chaos aus Plastik und zerfetzten Drähten verwandeln. Die beiden nächsten Patronen sind speziell erhärtete Nummer-4-Schrotkugeln.«

»Wozu benutzt man sie?«

»Hauptsächlich, um Menschen zu töten. Die werden entzweigerissen.«

»Erwartest du, daß ich Menschen treffen werde?«

»Keine Ahnung, was dich erwarten soll. Jedenfalls kann's nicht schaden, wenn du das Schießeisen bei dir trägst.«

»Und die beiden letzten Patronen?«

»Diese Erfindung haben wir von den Franzosen übernommen und perfektioniert. Das siebzig Millimeter lange Geschoß heißt Silverplus. Früher wurde es aus Stahl gemacht, und wir haben ihm einen Kern aus Uran-Karbit verpaßt. Deshalb dringt es ziemlich tief ins Ziel ein.«

»Und es müßte ein gewaltiges Loch erzeugen.«

»Die Bullen haben's mal benutzt, um Autotüren und Motorblöcke zu durchschießen. Mit diesem Kern dringt es etwa zwölf Zentimeter tief in Eisen ein, fünfundvierzig Zentimeter tief in Beton – und in alles andere noch viel tiefer.«

»Glaubst du wirklich, daß ich diese Waffe brauchen werde?«

»Ein Pfadfindermotto – allzeit bereit.«

»Okay. War's das?«

»Noch nicht ganz. Wir glauben alle, du wirst bis in die Computerzentrale vordringen.«

»Ja, davon gehen wir aus.«

Merlin hielt ein schwarzes Kabel hoch. »Ein zweites Pfadfindermotto.«

»Muß ich mich auf noch was vorbereiten?«

»Das kann nicht schaden. Nehmen wir einmal an, du würdest die Computerzentrale aus irgendeinem verrückten Grund nicht erreichen. Als ich die Center-Pläne studierte, entdeckte ich mehrere Steckdosen, im Abstand von etwa fünfzehn Metern. Da könnten sich die Autobots und Service-Roboter einklinken.«

»Wozu?«

»Vielleicht müssen die Roboter Kontakt mit der Zentrale aufnehmen, wenn das Bodenleitsystem defekt ist. Das weiß ich nicht genau. Jedenfalls zeigen die Pläne Verbindungen zwischen diesen Steckdosen und der Mainframe. *Voilà.*« Wie ein toter Aal hing das sechzig Zentimeter lange Kabel in Merlins Hand. »Hier siehst du unsere Version von Digital-Thinwire. An einem Ende befindet sich ein Adapter für deinen Laptop, das andere kannst du in die Steckdosen stecken. Falls es Probleme gibt, schließt du deinen Laptop an und erhältst interaktiven Zugang zur Computerzentrale.« Er rollte das Kabel zusammen und steckte es in eine Reißverschlußtasche des Neoprenanzugs.«

»Danke, Marlon«, sagte Dunston lächelnd. »Vielleicht werde ich's brauchen.«

»Fast möchte ich drauf wetten. Oh, noch was.« Merlin öffnete eine Schublade und nahm mehrere Schichten Seidenpapier heraus. Dazwischen lag eine Scheibe aus einem

Material, das wie Glas aussah. Als er sie ins Licht hielt, umfaßte er die Ränder ganz vorsichtig, um keine Fingerabdrücke zu hinterlassen. »Das bekam ich von ein paar Kumpeln bei der NASA, die mir einen Gefallen schuldig waren – eine laserpolierte Vergrößerungslinse, in den Corning Glass Works hergestellt, zur selben Zeit, als das Hubble-Teleskop entwickelt wurde.«

»Interessant. Wozu benutzt man das Ding?«

»Wenn's Ärger gibt, ist's die letzte Rettung. Denk mal ans AFN, das einen freien Elektronenlaser benutzt, einen FEL. Im Unterschied zum Gas- oder Halbleiterlaser verwendet der FEL einen Beschleuniger, dessen Magnetfeld den Lichtwellen zusätzliche Energie verschafft. Das Center besitzt einen vereinfachten Kontaktbeschleuniger mit ungewöhnlich niedriger Voltzahl. Aber laß dich von der geringen Größe nicht täuschen – das Energiepotential ist riesig. Falls das AFN im Labor verwahrt wird, was ich annehme, und wenn Probleme auftauchen, lauf da hinein. Du mußt das AFN einschalten und den Laserstrahl nach hinten richten, indem du ihn vom Spiegel bei der Diamantenspitze abprallen läßt. Dann hältst du diese Vergrößerungslinse in den Laserstrahl und lenkst ihn auf dein Ziel.«

»Was passiert dann?«

»Keine Ahnung. Es wurde noch nie getestet. Wenn ich mich nicht irre, holt das Vergrößerungsglas eine gewaltige Energiewelle aus dem Laserstrahl. Das könnte gefährlich sein. Aber wir reden von einem Notfall. Vielleicht fliegt das ganze Center in die Luft. Sollte dein Leben auf dem Spiel stehen, willst du's vielleicht riskieren. Da!« Merlin wickelte die Scheibe wieder in das Seidenpapier. »Steck's ein. Wahrscheinlich hast du Glück und brauchst es gar nicht. Dann heb's als Souvenir für deine Enkelkinder auf.« Merlins Arme sanken hinab. »So, das war's. Jetzt habe ich keine Spielsachen mehr.«

Dankbar schüttelte Dunston ihm die Hand. »Wirklich, Marlon, du bist ein Zauberer, und ich weiß deine Hilfe zu schätzen. Hoffentlich muß ich das Zeug nie benutzen. Aber ich muß zugeben – das Center jagt mir kalte Angst ein. Ich will den Job möglichst schnell erledigen. Und dann nichts wie raus. Falls was schiefläuft, habe ich deine wundervollen Geräte, und ich stehe tief in deiner Schuld.« Freundschaftlich umarmte er den älteren Mann. »Danke, alter Kumpel.« In seinen Augen glänzten Tränen, als er Maks' Hand ergriff und mit ihr die Werkstatt verließ.

Im Krankenhaus wurde Dunston von einem anderen Arzt vertreten. Seit die Milzextirpation beinahe fehlgeschlagen wäre, wollte er keine Patienten mehr gefährden, bis er das Center-Problem gelöst hatte.

Mit gemischten Gefühlen begleitete er Maks zu ihrem Haus. Einerseits war er froh, daß sich die Angelegenheit bald klären würde, so oder so. Und andererseits weckte der Gedanke an seine Rückkehr ins Center halluzinogene Erinnerungen.

Immer wieder sah er den Autobot vor sich, der sich an ihn herangepirscht hatte, wie ein Jäger an einen Fasan im Maisfeld.

Maks öffnete die Haustür und schaltete das Licht ein. Inzwischen wußte Dunston, daß er sie mit beängstigender Intensität liebte. Vor seiner Begegnung mit Maks hatte er geglaubt, Hingabe und Loyalität würden vor allem kleine

Hunde auszeichnen. Jetzt wollte er sie unbedingt haben, nicht nur physisch und geistig, sondern ganz und gar.

Seltsam, wie die Romanze ohne sexuelle Intimität erblühte – das lag keineswegs an mangelndem Interesse. Aber die Stimmung war niemals richtig gewesen, und die Ereignisse hatten immer neue Hürden aufgebaut. Die Beziehung basierte auf wechselseitigem Vertrauen und Hilfsbereitschaft. Und wenn der richtige Augenblick kam, würden sie's beide wissen. An der emotionalen Harmonie zweifelte er nicht. Vielleicht würde er Maks sogar bitten, ihn zu heiraten. Falls er am Leben blieb.

Während er sein Jackett auszog, ging sie in die Küche. Wenig später kam sie mit einer Kristallkaraffe zurück, die Martini enthielt. Im Zeitalter von Light-Bier und alkoholfreier Getränke wirkte die Szene etwas antiquiert. Aber an diesem Abend konnte Dunston einen starken Drink vertragen. Wortlos reichte sie ihm ein Glas und schenkte ihm einen Martini ein. Die Karaffe war beschlagen, kleine Rinnsale bildeten ein Zickzackmuster. »Bist heute in der Stimmung für einen Doppelten?«

»Ein Dreifacher wäre mir noch lieber.« Er nahm einen Schluck. »O Gott – das schmeckt ja phantastisch! Was ist da drin?«

»Nur Gin und Vermouth mit ein bißchen Mineralwasser. Das Geheimnis liegt in der Kühlung. Diesen Drink habe ich gemixt, bevor wir nach Upton gefahren sind, und ihn in den Kühlschrank gestellt. Deshalb brauchen wir keine Eiswürfel, und der Martini wirkt ziemlich gehaltvoll. Merkst du's?«

»O ja«, bestätigte er und leerte das Glas.

»Eigentlich sollte man dran *nippen*«, mahnte sie lächelnd

und prostete ihm mit ihrem Drink zu. »Übrigens, was ich gestern abend sagte, war ernst gemeint. Ich werde dich begleiten.«

»Natürlich. Im Lieferwagen.«

»Nein, ich gehe mit dir ins Center.«

»Kommt nicht in Frage. Es genügt, wenn ich mein eigenes Leben riskiere.«

»Verstehst du denn nicht? Zu zweit haben wir viel bessere Chancen. Über dich ist das Center genau informiert. Von mir wissen die Computer nur, daß ich Christines nächste Verwandte bin. Aber sie haben keine Ahnung, wie ich aussehe, wie meine Stimme klingt, sie kennen meine Blutgruppe nicht – und so weiter. Ich bin ihnen völlig fremd.«

»Trotzdem würden sie dich blitzschnell töten.«

»Wohl kaum, wenn sie mich nicht sehen. Merlin besitzt noch eine kleinere Ausgabe dieses Anzugs, nicht wahr? Der würde mir passen.«

»Vergiß es. Das ist ein Ein-Mann-Job. Und außerdem – was hättest du davon?«

Dunston beobachtete, wie sie zu einem Schrank ging. Bevor sie mit der Karaffe ins Wohnzimmer gekommen war, hatte sie sich umgezogen. Nun trug sie ein weites Sweatshirt, das bis zu ihren Schenkeln reichte. O Gott, sie sieht einfach hinreißend aus, dachte er. Sie nahm ein Gerät aus dem Schrank, das wie eine Reiseschreibmaschine aussah. »Nicht nur Merlin besitzt einen speziellen Laptop.«

»Das ist ein Laptop?«

»O ja, der Prototyp eines optischen Digital-Laptops. Darüber hätte Merlin sicher gern mit mir gesprochen, wenn die Zeit nicht zu knapp gewesen wäre.«

»Der ist viel größer als seiner.«

»Und deshalb wird er Merlins Penisneid wecken. In den optischen Computern werden Laserstrahlen verwendet, und die brauchen keine Drähte, sondern Linsen. Wegen der Linsen ist dieser Laptop größer.«

»Was willst du damit erreichen?«

»Pro Sekunde schaffte er über eine Milliarde Perioden. Damit verglichen, ist die Geschwindigkeit seines Laptops geradezu lächerlich. Mittels der Optik kann man unglaublich viele Informationen simultan speichern. Und mit den optischen Kanälen klinkt man sich in andere Computer ein. Hör mal, ich verlange wirklich nicht zuviel, und ich will mich gewiß nicht mit irgendwelchen Autobots rumprügeln. Du mußt mich nur zu einer dieser Steckdosen führen, die Merlin beschrieben hat. Meinen Laptop kann ich mit dem gleichen Kabel anschließen, das er für seinen benutzt. Während du deinen Job erledigst, warte ich vor einer Steckdose. Und wenn du das System demolierst, werde ich's merken. Alles kommt zum Stillstand. Das ist mein Signal, ich stecke mein Kabel rein und kann tun, was ich einfach tun muß.«

»Und was ist das?«

»Ich will herausfinden, was mit Christine geschehen ist. Glaub mir, es wird funktionieren.«

»Warum hast du Merlin nichts davon erzählt?«

Sie zögerte. »Weil Kashiwahara das Gerät noch nicht richtig getestet hat.«

»Großer Gott, ebenso wenig wie Merlins Superlinse! Vergiß es, Maks, das ist zu gefährlich.«

»Bitte, Chad! Ich weiß, du versuchst mich zu schützen. Trotzdem ... Begreifst du denn nicht, wie wichtig es für mich ist?«

»Doch, aber ...«

»Kein Aber! Ruf Merlin an und frag ihn, okay?« flehend schaute sie ihn an. »Was immer er sagt, ich werde es akzeptieren.«

»Und wenn er nein sagt?«

»Auch dann.«

Er wußte, daß er keine Wahl hatte. Diesen Wunsch mußte er ihr erfüllen. »Also gut.«

»Läßt du mich mit ihm reden?«

»Ja – vorausgesetzt, du betrachtest seine Entscheidung als endgültig.«

»Einverstanden.«

Dunston ging zum Telefon. Was er jetzt riskierte, war vielleicht der größte Coup seines Lebens – oder sein schlimmster Fehler.

21

Bei Maks' Telefonat mit Merlin wurde auch Victor Sawyer zugeschaltet. Dunston wanderte am anderen Ende des Zimmers umher und hörte zu. Während des kurzen Gesprächs erklärte Maks in eindringlichen Worten, warum sie ihn ins Center begleiten wollte. Wie er ihrem Tonfall entnahm, überzeugte sie die beiden Männer. Schließlich legte sie lächelnd auf und erzählte, Merlin habe ihr versprochen, alle nötigen Vorbereitungen zu treffen. Nach seinem zweiten Martini war Chad müde. Er stieg die Treppe hinauf, um sich auszuruhen, heiß zu duschen und vielleicht ein bißchen zu schlafen.

Als er das Bad verließ, ein Handtuch um die Hüften geschlungen, stand Maks im Computerraum, vor dem Faxgerät. Er ging zu ihr, spähte über ihre Schulter, und sie wandte sich zu ihm. Beim Anblick seiner nassen Haare meinte sie: »Jetzt könnte ich auch eine Dusche gebrauchen.«

»Interessante Informationen?«

»Nein, Cheryl hat mir nur ein paar Angaben zu diesem Schmidt gefaxt. Seine Krankengeschichte, ein paar persönliche Daten. Nichts, was mir weiterhelfen könnte.« Sie gab ihm die Papiere. »Schau's dir an.« Dann verließ sie das Zimmer und duschte.

Von den Drinks leicht benebelt, blätterte Dunston ein Dutzend Seiten durch. Cheryl hatte gründliche Nachforschungen angestellt und herausgefunden, daß Schmidt mehrmals in verschiedenen Krankenhäusern und im Gefängnis gewesen war. Außerdem fand Chad Hinweise auf Steuerzahlungen und die Sozialversicherung. Das letzte Blatt zeigte die Kopie eines alten Führerscheinfotos. Verwirrt folgte er Maks zum Bad. Er hörte das Wasser rauschen, klopfte an und bekam keine Antwort.

»He, Maks?« rief er, öffnete die Tür und steckte den Kopf durch den Spalt.

»Ich bin sofort fertig.«

»Warum hat sie dir ein Foto von Arthur gefaxt?«

»Ein Foto von wem?«

»Schon gut, trockne dich erst mal ab.« Verblüfft starrte er den Mann auf dem Foto an, der seinem toten Freund aufs Haar glich. Eine seltsame Frage quälte ihn. War es möglich, daß Arthur ...? Nein, er hatte die Leiche gesehen. Nachdenklich schlenderte er ins Erdgeschoß hinab, goß den restlichen Martini aus der gekühlten Karaffe in sein Glas und leerte es. Der Drink brannte in seiner Kehle. Welchen Sinn ergab dieses Fax? Das mußte er irgendwie herauskriegen. Aber der Alkohol behinderte seine Gehirnfunktionen, und seine Gedanken bewegten sich im Kreis. Auf unsicheren Beinen ging er zur Couch, setzte sich und schloß die Augen. Obwohl er sich zwang, das Rätsel zu lösen, schlief er ein.

Als er erwachte, spürte er schmerzhaft seine steifen Glieder, und er schwitzte am ganzen Körper. In seiner Nähe brannte eine helle Lampe. Gähnend rieb er sich die Augen und schaute auf eine Uhr. Kurz nach eins. Er knipste das Licht aus. Eine Zeitlang saß er im Dunkel und versuchte sich zu entsinnen, was er hier machte. Abrupt kehrte die Erinnerung zurück – das Fax, das Foto. Darin fand er noch immer keinen Sinn.

Morgen früh um sieben würde er mit Maks zum Center fahren. Wenn er auch bereit war, den Kampf aufzunehmen, fühlte er sich unbehaglich. Wie böse Geheimnisse krochen seine Gedanken durch die Finsternis.

Wo steckte Maks? Langsam richtete er sich auf, von heftigen Kopfschmerzen gepeinigt. Vorsichtig erhob er sich, stieg die Treppe hinauf und ging ins Bad, um ein Motrin zu schlucken. Als er die Tür des Apothekenschranks schließen wollte, streifte sein Blick das Tablettenröhrchen, das mit Christines Namen versehen war, und er griff danach. Serophen … Über dieses Medikament hatte er mehrmals nachgedacht. Er stellte das Röhrchen ins Schrankfach zurück.

Im Flur spähte er durch die offene Schlafzimmertür. Maks lag im Bett. Offensichtlich schlief sie tief und fest, und er mochte sie nicht wecken. Er ging weiter, zu Christines Zimmer, und plötzlich erinnerte er sich – Serophen war ein Markenname für ein Clomiphen-Zitrat, ein Präparat, das man in der reproduktiven Endokrinologie verwendete. Normalerweise wurde es verschrieben, um den Eisprung unfruchtbarer Patientinnen zu stimulieren. Chad runzelte verwundert die Stirn.

Von neuem Unbehagen erfaßt, zögerte er eine Weile, ehe er in sein Bett sank. Christine war ins Center gegangen, um ihre Mandeln entfernen zu lassen, und dann an einem seltenen Herzfehler gestorben. Konnte das Serophen ihren Tod bewirkt haben? Daran zweifelte er, nach allem, was er über das Medikament wußte. Und warum sollte man bei einem vierjährigen Kind einen Eisprung hervorrufen? Was ihn am meisten beunruhigte – falls Christine die Tabletten genommen hatte, mußte der Eisprung infolge des Datums auf dem Röhrchen am Tag ihrer Ankunft im Center eingetreten sein. Und dieser Gedanke erschien ihm ungeheuerlich. Er fror bis auf die Knochen.

Kurz entschlossen ging er in Maks' Zimmer. Ohne sie zu wecken, kroch er unter die Decke und wärmte sich an ihrem Körper. Da er nicht schlafen konnte, starrte er ins Dunkel und versuchte, sein wachsendes Grauen zu bekämpfen. Bald würde er ins Center zurückkehren.

22

Als er um halb sieben den Kies der Zufahrt knirschen hörte, schob er den Vorhang des Schlafzimmerfensters beiseite. Ein Lieferwagen hielt vor der Haustür und hupte. An einer Seite stand: »H&R, Installation.« Dunston sah den Fahrer, in einem beigen Overall. Zweifellos saßen die anderen, darunter auf Sawyers Wunsch auch Captain Donohue, im Laderaum.

Hinter Chads Rücken erklang Maks' Stimme. »Oh, du bist schon auf.«

»Der Lieferwagen ist da.«

Mit ihren anmutigen Schritten, die er so liebte, kam sie aus dem Bad ins Schlafzimmer und betrat den begehbaren Kleiderschrank. Chad spürte ihre Nervosität. Wenig später war sie angezogen. Sie trug ein langes Bigshirt mit einer Kordel am Halsausschnitt und wadenlange Leggings.

Während er ein T-Shirt, eine Jogginghose und Turnschuhe aus Mr. Lassiters Schrankfächern nahm, überlegte er, daß er sich im Lieferwagen umziehen würde. »Gehen wir. Je früher wir aufbrechen, desto eher haben wir's hinter uns.«

»Okay, ich bin bereit.« Mit zitternden Fingern strich sie über seine Wange. »Hast du Angst?«

»Merkt man's?«

»Wahrscheinlich fürchte ich mich viel mehr. Aber es wird sicher gutgehen. Das weiß ich.«

»Woher nimmst du diese Zuversicht?«

»Von dir.«

Hand in Hand stiegen sie die Treppe hinab und durchquerten die Küche. Die Hupe ertönte. »Beeilen wir uns«, seufzte er. Maks schaute auf die Wanduhr, Punkt sieben. Sie verließen das Haus durch den Hinterausgang. Am Himmel hingen graue Wolken. Es roch nach Regen.

Als sie sich dem Lieferwagen näherten, schwang die Seitentür des Laderaums auf, und Merlins Gesicht erschien. »Einen wunderschönen Morgen, Chad. Gut geschlafen?«

»So gut, wie man's unter diesen Umständen erwarten konnte.«

»Wenigstens bist du einigermaßen ausgeruht. Miss Lassiter …« Merlin musterte Maks mit schmalen Augen. »Hoffentlich ist Ihr Laptop so grandios, wie Sie's behaupten. Davon hängt Ihr Leben ab.«

»Keine Bange. Auf dieses Gerät kann ich mich verlassen.«

Chad stieg hinter Maks in den halbdunklen Laderaum. Neben den Kisten saß Cheryl auf einer der seitlichen Metallbänke und mimte Langeweile. Die anderen – Sawyer, ein Techniker und Donohue – winkten den Neuankömmlingen nervös zu. Nachdem sich Maks und Dunston auf die freien Plätze gezwängt hatten, schloß Sawyer die Tür und klopfte an die Wand, die das Fahrerhaus vom Laderaum trennte.

Der Wagen rollte zur Straße, und Victor schaute auf seine Uhr. »Wenn sich der Verkehr in Grenzen hält, dauert die Fahrt fünfundvierzig Minuten. An einem Samstagmorgen dürften wir keine Probleme haben. Auf dem Weg hierher hat Merlin die Ausrüstung für Miss Lassiter geholt, und ich war in meinem Büro, um den Hauptcomputer mit dem Center zu verbinden. Dort wird die Lieferung immer noch erwartet. Kein Sinneswandel in letzter Minute. Also sind wir im Geschäft.«

»Zieht euch jetzt um, Leute«, sagte Merlin. »Maks, macht's Ihnen was aus, wenn ich inzwischen Ihren Laptop checke?«

»Nein«, antwortete sie und begann sich auszukleiden.

Zu Dunstons Erleichterung zeigte ihre Unterwäsche nicht viel von ihrem Körper. Auch er zog sich bis auf die Boxershorts aus. »Sollen wir unsere Sachen auf die Bank legen?«

Merlin nickte. Fasziniert untersuchte er den Laptop. »Sind Sie sicher, daß dieses Ding funktioniert, Maks?«

»Das hoffe ich, um meiner Schwester willen.«

»Glauben Sie wirklich, sie würde noch leben?«

»O ja.«

Auf dem Highway beschleunigte der Lieferwagen. Die verständlicherweise genervten Insassen schwiegen. Nur das monotone Dröhnen des Vehikels war zu hören. Merlin hatte alles, was Chad und Maks brauchen würden, in einen großen Karton hinter den drei Kisten gepackt. Jetzt öffnete er ihn und faltete vorsichtig die isolierten Anzüge auseinander. Er stand auf und half Dunston, in seinen Anzug zu schlüpfen. Dann gingen sie beide Maks zur Hand.

Im schwankenden Lieferwagen war die Prozedur ziemlich mühsam. Dunston fing an zu schwitzen. Bevor sie die Kapuzen aufsetzten, knipste Merlin die Schalter im Hüftbereich an, die das Kühlmittel aktivierten. Es begann zu zirkulieren, sobald die Kapuzen ihre Köpfe bedeckten, und die veränderte Temperatur war eine willkommene Erleichterung.

Nach einem letzten Check wandte sich Dunston zu Maks. »Alles in Ordnung?«

»Welchen Planeten besuchen wir heute?«

»Gute Frage.«

»Dreht euch mal hierher.« Mit der Hilfe des Technikers verteilte Merlin die restlichen Utensilien. Zuerst kamen die Laptops an die Reihe. Die Hilfskabel, zusammengerollt wie Schlangen in der Sonne, wurden in durchsichtigen Plastikbeuteln verstaut, die auch die Disketten enthielten. Dann wurde Dunstons EMP-Simulator an den Schenkel geklebt, gefolgt von der Schrotflinte an der Hüfte.

»Was zum Teufel ist das?« fragte Donohue.

»Ein phantastisches Schießeisen, das Ihr Revier vielleicht in zehn Jahren kriegt«, erwiderte Merlin. »Falls Sie Glück haben.«

»Hoffentlich braucht er dafür keinen Waffenschein. Es würde mir das Herz brechen, wenn ich ihn jetzt verhaften müßte.«

»Daran habe ich gar nicht gedacht. Wie sieht's mit unserer Zeit aus?«

»Noch fünfzehn Minuten«, erklärte Sawyer.

Merlin trat zurück und musterte die beiden Gestalten in den Neoprenanzügen. »Wie fühlt man sich da drin?«

Vorsichtig hüpfte Dunston auf und ab, dann schaute er Maks an. Sie nickte. »Damit gewinnen wir keinen Marathon. Aber es ist erträglich.«

»Sie sollen nicht um die Wette laufen, sondern nur überleben«, betonte Merlin, worauf Chad und Maks einen vielsagenden Blick wechselten.

»In Ihrer Brusttasche steckt das kleine Zaubermittel«,verkündete Merlin. »Für alle Fälle ...«

»Welches kleine Zaubermittel?« fragte Sawyer.

»Eine Versicherungspolice«, antwortete Merlin ausweichend. »Okay, Leute. Jetzt müßt ihr in die Frachtkiste kriechen. Vielleicht wird's ein bißchen eng darin, Miss Lassiter. Der Transport war nicht für Sie beide geplant. Vermutlich müssen Sie auf Chads Schoß sitzen.«

»Oh, wie romantisch.«

»Und die Regulatoren?« fragte Dunston.

»Erst wenn wir da sind. Befolgen Sie Chads Anweisungen, Miss Lassiter. Und halten Sie den Mund, bis Sie ausgeladen sind. Sind Sie bereit?«

Chad schaute Maks an, die ihm zunickte, trotz der Tränen in ihren Augen. »Okay, alter Zauberer«, seufzte Dunston. »Verwandle uns in ein Klo. Welch ein Pech! Aschenputtel durfte sich zu einer schönen Prinzessin mausern.«

Mit einem Brecheisen lösten sie den Deckel von der Kiste. Zuerst kletterte Dunston hinein, mit der Hilfe eines Schemels, Merlins und des Technikers. In der Kiste stand ein Stuhl, am Boden verankert. Dunston nahm Platz und schnallte sich beeindruckt fest. Sogar an einen Sicherheitsgurt hatten sie gedacht. Dann half er Maks, über den Rand zu steigen, und hielt den Laptop an seine Brust, damit sie auf seinem Schenkel sitzen konnte. »Hast du's bequem?« flüsterte er und schlang einen Arm um ihre Taille.

»Wie in einem Polstersessel«, erwidert sie und zwang sich, einen beiläufigen Ton anzuschlagen.

»Wie lange noch?« fragte Merlin.

»Sechs Minuten.«

»Okay, Chad, nimm die Regulatoren.«

Chad streckte eine Hand aus. »Ja, ich hab' sie.«

»Miss Lassiter, wenn Sie nicht in Panik geraten, wird's

großartig klappen. Sobald wir anhalten, verschließen wir die Kiste. Noch irgendwelche Fragen in letzter Minute?«

»Tragen Sie zufällig einen Rosenkranz bei sich?«

»Tut mir leid, den habe ich vergessen.« Merlin pochte gegen die Seitenwand der Kiste. »Kopf hoch!«

Dunston schnallte auch Maks fest und inspizierte die rauhen Holzwände. Da sich Maks' Scheitel unterhalb des Rands befand, wurde sie vor den Blicken der anderen geschützt. Allein mit seinen Gedanken, überlegte er, was er wußte und was nicht.

Ermutigend sprach Sawyer auf ihn ein, aber Dunston hörte nur mit halbem Ohr zu. Bald drosselte der Chauffeur das Tempo und bog in die Zufahrt des Centers.

»Auf die Plätze!« rief Merlin. Alle außer ihm selbst und dem Techniker, die jetzt beide H&R-Overalls trugen, zwängten sich hinter eine Trennwand. Durch die Heckklappe würde man nur die zwei Männer und die drei Kisten sehen. »Ich schlage nur einen Nagel in jede Ecke«, erklärte Merlin und reichte Dunston ein kleines Brecheisen. »Sobald ihr drin seid, mußt du den Deckel hochstemmen. Laß das Brecheisen in der Kiste liegen. Und denk dran, keine Regulatoren, bevor du spürst, daß die Kiste aus dem Lieferwagen gehoben wird. Alles klar?«

»Ja.«

Merlin grinste. »Waidmanns Heil!« Dann legte er den Deckel auf die Kiste und begann die Nägel festzuhämmern.

Zunächst fühlte sich Maks im schwarzen Dunkel desorientiert. Doch das Unbehagen verflog sofort. Sie spürte, wie der Wagen hielt. Vermutlich zeigte der Fahrer seinen Ausweis vor, ehe er wieder beschleunigte. Eine Minute später bremste er erneut. Nun standen sie wahrscheinlich vor der Laderampe. Dunstons starker Arm beruhigte sie.

Die Kiste, in der sie saßen, sollte zuletzt herausgehoben werden. In der Ferne hörte Dunston ein mechanisches Surren, jenes Geräusch, das er mit den Autobots assoziierte. Trotz der angenehmen Temperatur in seinem Anzug bekam er eine Gänsehaut. Während sich der Autobot näherte, dröhnte er immer lauter. Schließlich blieb er vor der Heckklappe stehen. Ein anderes Geräusch erklang, diesmal ein leiseres, elektrisches Zischen, gefolgt von einem gedämpften Bums, als die Wagentür aufschwang.

»Helfen Sie mir, diese Dinger auf den Gabelstapler zu hieven«, sagte Merlin.

»Ich gebe dir ein Zeichen, wenn du den Regulator benutzen sollst, Maks«, wisperte Dunston. »Atme ganz ruhig und langsam, so wie ich's dir gezeigt habe. Okay?«

Statt zu antworten, drückte sie seinen Arm.

Eine Kiste nach der anderen wurde aus dem Wagen gehoben. Dunston stellte sich vor, daß sie auf einem Gabelstapler landen würden, den ein Autobot steuerte. Endlich fühlte er, wie zwei Metallheber unter seine Kiste glitten. In der Finsternis mußte er ein Schwindelgefühl bekämpfen, während sie durch die Luft glitten und auf eine harte Fläche geladen wurden. Sobald er hörte, wie sich die Heckklappe des Lieferwagens schloß, gab er Maks das Zeichen, und sie schoben die Mundstücke der Regulatoren zwischen die Lippen.

Maks spürte, wie sich der Gabelstapler drehte und die Metallheber unter der Kiste weggezogen wurden. Jetzt waren sie allein – auf sich selbst gestellt.

Es dauerte eine Weile, bis Dunston merkte, daß er den Atem angehalten hatte. Hastig inhalierte er, und die dreifach komprimierte Luft strömte kraftvoll in seine Lungen, als wäre er ein Taucher, dreißig Meter unter dem Meeresspiegel. Dann erinnerte er sich an den begrenzten Luftvorrat, atmete langsam und bezwang den panischen Impuls, seine Lungen vollzupumpen. Angespannt lauschte er, und Maks' regelmäßige Atemzüge beruhigten ihn. Bald atmete auch er so flach wie möglich.

Nun setzte sich der Gabelstapler in Bewegung. Sanft stießen die Kisten aneinander. Maks spürte, wie sie bergauf fuhren, wahrscheinlich über eine Rampe. Wenige Sekunden später befanden sie sich im Center.

23

Vor lauter Angst, entdeckt zu werden, bekam Dunston wieder eine Gänsehaut. Obwohl er Merlins Behauptung glauben wollte, sie seien unsichtbar, erwartete er jeden Augenblick eine Alarmglocke zu hören. Nervös betastete er mit einer Hand das Brecheisen, während die andere den Griff der Schrotflinte an seiner Hüfte berührte. Nichts geschah. Fast lautlos fuhren sie immer weiter in das Gebäude hinein.

An der Innenseite seines linken Handgelenks klebte eine Uhr mit schwach erleuchteten Digits. Seit der Ankunft im Center waren zwei Minuten verstrichen. Der Gabelstapler stoppte, glitt ein Stück zurück und rollte langsam ein paar Meter nach vorn, ehe er endgültig stehenblieb.

Dann hatte Maks das Gefühl, den Boden unter den Füßen zu verlieren, und ihr Magen drehte sich um. Offenbar hatte der Autobot die Kisten auf ein anderes Vehikel gehievt, und sie fuhren in einem Lift nach unten. Irgendwelche Geräte surrten, und der Aufzug hielt. Wenn alles planmäßig verlaufen war, mußten sie jetzt die Ebene zwei erreicht haben. Die Kiste kippte nach vorn, und der Autobot zog das Transportfahrzeug, vermutlich eine Plattform auf Rädern, hinter sich her. Reglos saß Dunston da und lauschte, suchte die Stille nach Geräuschen ab. Er spürte, wie Maks erschauerte, und drückte sie fester an sich. Nun wurde das Tempo beschleunigt. Sie bogen um eine Ecke, und schließlich – nach einer scheinbar endlosen Fahrt – hielten sie wieder. Ringsum herrschte tiefes Schweigen, und er schaute auf seine Uhr. Fünf Minuten waren vergangen. Bald mußten sie aus der Kiste steigen.

Als das Fahrzeug vom Autobot losgehakt wurde, klirrte es. Irgend etwas bewegte sich, ein Kran oder ein Roboterarm. Dann landete eine Kiste nach der anderen am Boden. Maks hörte das gedämpfte Klicken eines Autobots, der das leere Vehikel wegbrachte, auf leisen Gummirädern. Erleichtert atmete sie auf und tätschelte Chads Schenkel. Wenn sie Glück hatten, waren sie endlich allein.

Dunston konsultierte wieder seine Uhr. Sieben Minuten. Nachdem er sich vergewissert hatte, daß alles still blieb, bedeutete er Maks, von seinem Schoß zu rutschen, und umfaßte das Brecheisen mit beiden schweißnassen Händen. In einer seiner Taschen steckte eine kleine Taschenlampe, doch er knipste sie nicht an. Womöglich würde das Licht Aufmerksamkeit erregen. Mit seinen behandschuhten Fingern ertastete er den Rand des Kistendeckels und schob das Brecheisen in den schmalen Spalt. Er fürchtete, die Nägel würden knirschen. Aber Merlin mußte sie eingeölt oder Teflon-Nägel benutzt haben. Lautlos löste sich der Deckel von der Kiste. Chad und Maks standen langsam auf und hoben ihn über ihren Köpfen hoch.

Als er über den Rand der Kiste hinwegspähte, sah er schwaches Licht, die Reflexion eines roten Laserleitstrahls, die der Beleuchtung in der Dunkelkammer eines Fotografen glich. Wachsam schaute er sich um. Sie befanden sich in einem der labyrinthischen Center-Korridore, viereinhalb Meter breit und ebenso hoch, mit Betonwänden. Und was Maks am wichtigsten erschien – nirgends ließ sich ein Roboter blicken. Die drei Kisten standen mitten im Flur, etwa anderthalb Meter von den bleistiftdünnen roten Laserstrahlen an beiden Wänden entfernt. Fünfzehn Meter weiter vorn glaubte sie eine Treppe zu sehen.

Dunston bedeutete ihr, den Deckel loszulassen. Vorsichtig lehnte er ihn an die Kiste, in einem Winkel von fünfzehn Grad. Merlin hatte einen Schemel in die Kiste gestellt. Nach einem weiteren forschenden Blick in alle Richtungen wies Chad seine Begleiterin an, auf den Schemel zu steigen. Dann umfaßte er ihre Taille und half ihr, aus der Kiste zu klettern. Lautlos landete sie am Boden.

Auch Dunston bestieg den Schemel, schwang sich über den Holzrand und schaute wieder auf seine Uhr. Inzwischen waren neun Minuten vergangen. Maks' Herz pochte heftig. So weit, so gut, dachte sie. Trotz ihrer Angst spornte sie der Gedanke an Christine an, die sich ganz allein in diesem schrecklichen Gebäude aufhielt. Ihre flachen, regelmäßigen Atemzüge beruhigten sie. Nachdem Chad ihr bedeutet hatte, ihm zu folgen, eilten sie zur Treppe, die sie mit jedem Schritt klarer sah. Die Laserstrahlen vermittelten ihr den Eindruck, von einem Förderband transportiert zu werden. Nichts ließ befürchten, daß man die Eindringlinge entdeckte. Bisher hielten die Anzüge, was Merlin versprochen hatte.

Dunston schaute nach oben. Alle vier Meter hing eine Halogenlampe herab, von der Art, die Arthur und ihm dem Weg beleuchtet hatte, als sie zum Alpha-Interface in die Computerzentrale gegangen waren. Wie er sich erinnerte, wurden sie von Infrarot-Sensoren eingeschaltet. Jetzt beruhigte ihn die Finsternis ebenso wie die Steckdosen. Die erste fand er über dem Treppenabsatz und zeigte sie seiner Begleiterin. Er schaute sich um, berührte das Kabel in seiner Tasche und widerstand der Versuchung, den Laptop anzuschließen, die Daten zu speichern und schleunigst zu verschwinden.

Aber Merlin hatte erklärt, ein direkter Kontakt mit dem Mainframe sei vorzuziehen. Außerdem mußte er das Labor aufsuchen, das in der Nähe der Computerzentrale lag. Er bedeutete Maks, bei der Steckdose zu warten, und half ihr, das Kabel aus der Plastikschutzhülle zu nehmen. Dann beobachtete er, wie sie ihren optischen Laptop anschloß und auf Standby schaltete. Mittels der Zeichensprache erklärte er ihr, er würde hierher zurückkommen. Wie sie zuvor besprochen hatten, würde eine Verdunkelung den Augenblick signalisieren, wo sie ihren Computer einklinken mußte. Er umarmte sie, riskierte einen tiefen Atemzug und stieg die Stufen hinab.

Während sie ihn verschwinden sah, schwankten ihre Gefühle zwischen erträglicher Nervosität und kaltem

Grauen. Viel zu schnell hämmerte ihr Herz gegen die Rippen, und sie fürchtete immer noch, man würde sie entdecken. Doch sie mußte die Angst bezwingen und ihre einzige Chance nutzen, Christine zu finden. Ohne sie wäre ihre Schwester verloren. Die Sorge um Chad erschwerte die Situation. In Maks' Hals pochte ein unregelmäßiger Puls. Mühsam kontrollierte sie ihre Atemzüge.

Dunston hielt sich am Geländer des Treppenhauses fest und stieg vorsichtig hinab. Hier wurde der Weg nicht von Laserstrahlen beleuchtet. Er mußte sich bei jedem Schritt, bei jeder Bewegung auf seinen Tastsinn verlassen. Vor seinem geistigen Auge sah er die Topographie des Centers, das man auf dem Hang eines Hügels erbaut hatte. An der Seite des Haupteingangs wurde das Erdgeschoß »Ebene eins« genannt. Zwei Etagen tiefer lagen das Labor und die Computerzentrale. Aber da der Hang an der Rückfront des Centers in einem Winkel von siebzig Grad abfiel, befand sich der hintere Teil des Labors, wo Chad durch das Fenster gestürzt war, ein Stockwerk über dem Erdgeschoß. Die Architekten hatten erkannt, daß die Lage an einem Hang Heizkosten sparen würde.

Jetzt hatte er die Hälfte der Treppe bewältigt. In grimmiger Entschlossenheit setzte er seinen Weg fort. Aber ein anderer Teil seines Wesens wollte überall sein, nur nicht hier. Am liebsten würde er in seinem vollgetankten Boot über eine glatte Wasserfläche rasen. Der Gedanke war eine angenehme Ablenkung, und er malte sich aus, wie die Sonne über dem Horizont des Long Island Sound aufging. Um sechs Uhr morgens, an einem jener windstillen Tage, wo der Sound einem glänzenden Spiegel glich … Erst würde er langsam hinausfahren und dann in wildem

Tempo, mit dröhnenden MerCruisers nach Shelter Island brausen, ein berauschendes Machtgefühl in seinem Blut spüren – eins mit der Sonne, dem Himmel, dem Meer …

Er erreichte die Ebene drei. Neben der letzten Stufe ertastete er eine Steckdose. Im Gegensatz zu dem Treppenschacht, den er damals gemeinsam mit Weiman hinabgestiegen war, entdeckte er in diesem keine verborgene Tür, nur einen Torbogen, und er gratulierte sich zu seinem ersten Sieg. Hätte er eine Tür öffnen müssen, wäre es den Computern sicher nicht entgangen. Vorsichtig spähte er durch die Öffnung in den langen dunklen Korridor. Die Lampen an der Decke blieben schwarz. Erleichtert betrat er den Flur.

Ohne die Bodenlaser, die hier unten etwas heller und gelblicher schimmerten, hätte er überhaupt nichts gesehen. Verbunden mit seiner Kenntnis der Center-Architektur, genügte ihm dieses schwache Licht zur Orientierung. Er schaute nach beiden Seiten und vergewisserte sich, daß der Korridor leer war. Langsam ging er weiter. So schwierig es auch war, in Stiefeln auf Zehenspitzen zu schleichen – er schaffte es irgendwie. Er kannte seine Umgebung. Diesmal wandte er sich nach rechts, nicht nach links so wie damals, zusammen mit Weiman. Am Ende des Flurs blieb er stehen und hielt sich sekundenlang mit ausgestreckten Fingerspitzen an der Wand fest. Dann tastete er seinen Körper ab, um festzustellen, ob er immer noch alle Geräte bei sich trug. Zufrieden spähte er um die Ecke und setzte seinen Weg fort.

Nach siebzehn Schritten hielt er in der Mitte des Korridors wieder inne und spürte eine fast greifbare Aura. Sogar durch die Schichten seines Anzugs schien die pulsierende Luft zu dringen. Eine seltsame Lebenskraft umgab ihn. Als er nach links schaute, sah er das breite Rechteck eines Türrahmens.

Nun hatte er die Computerzentrale erreicht, das Herz der Klinik. Er holte tief Atem und hörte beklommen die Luft zischen, die durch seinen Regulator strömte. Aber er bezweifelte, daß jemand anderer das Geräusch wahrnahm, da es von seinem Anzug abgeschirmt wurde. Nach den nächsten drei Schritten blieb er erneut stehen und runzelte verblüfft die Stirn.

Mehrere Minicomputer reihten sich aneinander, durch dicke koaxiale Kabel verbunden, parallel angeschlossen. Er zählte zehn Reihen mit je zwölf Geräten, im Ganzen hundertzwanzig. Während er davorstand, fühlte er wieder lebensnahe Vibrationen, die Ausstrahlung einer ungezügelten Intelligenz.

Unheimliches Dunkel erfüllte den riesigen Raum. Hier und da blinkten rote und grüne Betriebslichter, wie die Navigationslämpchen eines Schiffskonvois. Und wie zuvor konzentrierte sich sein Blick auf die Mitte des Saals.

Wie rechteckige Monolithen erhoben sich die beiden Supercomputer. Aus Dunstons Perspektive betrachtet, wirkten sie höher als ihre viereinhalb Meter. Ohne sie aus den Augen zu lassen, ging er langsam darauf zu und achtete mit all seinen hellwachen Sinnen auf potentielle Geräusche oder Bewegungen. Im Hintergrund erklang ein tiefes, zitterndes Summen. Die schiere Kraft, die diese Computer verströmten, erschien ihm immer bedrohlicher, je näher er herankam. Obwohl er sie fürchtete, haßte und vernichten wollte, so wie sie ihn zu töten versucht hatten, faszinierte ihn ihre technische Perfektion.

Er versuchte zu schlucken, aber seine Kehle war staubtrocken, eine Folge seiner Angst und der komprimierten Atemluft. Unter seinen Gummisohlen bebte der Boden, von den Magnetfeldern der Superleiter erschüttert. Trotz der visuellen Verzerrungen seiner Linsen sah er in den Mainframes der Supercomputer mehr Betriebslichter als in allen kleineren Computern zusammen. Die Quader boten ein grandiosen Spektakel aus Licht und Tönen. Funkelnde indirekte Lämpchen erhellten die Finsternis, und die beiden Giganten zirpten wie mechanische Grillenschwärme. Voller Bewunderung registrierte er ihre Komplexität und Geschwindigkeit.

›Begraben will ich Cäsar‹, dachte er, ›nicht ihn preisen‹.

Seine Nackenhaare sträubten sich. Plötzlich gewann er den unangenehmen Eindruck, man würde ihn beobachten. Sein Blick schweifte durch den ganzen Raum. Da war niemand. Er schaute hinauf und suchte die Überwachungskameras. Aber die hohe Decke verschwand in undurchdringlichem Dunkel. In den Plänen waren keine Kameras eingezeichnet. Und doch ... Verdammt, geh an die Arbeit!

Trotz des isolierten Anzugs schwitzte er am ganzen Körper. Die Steckdosen für den Adapter würden sich hinter den Mainframes befinden. Vorsichtig ging er um die großen Computer herum und fühlte, wie die Temperatur abrupt sank. Das entweichende Kühlmittel, erinnerte er sich, flüssiges Nitrogen oder Helium, das die Funktionen der Supercomputer unterstützt. Da ihm der Schweiß aus allen Poren brach, fand er die Kälte angenehm.

Hinter den Mainframes schaute er nach oben. Hoch ragten die gewaltigen Maschinen empor. An ihren Rückfronten sah er Labyrinthe aus Drähten, Konnektoren und Schaltkreisen. Was zum Teufel ...? Er konsultierte seine Uhr. Sechzehn Minuten. Der Schweiß hatte die Linsen beschlagen. Wenn er doch besser sehen oder die Taschenlampe benutzen könnte ... Aber sie würde ihn verraten. Denk nach, alter Junge! Nimm dir Zeit und erforsche das Chaos, so wie's Merlin erklärt hat. Du schaffst es. Eins nach dem anderen. Während sein Blick über die Mainframes glitt, atmete er viel zu tief ein. Ganz ruhig, ermahnte er sich, es *muß* hier sein.

Nachdem er die erste Reihe der Schaltkreistafeln gecheckt hatte, studierte er die nächste. Doch er sah nur ein wildes Durcheinander. Diese verdammten Linsen ... Da! Er trat näher, mit winzigen Schritten, bis seine Kapuze den Computer fast berührte. Die Augen zusammengekniffen, widerstand er dem Impuls, das Objekt anzufassen. Aber es gab keinen Zweifel – das mußte einer der 6, 35 mal 1, 27 Zentimeter großen Kommunikationsports sein, die er laut Merlin suchen sollte. Noch besser – darüber stand in schwachen Leuchtbuchstaben: INPUT.

Sein Herz schlug schneller, seine Hand zitterte. Jetzt kommt Daddy nach Hause, dachte er und ergriff den Laptop. Er schaltete das Gerät ein, wickelte das Kabel auseinander und hielt den Adapter an den Port. Obwohl der Regulator zwischen seinen Zähnen steckte, spürte er, wie sich seine Lippen zu einem breiten Grinsen verzogen. Der Adapter würde perfekt in den Port passen.

Ohne weitere Sekunden zu verschwenden, nahm er Cheryls erste Diskette aus der Plastikhülle und schob sie in den Schlitz des Laptops, worauf sich ein rotes Lämpchen grün färbte. Den kleinen Computer in der linken

Hand, näherte er seinen Adapter dem Port. Dann überraschte er sich selbst, indem er innehielt. Eine sonderbare Wehmut erfaßte ihn, als wäre er ein Rancher, der sein Lieblingspferd erschießen mußte, weil es sich ein Bein gebrochen hatte. Aber es mußte geschehen. Zuvor wollte er den Supercomputern nur noch seine Ehrerbietung erweisen und Abschied nehmen. Böse Erinnerungen – und seine Rachsucht – halfen ihm, die Melancholie abzuschütteln.

In einer dunklen, unsichtbaren Ecke, wo die Wand am anderen Ende des Raums die Decke traf, bewegte sich eine optische Linse. Sie enthielt einen Infrarot-Sensor und analysierte das Bild einer Wärmeausstrahlung. Was Dunston nicht wußte – seine Erregung erhitzte ihn in einem Ausmaß, das der Schutzanzug nicht absorbieren konnte. Zunächst entdeckte der Sensor schwache warme Atemzüge, die an den Rändern des Mundstücks entwichen. Daran orientierte sich die computerverstärkte Thermalgraphik und begann den Eindringling aufzuspüren. Wie der prismatische Effekt von Öl auf Wasser wurde er als eine Reihe bewegter Farbnuancen wahrgenommen. Das Computergehirn, in dem Kaleidoskop vibrierte, und pirschte sich an Dunston heran.

Nun muß ich's tun, dachte er. Los, zerstör den Computer mit der Parität ungerader Zahlen. Im schwachen Licht schien die Riesenmaschine zu pulsieren. Jetzt oder nie, Mann! Mechanisches Leben pochte im Innern des Supercomputers. Entschlossen hob er den Adapter.

»Guten Morgen, Dr. Dunston.«

Entsetzt spuckte er den Regulator aus. An allen Seiten schien die sonderbare synthetische Stimme zu ertönen.

Das Herz schlug ihm bis in den Hals. In wilder Verzweiflung schaute er sich um, sah aber nichts.

»Das kann ich Ihnen nicht gestatten, Dr. Dunston.«

Er zögerte nicht länger. Rasch sog er die eisige Luft des Raums in seine Lungen und schob den Adapter in den Port. Kaum hatten sich die Kupplungen berührt, als das Kabel auch schon explodierte und der Stecker aus dem Mainframe flog. Ein paar Sekunden lang sprühten Funken, dann erloschen sie und hinterließen einen starken Ozongeruch. Leicht benommen hielt Dunston das Kabel hoch. Der Adapter war zu einem grotesken Etwas zerschmolzen.

O Gott, o Gott, o Gott … Das plötzliche Gefühl der Ohnmacht wurde von der Erkenntnis verdrängt, welche Gefahr ihm drohte. Wütend riß er das demolierte Kabel aus dem Laptop und schleuderte es gegen den Mainframe. Er mußte verschwinden. Sofort.

Hastig zerrte er die Kapuze vom Kopf und warf sie weg. Seine Brust hob und senkte sich heftig, sein Atem bildete frostige Wolken. Irgendwo erklang das Geräusch eines Hebels, helles Licht flammte auf, wie in einem Stadion, das in schwarzer Nacht erleuchtet wird. Vorübergehend geblendet, schirmte er mit einer Hand seine Augen ab. Der Dunst seiner Körperwärme schwirrte vor seinem Gesicht. Als er wieder klarer sehen konnte, entdeckte er den nächstbesten Gang zwischen den Computerreihen und stürmte hinein, den Laptop in der linken Hand. Nur mehr fünfzig Schritte bis zur Tür … Entschlossen fixierte er sein Ziel, seine Rettung. Aber da ertönte wieder die synthetische Männerstimme, von allen Seiten. »Freut mich, daß Sie zurückgekommen sind, Doktor.«

Unbeirrt rannte er weiter.

»Natürlich kann ich Sie nicht gehen lassen. Das verstehen Sie doch?«

»Zum Teufel mit dir, elender Bastard!« Noch zehn Schritte.

»Sie werden hierbleiben.«

»Nein, verdammt …«

Sobald sein Knie den Türrahmen erreichte, strömte ein brennender Elektroschock durch seinen Körper und jagte ihn mit unwiderstehlicher Kraft zurück. Er stürzte und verlor beinahe die Besinnung. Aber schon nach wenigen Sekunden lösten sich die Nebel in seinem Gehirn auf.

Eine elektronische Schranke, dachte er. In den Plänen ist keine eingezeichnet. Trotzdem hätte ich damit rechnen müssen. Rasch setzte er sich auf und befestigte den Laptop an seiner Taille. Dann hörte er ein mechanisches Surren und drehte sich um. Einer der Alpha-Interface-Stühle stieg aus einer Bodenöffnung.

»Glauben Sie mir, Doktor, es gibt kein Entrinnen«, verkündete die energische Stimme. »Nehmen Sie bitte Platz.«

Angst und Zorn erfüllten Dunstons Herz. Aber da die Gefühle einander neutralisierten, konnte er wieder klarer denken. Während der Stuhl einrastete, von seltsamem Scheinwerferlicht übergossen, lockerten Dunstons Finger die Klettbänder der Schrotflinte. Sekunden später hatte er die Waffe befreit, sprang auf und zielte auf einen der Mainframes. Er entsicherte die Flinte, sein Finger krümmte sich um den Abzug. Erst jetzt wurde ihm bewußt, was er tun würde. Die Patienten, erinnerte er sich.

Sobald ihn die Überwachungskameras erspäht hatten, verteidigten sich die Computer, indem sie die Lichter ausschalteten. Neues Dunkel breitete sich aus, nur der Stuhl stand in einem kleinen Lichtkreis, der phosphoreszierend schimmerte – ein außerirdischer gespenstischer Glanz.

»Setzten Sie sich, Doktor«, befahl die Stimme.

Mehr vermochte er nicht zu ertragen. Sein Haß steigerte sich zum Wahnsinn. »Nein!« schrie er.

Blendend hell explodierte die Mündung in der Finsternis. Ein gewaltiger Rückstoß begleitete einen gelben Feuerstrom und riß ihm die Waffe beinahe aus den Händen. Doch er hatte gut gezielt. Mitten im geisterhaften bläulichen Lichtkreis erzeugten die kleinen Splitterbomben einen Blizzard aus Stahl und Plastik. Und als der Nebel verflog, war von dem Stuhl nur ein verbogenes Wrack übriggeblieben. Dunston verschwendete keine Zeit. Blitzschnell wie ein Baseballspieler, der soeben ein Mal erreicht, fuhr er herum und richtete die Flinte auf die Tür. Aus der Hüfte heraus zielte er auf die linke Seite des Rahmens und feuerte. Die explosiven Schrotkügelchen trafen die Ecke zwischen dem Querbalken und dem Sturz. In einem donnernden Funkenregen brach der ganze Rahmen zusammen.

Dunston stürmte darauf zu, blieb stehen und hob ein flaches Metallstück auf, das aus einem Stützpfeiler gesprungen war. Wie ein Frisbee schleuderte er das Fragment durch die Öffnung. Unbeschadet passierte es die Tür und landete klirrend im Flur. Als Dunston hinausrannte, hielt ihn nichts zurück. Im nächsten Augenblick attackierte ihn ein Autobot von hinten. Der wuchtige Aufprall preßte ihm alle Luft aus den Lungen, und er fiel der Länge nach hin.

Etwa drei Meter weit schlitterte er über den Boden, sein Kopf stieß an die gegenüberliegende Wand. Mühsam rang er nach Atem, sein Zwerchfell zuckte krampfhaft. Blut verschleierte sein rechtes Auge. Stöhnend wälzte er sich auf die Seite.

Jetzt werde ich sterben, dachte er. Hilflos lag er da und erwartete den stechenden Schuß aus der pneumatischen chemischen Waffe des Autobots – die Injektion, die sein Leben zweifellos beenden würde. Drei Sekunden verstrichen, dann vier. Plötzlich begannen die Lampen im Korridor zu brennen, eine Reaktion auf die Infrarot-Sensoren, die Dunstons Körperwärme entdeckt hatten. Er schnitt eine Grimasse und schaute sich um.

Leise knirschten die Vorderräder des Autobot. Offenbar steckte er fest, viereinhalb Meter entfernt, in der gegenüberliegenden Laserspur. Er rückte ein Stück vor, dann wieder zurück, ein unentschlossener Kampf.

Vermutlich kann sich das Ding nicht umdrehen, dachte Dunston. Und es kann nur von vorn feuern. Der Zusammenprall mußte ein Rad blockiert haben. Hektisch schaute sich Dunston nach der Flinte um, die ihm aus der Hand gefallen war, und sah sie an der anderen Wand liegen, im Laserstrahl hinter dem Autobot. Um das Blut aus seinem rechten Auge zu entfernen, blinzelte er ein paarmal, dann kroch er auf allen vieren hinüber.

Als seine Hand den Pistolengriff der Schrotflinte umfaßte, bewegte sich der Autobot, und Dunston hörte ein elektrisches Surren, das eher wie ein Kreischen klang. Im Rückwärtsgang rollte der Autobot auf ihn zu.

Jesus, er versucht mich zu überfahren, dachte er. Die Flinte in der Hand, wälzte er sich in die Mitte des Flurs. Der Autobot sauste vorbei und verfehlte ihn nur um Haaresbreite. In Dunstons Augen brannten Blut und Schweiß. Trotzdem sah er den Roboter etwa zweieinhalb Meter entfernt stoppen. Die Computerzentrale wußte, daß der Angriff das Ziel verfehlt hatte, und erteilte unhörbare Befehle. Dann drehte sich der Autobot um. Als sich die kleine Pforte an der Vorderplatte öffnete, standen Dunstons Haare zu Berge. Wenn er nicht sofort die Initiative ergriff, würde er sterben. Im selben Moment, als der dünne PCG-Lauf in seine Richtung zeigte, hob er die Schrotflinte und feuerte zweimal.

Im schmalen Korridor donnerte der Lärm ohrenbetäubend. Vom Rückstoß zurückgeschleudert, beobachtete Dunston, wie das Gehäuse des Autobots zerbarst und die Metallteile in alle Richtungen flogen. Staub, Pulverrauch und Schutt erfüllten die Luft. In Dunstons Ohren gellte immer noch das Echo der Explosion. Er hustete, würgte und hob eine Hand, um die grauen Schwaden zu verscheuchen. Während er keuchend am Boden saß, spürte er den stechenden Schmerz in der Schulter.

Angstvoll, vom Adrenalin seines Entsetzens durchströmt, riß er die Augen auf. Sein Kinn erschlaffte, als er den Kopf zur Seite wandte und ein winziges Loch in seinem Neoprenanzug zu sehen erwartete, wo ihn die PCG getroffen hatte. Statt dessen erblickte er ein fünf Zentimeter langes Plastikstäbchen herausragen, wie einen Zahnstocher. Ein Fragment des demolierten Autobots.

Fasziniert starrte Dunston den Splitter an. Tränen rannen über sein Gesicht, nicht nur vom Rauch und Staub und Schweiß bewirkt, sondern von seiner unbändigen Freude. Aus seiner Kehle drang trockener Husten. Er räusperte sich, dann entfernte er das Fragment, ohne das Blut zu beachten, das den kleinen Riß füllte. Blitzschnell sprang er auf, denn er wußte, daß seine Freude nicht lange währen würde. Wo ein Autobot war, konnten die anderen nicht weit sein. Er inspizierte seine Ausrüstung. An der Hüfte hing der EMP-Simulator, in der Schrotflinte steckten noch zwei Patronen. Noch wichtiger – der Laptop an seiner Taille war offensichtlich unversehrt. Das grüne Betriebslicht glühte. Plötzlich fiel ihm wieder ein, was ihn hierhergeführt hatte. Auf seinen Auftrag konzentriert, vergaß er den Fluchtplan.

Wenn er sich beeilte, konnte er seine winzige Chance nutzen. Er berührte die Reißverschlußtasche, die Merlins ThinWire-Kabel enthielt. Die Schrotflinte in der Hand stürmte er durch den Korridor und schwitzte stärker denn je.

Über seinem Kopf flammten die Halogenlampen auf, was ihn beruhigte. Wenn er auch diversen Gefahren ausgeliefert war, mußte er sich nicht mehr durchs Dunkel tasten. Wo hatte er die verdammte Steckdose gesehen? Im Treppenhaus hinter der Ecke.

Er beschleunigte seine Schritte und wäre beinahe gestolpert, als er um die Ecke raste. Im selben Moment hörte er eine Kugel an seiner Schläfe vorbeisausen. Mehr verblüfft als entsetzt starrte er den stationären Autobot an, der neben dem Eingang zum Treppenschacht postiert war und ihn erwartete. Die PCGs waren schon erstaunlich genug. Aber offensichtlich hatte man einige Autobots auch mit Feuerwaffen ausgerüstet. Nur die Stolperschritte und der mühsam vermiedene Sturz hatten ihn gerettet. Dadurch war es dem Autobot unmöglich gewesen, genau zu zielen. Aber nun beobachtete er, wie sich der Waffenlauf wieder auf seinen Kopf richtete.

»Jetzt mach ich dir den Garaus, du Arschloch!« schrie er erbost und feuerte seine vorletzte Patrone ab. Das Geschoß, mit Uran erhärtet, durchbohrte die Metallplatte neben dem Lauf der Waffe, vernichtete die Eingeweide der Maschine und flog aus der Rückfront. Am Ende des Korridors prallte es gegen die Wand und sprengte ein fünfundvierzig Zentimeter tiefes Loch in den Beton. Dunston glaubte, einen Schrei zu hören. Aber er war sich nicht sicher, weil seine Ohren schmerzhaft dröhnten. Er sah die Räder an einer Seite des Autobots umknicken. Im Zeitlupentempo fiel die Maschine durch den Eingang des Treppenhauses.

Wie schnell die Bastarde immer wieder aufkreuzen, dachte er. Da er keine einzige Sekunde verlieren durfte, stürmte er zur Steckdose. Keuchend blieb er davor stehen, öffnete die Reißverschlußtasche, riß das ThinWire-Kabel hervor und rollte es auseinander. Dann schob er den Adapter in die Steckdose und kniff die Augen zusammen, um sie vor einem potentiellen Funkenregen zu schützen.

Doch der Adapter glitt ungehindert in die Steckdose, wie ein heißes Messer durch Butter, und der Laptop begann zu klicken. Dunston hob ihn hoch, um den Bildschirm zu beobachten, der fünfzehn Zentimeter im Quadrat maß. Auf der schwarzen Fläche erschienen weiße Buchstaben. SPEZIALPROGRAMM X-1, MIT DEN MAINFRAMES DES CENTERS FOR HUMAN POTENTIAL VERBUNDEN. SENDUNG …

Während Dunston den kleinen Bildschirm anstarrte, schien jede Sekunde eine halbe Ewigkeit zu dauern. Sein

Herz schlug immer noch wie rasend. Vor Angst und Erschöpfung atmete er mit offenem Mund. Als er die Kapuze abgenommen hatte, war das Kühlsystem in seinem Neoprenanzug gestört worden. Von seinem Kinn fielen Schweißperlen auf den Bildschirm. »Komm schon, Baby«, flehte er. Hatte Merlin nicht von Nanosekunden gesprochen?

SYSTEM-ATTRIBUTE ÜBERSCHRIEBEN, PARITÄT WIRD GEÄNDERT.

»Gott sei Dank!« flüsterte Dunston und beobachtete den blinkenden Cursor. »Ungerade Zahlen, ungerade Zahlen, ungerade Zahlen«, fügte er beschwörend hinzu und nickte im Rhythmus seiner Worte.

Hinter der Ecke am Ende des Korridors erklang ein Geräusch. Kaum hatte er das gefürchtete elektrische Surren erkannt, rollte auch schon ein Autobot heran. In wilder Panik ließ Dunston den Laptop los und ergriff die Schrotflinte. Aber dann erloschen die Lichter, das Tempo des Autobots verlangsamte sich. Seiner Energie beraubt, blieb er stehen, nur wenige Schritte von Chad entfernt. Das ganze Gebäude schien zu knarren und leise zu stöhnen, wie das gequälte Holz eines Schiffs auf stürmischer See.

24

Mutterseelenallein im Schlund des Centers, hörte Maks die Explosionen. Bei der ersten zuckte sie zusammen, bei allen weiteren schloß sie verzweifelt die Augen. Offenbar krachte es eine Etage tiefer, denn der Lärm drang durch den Treppenschacht herauf. Am liebsten wäre sie hinuntergelaufen, sobald sie die typischen Detonationen einer Schrotflinte erkannte.

Chad schien mit ernsthaften Schwierigkeiten zu kämpfen.

Aber er hatte ihr ausdrücklich befohlen, am Eingang des Treppenhauses zu warten. Eine falsche Bewegung würde ihre Anwesenheit verraten. Wenn man sie entdeckte, konnte sie Chad nicht helfen – und sie würde Christine niemals finden. Und so hoffte sie inständig, er wäre dem Problem auch ohne ihren Beistand gewachsen. Vorerst blieb ihr nichts anderes übrig, als neben der Steckdose auszuharren und in ihrem Neoprenanzug zu zittern.

Endlose Minuten verstrichen, ehe sie das ersehnte Signal erhielt. Die Energien des Centers verringerten sich spürbar, die Bodenlaser leuchteten schwächer, die undefinierbare Kraft des Gebäudes verebbte. Sofort schaltete Maks ihren Laptop ein, packte das Kabel aus und schloß den experimentellen optischen Computer an. Dann begann sie zu tippen. WO HÄLT SICH DIE PATIENTIN CHRISTINE LASSITER AUF? WAS SOLL MIT IHR GESCHEHEN?

Nach kurzem Zögern bewies der Laptop seine Qualitäten. Wie erwartet, strömten die Informationen in ihre Diskette. Da die Buchstaben blitzschnell vorbeiflimmerten, konnte sie den Text nicht entziffern. Aber im Gegensatz zu Chads Laptop war ihrer mit einer Pausenfunktion versehen. Alle paar Sekunden drückte sie auf eine Taste und las, was die Diskette speicherte. Die medizinischen Fachausdrücke sagten ihr nicht viel, doch die Formulierungen »experimentell«, »reproduktiv« und »zu Forschungszwecken« jagten ihr kalte Angst ein. Um Himmels willen, fragte sie sich, wird Chrissie als Versuchskaninchen mißbraucht? Ein empörender, unerträglicher Gedanke ... Beinahe hätte sie vor lauter Wut mit beiden Fäusten gegen die Betonwand getrommelt. Aber sie bezwang ihre Gefühle, weil sie noch immer nicht wußte, wo ihre Schwester steckte. Das mußte sie erfahren, und so konzentrierte sie sich wieder auf den Bildschirm.

Ein paar Sekunden später bekam sie die gewünschte Auskunft. AUFENTHALTSORT UNGEWISS, ABER DIE MEISTEN PHONATIONEN SCHEINEN AUS DER UMGEBUNG DES LABORS ZU STAMMEN.

Phonationen? Chrissies Stimme, irgendwo beim Labor? Während die Bits auf die Diskette flossen, versuchte sich Maks zu entsinnen, was Chad über die Anlage des Centers erzählt hatte. Und plötzlich erinnerte sie sich. Sie riß das Kabel aus der Steckdose und stürmte ins Treppenhaus, ohne die Laserstrahlen zu beachten.

Vor Angst zitterte Dunston am ganzen Körper. Langsam ließen seine bebenden Hände die Schrotflinte sinken und wischten den Schweiß aus seinen Augen. Dann hob er den Laptop hoch, der immer noch an seiner Taille befestigt war. PARITÄTSÄNDERUNG BEENDET, verkündete der Bildschirm. STÖRUNGSROUTINE IN GANG. SCHIEBEN SIE DISKETTE X-2 IN LAUFWERK B.

Gott sei Dank, dachte er. Mit unsicheren Fingern steckte er die zweite Diskette in den Schlitz. Der schwarze Bildschirm erhellte sich wieder. DATEIENSUCHE BEGONNEN. Plötzlich schien der leichte Laptop eine Tonne zu wiegen. Dunston ließ das Gerät erschöpft an seinem Gürtel hängen, lehnte sich an die Wand, schloß erleichtert die Augen und atmete tief durch. Wie lange würde es dauern, bevor die Supercomputer des Centers ihre Hardware wieder initialisierten und die Parität korrigierten? Danach hatte er Cheryl und Merlin auf der Fahrt im Lieferwagen gefragt. Sie wußten es nicht genau und hatten auf fünf Minuten getippt.

Als seine Kräfte zurückkehrten, hielt er den Laptop hoch und las: DATEIENSUCHE BEENDET. ZUGANG HERGESTELLT. KOPIE WIRD ANGEFERTIGT …

Verschwommene Digits ersetzten die Buchstaben, huschten unglaublich schnell und völlig unleserlich vorbei, während alle Daten auf der Diskette gespeichert wurden. Wie Dunston wußte, war die Kapazität einer Diskette begrenzt, obwohl Cheryl den Speicherraum erweitert hatte. Aber zu seiner Verblüffung dauerte die Prozedur nur fünf Sekunden.

KOPIE BEENDET. NEHMEN SIE DIE DISKETTE AUS DEM LAUFWERK.

Das tat er, schaltete den Laptop aus und packte beide Disketten in ihre Plastikhüllen. Dann zog er das Kabel aus den Anschlußstellen, rollte es zusammen und verstaute es in seiner Tasche. Nun blieben ihm noch etwa vier Minuten. Zufrieden musterte er die beiden Autobots. Einer zerstört, der andere außer Betrieb. Dunston lächelte. Doch er hatte keine Zeit, um seinen Triumph zu genießen. Unter der Neoprenhaut schwitzte er wie ein Schwein. Nun mußte er schleunigst von hier verschwinden.

Vorsichtshalber schaltete er den EMP-Simulator ein. »Das Pfadfindermotto – allzeit bereit«, murmelte er. Nachdem er sich vergewissert hatte, daß er seine gesamte Ausrüstung besaß, eilte er zur Treppe und blieb demoralisiert stehen. »Das glaube ich einfach nicht«, stöhnte er. Der zerstörte Roboter, immer noch schwelend, steckte im Türrahmen. Normalerweise wäre es Dunston nicht schwergefallen, über die einen Meter zwanzig hohe Maschine zu klettern. Aber als er ein Bein heben wollte, merkte er, daß der Neoprenanzug nicht mehr so flexibel war wie zuvor. Die mangelnde Kühlung und Dunstons Schweiß hatten das Material versteift. Natürlich konnte er den Anzug ausziehen. Doch dazu würde er mindestens fünf Minuten brauchen, weil der erhärtete Stoff fest an seinem Körper klebte. Soviel Zeit durfte er sich nicht nehmen.

Er berührte die Spitze der Roboterbarriere. Würde er sich hochstemmen und darüber springen können? Durch den Kurzschluß hatte sich das Wrack gefährlich erhitzt. Dunstons Neoprenhandschuhe begannen zu qualmen. Also mußte er einen anderen Ausweg finden. Er wandte sich ab und lief in die Richtung des inaktivierten Autobots.

»Chad!«

Bestürzt fuhr herum. Auf der anderen Seite des Roboters, der die Tür blockierte, stand Maks. Bei Dunstons Anblick hatte sie das Mundstück ihres Regulators ausgespuckt und ihn mit einer Hand festgehalten.

»Dein Regulator!« rief sie. »Die Computer werden dich aufspüren.«

»Das ist ihnen bereits gelungen.«

»Was sollen wir tun?« fragte sie aufgeregt.

»Wir werden uns vom Center verabschieden, und zwar möglichst schnell. Am besten läufst du wieder nach oben. Leider kann ich nicht über diesen blöden Autobot klettern. Er ist glühend heiß.«

»Chad, mein Computer hat funktioniert! Chrissie versteckt sich irgendwo beim Labor!«

»Beim Labor?« In seinem Kopf drehte sich alles. Rasch warf er einen Blick über die Schulter, in den langen Korridor. »Ist das Labor da hinten? Bitte, Chad, wir müssen sie finden! Hilf mir über dieses Ding zu steigen, bevor das Center wieder funktioniert!«

Trotz seiner Verwirrung erkannte er, daß sie recht hatte. »Verdammt, Maks, wir haben nur mehr ein paar Minuten Zeit! Ich würde meinen Anzug als Brücke benutzen, aber ich kann ihn nicht ausziehen. Kommst du aus deinem raus?«

»Ja, ich glaube schon.« Da sie sich in ihrem gekühlten Outfit kaum bewegt hatte, war sie nicht verschwitzt. Sie öffnete die Reißverschlüsse, und fünfzehn Sekunden später hatte sie den Anzug mit der gesamten Ausrüstung abgelegt. Nur den Regulator und den optischen Laptop mit den kostbaren Informationen nahm sie an sich. »Okay, was jetzt?«

»Wirf den Anzug und den Computer rüber.«

Nachdem sie gehorcht hatte, nahm er die Diskette aus dem Laptop und steckte sie ein. Dann faltete er den Anzug zusammen und legte ihn auf den schwelenden Autobot.

»Maks, du schaffst es«, versicherte er in ruhigem Ton. »Vertrau mir. Du mußt nur drauf springen. Steig die Treppe hinauf, bis zur dritten Stufe.«

»Gut.« Sofort befolgte sie seine Anweisung.

»Und jetzt spring auf den Anzug. Überleg nicht lange, tu's einfach.«

»Aber …«

»Komm! Beeil dich!«

Krampfhaft umklammerte sie den Regulator und zitterte vor Angst. Nur anderthalb Meter trennten die Betonstufe vom Autobot. Aber die Entfernung erschien ihr riesig. Instinktiv verstand sie, daß ihr ein längeres Zaudern die Nervenkraft rauben würde. Und so verdrängte sie alle Gedanken und sprang.

Trotz seiner beruhigenden Worte hielt er angstvoll den Atem an, als Maks wie eine Gazelle durch die Luft flog. Ihr rechter Fuß landete auf dem Neoprenanzug, dann sank sie in Chads ausgebreitete Arme. Ehe er sie auf den Boden stellte, preßte er sie fest an sich. »Ist dein Fuß okay?«

Maks musterte einen schwarzen Fleck auf ihrer Sohle. »Ja, vermutlich. Es riecht nur ein bißchen.«

»Komm, hier entlang!« Er führte sie in die Richtung des inaktiven Roboters.

Als ihm unerwartete Essensgerüche in die Nase stiegen, schnupperte er verwundert. Vor seinem geistigen Auge erschienen die architektonischen Pläne des Centers, und plötzlich erinnerte er sich, daß die Küche hinter der Wand lag, in die er ein Loch gesprengt hatte. Das hatte er im dunklen Korridor, in der Hitze des Gefechts gar nicht registriert. Allmächtiger, dann war auch das Labor nicht weit.

Dort gab es ein großes Fenster aus Tafelglas. Und er besaß immer noch die Schrotflinte.

Die Tür stand offen, wahrscheinlich infolge des Stromausfalls. Mangelnde Energie tat so komplizierten elektronischen Geräten seltsame Dinge an. Ohne Zögern traten Maks und Chad ein. Wie üblich war es dunkel im Labor. Es dauerte eine Weile, bis sich seine Augen an die Finsternis gewöhnten.

Wo zum Teufel war das Fenster? Wenn er sich recht entsann, am hinteren Ende des Raums. Bei seinem ersten Besuch mit Weiman hatte er's nicht gesehen. Die Sicht war von den Autoanalysatoren versperrt worden. Und das zweite Mal ... Aus der Tiefe seines Unterbewußtseins stiegen Erinnerungen an die Oberfläche.

Langsam ging er an den Maschinen vorbei, dicht gefolgt von Maks. Dinge fielen ihm ein, an die er sich nur vage erinnerte oder die er vielleicht verdrängt hatte. Die erste Erinnerung erschien ihm klarer. Da war er noch nicht benommen gewesen. Flackernde Lichter, irgendwo im Hintergrund des Labors ... Als er darauf zugegangen war, hatte er ein mechanisches Summen gehört, aber nichts gefunden. Die zweite Erinnerung, von der Droge beeinträchtigt, war verblaßt. Ein sonderbarer Dampf, wie Nebel im Mondlicht, duftende Wolken voller Leben, gläserne Behälter mit Tautropfen ...

Er wanderte weiter, versuchte seine heftigen Herzschläge zu beruhigen und erforschte seine Erinnerung. Durch irgendeine verborgene Tür war er in den Nebel gestolpert. Von wo? Aus einem unbenutzten Flur hinter dem Labor? Jetzt wurde es dunkler. Er zog seine Taschenlampe hervor und knipste sie an. Was er sah, nahm ihm den Atem. Bei seinem Besuch mit Arthur war eine unsichtbare Tür *geschlossen* gewesen. Nun stand sie offen, aufgrund des Energiemangels. Dampfwolken quollen ihnen entgegen.

»Da sind wir«, flüsterte er fast ehrfürchtig.

»Ist Christine hier drin?«

»Wahrscheinlich. Komm, wir suchen sie.« Die Taschenlampe durchschnitt den Nebel mit einem gelben Strahl.

Zögernd betrat Dunston den Raum, der einer Krypta glich. Warum war er so dunkel? Er richtete die Lampe nach rechts und erwartete das Fenster zu finden, vielleicht hinter einer Jalousie verborgen. Statt dessen sah er Ziegel, erst kürzlich zusammengefügt. Er eilte hinüber, berührte das Mauerwerk und schnüffelte – sogar den verdammten Mörtel konnte man noch riechen. Offenbar war ihm ein Irrtum unterlaufen. Das Fenster hatte sich nicht im Labor befunden, sondern hier, in diesem bizarren Nebenraum.

»Glaubst du das?« flüsterte er, umklammerte Maks' Hand und schaute auf seine Uhr. Falls Cheryl und Merlin recht hatten, würde es noch gut zwei Minuten dauern, bis das Center sein Problem löste. In diesen zwei Minuten mußten sie Christine finden und die Geheimnisse des Labors enthüllen. Danach … Er betrachtete die Schrotflinte in seiner Hand, deren Lauf nach unten zeigte. Was das Geschoß aus einer Betonwand machen konnte, hatte er beobachtet – und zwar *nachdem* es durch eine Masse aus Drähten und Metall gerast war. Zweifellos würde er mit der letzten Patrone einen Fluchtweg freischießen können.

Er richtete den Lichtstrahl wieder in die dunkelsten Regionen des Raumes. Was um alles in der Welt …? Nur knapp fünf Schritte entfernt stand das optisch betriebene

Atomic Forces Mikroskop, das AFM, auf einer Arbeitsplatzstation. Rasch ging er darauf zu, um es wenigstens flüchtig zu inspizieren, und tauchte es in grelles Licht.

»Was tust du, Chad? Wir müssen Christine finden!«

»Warte eine Sekunde!«

Genau, wie Merlin das Gerät beschrieben hatte – erstaunlich einfach im Design, wirkte es beinahe improvisiert und glich der Rube Goldbergschen Linse zum Umdrehen der seitenverkehrten Bilder eines Mikroskops, auf eine Pfanne montiert. Deutlich sah Dunston den kleinen Spiegel und die Diamantenspitze. Dahinter entdeckte er eine rechteckige Box, vermutlich der freie elektronische Laser.

Unfaßbar, dachte er. Merlin wird sich freuen, wenn er hört, daß seine Vermutung zutrifft. Natürlich beantwortete das noch immer nicht die Frage, was das Center mit dem Gerät plante. Aber damit durfte er sich jetzt nicht aufhalten. In einer Hand die Flinte, ließ er mit der anderen den Strahl der Taschenlampe durch den Raum wandern, und das Licht spiegelte sich in einem Gefäß.

Was er erblickte, traf ihn wie ein Blitzschlag. Während seiner Flucht, in benommenem Zustand, hatte er's nur verschwommen gesehen. Wie von einer magnetischen Kraft angezogen, ging er zu dem Gefäß. Es enthielt einen Fötus.

Hinter ihm schnappte Maks nach Luft.

Der Behälter war mit sanft bewegter Flüssigkeit gefüllt, von der strohgelben Farbe menschlichen Plasmas. In der Mitte der zirkulierenden Flüssigkeit blähte sich eine hauchdünne Embryonalhülle, sanft schwangen die Membrane hin und her, wie Seeanemonen. Und inmitten dieser Schleier schwamm der Fötus in seinem Fruchtwasser.

Mühsam schluckte Dunston, fasziniert und entsetzt zugleich. Der Fötus mußte etwa sechs Monate alt sein. Träge wälzte er sich umher, unbehindert von Gebärmuttermuskeln, die ihn normalerweise umgeben würden. Die winzigen Fäuste öffneten und schlossen sich, ungeborene Lippen vollführten Saugbewegungen. Hinter der durchscheinenden Haut der Lider sah Dunston rote Kapillaren.

Plötzlich öffnete das Baby die Augen und starrte ihn an. Maks schrie auf, und er glaubte, das Herz würde ihm aus der Brust springen. Erschrocken wichen sie zurück, und Maks' Fingernägel gruben sich in seinen Arm. »Kann es uns sehen?« wisperte sie.

»Das bezweifle ich.«

Oder doch? In diesem grausigen Moment vergaß er alles, was er über die fötale Physiologie gewußt hatte. Rasch ging er um das Gefäß herum, schüttelte ungläubig den Kopf, beleuchtete es von allen Seiten. Blutgefüllte Schläuche nährten die festverankerte Plazenta, durch eine Glaswand hindurch. Solche Schläuche wurden auch bei Bypassoperationen benutzt, mit einer Herzlungenmaschine verbunden.

»Gib mir die Lampe, Chad, ich muß Christine finden!«

»Natürlich.« Er drückte ihr die Taschenlampe in die Hand. »Fang da drüben an, ich schaue mich inzwischen auf dieser Seite um.«

»Chrissie!« rief sie und leuchtete in alle Ecken und Winkel. »Hier ist Maks! Wo bist du? Sag doch was!«

Tiefes Schweigen beantwortete die flehende Bitte. Verzweifelt rannte sie weiter, und Dunston blieb zurück. Obwohl er ihr helfen wollte, lenkte ihn seine Entdeckung viel zu sehr ab. Einfach unglaublich – aber der Beweis war unwiderlegbar. Das Center hatte eine Technik namens Ektogenese perfektioniert, eine Methode, Embryos außerhalb des menschlichen Uterus heranwachsen zu lassen.

In dieser gläsernen Gebärmutter entwickelte sich ein ungeborenes Kind.

Wie er wußte, waren bereits Rattenembryos in Glasgefäßen gezüchtet worden, bis ihre Herzen zu schlagen begonnen hatten. Konnte man die dieselbe Methode auch beim Menschen anwenden, ein Baby *in vitro* gedeihen lassen, in einer künstlichen Gebärmutter? Ein überwältigender Gedanke …

Und die wichtigste Frage lautete – warum? War dies das Geheimnis, das die Center-Computer zu schützen versuchten – die Klon-Technik, genetische Manipulationen mit dem AFM, oder was auch immer? Spielten Christine und er selbst eine Rolle in dieser Prozedur? Zu welchem Zweck? Seine fragmentarischen Gedanken überschlugen sich, schwirrten wie Leuchtkäfer durch sein Gehirn – Eisprung, Sperma und Ei, eine Hodenbiopsie, Serophen …

Abrupt wurde das Center wieder mit Energie versorgt, grelles Licht erfüllte den Raum. Eine verborgene Tür öffnete sich, dieselbe, durch die Dunston nach seiner Flucht aus dem OP halb betäubt getaumelt war. Mit Höchstgeschwindigkeit raste ein Autobot auf ihn zu. Zu spät hob Dunston die Schrotflinte. Ehe er zielen konnte, prallte der Roboter gegen seinen Körper, die Waffe flog davon, und er wurde mit voller Wucht an eine Wand geschleudert. Dumpf stieß sein Kopf gegen den Beton, und er sank zu Boden.

Benommen lag er da, nicht ganz bewußtlos. Sein

Gehirn funktionierte im Zeitlupentempo. Obwohl er spürte, wie irgend etwas unter ihn glitt, wie er hochgehoben und davongetragen wurde, vermochten seine Muskeln nicht zu reagieren. Eine Brise streifte seine Wangen.

Am anderen Ende des Raums lief Maks immer noch umher, schwang die Taschenlampe von einer Seite zur anderen und suchte Christine. Von der plätschernden Symphonie der Analysatoren gedämpft, drangen die Geräusche des Roboterangriffs nur ganz leise zu ihr. Als sie eine Wand erreichte, drehte sie sich um und sah Chad auf einem Autobot liegen, von Kabeln gefesselt. Entsetzt schrie sie auf. Die Taschenlampe fiel aus ihren zitternden Fingern. Aber zuvor sah sie noch, wie eine Wandtafel beiseite glitt. Der Autobot rollte durch die Öffnung. Sofort schloß sich die Wand wieder, und der Raum lag im Dunkel.

Wie ein Boxer, der sich von einem Knockout erholt, fühlte Dunston die allmähliche Rückkehr seiner Sinne. Jetzt ließen sich seine Muskeln wieder bewegen, aber nur ganz langsam. Irgend etwas fesselte ihn. Er spürte den Sog der Schwerkraft und glaubte, er würde sich nach oben bewegen. Dann öffnete sich eine Tür, und er wurde in einen Korridor gefahren. Über seinem Kopf flammten Lichter auf,und er rollte in einen Raum. Schwerfällig blinzelte er, und als sich die Spinnweben in seinem Gehirn auflösten, wandte er den Kopf zur Seite.

Er traute seinen Augen nicht. Da stand Arthur Weiman. Die Arme vor der Brust verschränkt, lehnte sein einstiger Freund an einer Wand und lächelte. Offenbar genoß er Dunstons Gefangenschaft. Der Autobot hielt neben einem länglichen Stahlgestell mit einer Schaumgummimatratze, das einem OP-Tisch glich. Verblüfft und angstvoll rang Dunston nach Luft.

»Endlich!« rief Weiman. »Es hat eine Weile gedauert, aber ich wußte, du würdest zurückkommen. Das war vorauszusehen. Ein beharrlicher Typ wie du gibt sich nicht so schnell geschlagen.«

»Bist du verrückt geworden, Arthur? Bind mich los! Um Himmels willen, was treibst du da?«

Seufzend schüttelte Weiman den Kopf. »So ein blinder Optimismus! Würdest du dich vielleicht freiwillig auf den Operationstisch legen?«

Erst jetzt schaute sich Dunston um. Er befand sich in einem kleinen, gutausgestatteten OP. Neben dem Tisch hing eine Infusionsflasche an einem Ständer, in einem Metallkorb lag ein halbes Dutzend chirurgischer Instrumente. Ein nierenförmiges Becken enthielt zerstoßenes Eis, für die Konservierung von Gewebeproben. Beklommen erinnerte sich Dunston an die geplante Hodenbiopsie. Er wandte sich wieder an den Internisten, der eine Betäubungswaffe hob. »Bist du völlig *wahnsinnig*, Arthur?«

»Mit dieser Frage habe ich gerechnet.« Ohne weitere Erklärungen abzugeben, trat Weiman vor und berührte Dunstons Schläfe mit der Waffe.

Chad erschauerte, sein Körper erschlaffte wieder. Nun ging Weiman zu einer Computertastatur und tippte einige Instruktionen.

Geschickt transportierte der Autobot den wehrlosen Dunston auf die weiche Matratze des OP-Tisches. Weiman schnallte die Glieder mit breiten Riemen fest und legte den linken Arm für die Venenpunktion zurecht. Nachdem er den Neoprenärmel aufgeschnitten hatte, schlang er eine

Aderpresse um Dunstons linken Bizeps. »Du bist ein kluger Junge, Chad. Du hörst mich doch? Wie du sehr wohl weißt, läßt die Wirkung einer Betäubungswaffe innerhalb weniger Sekunden nach. Deine Frage gibt mir zu denken. Bin ich verrückt? Wahrscheinlich. Doch das macht keinen Unterschied, was dich betrifft.«

Und Dunston verstand die Worte tatsächlich. Die Paralyse, die seinen Körper gefangenhielt, hatte seine Sinne nur sekundenlang beeinträchtigt. Allmählich kehrten auch die Muskelfunktionen zurück. »Für einen Toten bist du ziemlich gut in Form«, lallte er mit schwerer Zunge.

»Offensichtlich.«

»Was machst du mit mir?«

»Erinnerst du dich nicht? Als du zum letztenmal hier warst, ging der Job gründlich daneben. Und du hast was, das ich brauche.«

»So wie Schmidt?«

»Sei nicht albern. Bei seiner Aufnahme im Center lag sein zerstörtes Gehirn bereits in den letzten Zügen. Diesen Prozeß habe ich mit einem kleinen Stromschlag ein bißchen beschleunigt. War's denn meine Schuld, daß er mir ähnlich sah? Du und deine Kumpel, ihr seid viel zu nah an mich herangekommen. Keine Ahnung, wie du meiner kleinen Überraschung auf deinem Boot entronnen bist … Aber wie du zugeben mußt, hat dich der Personentausch eine Zeitlang zum Narren gehalten.« Nachdem er Dunstons Unterarm untersucht hatte, ergriff Weiman einen intravenösen Infusionskatheter. Mit seinem Zeigefinger betastete er die Adern und wählte eine aus, die am Handrücken hervortrat. Dann öffnete er eine Packung mit antiseptisch getränkten Wattebäuschen und zögerte.

Lachend warf er sie beiseite. »Offenbar bin ich ein Gewohnheitstier, was? Da versuche ich dich vor ein paar Bakterien zu schützen, obwohl es in einigen Minuten gar keine Rolle mehr spielen wird.«

»Du Bastard!«

»Und bald ein schwerreicher Bastard. Hast du dir jemals vorgestellt, wie das wäre – soviel Geld zu besitzen, daß man's gar nicht ausgeben kann? Dieses Biest, mit dem ich verheiratet bin, gab mir immer das Gefühl, ich wäre ein armer Schlucker.«

»Also geht's nur um Geld?«

»Vielleicht weißt du's nicht. In diesem Land leben etwa drei Millionen unfruchtbare Ehepaare.« Weiman begann die sterile Verpackung des Katheters zu öffnen. »Was meinst du, was die für ein gesundes Baby zahlen würden? Und sie bekämen nicht nur *irgendwelche* Babies, sondern genetisch perfekte Kinder, die niemals krank werden. Was würden die Leute wohl dafür ausgeben?«

»Leider kann ich's nicht erraten. Sag's mir.«

»Wie sich bei meinen Nachforschungen herausgestellt hat, ein paar hunderttausend Dollar pro Baby. Unter diesen drei Millionen Ehepaaren gibt's etwa zehntausend, die genug Geld dafür hätten. Jetzt rechne dir das mal aus. Da sind Milliarden im Spiel.«

»Charmant. Und woher nimmst du zehntausend genetisch perfekte Babies?«

»Von *dir*, mein lieber Freund, und der jungen Miss Lassiter. Ich weiß, die dumme kleine Gans treibt sich irgendwo im Center herum. Sobald ich sie brauche, wird sie zu mir gebracht.«

»Warum gerade *wir*?«

»Weil die Föten in den Glasbehältern, die du gesehen hast, nur zu einer Versuchsreihe gehören. Die Eier stammen von dem Kind. Aber der Spendersamen, den ich benutzte, ließ zu wünschen übrig. Deshalb habe ich mich für dich entschieden. Soll ich dir erzählen, was das Beste an dir ist? Weder dein chirurgisches Talent noch dein messerscharfer Verstand. O nein, sondern deine Gene. Du und das Kind, ihr habt fabelhafte Nukleinsäuren. Und nachdem dein Körper beim Alpha-Interface so phantastische Reaktionen zeigte, muß ich mir mehr davon beschaffen.«

Während Weiman sprach, dachte Chad angestrengt nach. Sein Blick irrte durch den Raum, suchte eine Waffe oder einen Fluchtweg. Unauffällig bewegte er die rechte Hand unter den Riemen und versuchte ihn zu lockern. In wenigen Minuten würde er sterben, wenn er nichts dagegen unternahm. Die gelbliche Flüssigkeit in der Infusionsflasche glich dem Anästhetikum Penthotal.

Irgendwie mußte er den älteren Mann unschädlich machen. Er beobachtete, wie Weiman dünne Streifen von einer Klebebandrolle abriß.

Plötzlich erregte der Katheter Dunstons Aufmerksamkeit. An der langen Nadel hing ein etwa acht Zentimeter langer Plastikschlauch. Eine andere Möglichkeit gab es nicht.

»Warum machst du das, Arthur?«

»Du solltest keine Zeit verschwenden. Wenn du unbedingt reden mußt, sprich dein letztes Gebet.«

»Irgendwie tust du mir leid.«

Weimans Nasenflügel blähten sich. »Ah, der bedauernswerte dicke kleine Mann, was? In Zukunft muß ich mich nicht mehr über deinen jugendlichen Sarkasmus ärgern.

›Bist du in letzter Zeit mal auf die Waage gestiegen, Arthur?‹ Diese Frage hast du mir vor dem Interface gestellt – und meinen Haß immer wieder mit solchen Kommentaren geschürt!«

Während Weiman die exponierten Adern untersuchte, entspannte sich Dunston und ließ die Augen unter den halbgeschlossenen Lidern nach oben rollen. Er spürte, wie seine Glieder bleischwer wurden. In seinem Bauch entstand jenes sonderbare Prickeln, das er mit seinem Biofeedback assoziierte. Er malte sich aus, er würde im Meer tauchen, völlig relaxed, und kaum atmen. Nun sank sein Blutdruck. Und die Adern würden sich zusammenziehen.

»O Gott, deine Adern sind ganz schlaff!« Weiman beugte sich herab, um die fast unsichtbaren Adern zu studieren. Dann schlug er auf Dunstons Haut und hoffte, das geringe Trauma würde die Gefäße erweitern. Aber das geschah nicht. Schließlich glaubte er, daß er eine geeignete Stelle gefunden hatte, und schob die Katheterspitze unter die Haut.

Darauf hatte Dunston gewartet. Er beobachtete die Ereignisse aus den Augenwinkeln. Und als der Katheter in seinem Fleisch festsaß, schwang er seinen Oberkörper seitwärts. Seine Stirn schlug gegen die Nase des Internisten, und er hörte einen Knorpel brechen. Schreiend richtete sich Weiman auf und ließ den Katheter los. Seine Hand berührte die gebrochene Nase, Blut quoll zwischen den Fingern hervor.

Dunston verlor keine Zeit. Mit aller Kraft riß er seine rechte Hand aus der Fessel und den Katheter aus seiner Ader. Im selben Augenblick ließ Weiman die Hand sinken. Blindlings griff er nach Dunstons Hals. Sein Gegner hob den Katheter, schwang die lange Nadel wie ein Stilett und stach zu. Dicht unterhalb des Brustbeins bohrte sich die scharfe Spitze in Weimans Fleisch. Der Körper des Internisten erstarrte. Sekundenlang blieb er stehen, dann brach er zusammen.

Keuchend sank Dunston auf den OP-Tisch zurück. Trotz seiner Erleichterung fühlte er sich elend. Er glaubte immer noch, Arthurs Stimme zu hören. Und all die Wörter schwirrten wie wahnwitzige Eichhörnchen durch seinen Kopf. Aber dann dachte er an Maks.

Sobald das Feuer in seinen Lungen verebbte, löste er die Riemen und stürmte aus dem OP. Sein Neoprenanzug hing in Fetzen herab. Aber er trug immer noch den EMP-Simulator bei sich. Hastig tastete er sich durch die dunklen Korridore, stolperte in einen Lift und lehnte erschöpft an der Wand, als sich die Türen automatisch schlossen.

Mit beiden Händen umklammerte Maks die Schrotflinte. Das Schießeisen war entsichert, ihr Finger berührte den Abzugsbügel. Einfach zielen und schießen, hatte Merlin erklärt. Einsam und verlassen, war sie jenseits ihres Grauens angelangt und nur mehr von einem unbändigen Überlebenswillen erfüllt. Wenn es sein mußte, würde sie jemanden töten.

Direkt vor ihr begann die Wand wieder auseinanderzugleiten. Maks holte tief Atem und krümmte den Finger um den Abzug.

»Chad!«

Wie ein entkräfteter Krieger wankte er in den Raum. Sie senkte die Waffe und sank in seine Arme. Zitternd klammerten sie sich aneinander, in Liebe und Dankbarkeit vereint. Aber das Glücksgefühl verflog sofort. Dunston hörte das gefürchtete mechanische Surren und drehte sich rasch um. Keine zehn Schritte entfernt stand ein Autobot, die mörderische Pforte an der Vorderplatte geöffnet.

Schreiend sprang Maks zurück. Dunston verfluchte seinen Leichtsinn, riß ihr die Waffe aus der Hand und zielte, als der Roboter feuerte. Dem zischenden Geräusch der PCG folgte die Explosion der Schrotflinte.

In der nächsten Sekunde schien die Zeit stillzustehen, und während dieses beängstigenden Moments irrten wirre Gedanken durch seinen Kopf. Der Stich des Drogengeschosses verblüffte und erzürnte ihn. Und es erstaunte ihn ebenso, daß seine eigene Waffe nach fünf Treffern versagt hatte. In der Eile war es offenbar unmöglich gewesen, genau zu zielen. Die Kugel traf ein Rohr an der Wand hinter der Labortür. Und dann brach die Hölle los.

Von einem ohrenbetäubenden Krach begleitet, raste ein orangegelber Feuerstrom heran und schleuderte Maks nach hinten. Ihr Kopf schlug gegen ein Glasgefäß. Bewußtlos sank sie zu Boden.

Aus dem Loch im Rohr quollen gelblich blaue Flammen, wie aus einer brennenden Ölquelle in Kuwait, und das Inferno versperrte Dunston die Sicht. »Maks!« rief er. Aber sie hörte nichts.

Alarmglocken begannen zu schrillen, gefolgt von Wassermassen, die aus Berieselungsapparaten an der Decke das Raums herabrannen. Die Augen mit einer Hand abgeschirmt, tastete Dunston über den Boden. Die Explosion hatte den Autobot seitwärts gekippt. Aber die Pforte war immer noch geöffnet. Jetzt begann sich der dünne PCG-Lauf zu bewegen und suchte Chad. In wachsender Panik spürte er, wie sich sein Magen zusammenkrampfte.

Ohne zu überlegen, hob er die Flinte und drückte ab. Mit metallischem Klicken stieß der Bolzen auf eine leere Kammer. Großer Gott, er hatte alle Patronen verbraucht. Hastig warf er die Waffe weg und sprang beiseite, aus der Schußlinie des Roboters. Während er zum Labor rannte, hielt er Ausschau nach Maks. Doch das Feuer behinderte seine Sicht. In der Nähe des zugemauerten Fensters erkannte er, daß der einzige Fluchtweg durch den Hauptausgang des Centers führte. Diese Ziegel konnte er nicht mehr mit einem Geschoß zertrümmern.

Aber selbst wenn er Maks fand – wo steckte Christine? Zweifellos wurden sie alle von diversen Autobots gesucht. Er griff nach seinem rechten Schenkel und aktivierte den EMP-Simulator.

Dann blinzelte er und fragte sich, wann die Droge wirken würde. Wenn es soweit war, mußten sie das Center verlassen haben. Plötzlich hörte er einen Schrei, der in der Kakophonie nur undeutlich herandrang, Maks oder Christine? Verzweifelt schaute er sich um.

Im Feuerschein sah er fast nichts. War Maks zu sich gekommen und davongerannt, um ihre Schwester zu suchen? Jetzt erklang noch ein Schrei, hoch und schrill – ein Schreckensschrei. Großer Gott – eine Patientin? Die ersten Moleküle des Tranquilizers erreichten sein Gehirn, und er fühlte sich schwindlig, hin und her gerissen. Einerseits wollte er mit Maks und Christine fliehen, andererseits quälte ihn die Angst, eine Patientin könnte verletzt sein. *Primum non nocere,* lautete das Credo des Arztes. Vor allem niemandem schaden. Lange währte das Zögern nicht, denn er kannte seine Pflicht.

Ehe die Droge sein Gewebe durchdrang, mußte er den Autobot eliminieren. Mit wirbelnden Rädern versuchte sich die Maschine zu erheben, wie eine Schildkröte, die auf dem Rücken lag. Dunston richtete die Doppelantenne des Simulators auf den Roboter und ließ sie hervorschnellen. Dann berührte er mit den Metallspitzen das Autobot-Gehäuse und drückte wieder auf den Knopf.

Der zweifache Stromschlag war stärker als erwartet und tauchte den Roboter in grelles Licht, das wie tanzendes Neon flimmerte. Aber sobald Dunston die Antennen einholen wollte, ertönte ein Knistern, ein heftiger Schock durchfuhr seinen Arm. Kurz bevor er die Besinnung verlor, glaubte er, sein Kopf würde bersten. Er fiel zur Seite, in einen Feuerstrom, und merkte nicht, daß er direkt neben Maks landete.

Schmerzhaft stieß seine Schulter gegen ihren Körper und riß sie aus der Ohnmacht. Sie hob den Kopf und blinzelte, bis sie etwas klarer sehen konnte. Im Licht ihrer Taschenlampe erkannte sie Chads regloses Gesicht. Voller Entsetzen schrie sie seinen Namen und strich über seine Wange. Direkt über ihr prasselten Flammen, die von weiß Gott wo heranbrausten. Sie hielt die Luft an, preßte ein Ohr an Chads Brust und seufzte erleichtert. Glücklicherweise schlug sein Herz stark und gleichmäßig, und er atmete tief und langsam.

Nun war keine Zeit zu verlieren. Auf Händen und Knien kroch sie über seinen Oberkörper hinweg und bemühte sich, ihn nicht zu bewegen, weil sie fürchtete, er könnte irgendwelche Verletzungen erlitten haben. Dann ergriff sie ihren Regulator, den sie in ihrer Verwirrung blindlings festgehalten hatte, und die Taschenlampe. Vorsichtig kletterte sie über Chad zurück. Als sie den Lichtstrahl umherwandern ließ, hörte sie wieder eine gewaltige Explosion.

Die Erschütterung schleuderte Maks seitwärts. Über ihrem Kopf intensivierten sich die Flammen, und sie mußte die Lider zusammenkneifen, um ihre Augen vor der Hitze zu schützen. Ein Teil des Rohrs, das Dunston angeschossen hatte, war herabgefallen. Durch die vergrößerte Öffnung war das komprimierte Gas mit verstärkter Wucht entwichen und hatte ein Loch in die Wand gesprengt.

Maks drehte sich auf den Bauch und robbte über den Boden, im Licht ihrer Taschenlampe, die das Halbdunkel unterhalb des Feuers erhellte.

Da hörte sie den schrillen Schrei und erkannte sofort die Stimme ihrer Schwester. »Christine! Chrissie! Ich komme!«

Offenbar kam der Schrei aus der Richtung der Explosion herangedrungen. Maks bekämpfte ihre Panik und kroch auf allen vieren weiter. Überall züngelten Flammen, überall ballte sich Rauch. Christine ließ sich nirgends blicken. O Gott, war sie okay? Immer wieder rief Maks den Namen des Kindes, hörte aber nur das Feuer knistern. Der Strahl der Taschenlampe streifte den qualmenden demolierten Autobot, aus dem geschmolzene Drähte ragten. Hastig umrundete sie ihn. Wann würde sie Christine endlich finden?

Der endlose Gasstrom strich über ihren Kopf hinweg. Ehe er zur Decke hinaufstieg, versengte er das Haar an ihrem Scheitel. Dann rann eine Flüssigkeit an ihren Wangen herab. Blut? Zögernd tastete sie danach. Aber sie spürte reines, angenehm kühles Wasser, das aus den automatischen Berieselungsanlagen herabfloß. Bald war ihr ganzer Körper klatschnaß, doch die Wassermassen genügten nicht, um das Feuer zu löschen.

So schnell wie möglich kroch sie weiter. Der Regen behinderte ihre Sicht, und sie kniff die Augen zusammen. Unentwegt rief sie Christines Namen und bekam keine Antwort. Oder sie hörte nichts, weil das Echo der Explosion immer noch in ihren Ohren gellte. Auch das brennende Propan toste und donnerte. Sie hielt kurz inne, erschöpft und leicht benommen, und überlegte, wie sie nun vorgehen sollte. Offenbar blieb ihr nichts anderes übrig, als ihren Weg fortzusetzen.

Ihre Arme begannen zu schmerzen, die Ellbogen waren aufgeschürft. Nach ein paar qualvollen Minuten verließ sie endlich das Labor und erreichte den Korridor. Sie richtete den Lichtstrahl auf die Wand unterhalb des gebrochenen Rohrs. Etwa einen Meter über dem Boden hatte die zweite Propangasexplosion ein Loch in den Beton gerissen, etwa sechzig Zentimeter im Durchmesser. Dahinter herrschte schwarzes Dunkel. Ein Experimentierraum? Oder ein Krankenzimmer? Nein, das wäre beleuchtet.

»Christine!« schrie sie verzweifelt, ohne Erfolg. Vorsichtig lenkte sie den Strahl der Taschenlampe in die Öffnung, sah einen etwa anderthalb Meter breiten Flur und erschauerte, als sie sich vorstellte, daß Chad damals vielleicht auf diesem Weg ins Labor geflohen war. Hoffentlich würde er auch diesmal entkommen. Sie schwenkte das Licht nach rechts, dann in die Mitte und entdeckte nur zertrümmerten Beton. Was sie auf der linken Seite erblickte, nahm ihr den Atem – ein verängstigtes Kindergesicht.

Wie gelähmt kauerte sie am Boden, zu überwältigt, um den Namen auszusprechen. Über dem zerrissenen Nachthemd hing verfilztes Haar. Tränen rollten die schmutzigen Wangen herab. War das kleine Mädchen stumm geworden? Nein, vorhin hatte es geschrien. Jetzt fürchtete es sich einfach nur. Zitternd wandte es seinen Kopf von dem grellen Licht ab.

Auch Maks kämpfte mit den Tränen. Dieses Profil kannte sie, die Stupsnase, die hellblonden Haare, die klaren blauen Augen ihres Schwesterchens.

Nun war Maks am Ende ihrer weiten Reise angelangt. Beinahe hätte sie laut gejubelt. Aber sie durfte Chrissie nicht erschrecken. Womöglich würde das Kind vor lauter Angst davonlaufen.

Christine rückte zur Seite, aus dem Lichtkreis. Sofort senkte Maks die Taschenlampe. Der blendende Strahl würde in Chrissies Augen schmerzen, und außerdem konnte sie ihre Schwester nicht sehen. Nun wurde die Umgebung des Kindes beleuchtet, eine zerknüllte Decke, leeres Eßgeschirr, Trinkhalme, Toilettenpapier. Es war an der Zeit, Maks mußte sich zu erkennen geben. »Chrissie!« rief sie sanft.

Aber Christine schien nichts zu hören. Schweigend senkte sie den Kopf.

»Jetzt ist alles wieder gut«, beteuerte Maks in ruhigem Ton. Erkannte Chrissie nach all den Monaten die Stimme ihrer Schwester nicht mehr? O Gott, wie hatte sie *überlebt*? Aus der nahen Küche drangen Essensgerüche und schienen die Frage zu beantworten.

Christine war überdurchschnittlich intelligent. Offenbar hatte sie ihren Verstand benutzt, um sich zu retten, Tag für

Tag unbemerkt in die Küche zu huschen, Nahrungsmittel zu entwenden und wieder in ihrem Versteck zu verschwinden. Tiefes Mitgefühl krampfte Maks' Herz zusammen. Hinter der Wand mußte Chrissie immer wieder das Surren der Autobot-Räder gehört haben und jedesmal zu Tode erschrocken sein. Was für ein tapferes Kind! So etwas wird meiner Schwester nie wieder zustoßen, gelobte sich Maks, und nun will ich sie schleunigst wegbringen.

»Chrissie? Ich bin's, Maks.«

Das kleine Mädchen schaute sie an, die Augen voller Mißtrauen und Skepsis – vielleicht, weil die ältere Schwester im Schatten kauerte.

Vorsichtig rutschte Maks nach vorn und leuchtete mit der Taschenlampe in alle Ecken des Verstecks. Ein Flur, etwa fünfundzwanzig Meter lang, an beiden Enden von Türen verschlossen, die wie Luftschleusen aussahen. Doch es mußte kleine Öffnungen geben, durch die Chrissie ein und aus gegangen war, um Essen zu holen und ihre Notdurft zu verrichten. Wie sie ihre mutige kleine Schwester bewunderte …

Wieder explodierte das Gas, aber der Krach verebbte sofort. Entsetzt schrie Christine auf.

»Chrissie, Chrissie, komm zu mir!« flehte Maks. »Ich bin's, Maks.« Als sie näher zu der Öffnung kroch, wich das verängstigete Kind zurück, noch immer nicht überzeugt. »Ganz ruhig, ich will dir nichts antun. Alles ist in Ordnung. Jetzt bringe ich dich heim. Erinnerst du dich an unser Haus?«

Unsicher hielt Christine inne. In ihren Augen erschien endlich die Spur eines ungläubigen Erkennens.

Maks überlegte, ob sie durch die Öffnung springen und ihre Schwester heraustragen sollte. Doch sie entschloß sich zu einer anderen Taktik. Sie strecke ihren Arm aus und hielt dem Kind die Taschenlampe hin. »Leuchte mir ins Gesicht, Schätzchen.«

Zögernd ergriff Christine die kleine Lampe und wog sie in einer Hand, wie einen völlig fremden Gegenstand. Dann richtete sie den Strahl auf Maks, die in ihre zitternden Lippen biß.

Es dauerte eine Weile, bis das Kind endlich zu sprechen begann. »Maks, du bist ja ganz naß. Und warum trägst du nur deine Unterwäsche?«

Mit einem Freudenschrei, halb schluchzend, halb lachend, beugte sich Maks in die Öffnung und faßte ihre Schwester unter den Achseln. Zu ihrer Bestürzung zuckte Chrissie zurück und ließ die Lampe fallen. »Was ist denn los, Liebling?« Im selben Moment erriet sie den Grund des Zauderns – die überwältigende Erkenntnis, daß die monatelange Gefangenschaft überstanden war.

Und da gab Christine ihren halbherzigen Widerstand auch schon auf und schlang beide Arme um den Hals ihrer Schwester. Maks drückte sie fest an sich und beruhigte sie mit Küssen, bis sie beide wieder weinten. Aber sie durften sich nicht länger aufhalten. Nachdem sie Chrissie gefunden hatte, mußte sie sich um Chad kümmern. Es war höchste Zeit, aus dieser Hölle zu verschwinden.

Im Labor regnete es unablässig in Chads Gesicht. Benommen hob er die Lider. Zunächst wußte er nicht, wo er war. Dann weckte das tosende Feuer allmählich seine Erinnerung. Die Droge betäubte seine Sinne, und es fiel ihm schwer, sich aufzurichten.

»Wo bist du, Maks?« Seine Stimme klang schwach und leblos. In der Ferne glaubte er, das Echo seines Rufs zu hören. Mühsam stand er auf, floh vor den Flammen und lauschte.

»Chad, wir kommen! Christine ist bei mir!«

Wo zum Teufel steckte sie? Seine Beine fühlten sich wie Gummi an, seltsame Nebelschwaden verschleierten seinen Blick. Aber außerhalb der Feuergefahr begann sein Adrenalin der Droge entgegenzuwirken. Maks' Stimme schien aus dem Flur heranzuwehen – oder aus einem Raum dahinter. Breitbeinig, wie ein Betrunkener, wankte er ihr entgegen.

Christines mageren kleinen Körper fest an sich gedrückt, kletterte Maks durch die Maueröffnung in den Korridor und hoffte inständig, Chad wäre noch am Leben.

Alles schien in Flammen zu stehen. Aus den Berieselungsanlagen rauschte Wasser herab. Angstvoll zog Christine den Kopf zwischen die Schultern, und Maks spürte, wie sich ihr kleiner Körper versteifte. »Ganz ruhig, Liebling. Um nichts auf der Welt lasse ich dich los.«

Wie zart und zerbrechlich sich Christine anfühlte … Aber sie war anscheinend gesund, vielleicht ein bißchen unterernährt. Offenbar hatte sie keinen bleibenden Schaden erlitten.

Zumindest keinen sichtbaren.

Im Korridor wich Maks einer Feuerwelle aus. Plötzlich surrte es hinter ihr. Sie drehte sich um und sah einen Autobot auf sich zurollen.

Sie starrte die Maschine an. Nur eine schwarze Box auf Rädern, dachte sie. Aber ihre Gefühle weigerten sich, die logische Erkenntnis zu akzeptieren, und suggerierten ihr, der Roboter wäre ein unheilvolles menschliches Wesen. Und so sah sie in diesem mechanischen Quader die Verkörperung des Bösen, das sie vernichten und ihr alles wegnehmen wollte, was sie liebte. Heißer Zorn stieg in ihr auf. »Bastard!« stieß sie zwischen zusammengebissenen Zähnen hervor. »Jetzt werde ich dich ins Jenseits befördern!«

Aber womit? Hastig schaute sie sich um. Ihr Blick wanderte über die Flammen hinweg, die an den Wänden und der Decke leckten. Überall lag Schutt – Leitungsrohre, Betonbrocken, Balken, und einige brannten. Aber keine Waffe. Es sei denn ... Sie betrachtete den Regulator, den sie seit der Begegnung mit Chad instinktiv umklammerte. Und dann erinnerte sie sich an Merlins Warnung. Das Gerät durfte nicht zu stark erhitzt werden. Irgendwie hing das mit dem Sauerstoff zusammen, der unter Druck geraten würde. Während sich ihre Gedanken überschlugen, kam der Autobot immer näher, von Laserleitstrahlen dirigiert. Sie sprang zur Seite, Christine fest im Arm, aus seiner Schußlinie. Seltsamerweise empfand sie keine Angst, nur helle Wut, und sie wollte töten.

Da! In einer Ecke lag ein abgebrochener brennender Balken. Würde sie ihn rechtzeitig erreichen? An die Wand gedrückt, beobachtete sie den Autobot. In seiner Vorderplatte öffnete sich die kleine Pforte, eine Röhre glitt heraus.

Geduckt rannte Maks zu dem lodernden Balken, steckte den Regulator in ihren Slip und packte das verkohlte Ende des Holzstücks. Ein winziges Geschoß sauste zischend an ihrer Wange vorbei. »Versuch mich doch zu kriegen, Hurensohn!« fauchte sie und sprang zur anderen Seite des Flurs, aus dem Gesichtskreis des Autobots.

Wie eine Fackel hielt sie das brennende Scheit hoch und rannte der Maschine entgegen. Die PCG schwang hin und her und versuchte, sie aufzuspüren. Aber Maks lief im Zickzack durch den Korridor. Wieder flog ein Drogengeschoß an ihr vorbei. Direkt neben der geöffneten Pforte blieb sie stehen. »Willst du was Warmes zum Mittagessen, alter Blechkamerad?« Mit aller Kraft stieß sie das brennende Ende des Balkens in die Öffnung und schob die PCG zur Seite. Dann ergriff sie den Regulator. Hast du Lust auf ein bißchen frische Luft?« Hastig, aber gezielt, legte sie den Regulator auf die glühende Asche in der Pforte. Dann eilte sie davon, zum Labor. Hinter ihr schwoll das mechanische Surren des Autobots zu einem schrillen Kreischen an. Wie ein Berserker schwankte er hin und her und versuchte immer noch, seine PCG auf Maks zu richten.

Wenige Schritte vom Labor entfernt, stolperte sie über ein paar Ziegel und stürzte. Obwohl sie das Kind festzuhalten suchte, glitt es aus ihrem Arm und begann zu weinen. Verzweifelt griff sie nach Chrissie und wandte sich zu dem Roboter. Die PCG zielte direkt auf ihre Brust. Blitzschnell warf sie sich auf Christine, schirmte sie mit ihrem Körper ab und schloß die Augen.

Ehe der Roboter sein Drogengeschoß abfeuern konnte, explodierte Merlins Zylinder. Schreiend beobachtete Christine, wie der Autobot zerbarst. Plastik- und Metallsplitter flogen in alle Richtungen. Erleichtert atmete Maks auf. Aber sie durfte ihren Triumph nicht genießen. Erst mußte sie Christine retten, dann Chad. Ihre Schwester im Arm, lief sie zum Eingang des Labors und wagte sich in die dichten Rauchwolken.

»Maks!«

Sichtlich benommen, lehnte Dunston an einer Wand. Der beißende Qualm trieb ihr Tränen in die Augen, als sie zu ihm lief. Beim Anblick des fremden Mannes klammerte sich Christine noch fester an den Hals ihrer Schwester. Wassertropfen rannen über ihr Gesicht und spülten den Schmutz weg.

»Unglaublich«, flüsterte Dunston und berührte ihr Wange. »Du hast sie tatsächlich gefunden …«

»Chad, wir müssen verschwinden! Einer dieser Autobots hätte mich beinahe getötet. Wahrscheinlich wird gleich der nächste auftauchen.«

»Können wir durch den Korridor fliehen?«

»Nein, der ganze Flur ist ein Flammenmeer. Gibt's keinen anderen Weg?«

Mit verschleierten Augen starrte er das zugemauerte Fenster an. »Vielleicht dort …«

»Wo ist deine Schrotflinte?«

»Ich hab' keine Munition mehr.«

»O Gott!«

»Moment mal …« Er starrte zur anderen Seite des Labors. Dann stolperte er in das Inferno und spürte, wie seine rechte Hüfte gegen etwas Hartes stieß. Die Arbeitsplatzstation mit dem freien Elektronenlaser! Mit beiden Händen hielt er sich daran fest und fürchtete, wenn er sie losließ, würde er zusammenbrechen und nie wieder aufstehen. Da mußte es irgendwo einen Schalter geben. Seine bebenden Finger fanden ihn, drückten darauf, und der Laser wimmerte wie eine Turbine.

»Was machst du?« fragte Maks erschrocken.

»Unser Ticket in die Freiheit, Baby …«

Lauter denn je zischte die chemische Waffe. Dunston

umklammerte schreiend seine Schulter und drehte sich um. Durch ein Loch in der Laborwand war ein weiterer Autobot hereingerollt. Langsam bewegte sich die PCG und nahm ihn wieder ins Visier.

»Elender Schurke!« schrie Maks. Hastig stellte sie ihre Schwester auf die Beine. Vor ihren Füßen lag ein abgebrochenes Rohr, etwa zweieinhalb Zentimeter dick. Sie hob es auf, umklammerte es mit beiden Händen und attackierte den Roboter. Wilder Haß verlieh ihr ungeahnte Kräfte. Mit dem ersten Schlag, der beinahe Dunstons Neid erregte, zerschmetterte sie die optischen Sensoren. Glassplitter sprühten nach allen Seiten. Dann zertrümmerte das Rohr den Lauf der PCG. Immer wieder schwang Maks ihre Waffe hoch und schlug zu. »Dreckiger, mieser Bastard! Jetzt wirst du verschrottet!«

Nach ein paar Sekunden war der Autobot ein unkenntliches Wrack. Irgendwie hatte Dunston die Kraft gefunden, das weinende Kind hochzuheben. Schweiß rann über Maks' Gesicht. Keuchend ließ sie das Rohr sinken und starrte den demolierten Roboter an.

»Ich glaube, nun hat er's endgültig begriffen«, meinte Dunston.

»Ja ...« Klirrend fiel das Rohr zu Boden. Sie streckte die Arme nach ihrer Schwester aus und musterte Dunston besorgt. »Wie geht's dir?«

»Nun, ich hab' mich schon mal besser gefühlt. Hör zu, du mußt es tun, Maks. Inzwischen halte ich Christine fest.«

»Was soll ich tun?«

»Der Laser ... Hilf mir ...« Sein benebeltes Gehirn versuchte sich, an Merlins Anweisungen zu erinnern. »In meiner Brusttasche – schnell!«

»Wovon redest du?«

»Maks, *bitte*!«

Ringsum prasselte das Feuer. Hastig wühlte sie in einer Tasche seines Anzugs, dann in einer anderen. Mit bebenden Fingern suchte sie die polierte Vergrößerungslinse. Dunston drückte Christine an sich. Als er sie hochgehoben hatte, war ihr zerrissenes, schmutziges Nachthemd bis zur Brust hinaufgerutscht. Darunter war sie nackt, ihr Bauch entblößt. Irgend etwas in ihrer Nabelgegend erregte seine Aufmerksamkeit. Eine halbkreisförmige Operationsnarbe, die offensichtlich von einer Laparoskopie stammte.

Verdammt, keine Mandeloperation, sondern eine Untersuchung der Bauchhöhle … Auf diese Weise hatte Arthur seinen teuflischen Plan vorbereitet – mit einer gynäkologischen Prozedur, die der Inspektion weiblicher Fortpflanzungsorgane diente, zum Beispiel der Eileiter und der Eierstöcke. Und wenn die Eierstöcke mit Serophen behandelt wurden, konnten sie befruchtungsfähige Eier produzieren. Christines Eier, Gott im Himmel, und *seine* Hoden … Babies im Reagenzglas. Einfach monströs!

Seine Knie wurden weich. Reiß dich zusammen, befahl er sich. Jeden Moment konnte ein anderer Autobot auftauchen. Mühsam rang er nach Luft, während Maks immer noch die Taschen durchsuchte. Sein Blickfeld drohte sich zu verkleinern. »Weißt du, was daheim auf dich wartet, Christine?« flüsterte er. »Dein weiches Bett. Das wird dir gefallen, nicht wahr?«

»Nein, ich will bei Maks schlafen.« Langsam hob sie den Kopf und starrte ihn an. »Guten Tag. Wie heißen Sie?«

Du meine Güte, dachte er, ringsum stürzt die Welt ein,

und dieses Kind macht höfliche Konversation … »Chad. Du bist ein sehr tapferes Mädchen, Christine. Keine Bange, ich beschütze dich«, fügte er hinzu – vor allem, um sich selbst Mut zu machen. Verdammt, warum brauchte Maks so lange? »Alles in bester Ordnung, ich passe auf dich auf«, betonte er, obwohl er nicht wußte, ob er dazu fähig war.

»Okay. Meistens kommen sie, wenn's dunkel ist.«

»Wer?« würgte er hervor.

»Diese schwarzen Dinger auf Rädern.«

In seinem Hirn verdichteten sich die Nebel. Hoffentlich würde Maks die Linse bald finden. »Aber du hast sie zum Narren gehalten, was?«

Strahlend nickte Christine. »Ja, ich kann mich ganz schnell verstecken.«

»Ist es das, Chad?« Maks hielt einen runden, in Seidenpapier gewickelten Gegenstand hoch.

»Ja … Pack die Scheibe aus – und beschmier sie nicht.« Kraftlos schüttelte er den Kopf. Nun sah er alles doppelt.

»Chad«, wisperte Christine und umklammerte seinen Hals, »ich habe Angst.«

»Ich auch, Schätzchen.«

»Die ganze Zeit wußte ich, daß Sie kommen werden.«

»Tatsächlich?«

»Jemand wird mich retten. Das habe ich geträumt.«

Gerührt drückte er sie an seine Brust, und liebte sie beinahe so innig wie ihre Schwester. »Halt dich an mir fest, Schätzchen. Was immer auch passiert, bleib bei mir.« Sein Blickfeld verdüsterte sich. Glücklicherweise leuchtete der Laser in hellem Saphirblau.

»Bitte, Chad, was soll ich tun?« drängte Maks.

»Hilf mir …« Mühsam bekämpfte er sein Schwindelgefühl, stützte sich auf die Arbeitsplatzstation und zeigte Maks, wie sie das AFM herumdrehen mußte. Mit vereinten Kräften richteten sie den Laser auf das zugemauerte Fenster.

Wenn er mehr Zeit hätte …. Vielleicht noch dreißig Sekunden … Seine Gedanken waren so verschwommen wie sein Blick, und er fühlte sich wie ein Marathonläufer, der immer wieder gegen eine Wand rannte. Erschöpft und keuchend versuchte er, sich an Merlins Instruktionen zu erinnern, und spürte Maks' wachsende Verzweiflung.

»Bitte, Chad, du darfst nicht die Besinnung verlieren. Was müssen wir jetzt tun?«

»Wir sprengen ein Loch in diese Mauer – und dann stürmen wir raus … Leider müssen wir ziemlich tief hinunterspringen …«

»Bist du verrückt? Und Christine?«

»Verdammt, tu doch, was ich dir sage! Bei mir ist sie sicher. Halt die Linse hoch …« Als er sich wieder zu dem kleinen Mädchen wandte, wurde ihm schwarz vor Augen. »Chrissie, ich verlasse mich auf dich. Halt dich an mir fest!«

Angstvoll nickte sie. Seine Sinne drohten zu schwinden. Endlich fiel ihm ein, was Merlin gesagt hatte. »Die Linse, Maks, halt sie vor den Laserstrahl!«

Sie schaute ihn unsicher an. »Wie weit entfernt? In welchem *Winkel?*« fragte sie ihn panischem Entsetzen.

»Gib her … Geh aus dem Weg – da rüber, zur Wand …«

»Aber …«

»Nun geh schon!«

Einerseits wollte sie gehorchen, andererseits sorgte sie sich um Christine. Schließlich biß sie in ihre Lippen und wich zurück.

Christine fest an sich gedrückt, stützte sich Dunston auf den Tisch und warf irgend etwas um – hoffentlich nicht den Spiegel oder die Diamantenspitze. Durch den dunklen Nebel, der wie durch eine Fata Morgana flimmerte, konnte er kaum etwas sehen.

Aber Christines Arme, die seinen Hals umschlangen, spornten ihn an. Ein neuer Adrenalinschub stärkte seine Sinne, und er konzentrierte sich auf den Laserstrahl. Dann hob er die Linse, deren Ränder er vorsichtig mit seinen Fingerspitzen umfaßte. Das ganze Labor schien sich zu drehen. Aber es gelang ihm, die gläserne Scheibe direkt vor den Strahl zu halten.

Der vergrößerte Laser prallte vom Spiegel ab und jagte eine kolossale Energiewelle durch die Mauer.

Inzwischen konnte Dunston fast nichts mehr sehen. Aber er hörte, wie die Wand neben Maks zerbarst und pulverisierte Ziegel ins Freie schleuderte. Von der Explosion erschüttert, begann Christine zu schreien. Aber er nahm es kaum wahr, erblickte nur mehr schwaches Licht und Schatten und Rauch. Maks? Wo war Maks? Hoffentlich wartete sie nicht auf ihn ...

Am äußersten Rand seines Bewußtsein, von Schmerz und Erschöpfung gepeinigt, bot er seine letzten Kräfte auf und preßte Christine an seine Brust. Während er zu der Öffnung taumelte, hoffte er inständig, seine Gummibeine würden nicht nachgeben.

Und dann stürzte er durch das große Loch, hinaus in die taghelle Welt. Ich muß Christine schützen, dachte er, ehe seine Sinne schwanden, und schwang sich in der Luft herum, so daß er auf dem Rücken landen würde.

Plötzlich verwandelte sich das graue Morgenlicht in funkelnden Sternenschein. Über Dunstons Netzhaut tanzten winzige Glühbirnen, bevor er im schwarzen Nichts versank.

25

Sawyers Lieferwagen war fünfzehn Minuten vor dem vereinbarten Zeitpunkt zurückgekehrt und parkte an einer unauffälligen Stelle hinter dem Center. Sobald das gedämpfte Geräusch der ersten Propangasexplosion erklang, zog Donohue seinen Revolver, riß die Beifahrertür auf und sprang hinaus. »Was zum Teufel war das?«

»Keine Ahnung«, erwiderte der Fahrer, ein eher wortkarger Mann. »Da drüben«, fügte er hinzu und zeigte auf das etwa hundert Meter entfernte zugemauerte Fenster.

»Fahren Sie hin!«

Der Chauffeur gab Gas, und der Captain sprintete neben dem Wagen her. Mit quietschenden Reifen stoppte das Vehikel auf der Lieferantenzufahrt unterhalb des Labors. Die Heckklappe flog auf, und alle stiegen aus.

»Wo sind wir?« fragte Donohue.

Sawyer zeigte auf die Ziegel. »Da war mal das Laborfenster. Warum ist es zugemauert?«

»Wie soll ich das wissen?«

»Raucht's da drin?«

»Und wenn schon!« schrie Donohue. »Ich geh rein!«

»Wo?«

»Durch die Hintertür.«

»Sind Sie verrückt?« Sawyer packte ihn am Arm. »Das wäre glatter Selbstmord.«

»Na und? Vielleicht sehne ich mich nach dem Tod. Außerdem brauchen Dunston und Miss Lassiter meine Hilfe.«

In diesem Augenblick zerbarst die Laborwand, Ziegel- und Betonbrocken flogen heraus. Einige Fragmente trafen den Lieferwagen und hinterließen Dellen. Rasch wehte der Wind den Staub und die beißende Asche auseinander. Alle starrten zu der großen Öffnung hinauf, wo sich früher das Fenster befunden hatte.

Als sich die Rauchwolken auflösten, taumelte eine halbnackte Frau heraus und landete ein Stockwerk tiefer im Gras. Offenbar war sie unverletzt, denn sie sprang sofort auf, starrte nach oben und schrie etwas Unverständliches. Die kleine Schar hielt den Atem an. Nach Maks' hektischen Gesten zu schließen, mußte etwas Schreckliches geschehen sein. Und da stürzte eine zweite Gestalt aus dem Loch. Donohues Kinnlade klappte herunter, während er nach passenden Worten suchte. Schließlich entschied er sich für: »Heilige Scheiße.«

Die Gestalt fiel direkt auf die Zuschauer herab. Ehe sie ausweichen konnten, schlug der Mann krachend auf dem Dach des Lieferwagens auf. Zuerst reagierte der Captain, an Katastrophen gewöhnt. Er stieg auf die vordere Stoßstange und musterte die geschlossenen Augen eines bewußtlosen Dunston. »Jesus Christus«, murmelte er und steckte den Revolver in die Halfter. »*Déjà vu* …«

»Wer ist das?« fragte Merlin.

»Dunston.«

Aufgeregt rannte Maks zum Lieferwagen. »Um Himmels willen, helft ihm doch!«

Da sich der Polizeibeamte auf Dunstons Gesicht konzentrierte, hatte er noch nicht bemerkt, was der Arzt umklammerte. Sobald Christine die Stimme ihrer Schwester hörte, bewegte sie sich, und Donohue sprang erschrocken von der Stoßstange. War dieses ungekämmte Etwas ein außerirdisches Wesen?

»Maks?« schluchzte Christine.

O Gott, dachte Maks und blieb erschöpft stehen. So inständig hatte sie gehofft, Chads Strategie würde funktionieren. Und jetzt konnte sie nicht an den Erfolg glauben. Cheryl legte ihr einen weißen Laborkittel um die Schultern, während die anderen verblüfft und untätig zusahen.

Maks' Lippen zitterten. Von Freude und ungläubigem Staunen wie gelähmt, brachte sie kein Wort hervor.

»Miss Lassiter …« begann Sawyer.

Da fiel die Erstarrung von ihr ab, und der Name, den sie nie wider auszusprechen erwartet hatte, rang sich aus ihrer Kehle. »Chrissie?«

»Hier oben«, lautete die halberstickte Antwort.

»Christine!« schrie Maks. Jetzt hatte sie Dunston vergessen. Sie rannte zur Stoßstange, kletterte darauf, legte die Hände aufs Wagendach und versuchte sich hochzuziehen. Aber sie war zu schwach. Hilflos sah sie sich um.

»Kommen Sie her, Victor!« rief Merlin, und die beiden Männer verschränkten ihre Hände. Der Hysterie nahe, stieg Maks darauf und erreichte das Blechdach. Auf allen vieren kroch sie zu dem kleinen Mädchen.

Immer noch von Dunstons schützendem Arm

umschlungen, spähte Christine über ihre Schulter. Da sein Körper den Aufprall abgefangen hatte, war sie unverletzt. Zwei blaue Augenpaare trafen sich, voller Sehnsucht, Kummer und Qual. Einige Sekunden lang schauten die Schwestern einander nur an. Im Tageslicht brachen sich alle Gefühle Bahn, für die sie im Center keine Zeit gefunden hatten. Die Realität des Wiedersehens war zuviel für Maks, die ihr Glück kaum fassen konnte. Überwältigt brach sie in Tränen aus.

»Wer zum Teufel ist Christine?« fragte Donohue.

»Maks' tote Schwester«, erklärte Cheryl.

Darüber dachte er eine Weile nach, dann schüttelte er den Kopf. »Ihr Frauen seid alle gleich. Um zu verstehen, was ihr sagt, brauche ich einen Decoder.«

Maks befreite Christine aus dem Arm des Bewußtlosen, den sie immer noch ignorierte. Weinend umschlang das Kind ihren Hals. Sie hielten einander fest, wiegten sich hin und her. »O Baby, Baby, Baby«, schluchzte Maks und streichelte das feuchte, verfilzte Haar ihrer Schwester.

Inzwischen war Merlin am Heck des Lieferwagens aufs Dach gestiegen. Er berührte Dunstons Hals und seufzte zufrieden, als er den starken Puls der Karotis spürte. Glücklicherweise sah er kein Blut, und er hoffte, daß sich sein Freund nichts gebrochen hatte. »Ruft eine Ambulanz!« befahl er.

»Wie sieht er aus?« fragte Sawyer.

»Als hätte Tyson ihn bearbeitet. Aber er atmet. So ein Glückspilz! Zweimal in drei Wochen – wer hätte das gedacht? Vielleicht will er irgendeinen Rekord aufstellen.«

Maks' Schluchzen war in leises Schnüffeln übergangen. Sanft schob sie ihrer Schwester von sich und betrachtete sie liebevoll. Auch Christines Tränen versiegten allmählich, und Maks strich zärtlich über die verschmierten Wangen. Es gab so viele Fragen, und sie wußte nicht, wo sie anfangen sollte. Bedrückt erinnerte sie sich an den schrecklichen Tag, wo sie das Kind ins Center gebracht hatte. Nun mußte Chrissie alles erzählen. »Wie …«

Weiter kam sie nicht. Mit ihren Gedanken ganz woanders, drehte Christine sich um. »Chad hat mich gerettet.«

Chad … dachte Maks. Großer Gott, Chad! In ihrer Wiedersehensfreude hatte sie ihn ganz vergessen. Nun musterte sie angstvoll und schuldbewußt seine reglose Gestalt. Ihre Schwester im Arm, kroch sie näher zu ihm. »Ruft einen Krankenwagen!«

»Schon unterwegs, Miss Lassiter«, verkündete Merlin.

»Ist er tot?« fragte Christine.

Neue Tränen flossen. Mit bebenden Fingern berührte Maks seine Schläfe.

»Keine Bange, er lebt«, versicherte Merlin. »Er ist nur k. o. Kein Wunder, nach diesem harten Aufprall.«

»Können wir ihn nicht runterbringen?«

»Warten wir lieber auf die Sanitäter. Wir dürfen ihn nicht bewegen. Vielleicht hat er sich was gebrochen.«

»O nein!« wisperte sie.

Vorsichtig tastete er über Dunstons Taschen, fand die Schutzhüllen mit den Disketten und hielt sie hoch. »Miss McKitrick, ich glaube, der Junge ist fündig geworden.«

»Das wissen wir erst, wenn wir wieder in Upton sind«, erwiderte Cheryl.

»Kennst du Chad?« fragte Christine ihre Schwester, und Maks drückte sie fester an sich, um den Aufruhr ihrer Gefühle zu meistern.

»Ja, Baby.«

Christine beobachtete eine neue Tränenflut. »Du hast ihn wohl richtig lieb, nicht?«

»Ja, sogar sehr.«

In der Ferne heulte eine Sirene. Es begann zu regnen.

EPILOG

In einer Ecke der Intensivstation hielt eine kleine Gruppe Wache an Dunstons Krankenlager. Christine lag im benachbarten Bett und hielt Maks' Hand fest. Nach ihrer Ankunft in der Klinik war sie gebadet, gefüttert und untersucht worden, physisch und psychiatrisch. Ein Gynäkologe erklärte, sie sei einer Laparoskopie unterzogen worden. Wie sich bei einer Ultraschalluntersuchung herausstellte, hatten ihre Organe keinen Schaden davongetragen. Eine Kinderpsychologin unterhielt sich eine Stunde lang mit Chrissie. Dann teilte sie Maks mit, wahrscheinlich würde das kleine Mädchen eine Zeitlang unter Alpträumen leiden, und empfahl eine Psychotherapie. Aber Christine sei ein erstaunlich widerstandsfähig, seelisch gefestigtes Kind und würde keine emotionalen Narben behalten.

Nach den Untersuchungen schwatzte Christine, die ein halbes Jahr geschwiegen hatte, in einem fort. Maks hing an den Lippen ihrer Schwester, sagte nicht viel und genoß den Klang der geliebten Stimme, die sie nie mehr zu hören geglaubt hatte. Zu ihrer Überraschung machte Chrissie einen sehr robusten Eindruck, und sie war sogar um einen Zentimeter gewachsen. Noch wußte man nicht, wie sie, nach der Operation von Drogen benebelt, ihrem Gefängniswärtern entronnen war. Offensichtlich hatte sie sich in ihrem Versteck häuslich eingerichtet und aus der nahen Küche genug Nahrungsmittel entwendet, um zu überleben.

Auch Dunston hatte die Tortur gut überstanden. Donohue behauptete, der Mann müsse eine Ausbildung zum Akrobaten absolviert haben. Keine gebrochenen Knochen, keine inneren Blutungen. Nur eine Gehirnerschütterung und die Nachwirkungen einer Droge, die man noch nicht identifiziert hatte. Deshalb wußte man nicht, wann er zu sich kommen würde.

Im Center war der Brand mittlerweile gelöscht worden. Das Feuerwehrteam, das tollkühn und schlecht vorbereitet hineinstürmte, machte alle restlichen Autobots kampfunfähig und hatte zwei Todesfälle zu beklagen. Am Fuß eines verkohlten OP-Tisches wurde Weimans verbrannte Leiche gefunden, im Labor entdeckte man zwischen Glasscherben unkenntliches fötales Gewebe – die Reste des einzigen Lebens, das er jemals produziert hatte.

Sobald das Center unter Kontrolle war, verbrachte Cheryl ihre Zeit abwechselnd in seiner Computerzentrale und vor ihrem eigenen Bildschirm in Upton. Währenddessen genoß sie das Privileg eines Diplomatenautos mit Chauffeur. Sie brauchte den ganzen Tag, um die wertvollen, lückenlosen Daten zu sortieren. Dann berichtete sie Sawyer von ihren Erkenntnissen, worauf er seinen Boß und »alle Leute, die's wissen müssen«, informierte.

Um Punkt sieben Uhr abends begann Dunston zu stöhnen. Sofort sprangen alle auf und beugten sich über sein

Bett. Aber er rührte sich nicht, und sie hörten nur seine angestrengten Atemzüge. Eine sonnengebräunte ältere Krankenschwester, die wie eine vertrocknete Tomate im weißen Hosenanzug aussah, fühlte ihm den Puls und schlenderte gleichmütig davon.

»Bald wird er aufwachen«, meinte Merlin. »Der Junge ist hartgesotten.«

Mit einem gequälten Lächeln schaute Maks ihn an.

Dunstons Lider flatterten, und er versuchte den Kopf zu heben, sank aber kraftlos ins Kissen zurück. Dann schnitt er eine Grimasse, holte tief Luft und öffnete langsam die Augen. Mühsam blinzelte er und versuchte, seine Umgebung wahrzunehmen. »Maks?« krächzte er. »Bist du okay?«

»Ja«, erwiderte sie und drückte seine Hand. »Obwohl ich ziemlich tief runterspringen mußte, so wie du's prophezeit hattest. Wie fühlst du dich?«

»Als wäre ich mit einem Laster zusammengestoßen.«

Alle brachen in Gelächter aus.

»Hab' ich was Komisches gesagt?«

»Genau das ist passiert«, erklärte Merlin.

»Wovon redest du?«

Gemeinsam schilderten Maks und Merlin die Ereignisse. Dunstons Miene blieb skeptisch, bis er die anderen zustimmend nicken sah. »Unfaßbar! Erst ein Streifenwagen, dann der Lieferwagen … Vielleicht hab' ich den falschen Beruf ergriffen. Wie war ich in Form?«

»Angesichts des Schwierigkeitsgrads würden die Preisrichter Haltungsnoten zwischen neun und zehn geben«, entgegnete Merlin.

»Also kann ich mich noch verbessern …« Plötzlich kehrten alle Erinnerungen zurück. »Um Himmels willen, was ist mit …«

»Hi, Chad.«

Er wandte sich nach rechts, blinzelte zwischen den Metallstäben des seitlichen Bettgeländers hindurch und lächelte strahlend. »Hallo, Christine! Wie geht's dir?«

»Gut.«

Nun schaute er Maks an und senkte die Stimme. »Ist sie wirklich okay?«

»Klar. Wer wäre denn *nicht* okay, nachdem er auf dem einzigen menschlichen Airbag der Welt landen durfte?«

Er grinste, maßlos erleichtert und auch ein bißchen stolz. »Also haben wir's tatsächlich geschafft.«

In Maks' Augen glänzten Tränen. Sie beugte sich hinab und umarmte ihn. »O Chad, ich finde keine Worte. Und du ahnst nicht, was ich empfinde – jetzt, wo ich euch beide wiederhabe, gleichzeitig … Das ist der schönste Tag meines Lebens. Wie kann ich dir jemals danken …«

»Da wirst du dir schon noch was ausdenken«, fiel Cheryl ihr ins Wort.

Maks schaute sie lächelnd an. »Wenn ich bloß wüßte, was du meinst …«

»Moment mal!« rief Dunston. »Das Feuer! Die Patienten! Um Himmels willen, habe ich womöglich …«

»Beruhige dich, Doc, das Feuer ist gelöscht«, versicherte Merlin. »Und den Patienten geht's gut. Wir wissen alles über Dr. Weiman. Jetzt wird das Center von *uns* kontrolliert.«

»Das alles ist wirklich schwer zu verdauen«, seufzte Dunston, verschränkte die Arme hinter dem Kopf und starrte nachdenklich vor sich hin. »Wißt ihr, da gab's Situationen, wo ich befürchten mußte, ich hätte den Job vermasselt. Aber wir sind lebend rausgekommen.« Er warf einen Blick zu Christine hinüber, dann schaute er Maks an. »Und dieses wundervolle Kind haben wir als Draufgabe gekriegt. Einfach unglaublich!«

»Ja«, bestätigte sie lächelnd, »unglaublich.«

Band 12765

James Grippando

Im Namen des Gesetzes

Jack Swyteck, ein junger, aufstrebender Anwalt, erhält Besuch von einem Maskierten. Der Mann beschwört ihn, einen Aufschub des Todesurteils gegen einen jungen Kubaner zu erwirken, der zu Unrecht des Mordes für schuldig befunden worden sei. Jack wendet sich diesbezüglich an seinen Vater, den Gouverneur von Miami, der es jedoch ablehnt, das Urteil zu überprüfen.
Kurz darauf paukt Jack Swyteck in einem anderen Prozeß einen Frauenmörder heraus, obwohl ein Geständnis von ihm vorlag. Der zweifelhafte Erfolg verschafft Jack viele Feinde – und anonyme Drohungen, die immer konkreter werden. Aber es kommt noch schlimmer: Jack steht plötzlich selbst unter Mordverdacht, und alle Indizien sprechen gegen ihn …

BASTEI LÜBBE

Band 12779

Jack O'Connell

Nirgendwo in keiner Stadt

In Quinsigamond, einer heruntergekommenen Stadt an der amerikanischen Ostküste, kommt eine neue Kunstdroge, genannt Lingo, in Umlauf. Sie beeinflußt das menschliche Sprachzentrum und macht außerdem sehr aggressiv. Um die Herkunft des Stoffs herauszufinden, wird die Polizistin Lenore vom Rauschgiftdezernat als angebliche Prostituierte in die Unterwelt von Bangkok-Park eingeschleust, dem Sitz der Drogenbarone. Ihr zur Seite steht Dr. Woo, ein asiatischer Wissenschaftler, der ihre Arbeit anfangs eher behindert als vorantreibt. Aber dann gerät Lenores Bruder Ike zwischen die Mühlsteine der Drogenmafia, und ein Spiel beginnt, bei dem die Grenzen zwischen Gut und Böse immer mehr verschwimmen.

BASTEI
LÜBBE

Band 12793

Robert Ward

Der Kaktusgarten

Eine Geschichte wie Bonnie & Clyde – nur aufregender

Jack Walker von der Drogenabwehr DEA in Los Angeles wird auf einen besonders großen Fisch angesetzt: Er soll Buddy Wingate, einen zweitklassigen Hollywood-Regisseur mit erstklassigen Verbindungen zur Drogenszene, auf frischer Tat ertappen. Völlig unorthodox verläuft Jacks Annäherung an das Objekt seiner Begierde: Er rettet Buddys Frau, die gefährlich attraktive Charlotte, aus den Fängen eines bis an die Zähne bewaffneten Räubers. Seitdem hat er bei Buddy einen Stein im Brett: Er wird Chef seiner privaten Schlägerbande, die alle Deals mit den Heroinbossen aus Kolumbien überwacht.
Auch Charlotte ist von Jacks Charme tief beeindruckt. Wider alle Vernunft beginnen die beiden ein Verhältnis. Dabei gilt es für Walker, einen kühlen Kopf zu bewahren. Er soll eine Drogentransaktion an der mexikanischen Grenze gleich für zwei Auftraggeber überwachen: für Buddy Wingate und die Drogenabwehr...

BASTEI LÜBBE

Band 12818

Patrick Lynch

Ground Zero

Holly Becker möchte ihre Kinder aus erster Ehe wiedersehen, die ihre Sommerferien auf Sumatra verbringen. Hollys Ex-Mann, ein renommierter Forscher, arbeitet dort seit einigen Monaten in einem Camp. Als Holly auf der indonesischen Insel ankommt, muß sie erleben, wie rings um sie Panik ausbricht.

Etwas Tödliches lauert im Herzen des Regenwaldes. Holly lernt Carmen Travis kennen, die Leiterin eines US-Forschungsteams, das nach dem »Ground Zero«, dem Ursprungsort der Seuche, sucht. Hollys Suche nach ihren Kindern und Carmens Jagd nach den Killerviren werden zu einem atemberaubenden Wettlauf gegen die Zeit...

BASTEI LÜBBE

Band 12785

Michael Palmer

Alexander Station

Für Harry Corbett, den angesehenen Arzt im größten Krankenhaus von Manhattan, wird ein Alptraum wahr: Seine eigene Frau muß ins Krankenhaus, auf die Alexander-Station, die von Sidonis geleitet wird. Am Vorabend der Operation stirbt sie unter mysteriösen Umständen. Die Polizei vermutet Selbstmord. Das Krankenhauspersonal aber hat Dr. Corbett, ihren Mann, als Täter im Verdacht: Denn es kursierten Gerüchte über eine heimliche Liebschaft seiner Frau mit Dr. Sidonis. Ein Mord aus Eifersucht also?
Da meldet sich Maura Hughes bei Corbett: Die junge Patientin behauptet, sie habe zur fraglichen Zeit einen Verdächtigen ins Krankenzimmer der Verstorbenen gehen sehen. Und bald geschehen weitere sonderbare Unglücksfälle auf der Alexander-Station...

BASTEI LÜBBE